I0784736

LOLA

Patricia Sutherland

<u>**Otros libros de Patricia Sutherland**</u>

Princesa - (Serie Moteros # 1)

Harley R. (Serie Moteros # 2)

Harley R. Entre-Historias (Serie Moteros # 2.1)

Volveré a ti (Serie Sintonías # 0)

Bombón (Serie Sintonías # 1)

Primer amor (Serie Sintonías # 2)

Amigos del alma (Serie Sintonías # 3)

Simplemente perfecto (Serie Sintonías # 3.1)

*A las fans de la serie Moteros y, en especial,
a las "Bollitos", miembros de mi grupo de seguidoras
en Facebook.
Porque sin ellas, sin su cariño y constante apoyo,
Princesa jamás habría dejado de ser una novela independiente.
Sois las mejores, niñas.*

*A mis padres.
Porque son y siempre serán la luz que alumbra mi camino.
Hasta que volvamos a vernos…*

Porque, a veces, el amor llega cuando menos te lo esperas...

Andy y Conor pudieron ser más que amigos, pero cuando se presentó la oportunidad de tener un primer encuentro romántico, el motero escogió hacerle un favor a un colega en vez de acudir a la cita. Para la camarera, que llevaba meses suspirando por él y estaba convencida de que el interés era mutuo, supuso un gran desengaño amoroso ante el cuál reaccionó de forma contundente. Con tan solo veintidós años, es el único sostén de la familia y decide que su vida es ya bastante complicada sin necesidad de involucrarse con alguien que no parece aclararse con sus propios sentimientos.

Pero un día que el bar está de fiesta, los ánimos se caldean. Corre el alcohol, una cosa lleva a la otra y Andy pasa de mantener una violenta pelea con Conor a enredarse en una noche de sexo...

Con otro motero.

Y mientras su amante secreto inicia un vertiginoso ascenso hacia el tope de su lista de hombres favoritos y Conor sigue más empeñado que nunca en recuperar el terreno perdido con ella, un suceso dramático está a punto de cambiar la vida de Andy para siempre.

Lola es la tercera entrega de Moteros, una serie romántica contemporánea ambientada en la capital inglesa a finales de la primera década del 2000.

Si te gustan las historias muy románticas pero a la vez muy sensuales, con personajes carismáticos y un final feliz, te va a encantar esta nueva inmersión de Patricia Sutherland en el excitante mundo del amor y las relaciones de pareja.

PRIMERA PARTE

1

Lunes 24 de agosto de 2009.
Bar The MidWay.
Hounslow, Londres.

Era lunes, pero a los efectos, bien podría haber sido la *happy hour* de un viernes o un sábado. En aquel emblemático reducto motero situado al sudoeste de Londres todos los días se parecían mucho. Desde que Dakota se hiciera cargo del pub de su padre cuando este enfermó y lo reconvirtiera en un bar de moteros, la popularidad del MidWay no había dejado de crecer entre los aficionados a las motocicletas Harley Davidson. Su posterior sociedad con su mejor amigo, Evel, había traído la inyección de capital necesaria para expandir el negocio. Con las paredes pintadas de los colores oficiales de la conocida marca de motos y decoradas con los emblemas de los distintos clubes de moteros de la ciudad, balizas señalizando los lugares importantes como la barra o el camino a los lavabos y una reproducción a tamaño real de Princesa, la Harley Davidson roja de Dakota, flanqueando la entrada principal al bar, el

MidWay se había convertido en menos de un año en el lugar de referencia para los amantes de las Harley Davidson. Además, ofrecía una amplia selección de cervezas de importación, apetitosos tentempiés, música en vivo varios días a la semana y la simpatía de la única mujer tras la barra del MidWay, Andy Avery, que en aquel momento ignoró la mirada golosa que le estaba obsequiando Conor, el motero de las rastas multicolores, y respondió al móvil, sosteniendo el aparato con el hombro, mientras servía una comanda.

Antes de escuchar la primera palabra, ya sospechaba para qué la llamaba su querido hermano.

—¿Has acabado de estudiar? —le dijo a modo de saludo.

—*No. Por eso te llamaba. La madre de Jonas me ha invitado a quedarme a dormir en su casa, así cuando acabemos de cenar, podemos seguir estudiando un rato más.*

Ya se conocía la historia. Empezaba con una supuesta invitación a cenar y acababa con ella yéndolo a recoger de un umbral de mala muerte donde se había quedado tirado, durmiendo la borrachera.

Andy torció el gesto, algo de lo que solo se dio cuenta al notar que Conor Finley, que estaba en su taburete más atento a ella que a su cerveza, se reía.

—Pues que me lo diga la madre de Jonas —respondió Andy, ignorando las risas del motero.

Acto seguido cortó la llamada y volvió a guardar el móvil en sus vaqueros.

—Menos risas —le advirtió mientras pasaba frente a él en dirección al otro extremo de la barra.

Él le respondió con un guiño y esperó a que regresara. Entonces, volvió a intentarlo.

—Ayer no me llamaste, así que tu cita debe haber ido bien... —dejó caer mientras la miraba con picardía. La vio sonreír, una sonrisa ligera y corta, que sin embargo tuvo un efecto estimulante en su ánimo.

El día anterior, Conor se le había aparecido mientras ella tomaba algo en una cafetería próxima a Piccadilly Circus donde había quedado con Tina, su mejor amiga. Había aprovechado los únicos diez minutos que se había quedado completamente sola para desplegar todo su glamour, y lo había hecho tan pero tan bien, que había conseguido recuperar parte de su interés. Una mínima parte y muy a regañadientes, pero más que un buen resultado para tan solo diez minutos.

—Si estabas por los alrededores como dijiste, sabes que no era una cita —dejó caer ella a su vez, y volvió a alejarse a atender a otro cliente.

Una gran sonrisa dominó el rostro del presidente del club de moteros con sede en el MidWay. No había conseguido dar con el cabrón del irlandés en todo el puñetero fin de semana, pero lo que había conseguido lo compensaba todo. La sola idea de haber logrado abrir una brecha en el iceberg que los separaba desde el asunto de Barcelona, lo hacía sentir en la gloria. Sabía que no había sido una cita. Se había tirado más de una hora dando gracias al cielo después de ver que se trataba de una amiga -en femenino-, a la que, por cierto, ya conocía. La había visto alguna vez en el MidWay.

Conor permaneció atento al ir y venir de la camarera detrás de la barra. Ahora que podía mirarla a placer sin que ella buscara cualquier excusa para ignorarlo, o peor aún, montara en cólera, no escatimaba miradas.

Andy era única. Diferente. Sus rasgos, sus gestos, su apariencia en general tenían la delicadeza propia del sexo femenino pero, al mismo tiempo, sus músculos más desarrollados de lo habitual gracias al entrenamiento físico, le daban un aire inusual en una mujer, una especie de fortaleza muy masculina. Siempre iba maquillada, llevaba el pelo a la última moda -corto, al estilo *pixie* y teñido de un caoba intenso- y tacones muy altos para compensar su escasa estatura, pero no era amiga de los escotes ni de los ceñidos. Hoy, sin ir más lejos, vestía una camiseta blanca de mangas y tiro corto. Acababa justo donde empezaba el vaquero y si estabas muy atento, quizás pescaras un vistazo fugaz de su abdomen de tableta bien marcada o del ombligo con según qué movimientos. Dicho fuera de paso, él, de momento, no había conseguido pescar nada. Mostraba lo justo. Tanto era así que había sido en las playas de Barcelona que Conor había descubierto que Andy tenía un hada tatuada en el omóplato derecho, próximo al hombro.

No había un solo cliente del MidWay a quien no le gustara la camarera. Sus modos desenfadados se llevaban de calle a todo el mundo. Y a Conor, en particular, lo volvían loco. Se le iban los ojos tras ella sin poder evitarlo. Ninguna mujer le había gustado tanto y de forma tan instantánea como Andy. Bueno, aparte de Nikki, su ex. Pero esa historia estaba muerta y enterrada.

Aquella tarde, una pareja de bailarines de salsa era la encargada de amenizarle las cervezas a los moteros. Cuando Dakota se lo comentó al llegar, pensó que estaba de broma. ¿Qué pintaba una pareja caribeña en un bar de moteros? Él se había encogido de hombros y le había respondido, con cierto desdén, "ideas de tu jefe". Una hora más tarde, ya no tenía dudas de que, como casi todas las ideas de Evel, estaba funcionando de maravilla. Los moteros se lo estaban pasando fenomenal mientras la pareja bailaba, y se apuntaban sin remilgos a intentarlo cuando les llegaba el turno de bailar. Él mismo se lo estaba pensando. Andy no tenía que pensárselo, dedujo al ver cómo el mulato la tomaba por la cintura y empezaba a guiarla por la improvisada pista de baile. La demostración duró poco, ya que ella tenía que seguir trabajando, pero lo había hecho muy bien y los moteros la aplaudieron. Conor esperó a que se acercara para hacerlo. Cualquier motivo valía para intentar acaparar su atención, aunque fuera un minuto. Así de desesperado estaba.

—¡Bravo! No sabía que bailaras salsa tan bien... —aparte de aquel esbozo de sonrisa a modo de agradecimiento, ella siguió a lo que estaba sin hacer comentarios. Conor prosiguió—: Y digo yo, si el sábado te invito al *Cuban*[1]... —No concluyó la frase.

Los vivaces ojos de la camarera abandonaron las copas que colgaba boca abajo en sus sujeciones y lo miraron. Si la invitara, ¿qué? ¿Qué era aquello? ¿Estaba ligando o haciendo una encuesta?

—¿Si me invitaras...? —Lo azuzó ella para que acabara la bendita frase de una vez, y así poder responder.

—¿Acertaría? —Y al ver que ella fruncía el ceño, se apresuró a añadir—. Quiero decir, ¿te apuntarías?

Definitivamente, él se las arreglaba fenomenalmente bien para desencantarla con sus memeces. Y no era que, en algún momento, hubiera considerado seriamente la posibilidad de darle esa nueva oportunidad que él tanto cacareaba, pero a lo que sí estaba dispuesta -encantada, además- era a ver cómo lo intentaba. Después de su metedura de pata barcelonesa, quería verlo morder el polvo. Eso, como muy mínimo. Y ahora... ¿Era así como pensaba ganarse esa oportunidad? ¿Jugando al "quiero pero no sé si me animo"? De pronto, tenía la sensación de estar lidiando con otro adolescente en la edad del pavo. Como su hermano.

---

[1]

The Cuban: restaurante y cocktail bar que abre todos los días de la semana, situado en Camden. Es famoso por sus actuaciones en vivo y sus clases de danza in situ.

—No —respondió Andy, sin más.

En aquel momento su móvil empezó a sonar. Era Danny otra vez. Lo atendió.

—Ya te he dicho lo que había. No seas pesado, que ya sabes que no aguanto a los pesados —su mirada regresó al motero, que captó la indirecta al instante.

—*Que sí. Te paso a la madre de Jonas, no cortes* —respondió el chico.

Andy se apartó y continuó hablando por el móvil. Pronto, la conversación llegó a su fin y ella volvió a alejarse. Continuó trabajando como si Conor no estuviera allí. De hecho, el presidente de los MidWay Riders tuvo que pedirle la siguiente cerveza a Dakota, ya que ella no volvió a acercarse por su sector.

Conor maldijo para sus adentros. "¿Acertaría? Quiero decir, ¿te apuntarías?", repitió mentalmente con sorna.

No era más gilipollas porque no tenía tiempo.

El MidWay estaba tan lleno que había moteros en la calle cuando Dylan llegó, apenas pasadas las cinco y media. Todas las plazas disponibles estaban ocupadas y se vio obligado a dejar su monovolumen en la calle de atrás y regresar andando. Con la resaca que todavía duraba, cada paso que daba retumbaba en el centro de su cráneo amplificando el dolor de manera irritante. Quizás hubiera debido irse a casa, porque eso de entrar al bar con las gafas de sol que no se había quitado en todo el día, acarrearía comentarios y no estaba de humor. Pero después de haberse pasado toda la mañana y una parte de la tarde, pegado a la pantalla, programando con semejante dolor de cabeza, necesitaba un respiro. Distraerse. Seguro que un rato distendido mejoraba la situación. Quizás, con suerte, hasta la jaqueca decidiera largarse y dejarlo en paz.

Se limitó a saludar con un gesto de la mano a los colegas que conversaban en la calle, sin detenerse, y fue cuando se disponía a entrar que vio el cartel junto a la maqueta reproducción de Princesa, la moto del dueño del bar, flaqueando la entrada principal del bar. ¿Bailarines de Salsa?, pensó. Evel, porque tan seguro como de que llevaba gafas que la idea había sido suya, decía que su padre era un as de los negocios, pero él no se quedaba atrás. La mitad de los clientes del bar se apuntarían a la velada de buen grado porque eran de los que se apuntaban a un bombardeo, y la otra mitad lo haría solo por ver a la "caribeña" moviendo el pandero con esos trajes ceñidos y súper diminutos que se ponían los bailarines. La cosa prometía, pensó animado mientras se abría paso entre la multitud de espaldas negras hacia la barra, saludando a los conocidos que se encontraba por el camino.

Andy, que pasó rápidamente frente a él portando dos pintas en cada mano, se detuvo un momento y se volvió a mirarlo como quien intenta confirmar que ha visto lo que cree haber visto.

Conor no estaba por ningún lado (¿se habría marchado?), pero quien sí estaba allí era Dylan. Con gafas de sol.

—¿Estás de incógnito, calvorotas?

Él, como siempre, le siguió el juego. Se llevó el índice a la boca.

—*Shhhh…* A ver si fastidias mi tapadera.

Andy soltó una carcajada. El irlandés ya era todo un personaje con su calva lustrosa y su piel cubierta de tatuajes sin necesidad de ponerse unas gafas de sol espejadas que, para peor, tenían la montura de color blanco. Todo él era un gran cartel luminoso.

—¿Estás en la primera fase de tu resaca, no? Tranquilo, que ahora mismo te pongo un Berocca[2] y un barril de agua —como siempre las últimas palabras quedaron flotando en el aire mientras Andy se alejaba con las cuatro pintas de cerveza.

¿Un Berocca?, pensó Dylan al tiempo se llevaba la mano a la frente. Mejor el envase entero, diluido en el barril. Joder, qué dolor de coco.

A Evel y Abby les tomó un buen rato alcanzar la barra. El local estaba lleno y además habían llegado en medio de la actuación de los bailarines. Dakota los había perdido de vista mientras atravesaban la marea de gente y luego, quien se había perdido había sido él al ir a reponer gaseosas con la ayuda de uno de los camareros de apoyo. Andy fue la primera en verlos cuando, al fin, Evel elevó el ala del mostrador que permitía el acceso al interior y se apartó, caballerosamente, para dejar pasar a su chica. La sonrisa de agradecimiento que le dedicó Abby fue tal, que Andy dejó de hacer lo que estaba haciendo y prestó atención. No era solo aquel gesto amable que no resultaba nada inusual en alguien intrínsecamente gentil como Evel, era todo; las miradas, el lenguaje corporal, ese halo de romance en su punto álgido que conseguía teñirlo todo de rosa, estuvieras enamorada o no. A medio camino entre ambos extremos de la barra, los vio avanzar tomados de la mano, intercambiando

---

2

Compuesto de vitaminas y minerales para mejorar el rendimiento intelectual comercializado por los Laboratorios Bayer en forma de pastillas efervescentes, cuyo uso es muy popular en Reino Unido para aliviar los síntomas de la resaca.

miradas cómplices. Demasiado cómplices. Fue entonces, cuando Evel liberó la mano de su chica y ella se apartó el cabello de los hombros…

Y aquel delicado pedrusco relució en el dedo anular de la mano más importante de una mujer, que la ficha cayó en su sitio.

Andy abrió la boca de puro asombro.

—¿Eso es lo que creo que es? —Y para cuando lo dijo, ya estaba junto a ellos, inspeccionando minuciosamente la mano de Abby.

Otro intercambio de miradas cómplices que la camarera no vio porque seguía admirando aquel pedrusco con pinta de caro-carísimo.

—Lo es —respondió Evel, intrigante.

Abby echó a reír cuando Andy alzó la vista, cada vez más asombrada y exclamó:

—¡Jefe, ¿y lo dices como si tal cosa?! ¡¡¡¿Os habéis comprometido?!!!

La emoción había hecho que Andy alzara la voz y la conversación que hasta el momento era privada, empezó a llamar la atención de los clientes más próximos y de Dylan, que conversaba con Ike y dejó su frase a medias, interesado por saber de qué iba todo aquello que le sonaba a locura.

—A ver, a ver… ¿de qué va toda esta historia? —se interesó.

Por supuesto, Ike también se acercó más al mostrador.

Evel soltó una carcajada al ver al irlandés con sus gafas de montura blanca.

—¿Qué haces con esas gafas, colega?

—¡Se han comprometido! —explicó Andy, hecha unas castañuelas, al tiempo que tomaba a Abby por la muñeca y agitaba su mano, mostrando el predrusco. La dueña del anillo lagrimeaba de tanto reír y poco a poco, la gente empezaba a darse cuenta de que la novedad estaba en un lugar distinto que el mini-escenario donde una pareja de mulatos movía el esqueleto.

—Bah, ni Evel está tan loco para hacer algo así —apuntó Dylan con un gesto displicente de la mano—. Y suponiendo que lo estuviera, cosa que dudo mucho, ¿cuándo? Con lo desesperado que estaba el amigo, seguro que no le dio tiempo entre polvo y polvo.

El rostro del motero de la cresta perdió la sonrisa.

—Ya estamos —se quejó Evel, meneando la cabeza—. Eres especialista en decir burradas, colega. Lo tuyo no tiene remedio.

—Pues fíjate que sí; le dio tiempo —terció Abby, que rodeó la cintura de Evel amorosamente con un brazo, devolviendo una sonrisa a su rostro.

Dylan se quitó las gafas. Sus ojos color cielo (a media asta, eso sí) fijaron su atención en la pareja de tortolitos.

—¿Va en serio? —preguntó dirigiéndose a Evel, como si no hubiera sido Abby quien lo hubiera dicho.

Lo vio asentir enfáticamente con una sonrisa que dejaba claro que el tiempo no había sido ningún problema. Andy hizo el gesto de batir palmas, exultante. Ike ya había empezado a reír y varios moteros que estaban cerca y conocían a la pareja, habían empezado a murmurar.

Pero Dylan necesitaba una corroboración. Aquello le parecía muy fuerte, incluso tratándose de un tipo de reacciones inesperadas como Evel.

—¿Te has comprometido? —insistió, cada vez más asombrado.

Evel se acercó a Dylan.

—Me he casado —respondió. Y para entonces, la barra era pura algarabía. Tiró de Abby hasta que la tuvo pegada a él.

Entonces, volvió a mirar a Dylan que tenía la boca abierta y remató la faena—. Me he casado con esta mujer preciosa.

—¡¿Qué has hecho *qué*?! —exclamó Dakota, asomando la cabeza entre Andy y uno de los camareros, tan alucinado como los demás.

Evel y Abby intercambiaron miradas pícaras. Entonces, el motero hizo señas a los músicos para que le acercaran un micrófono y cuando lo tuvo…

—Colegas, os informo que hay un motero soltero menos en el club porque tachán, tachán… ¡Me he casado! ¡Yihaaaaaaaaaaa! ¡Venga, que corra esa cerveza, que a la próxima ronda invita la casa!—gritó a voz en cuello.

Y con esas, le plantó un beso de tornillo a su flamante esposa.

La cerveza había corrido a discreción. Excepto por Dylan, que seguía a base de batidos de Berocca, hasta Andy se había sumado a la celebración. La gente continuaba llegando, probablemente porque la noticia del casamiento de un miembro ilustre del club de moteros y la promesa de una copa a cuenta de la casa, habían actuado como un estímulo extra. La alegría que se respiraba en el lugar, la música apetecible y el carisma y simpatía de la pareja caribeña, que incluso había sacado a los novios a bailar, el alcohol que normalmente corría generoso en el MidWay y aquella tarde aún más… Todo había contribuido a crear un ambiente especial que Andy no recordaba haber visto desde que trabajaba allí. Además, en lo personal, la historia de su jefe con Abby le parecía muy dulce, casi un cuento de hadas. Se sentía extrañamente esperanzada, como si, de pronto, encontrar a su esquiva media naranja no le pareciera algo tan quimérico, tan imposible.

—Perdona, guapa, ¿tienes aguante para tanta cerveza? Por si no te has dado cuenta, esta es la segunda pinta que te sirves.

—Tranquilo, calvorotas. Soy un chica fuerte. Dos cervezas no me van a matar.

Andy alzó la vista del grifo de cerveza y miró al irlandés que se había puesto las gafas de diadema. Entonces, él supo con un noventa y nueve por ciento de certeza que no, no tenía aguante para tanta cerveza. Los vivaces ojos de la camarera mostraban el brillo típico de alguien que se ha puesto "alegre" y demás estaba decir que porque conocía perfectamente el proceso, sabía qué vendría después.

—Ya estás achispada —y por si tenía alguna duda, su sonrisa feliz y despreocupada, esa con la que lo miraba mientras apoyada contra el mostrador, daba sorbitos a su jarra, las eliminó en un santiamén—. Lo siguiente, será que te pidan una pinta y no consigas atinar con el chorro dentro de la jarra — Andy hizo un mohín gracioso y empezó a desternillarse ella sola. Dylan meneó la cabeza. Aquello tenía toda la pinta de acabar en un pedo histórico—. Que sepas que después de eso hay dos alternativas: o te quedas dormida abrazada al grifo de cerveza, o te pones a bailar desnuda sobre la barra. Si tengo que elegir, prefiero el baile, por supuesto —la vio doblarse literalmente de la risa y pringarse de cerveza—, pero ya está, yo ya he tranquilizado mi conciencia advirtiéndote de que las cosas se van a poner *muuuuy* feas. Ahora, haz lo que quieras.

Dylan se puso de pie. Andy llevaba varios meses trabajando en el MidWay y jamás la había visto beber alcohol. Zumos o bebidas isotónicas, sí. Estaba constantemente "hidratándose" (así lo llamaba). Le resultaba divertido verla así, no solo por lo inusual, también porque parecía feliz.

—Voy al baño —anunció—. Si vas a subirte a la barra, espera a que vuelva, ¿vale?

—¡Pero quéeeeee exageraaaaaaaado eeeeeeres, calvorotas! —replicó ella, gritando a voz en cuello. Algo de lo que, evidentemente, no se daba cuenta.

Dylan se alejó partiéndose de risa.

Menudo pedo se estaba cogiendo la pelirroja.

Tanto jolgorio también tenía su lado malo. Normalmente, cuando Dylan hacía uso de los retretes en el MidWay estaba tan bebido como el que más y su capacidad para reparar en detalles era equivalente a cero. Hoy, en cambio, iba a palo seco y no tenía claro si reír o llorar ante la visión. Había un tumulto de tíos atestando el servicio de caballeros, muchos de los cuales estaban usando la pila de lavarse las manos a modo de urinario, no sabía si por fuerza de la necesidad o por borrachera pura y dura. Para peor, los sonidos provenientes de algunos cubiles, indicaban que las vomitonas todavía continuarían. Solo faltaba él, haciéndoselo encima, para completar uno de los cuadros más delirantes que recordaba haber visto estando sobrio.

Ni corto ni perezoso, Dylan se encaminó al baño de señoras. Aquella tarde, los clientes hombres eran mayoría, así que con un poco de suerte estaría más despejado. Así fue, y excepto por las miradas de desconfianza de las moteras que se retocaban el maquillaje frente al espejo, la cosa fue más o menos rápido.

Salía secándose las manos en una toalla de papel y no lo vio venir. Cuando quiso darse cuenta, un empujón lo hizo rebotar con la pared del estrecho pasillo que comunicaba la zona de lavabos con la puerta interior del bar. Sus gafas de sol, las que llevaba de diadema, salieron despedidas y se dio cuenta de que quien lo estaba empujando (porque continuaba haciéndolo) era Conor. O alguien muy parecido a él. Y muy borracho.

—¡Anda, hombre, pero mira qué bien! ¡Al fin te encuentro, cabrón!

Dylan detuvo las manos que seguían empujándolo contra la pared cada vez que intentaba apartarse de ella.

—Tío, esto no tiene ni puta gracia. Apártate, haz el favor.

Conor volvió a empujarlo, desafiante, pendenciero, y cuando Dylan se inclinó a recoger las gafas, las envió hacia el extremo opuesto de un puntapié. El sonido de cristales rotos hizo hervir la sangre del irlandés, a pesar de lo cual, siguió intentándolo por la vía pacífica. Conor era un crío, un adolescente mental que toleraba fatal la bebida, pero no era mal tipo. Además, ni siquiera sobrio estarían en igualdad de condiciones; Dylan podía tumbarlo de un solo puñetazo sin esfuerzos, pero no deseaba hacerle daño.

—Te estás pasando, chaval. Deja de buscarme, porque me vas a encontrar y hoy no estoy de humor para tus memeces. Ahí fuera están celebrando, lo último que les hace falta es acabar la noche con una trifulca, ¿vale? Déjalo ya, Conor.

—¿Que yo me estoy pasando? ¿Y tú qué, cabrón? Venga darme consejos sentimentales, que si cambia de estrategia, que si la estás enojando… —seguía empujándolo y hablaba cada vez más fuerte y más enfadado. Partículas de su saliva impactaron contra el rostro del irlandés que, a pesar de estar acelerándose, se limitaba a parar los empujones y a limpiarse la saliva—. Que si "fuera tú la dejaría a su aire un par de meses"… ¡Y mientras tanto, tú te la beneficiabas a mis espaldas…! ¡Un cabrón, eso es lo que eres!

Dylan detuvo sus manos una vez más.

—¿De qué coño hablas? Yo no me estoy beneficiando a nadie, tío, y si lo hiciera tampoco sería de tu incumbencia. ¿Qué bicho te ha picado? ¡Joder, no sé para qué bebes, si no sabes! —Esta vez detuvo sus manos y lo empujó para quitárselo de encima, consciente de que empezaba a calentarse y de que la cosa no acabaría bien.

Conor volvió a la carga.

—¡Hablo de Andy, tío! El viernes te vi —Dylan frunció el ceño. ¿Lo había visto dónde?—. Estuve llamándote todo el jodido fin de semana y no atendías ni devolvías llamadas. Me esquivabas, porque claro, ¿qué excusa me ibas a dar, no? Por eso me presenté en tu casa y no fuiste capaz de dar la cara. Me mandaste a la mierda ¡Y NO ME ABRISTE LA PUERTA! —lo acusó, al tiempo que le golpeaba el pecho con un dedo enfatizando cada palabra.

Dylan apartó el dedo de malos modos.

—No tengo la menor idea de lo que estás hablando, Conor. Estaba de juerga, pasándolo bien. Y si no te atendí es porque eres un pelmazo. Un ñoño que sobrio no sabe dónde tiene el ombligo y cuando se pone en pedo es insufrible. Por eso no te atendí. Vete a dormir la mona, chaval. Y déjame en paz de una puta vez.

Y con esas dio un paso al costado para rodear a Conor y largarse, pero él volvió a impedírselo. Esta vez, lo tomó por el cuello de la camiseta y lo devolvió a su sitio de manera violenta.

—¡Te estás cepillando a Andy, tío, a mi no me la das con queso! ¡Te vi saliendo de su casa el viernes y conociéndote, es como sumar dos y dos!

—¡Suéltame ya! —escupió Dylan más cabreado que un babuino.

Y la cosa habría ido a más, pero alguien intervino, y lo hizo de forma inesperada y drástica.

Conor se giró cuando una mano lo tomó violentamente por un brazo. Los dos hombres se mostraron sorprendidos al ver que se trataba de Andy. No de Andy la camarera, sino de Andy la boxeadora. Su cuerpo había tomado la postura de combate, con los puños en guardia, protegiendo su rostro, y una mirada que nada tenía que ver con la chica "achispada" que hacía apenas un rato celebraba en la barra junto con los demás clientes.

Al motero de las rastas no le dio tiempo a decir nada; un puñetazo se estrelló contra su estomago, haciéndolo trastabillar.

—¿Quién me cepilla, imbécil? Y además, ¿qué, ahora te dedicas a espiarme? ¡¡¡No vuelvas a hablarme en la vida, gilipollas!!!

El segundo puñetazo también lo habría tomado por sorpresa. Conor estaba en shock. Un poco por la borrachera, un poco por la sorpresa de ver a alguien por quien suspiraba en plan beligerante con él y otro poco porque le había dado fuerte. Andy no era de las que se quedaban al margen cuando había trifulcas en el bar, pero nadie en el MidWay estaba al tanto de se le diera tan bien dar golpes de los de verdad. Lo habría tomado totalmente por sorpresa y habría conseguido hacer blanco otra vez, pero Dylan, que también estaba súper sorprendido, seguía intentando evitar que la sangre llegara al río y se estropeara la celebración de Evel y su chica. Intervino desviando el golpe con su brazo. Pero Andy siempre golpeaba en seguidilla, tal como lo hacía en clase de kickboxing, y el segundo puñetazo encontró el rostro del irlandés en su trayectoria y se estrelló contra su pómulo izquierdo.

Andy lanzó un grito de dolor. Se dobló agarrándose el puño. Dylan soltó una retahíla de exabruptos cuando el cimbronazo irradió del pómulo al resto de la cara y de allí, como un eco, a su resacosa cabeza. Para ponerle la guinda al pastel, Conor perdió el equilibrio gracias a un rodillazo que la camarera logró asestarle en el último segundo, y acabó por los suelos.

Los intentos de Dylan de evitar que la discusión fuera noticia más allá del área de lavabos fracasaron estrepitosamente cuando instantes después, el barullo alarmó a sus ocupantes que salieron en tropel a ver qué pasaba. Y como solía suceder siempre que había una gresca, no faltó quien interpretó la escena de manera equivocada y al grito de "¡cabrones hijos de puta!" salió en defensa de la que estaba en minoría; Andy. Entonces, alguien gritó "¡cállate, zorra, que la que estaba repartiendo hostias era la tía!", se formaron dos bandos, los insultos subieron de nivel y empezaron los empujones… Al final, todos participaban en el reparto de puñetazos, incluso Dylan, para evitar recibirlos.

—¡¿Pero qué coño pasa aquí?! —gritó Dakota, apartando a empujones cuerpos enredados en el toma y daca.

Un segundo después apareció en escena el recién casado, que se sumó a su socio, separando a los contrincantes. Sin embargo, Evel, mucho más metódico que Dakota, organizó rápidamente una cadena de cooperantes que, dependiendo del estado del contrincante en cuestión lo devolvía al salón o lo sacaban directamente a la calle, a que enfriara sus ánimos.

Cuando al fin llegaron al epicentro de la reyerta, los dos socios del MidWay se quedaron con la boca abierta al ver al trío causante del desastre, y más asombrados aún de que Andy fuera uno de ellos.

—Alguien quiere hacer el favor de explicarme de qué va todo esto —ladró Dakota, apartándose el cabello de su cara empapada en sudor.

—Es mi culpa, chicos... —dijo Andy. El arrepentimiento de su voz casi podía tocarse.

Dylan la miró asombrado. Sus ojos estaban inyectados en sangre y brillaban muchísimo. Durante la trifulca no había dejado de quejarse y de insultar a Conor. Daba igual a quién estuviera empujando (o zurrando). El irlandés lo sabía porque no les había perdido la pista; con un ojo seguía pendiente de ellos dos. Nunca había visto a la camarera tan rabiosa, ni a Conor tan borracho y tan cabreado. Esto era lo primero que le oía decir en un tono moderado y no se creía aquella aparente calma. Además, no era cierto que fuera su culpa. Y aunque lo fuera, que no lo era, la única que tenía algo que perder era ella.

—De eso, nada —retrucó Dylan y silenció con un gesto el intento de Andy de insistir. Ella apretó las mandíbulas y apartó la mirada—. La cosa empezó entre este y yo —señaló con un ligero movimiento de los ojos a Conor que continuaba apoyado contra la pared con los brazos cruzados y cara de "estoy que muerdo", aunque nadie perdía de vista que estaba apoyado porque apenas podía mantenerse en pie—. Fue una gilipollez y ya está. No pienso dar más explicaciones porque esto es un bar no una guardería, aunque a veces lo parezca —otra mirada al chico de las rastas—. Si hay roturas o lo que sea, me hago cargo.

—¡¿Guardería? Y una mierda! —empezó a quejarse el motero de las rastas.

—¡Cállate, Conor! —exigieron Dakota y Dylan al unísono.

Evel miró a su ingeniero de montaje con la recriminación pintada en la cara. No había hecho preguntas porque sabía, solo con verlo, que el culpable de aquel lío tenía que ser él. Había bebido de más y siempre que lo hacía, se ponía pesado. Además, para Andy era su trabajo y por más que resultaba evidente de que, raro en ella, también estaba algo achispada, jamás pondría en juego algo tan importante como el pan de su familia. Dylan era un pasota, bebido o sobrio. Se peleaba como el que más cuando hacía falta, pero solo si era absolutamente imprescindible y que Evel supiera, jamás había sido quien iniciara una reyerta. Hoy, además, estaba inesperadamente sobrio.

—Te vas a casa, Conor —sentenció Evel. Miró a Ike que estaba a su lado—. ¿Puedes llevarlo?

—Puedo conducir, no hace falta que me lleve nadie. Joder, que no soy un niño —se quejó el motero de las rastas, y se las arregló para apartarse de la pared y dar un par de pasos titubeantes.

Evel se acercó a él, le pasó un brazo alrededor de los hombros y se lo llevó aparte, sosteniéndolo con firmeza.

—Escucha, tío. Has tenido un mal día y no pasa nada, pero me quedaría mucho más tranquilo si dejaras la moto aquí y te fueras con Ike —buscó su mirada—. En serio.

Conor, una vez más, volvió a demostrar que era incapaz de decirle que no a Evel. Asintió a desgana.

—Gracias, tío. Vete a dormir y mañana te veo —dijo Evel, cuando Ike ya lo estaba escoltando hacia la salida.

Mientras tanto, Dakota inspeccionaba a la camarera. O mejor dicho, sus daños. De los que el irlandés, tan comedido, no podría hacerse cargo y que acabarían fastidiándolo a él.

—Que estoy bien, Dakota… —Andy intentó recuperar su mano sin éxito.

—No está rota —continuó él, refiriéndose a la falange media de su dedo índice, que había empezado a hincharse—, pero métela en hielo ya. Y no estaría de más que fueras a que te hicieran una radiografía.

Andy recuperó su mano con un gesto de dolor que intentó disimular al darse cuenta de que la estaban mirando.

—Estoy bien. No seáis pesados. Me he hecho cosas peores en el gimnasio y ni siquiera os habéis dado cuenta —al pasarse la mano por la boca, vio que sangraba—. Mierda…

Dylan la tomó por el cabello y le empujó la frente hacia atrás.

—Aguanta ahí —le dijo mientras Dakota presionaba el pañuelo que le había pasado Evel contra sus orificios nasales—, que estás sangrando.

—Otra que se va para casa —sentenció el socio capitalista del MidWay.

—¿Porque me sangra la nariz? No fastidies, jefe —se quejó Andy. Su voz gangosa hizo reír a los hombres que la asistían, lo que contribuyó a aumentar su enfado—. Joder, ¿queréis soltarme?

—Aguanta ahí —esta vez fue Dakota quien lo dijo al comprobar que todavía seguía sangrando.

Miró a Dylan buscando compasión y solo halló otro "aguanta, no seas quejica".

—Mierda —farfulló la camarera.

Evel le acarició la cabeza cariñosamente.

—Estás pedo, guapa. Y hecha un asco. Te vas a casa.

—No estoy pedo —replicó ella, haciendo pucheros—. Que no, que no y que no…

Dylan y Dakota intercambiaron miradas.

—¿Te ocupas tú o le pido un taxi? —preguntó el motero pelilargo.

—Yo me ocupo.

Dakota tomó la mano de Andy e hizo que se sujetara el pañuelo a la nariz ella misma.

—Ve a por tus cosas —le dijo.

La camarera puso los ojos en blanco, pero ninguno de los tres lo dejó estar. La empujaron suavemente hacia el salón para que hiciera lo que Dakota le había pedido.

Y Andy obedeció, pero no dejó de quejarse cada vez más enfadada.

—Si hace falta puedo coger un taxi yo solita y no hace ninguna falta porque estoy bien… Ay, qué frita me tenéis —soltó un bufido antes de desaparecer tras la puerta que comunicaba con el salón principal.

—Venga, se acabó la fiesta en los lavabos —dijo Dakota, azuzando a los curiosos que todavía quedaban por allí—. Despejad la zona, por favor.

2

El mayor problema con que se encontró Dylan no fue cargar con la moto que la camarera se había empeñado en que no dejaría en el bar bajo ninguna circunstancia, sino con ella. Andy no se había dormido, tal como él había esperado dado su estado. Más bien al contrario, tenía la impresión de que cada minuto estaba más enfadada. Si al capullo de Conor le llegaban la mitad de las maldiciones que ella le había echado, quedaría mentalmente incapacitado el resto de su vida. Eunuco seguro que ya lo había dejado con aquel rodillazo que le había propinado en el MidWay.

Durante todo el trayecto Dylan había tenido que hacer verdaderos esfuerzos para mantenerse serio. ¡Menudo cabreo tenía la pelirroja! ¡Y vaya manera de repartir hostias! Pequeñita, pero matona, pensó y una sonrisa a punto estuvo de delatarlo que, por suerte para su seguridad personal, pudo retener a tiempo.

Al entrar al portal donde vivía Andy, ella intuyó las intenciones de Dylan y lo paró en seco.

—No sueñes que vas a subirme a hombros como hiciste con mi hermano.

El irlandés tuvo que volver a tragarse la sonrisa que pugnaba por salir. Andy lo señalaba con un dedo, como si estuviera advirtiendo a un niño pequeño, pero no conseguía mantener la mano firme. Además, se había malenrollado una especie de venda elástica en torno al dedo lesionado y entre que el tejido estaba deteriorado de tan viejo y que el proceso de enrollado no había sido muy atinado… El maquillaje corrido, la nariz sangrante y aquella mirada de "no me toques las narices, que te arreo"… Joder, como no se quitara de en medio ya, le iba a soltar la carcajada en plena cara.

Dylan enfiló rápidamente para las escaleras.

—¿Cargarte yo? *Nah*, seguro que puedes solita —respondió él, peleándose con los músculos de su cara.

Subió el primer tramo de escalera sin mirar atrás y se sentó en un peldaño a esperar.

Esperó, y esperó, y esperó y nada. Preocupado por tanto silencio, Dylan volvió sobre sus pasos. Andy estaba tal cual la había dejado, parcialmente recostada con la pared, con la cabeza gacha.

—No pasa nada —explicó ella—. Solamente estoy juntando coraje.

Otro conato de ataque de risa centelleó en los ojos del irlandés que miró a otra parte. Cuando estuvo seguro de que su voz sonaría normal, habló.

—Tranquila, tómate tu tiempo —y con esas, sacó el móvil del bolsillo y se puso a revisar sus llamadas como si tal cosa.

Andy lo espió a través de las porciones de cabello de su entreverado flequillo y respiró hondo.

—*Vaaaale*, tú ganas. No puedo con mi alma. Me duele hasta el apellido de soltera de mi madre —admitió con un mohín tristón—. Tienes mi permiso para cargarme como un saco de patatas... *Pero* —volvió a señalarlo con aquella cosa enrollada en una venda— con *muuuucho* cuidadito, ¿vale?

Dylan no la dejó continuar, la tomó por la cintura y la cargó sobre su hombro derecho. El pómulo se le había hinchado tanto que dificultaba su visión así que no había tiempo que perder.

—Dos veces que vengo a tu casa, dos veces que me toca cargar a alguien. Que sepas que esta relación es insostenible, guapa —dijo él con humor.

Y esta vez la carcajada fue de Andy.

Tras dejar a Andy con una mano en un recipiente lleno de hielo y la otra sosteniendo un vaso de bebida isotónica, Dylan había regresado al todoterreno, a descargar la moto de la camarera, un trasto que tenía más de veinte años y lucía tan hecho polvo como su dueña. Se habría dejado los riñones de haber tenido que hacerlo solo, pero por suerte unos chavales que pasaban por la calle, se apiadaron de él y le echaron una mano. A falta de cadena y candado, que se había olvidado traer consigo, la entró al portal y la acomodó en un rincón donde no molestara. Ya la ataría a la columna y le dejaría la llave en el buzón de correos cuando se marchara, en un rato.

Un cuarto de hora más tarde, cuando regresó al piso, todo continuaba igual: el salón en penumbras y Andy sentada a la mesa junto a la ventana con una mano en un bol y la otra próxima al vaso intacto, su perfil recortado con la escasa luz vespertina que se colaba por la ventana. Le pareció la viva imagen de la derrota. O de alguien que se ha rendido.

Se aproximó a ella sin tener muy claro qué hacer o qué decir. Su sentido práctico de la vida era alérgico a las lamidas de heridas y consolar al personal nunca se le había dado bien. Una vez más, ella se le adelantó.

—No pasa nada. Solo estoy juntando coraje para… —Andy respiró profundamente y no completó la frase. "Para seguir" sonaba muy fuerte incluso en la intimidad de su mente.

Aunque fuera cierto. O, precisamente, porque lo era.

Dylan echó un vistazo a su mano, luego al vaso del que no había bebido ni un solo sorbo.

—Es más bien cuestión de método, de ocuparse de las cosas una por vez. Tu mano está controlada. Ahora, falta el resto de ti. —Él hizo un explícito movimiento de cabeza señalando el vaso—. Bébetelo.

Andy lo miró directamente. Sus ojos normalmente vivaces, lucían brillantes por efecto del alcohol, pero sus párpados caían a media asta sin que ella pudiera evitarlo. Aún así, seguían mostrando enfado y un punto de desafío. Desafío que se confirmó cuando en vez de hacer lo que le decían, formuló una pregunta.

—¿Una cosa por vez? Esta casa se vendría abajo si… —De pronto, calló. No estaba tan borracha como para contarle sus penas a un cliente del bar.

Dylan apartó una silla y tomó asiento frente a ella. Se dejó caer sobre el respaldo y estiró las piernas cuan largo era.

—Si no bebes, te pondrás fatal, pero allá tú.

La tensión en la mirada femenina se relajó al instante, algo que no pasó desapercibido a Dylan que tomó nota mental. También notó que ella le miraba la cara. Probablemente la tendría como un mapa. Sentía la mejilla hinchada y dolorida, y el resto del cuerpo era un conjunto de quejidos musculares, pero estaba casi recuperado de la resaca y la cabeza ya no le dolía. La sentía como si estuviera hueca, pero nada más.

—Tu cara sí que está fatal —replicó Andy—. Y todo por el mamarracho de Conor… De verdad, no sé si volver al bar a seguir zurrándolo o darme la cabeza contra la pared por elegir tan mal en quien pongo los ojos… Qué mierda.

El tono de la camarera había ido sumando enfado palabra a palabra para concluir en aquel "qué mierda" cargado de ira y de frustración. Una vez más, Dylan optó por el humor. Resaca más cabreo era igual a noche muy larga, y quería irse a dormir, a recuperarse de su fin de semana loco.

—Ya, ahora cárgale todas las culpas al de las rastas —esbozó una sonrisa que lució un tanto deforme por la hinchazón de su mejilla—. Esta hostia lleva tu firma, guapa.

La vio mirarlo con asombro, sus párpados a media asta y su boca abierta…

—¡Qué dices! ¿He sido yo…? —preguntó, la expresión de su rostro cada vez más preocupada. Al verlo asentir, masculló —: No me lo puedo creer…

¿Acaso no lo recordaba? Joder. Entonces, su pedo era mayor de lo que él creía.

—Tranquila, que no te has ido de rositas. Ese dedo hecho polvo lleva la mía —replicó, tronchándose de risa.

Ella lo miró muy seria, pero al cabo de un instante, claudicó.

—Qué cara tan dura tienes —comentó Andy haciendo una mueca de dolor—. Pensé que le había dado a la pared. Me hiciste ver las estrellas.

—Así soy yo —concedió riendo—: macizo por donde me mires.

Ella movió suavemente la cabeza en lo que fue un intento de sacudirla que se quedó a mitad de camino entre eso y un gesto de preocupación.

—Acércate, déjame verla.

Dylan estaba muy cómodo. Había encontrado la postura perfecta para sus doloridos músculos. Desechó la idea con un movimiento de la mano.

—¿Quieres que beba? Pues yo quiero que me dejes ver ese pómulo —retrucó ella.

Otra vez había desafío en su mirada, pero en esta ocasión Dylan no lo dejó correr.

—Me da igual si lo bebes —replicó él, tan tranquilo—. Es tu resaca, guapa. Tu resaca, tu problema.

Acto seguido, echó la cabeza hacia atrás y cerró los párpados. Exhaló el aire en un largo suspiro cuando una sensación relajante empezó a invadir su cuerpo. Poco después oyó el ruido de una silla que se movía y volvió a abrirlos. La vio ponerse de pie y avanzar con pasos pesados. Tenía aspecto cansando y sus ojos continuaban luciendo a media asta, pero parecía más debido al cansancio físico normal después de una bronca, que a los efectos secundarios de las dos pintas que se había bebido.

—Exacto —murmuró ella, satisfecha—. Eso es lo que creo, que es *mi* problema. Me gusta que, para variar, alguien no me trate como si fuera una criatura indefensa. Como has podido ver, no lo soy —dicho lo cual, se inclinó un poco hacia adelante y se puso a observar la magullada mejilla del irlandés.

Dylan continuó mirándola en silencio. Ella descansaba parte de su peso en la mano que le había apoyado sobre el hombro y con la otra lo había tomado por la barbilla. La usaba de timón para moverle la cabeza de forma de aprovechar mejor la escasa luz que entraba por la ventana mientras inspeccionaba el estado de su mejilla. Sus movimientos eran suaves, pero firmes. Le resultaba una situación rara, a pesar de lo cual la dejó hacer.

—¿Sabes lo que más me jode? Que el domingo, después de que tú te marcharas, apareció él en la cafetería… Tendrías que haberlo visto. Era el mismo tío increíble que me ponía una sonrisa en la cara cada vez que entraba por la puerta del MidWay… Durante un rato consiguió que empezara a creer que era un tío legal y que yo le importaba —sus ojos regresaron a los de Dylan, quien pudo notar la gran decepción que había en ellos—. Y resulta que el muy cabrón marcaba su territorio. Pensará que ya que tú te cepillas a la camarera, él con más razón, ¿no? Para algo ha estado meses bailándome el agua. Te juro que nunca me he sentido más insultada en toda mi vida. Ni más estafada.

Ella continuó inspeccionando la contusión. Dylan permaneció en silencio. Dos de sus dedos le palpaban la mejilla con suavidad. Dolía, pero no pensaba decírselo. La verdad fuera dicha tampoco había mucho que argumentar en favor de Conor; se había comportado como el imbécil en el que se transformaba cuando bebía y aunque seguía creyendo que su interés por Andy era real, cada vez tenía menos dudas de que su madurez emocional era equivalente a la de un niño de diez años. De otra forma, su comportamiento no tenía explicación.

—Mañana va a estar peor —hizo un mohín tristón y volvió a mirarlo—. Lo lamento mucho, Dylan. Tú no haces más que salvarle el culo y salvármelo a mí, y mira cómo acabas…

—No te preocupes. Mi orgullo irlandés sobrevivirá a que me haya zurrado una chica —respondió él un tanto desconcertado. La "mano timón" había vuelto a tomarlo por la barbilla, solo que Andy ya no estaba inspeccionando su herida.

—Lo sé. Te dan igual esas gilipolleces sexistas.

¿Lo sabía? ¿Y cómo se había enterado? Empezaba a sentirse muy descolocado, y que él supiera, era la primera vez que se sentía así estando en compañía femenina.

—Si has acabado con mi cara… —volvió a recurrir al humor—. Me gustaría recuperarla, ¿puedo?

Andy apenas esbozó un atisbo de sonrisa, pero ni se movió ni le "devolvió" su cara. Cuando la incomodad de Dylan ya no podía subir más alto, sintió los dedos femeninos rozándole los labios. Pronto los roces se convirtieron inequívocamente en caricias y la incomodidad empezó a ceder ante una emoción mucho más terrenal.

Ella se acercó más a Dylan, avanzando entre sus piernas todo lo pudo, y sujetó el rostro masculino con ambas manos, forzándolo a mantenerle la mirada.

Podía sentir el calor que irradiaba Andy por cada poro, el olor de su piel, el embriagador aroma de su respiración sobre el rostro. Todo el cuerpo de Dylan empezó a pulsar frenéticamente, excitado y al mismo tiempo cautivado por la feminidad de aquel avance inesperado. Pero todavía demasiado consciente de las implicaciones como para dejarse llevar. De tratarse de otra mujer, ya le habría saltado encima. Pero no era otra, era ésta.

Los dedos de Andy continuaron moviéndose sobre los labios masculinos. Eran caricias lentas, expectantes, a las que Dylan se las arregló para seguir plantándole cara.

La camarera asintió suavemente ante la falta de respuesta del irlandés.

—Sé lo que estoy haciendo, tranquilo, y no tiene nada que ver con él.

—Qué alivio —murmuró Dylan con un punto irónico, algo que ella aprovechó para profundizar sus caricias.

Él apartó un poco la cara, evitando momentáneamente que ella continuara. Le daba completamente igual por quién *no* lo hacía.

—Me aliviaría mucho más que tuviera que ver conmigo, pero tranquila, me adapto con facilidad —concedió.

Y supo que el cazador que vivía en su interior ya estaba dispuesto a ponerse las botas sin remordimientos.

Ella esbozó una sonrisa suave y sus dedos volvieron a acariciar los labios masculinos. Su mente, en cambio, consideraba lo que él acababa de decir.

Tenía que ver con Dylan. En muchos sentidos. Con lo fácil que era estar con él, con lo directo que era, con que siempre la hacía reír. Eran cualidades que valoraba en un hombre y que, en en este en particular, contaban de una manera especial. Quizás porque los de su mismo entorno no hacían más que restar. Quizás porque era el único que siempre estaba cuando lo necesitaba y sin embargo, nunca tonteaba con ella. Su ayuda era desinteresada.

Tenía que ver con él, pero no de la manera a la que él se refería. Y no se haría el flaco favor de mentirle.

Tomó el rostro de Dylan entre las manos y se aproximó a él hasta que sus narices casi podían tocarse.

—Hace seis meses de la última vez y sabes que oportunidades no me han faltado —vio que un enloquecido relámpago de deseo atravesaba aquellos impresionantes ojos color cielo—. Lo necesito… Mucho. Y quiero que seas tú —la mirada femenina se desplazó de los labios de Dylan a sus ojos —. ¿Te vale así?

El primer signo de que sí, por supuestísimo que le valía, lo tuvo cuando sintió que sus enormes brazos le rodeaban las caderas. Sin embargo, no era esa clase de abrazo… y él la miraba con aquella sonrisa extraña, como calculando su jugada. Andy también sonrió.

—¿Seis meses? —le preguntó interesado. Ella asintió, divertida. Él volvió a la carga—. ¿No serás virgen y me estás haciendo pasar gato por liebre, no?

Andy empezó a reír.

—Soy de las que piensan que el entrenamiento mejora las aptitudes y la forma física —replicó ella con desparpajo—. Y a mí me encanta estar en forma. Estos seis meses son totalmente coyunturales.

Su sonrisa pícara había regresado y aquello era todo un espectáculo, pensó el irlandés.

—Seis meses, ¿eh? —repitió, encantado.

La vio asentir enfáticamente. Y esta vez, sus manos la tomaron por las nalgas y la atrajeron hacia él.

Los dos rieron. Los dos se estremecieron cuando Dylan capturó el labio inferior de Andy, cuya vagina empezó a lubricar a marchas forzadas. Él mantuvo el mordisco, haciendo que una puntada de deseo le contrajera el útero. Y solo lo liberó el tiempo suficiente para pronunciar seis palabras.

"Va a ser un polvo épico".

Enfrentarse a Amelia Gibb con semejante noticia iba a ser todo un tema. Abby y Evel lo sabían muy bien. De modo que descartaron su idea original de reunir a toda la familia para decírselo. Había sido una idea muy loca, producto del estado de enamoramiento profundo en el que llevaban tiempo sumergidos y que había alcanzado su punto más álgido al casarse en secreto. Tan pronto llegó el momento de poner rumbo a Londres, al mundo real donde los esperaba familia, amigos y trabajo, se dieron cuenta de que eso, que para ellos era el momento más especial de sus vidas, tenía muy pocas probabilidades de ser visto de la misma manera por la familia. Especialmente la de Abby. Y en particular, por su madre. Era una mujer tradicional, de ideas anticuadas, y para peor, católica practicante. No vería bien que su hija menor propusiera una boda tras solamente dos meses de noviazgo, mucho menos que ella hubiera pasado de la propuesta a los hechos y se presentara en casa, con veinticuatro horas de retraso, después de un fin de semana fuera, con la noticia de que ya se había casado. Y si a eso se añadía que la mujer seguía sin recuperarse del disgusto de que su hija mayor se hubiera ido a vivir con un motero melenudo once años menor que ella, el panorama resultante no era nada alentador. Cualquier cosa era posible cuando se trataba de Amelia Gibb.

La pareja desmontó de la Perla Azul y entró en el jardín de los Gibb. No habían recorrido más de un par de metros, cuando Evel se detuvo. Con sus modos tiernos, tomó las manos de su flamante esposa, quien sonrió y permaneció mirándolo expectante.

—Pase lo que pase allí dentro, quiero que sepas que casarme contigo es la mejor decisión que he tomado en mi vida, que me encanta lo que hemos hecho y que volvería a repetirlo tal cual, sin cambiar ni una coma, mañana mismo.

Abby acarició el rostro del motero, lo miró entre enternecida y pícara.

—¿Pase lo que pase? Qué dramático ha sonado eso, motero —bromeó, un poco porque era cierto y otro poco por quitar tensión al momento—. Lo que pasará es que habrá jaleo, bastante teatro, seguramente del tipo lacrimógeno, tras lo cual tú pasarás de ser su segundo hombre favorito a convertirte en el insensato que se fugó con su hija para casarse después de solamente dos meses de noviazgo. Y ya está.

Los dos rieron y él depositó un beso sobre la frente femenina. Uno que duró más de lo aconsejable para aquel lugar y aquel momento.

—Mientras siga siendo tu hombre favorito —murmuró. Su voz sonó íntima, seductora—, lo soportaré.

Abby tomó el rostro de Evel entre sus manos y lo besó en la boca apasionadamente. Tras lo cual volvió a buscar su mirada y respondió con una sola palabra.

"Siempre".

La editora había llegado a casa cansadísima. Tanto, que había decidido coger un taxi para no tener que esperar a que Dakota pudiera ir a buscarla. Ni siquiera lo había llamado para decírselo. Al llegar al MidWay, había encontrado a todo el mundo mucho más revolucionado de lo habitual (y también más bebido) y alcanzar la barra le había tomado su tiempo.

Dakota reaccionó al instante de verla. Estaba pálida como un cadáver.

—¿Pero qué haces aquí? Tú no estás bien, ¿qué pasa, nena?—dijo saltando por encima de la barra. La tomó por la cintura y fue abriendo camino entre los clientes mientras se dirigían hacía el extremo donde el mostrador se elevaba—. ¿Por qué no me has llamado para que te fuera a buscar antes?

—Gracias, amor… No te preocupes, solo es cansancio. Iba a llamarte cuando apareció un taxi, y como estaba libre…

Dakota elevó la tabla para que pasara, sin despegar sus ojos de ella. No era solo cansancio. Seguía sin levantar cabeza y puede que fuera susto de novato en esas lides de vivir en pareja, pero a él le daba la impresión de que Tess no mejoraba. Al contrario.

—No me preocupo, pero subes y te metes en la cama ahora mismo. Sin trampas, bollito, ¿vale? Yo voy en cinco minutos.

Tess asintió. Desde luego, no era algo que pensara hacerse repetir. Soñaba con meterse entre las sábanas y cerrar los ojos. Y si además podía tener a Scott a su lado aunque solo fueran unos pocos minutos, mejor que mejor.

—Parece que están contentos… ¿Celebramos algo? —En la improvisada pista de baile -el reducido espacio que estaba justo frente al escenario-, una docena de moteros y moteras movían el esqueleto imitando los movimientos de la pareja de bailarines que bailaba salsa sobre el escenario. Una visión de lo más inusual en el Bar The MidWay.

Dakota soltó una carcajada. Claro, con tanto jaleo, no la había llamado para decírselo, y, evidentemente, Morticia tampoco.

Tess lo miró sorprendida, con una especie de sonrisa.

—¿Sabes qué han estado haciendo tu hermana y mi socio este fin de semana?

Teniendo en cuenta la locura de amor que compartían desde hacía dos meses y que aquel había sido el primer fin de semana que pasaban juntos y a solas, se hacía una idea. Y no, prefería no oír un relato detallado de labios de su novio. Jamás se había caracterizado por medir sus palabras.

—Puedo imaginarlo, amor, así que no me lo cuentes. Lo que no me habría imaginado es que Brian fuera a decretar una "happy hour" en el bar para celebrarlo —sonrió y con toda su elegancia, añadió—: Entonces, habrá sido realmente memorable.

—¿Memorable? —Dakota volvió a carcajearse—. Memorable va a ser la que se va a liar en palacio cuando Lady Di se entere —Tess lo miró interrogante y él, muerto de risa, acabó soltándolo—: ¡Tu hermana y mi socio se han casado, nena!

—¡No! —exclamó la editora. Alegría, asombro, orgullo de hermana mayor. Todo eso y mucho más reflejaba el rostro de Tess.

Dakota asintió con la cabeza enfáticamente.

—Sí, bollito. Como lo oyes, se han casado. Salieron hace un rato para la casa de tus padres.

Tess pasó de la alegría a la preocupación en un milisegundo.

—¿Ahora? —preguntó, alarmada.

El motero se encogió de hombros.

—Hará media hora. ¿Por qué? —Tess dio la vuelta al instante y empezó a desandar el camino hacia la salida, seguida por Dakota—. ¿Pero dónde vas, nena?

—A casa de mis padres. ¿Te imaginas cómo lo tomará mi madre? ¡No puedo dejar a Abby sola!

Dakota la adelantó y le interceptó el paso. La miró muy serio.

—Es mayorcita, Tess y tú no estás bien. Deberías irte a la cama, no a ponerte de los nervios en esa casa de locos.

—Amor, conozco a mi madre y sé de lo que es capaz. Abby es mi hermana y no voy a dejarla sola.

El motero soltó un bufido.

—Vale. Dame un minuto que te llevo —concedió de mala gana.

Y fue a por las llaves de Princesa.

Solo con ver la cara que lucía su padre al abrirle la puerta, la editora supo que la cosa no iba bien.

—Hola, Tess. Pasa, por favor —dijo Richard Gibb y al ver la mala cara que hacía su hija mayor, se permitió bromear—: ¿Traes casco y armadura?

Ella esbozó una sonrisa al tiempo que negaba con la cabeza.

Sin embargo, en cuanto puso un pie dentro de la casa, lo primero que llamó su atención fue que estaba casi en silencio. Las voces llegaban tan amortiguadas que no alcanzaba a entender lo que decían. Eso le dio esperanza, pensó que quizás, después de todo, su madre no se lo habría tomado tan a la tremenda.

—Parece tranquilo...

—Qué va —replicó él, con un inocultable deje amargo que alarmó a Tess—. En cuanto empezaron los primeros gritos, envié a todo el mundo al saloncito de arriba y cerré la puerta. Estoy harto de que los vecinos se enteren de mis desgracias al mismo tiempo que yo.

Tess se quedó clavada en el sitio.

—Papá, ¿cómo dices algo así? La boda de una hija es motivo de alegría, no una desgracia.

Richard se detuvo en el rellano de la escalera y se volvió.

—En esta casa, por lo visto, no. Fue una tragedia que tú iniciaras una nueva vida junto a la persona que quieres. *Por lo visto*, no es propio de una mujer digna vivir con un hombre con el que no se ha casado. Y ahora también es una tragedia que tu hermana inicie una nueva vida junto a un hombre con quien sí se ha casado. *Por lo visto*, una boda que no se celebra ante Dios y los hombres, no es una boda. O al menos, no es una como Dios manda.

Dicho lo cual, Richard dio media vuelta y continuó subiendo la escalera.

Tess lo siguió sin hacer comentarios. No tardó en descubrir que, desde luego, haberse olvidado de traer armadura había sido un auténtico fallo.

Hasta Brian, que siempre le había parecido un individuo moderado, conciliador, la sorprendió con un "¿me deja acabar de hablar, por favor, señora Gibb? De otra forma, no vamos a entendernos?" cuando su padre abrió la puerta.

Amelia respondió como si no se hubiera dado cuenta de que su hija mayor acababa de entrar en el salón. En realidad, le daba igual si era el mismísimo Padre Celestial el que hacía acto de presencia. Estaba furiosa, desencantada y un montón de cosas más.

—¿Y crees que algo de lo que puedas decir va a cambiar lo que pienso de todo esto, Brian? Os habéis portado como dos adolescentes y en mi hija todavía puedo entenderlo. Nunca se caracterizó por su gran madurez, así que no es una sorpresa. Pero tú…

—¡Mamá, pero qué fuerte! —Abby había saltado de su silla, cada vez más enfadada. Fue Evel, que la tomó de la mano haciendo que volviera a sentarse, quien volvió a abogar por la calma.

Tess y Evel entrecruzaron miradas cuando la editora atravesó el salón y fue a sentarse junto a su hermana. Richard hizo lo propio junto a su mujer, con evidente disgusto. Y más que lo que sucedía en aquel momento, que el enfado de su hermana y la inusual seriedad de su flamante cuñado, lo que Tess, de verdad, encontraba preocupante era la actitud de su padre. El hombre estaba llegando al límite de su paciencia, era evidente. Sin embargo, su madre seguía erre que erre, aparentemente ajena a lo que se cocía en el ánimo de su compañero de toda la vida.

—Sé lo que piensa, que es precipitado —continuó Evel, esta vez su voz sonó conciliadora como era habitual en él— y lo entiendo, créame. Pero desde mi perspectiva, las cosas se ven muy diferentes, señores Gibb. Abby es la mujer que he estado esperando toda mi vida —el brillo en su mirada y la expresión de su rostro, la de un hombre profundamente enamorado, corroboraron sus palabras cuando él miró a Abby—. Y cuando el destino te demuestra que morir no es algo tan lejano o tan ajeno como parece, cuando has estado a punto de no contarlo, empiezas a valorar cada minuto de vida que se te concede como el regalo que realmente es. No queríamos esperar más. ¿Esperar a qué? El tiempo es oro, lo más valioso que tenemos. La amo con locura y ella a mí y lo que necesitamos es estar juntos.

Amelia se cruzó de brazos. Mucho discursito romántico, sí. Que le fueran a otro con el cuento.

—Sí, ya, cualquiera de los aquí presentes se puede morir mañana. Por esa regla de tres, ¿por qué no tiramos la casa por la ventana ahora mismo? Total, la vida son dos días, ¿no? La cuestión es que lo has contado, Brian. Estás aquí, en mi salón. Vivito y coleando. Y te aseguro que no te habría pasado absolutamente nada, a ninguno de los dos os habría pasado nada, por esperar unos meses y hacer las cosas como corresponde. No te pasas veinticinco años desviviéndote por tus hijos, pegada a su cama cuando están enfermos y no pueden dormir, dando la cara por ellos, para que cuando llega el día, ese momento que toda madre sueña, te dejen fuera. Como si fueras una apestada que no ha hecho suficiente mérito para estar presente el día que el fruto de tus entrañas le da el "sí, quiero" al hombre de su vida. ¿Que lo entienda? —Los ojos de Amelia se llenaron de lágrimas—. Ni en un millón de años.

—¡¿Por qué todo tiene que ser tan dramático contigo siempre, mamá?! —exclamó Abby, furibunda—. Nadie te ha dejado fuera de nada. No lo planeamos, surgió así… ¡Y soy feliz, ¿no puedes alegrarte por mí?! ¡Eres la persona más egoísta que he conocido en la vida!

Amelia saltó de su sofá, encendida.

—¡¿Egoísta yo?! ¡Cuida tus palabras, jovencita! Te quisiera ver a ti en mis zapatos. ¡Somos católicos, ¿y dices que te ha casado un clérigo anglicano?! ¡Por Dios, bendito! ¡Eso no es ni siquiera un matrimonio válido!

Evel había acudido a su abuela, quien se había puesto en contacto con un viejo amigo de la familia, efectivamente, un clérigo anglicano, y horas después, la pareja contraía matrimonio en una diminuta parroquia del condado de Essex, con la amiga de la novia, Amy, y Brandon Baxter, *BBCox* para los amantes de la tinta, ejerciendo de testigos.

—Es perfectamente válido, madre. Brian y yo estamos casados legalmente —a medida que iba hablando, su sangre se iba encendiendo más. Se había puesto de pie -y con ella, todos-, y ahora avanzaba hacia Amelia como un ejército en plena carga —. ¿Y sabes qué más te digo? Olvídate de una boda "como Dios manda". No va a haber ninguna boda. Porque honestamente, paso de amargarme la vida con tus chorradas y las de tus hermanas, que siempre estáis queriendo controlarlo todo. Se acabó. Hasta aquí hemos llegado.

—¡¿Niña egoísta…!! —empezó a decir Amelia, tan encendida como su hija, yéndosele al humo.

—Mamá, será mejor que nos tranquilicemos todos —intervino Tess lo más calma que pudo. En un primer momento había dudado si agarrar a Abby o a su madre para evitar que siguieran desafiándose mutuamente. Al fin, se decidió por Amelia, pensando que Brian se ocuparía de Abby.

—¡Te recomiendo que cierres el pico, Tess, porque tú también estás en capilla en esta casa! —escupió Amelia.

Y ese fue el momento en que Richard Gibb explotó. No lo hizo a la manera histriónica de su mujer o de su hija menor, pero viniendo de él nadie dudó de que se trataba de una explosión en toda regla. El hombre paciente y amable que todas las mujeres de la casa adoraban, se puso de pie y enfiló para la puerta del salón, pero antes de salir, dictó sentencia:

—Ya está bien, Amelia. He oído suficiente. Voy a la cocina a por un café y cuando regrese no quiero ver a nadie aquí —mirando a Abby y a su flamante marido añadió—: Me alegro mucho por vosotros, chicos. Ya lo celebraremos en otra ocasión. Ahora, marchaos, por favor. También va por ti, Tess.

Acto seguido, abandonó la estancia.

Amelia, que había callado de repente, permaneció en silencio mirando a su marido con recelo mientras él daba la reunión por acabada. Al fin, también abandonó el salón poco después, sin añadir ni una sola palabra.

A todos los quedó claro que, esta vez, sería la reina del drama a quien le tocaría oír que le leyeran la cartilla. Y a juzgar por la reacción de Richard Gibb, sería una lectura larga y dura.

Una vez en la calle, Tess intentó aliviar la tensión del momento, abrazando a su hermana y a Evel, cariñosamente, y felicitándoles por la gran noticia.

—Y por favor, no dejéis que las ocurrencias de mamá os estropeen los planes —apretó cariñosamente el brazo de Evel—. En serio, Brian, no lo permitas. Abby ha soñado con una boda romántica desde que era una niña, ¿te acuerdas?

Se acordaba. Pero entonces, no sabía lo que le depararía el destino, ni lo tremendamente egoísta e injusta que podía llegar a ser la madre que le había tocado en suerte. Se acordaba, sí. Y era cierto que siempre había soñado con una gran boda, rodeada de su familia y sus mejores amigos. Pero ahora…

Solo con pensar en aguantar las injerencias de las Baldini, discutiendo por todo, desde el color de las flores hasta lo que debían poner en las invitaciones de boda, se le caía el alma a los pies. De pronto, el sueño se convertía en pesadilla. Perdía brillo, ilusión. Todo.

—No sé. Ahora mismo, no quiero pensar en eso. Porque si tuviera que decidirlo ahora, la respuesta sería no. Ni en sueños. Ha bastado la reacción de nuestra querida madre para quitarme las ganas, verás cuando se enteren las tías… Estas señoras son capaces de arruinarle la ilusión hasta a un muerto…. Así que no. Mejor que pasen los meses y me olvide de lo que siento ahora mismo. El año que viene, ya veremos —respondió Abby, rodeando con un brazo la cintura de su marido, que la miró con gesto tristón, pero no hizo comentarios al respecto.

—Se te pasará. Y cuando lo decidas, allí estaré. Me va a encantar ayudarte con lo que necesites —ofreció la editora.

Abby asintió.

—Gracias, Tess… Y gracias por venir.

—¿Te pido un taxi o viene mi socio a buscarte? —Quiso saber Evel.

Tess titubeó. Las cosas habían ido mucho más rápido de lo esperado. Tampoco era plan de tener a Scott de aquí para allá. Además, realmente, estaba agotada.

—Pídeme uno, sí. Gracias, Brian.

La pareja continuó conversando con la editora hasta que el taxi llegó a recogerla, tras lo cual se despidieron y se marcharon en direcciones diferentes.

3

Martes 25 de agosto de 2009.
En casa de la familia Avery.

Andy abrió los ojos y volvió a cerrarlos en cuanto aquel dolor sordo le recordó que tenía algo llamado cabeza. Parecía como si tuviera a una pareja a cada lado del cráneo jugando squash. Usando sus huesos temporales a modo de frontón. Las náuseas, que habían perturbado su sueño a lo largo de la noche, regresaron con ímpetu y ella saltó de la cama con el vómito en la raíz de la lengua. Apenas le dio tiempo de llegar al lavabo que ya estaba haciendo arcadas a pesar de que ya no le quedaba nada por echar fuera de su estómago. Solo aquel líquido amarillento de sabor amargo que perduraba aunque se enjuagara la boca.

Fue cuando estaba de rodillas en el suelo, después de que las náuseas se calmaran, que empezó a tener conciencia de los otros sucesos que habían perturbado su sueño. La fuga romántica de Abby y Evel. Las dos pintas que se había bebido. Conor y la refriega. Su dedo hecho polvo…

Dylan.

Mirarse confirmó sus temores; estaba desnuda.

La cabeza de Andy volvió a expandirse y a contraerse dolorosamente a medida que los recuerdos se sucedían. ¿Se había acostado con el irlandés? Eso era una manera de decir, desde luego, porque no se habían acostado. Lo habían hecho por toda la casa, menos en la cama. Allí solo habían caído rendidos de agotamiento y, en su caso, de resaca. Tragó saliva en un intento de aliviar las náuseas, pero sobrevino otra arcada. Y otra más. Una nueva emisión de aquel líquido amargo le llenó la boca y tuvo que escupir repetidas veces para librarse de él. Se puso de pie y volvió a beber agua del grifo a morro, se lavó la cara y seguidamente, tal y como llevaba haciendo desde que se había hecho adulta, asumió que a lo hecho pecho y salió del baño.

Regresó al dormitorio solo para coger algo con que cubrir su desnudez del armario y poniéndose una camiseta vieja se dirigió a la cocina-comedor, procurando mantener la vista al frente. Intentando evitar que más recuerdos calientes castigaran su dolorida cabeza. Intentando obviar la incomodidad, esa mezcla de apuro y bochorno que la invadía cada vez que recordaba que no solo se lo había montado con la última persona del mundo con quien habría imaginado relacionarse de aquella forma, sino que lo habían hecho en su propia casa. Le pareció increíble lo que un par de pintas podían llegar relajar su estricto sentido de la responsabilidad.

Entró en la pequeña cocina y, al fin, echó un vistazo alrededor. Estaba sola. Era evidente. Él se había marchado y dado que en esta ocasión no había ningún mensaje pegado con un imán a la puerta de la nevera, ni en ningún otro lado, era bastante probable que también lo hubiera atribuido a las consecuencias de las dos pintas de cerveza y en consecuencia prefiriera correr un tupido velo.

No lo culpaba, la verdad. Volver a verse las caras barra mediante en el MidWay iba a ser sumamente incómodo. Tan incómodo como inevitable. Y con el mamarracho de Conor aportando su granito de arena… No quería ni siquiera imaginar el follón que montaría si llegaba a confirmar que sus acusaciones eran ciertas. Porque cuando las había hecho no lo eran, pero ahora sí. Por usar sus palabras, "Dylan se había cepillado a la camarera". Y había sido un cepillado a fondo y repetido. A conciencia, vamos.

Mierda. Eran las ocho de la mañana. Tenía que darse un baño, cambiarse e irse a trabajar. Sobrevivir a otro día. Dios, si no se sintiera tan…

El sonido de la cerradura no solo interrumpió el flujo de sus pensamientos, también la hizo dar un brinco. Estaba en pelotas, apenas cubierta por una camiseta, y la casa estaba hecha un cisco. Seguro que habría algún condón por ahí. Danny no podía verla así. Estaba a punto de echar a correr hacia la habitación cuando la puerta se abrió y Dylan apareció ante sus ojos con una bolsa en las manos. Le hizo un guiño y pasó delante suyo en dirección a la nevera con toda normalidad.

—Te daría los buenos días, pero me parece que los tuyos no son buenos —hablaba mientras sacaba provisiones de la bolsa de papel color marrón y los guardaba en la nevera—. ¿Han parado las náuseas?

Andy, más atenta a lo que él estaba haciendo, respondió con otra pregunta.

—¿Has ido a hacer la compra?

—Son unas pocas cosas. Necesitas hidratarte y comer algo. ¿Qué tal las náuseas? —insistió.

Ella apartó la vista un instante. Se cruzó de brazos cuando un escalofrío le recorrió el cuerpo. Estaba destemplada, resacosa y, para qué negarlo, bastante desconcertada.

—Oye, no esperaba ni siquiera que me dejaras tu número, menos todavía que... —hizo un gesto ambiguo, señalando la bolsa— te tomaras tantas molestias. En serio, gracias pero no hacía falta.

Él le obsequió una de sus miradas de refilón, cerró la nevera tras guardar el último bote de bebida isotónica, y volvió a pasar delante de Andy.

—Las llaves de tu moto —dijo, depositándolas junto a las otras en la pequeña repisa que había junto a la puerta, dispuesto a marcharse—. Está encadenada a la farola y en compañía de un maromo súper cachas.

Andy esbozó la primera sonrisa de la mañana. Era más que leve porque el menor movimiento se replicaba en el interior de su cabeza, como un eco, pero una sonrisa al fin y al cabo.

—¿Con quién dices que está mi moto?

—Con el maromo cachas de las bicicletas de montaña. Una pasada de trasto —aclaró él—. Vamos, yo de ti me la llevaría prestada por error. Seguro que con ella llegas al bar más rápido y más en forma —añadió, dándole un repaso goloso a la pequeña mujer en camiseta por única vestimenta, que culminó en una sonrisa seductora.

Otro escalofrío recorrió el cuerpo femenino que, le gustara o no, sabía perfectamente que esta vez no tenía nada que ver con estar destemplada, ni con su resaca, y que Dylan captó al microsegundo.

Andy se apresuró a apartar la mirada y él sonrió para sus adentros.

—Aunque bien visto, aquí tienes otro maromo cachas y si lo que te apetece es más entrenamiento... —dejó caer. No completó la frase, pero mantuvo la mirada y, desde luego, la actitud.

Otra sonrisa volvió a abrirse paso entre todas las preocupaciones/dolores/bochornos de la camarera que volvió a mirarlo.

—Lo que tengo es un irlandés calvo y no, no quiero más entrenamiento. Gracias por la oferta.

Dylan se dirigió hacia Andy que lo mirada intrigada, expectante. Se detuvo frente a ella.

—No soy calvo —volvió a aclarar—. Me afeito la cabeza, que no es lo mismo. Y no he dicho que quisieras, ya sé que no quieres, he dicho "si te apetece".

Andy exhaló el aire en un suspiro de agotamiento y echó la cabeza hacia atrás. Los ojos de Dylan quedaron momentáneamente atrapados en la visión de aquel cuello perfecto, suave, que se había pasado parte de la noche lamiendo y parte mordiendo. Las marcas rojizas que mostraba eran buena prueba de ello.

—Seguro que me arrepiento de preguntártelo, pero ¿qué diferencia hay? —dijo ella al tiempo que enderezaba la cabeza despacio para evitar el eco. Lo que vio en aquellos ojos color cielo la hizo estremecer. Y ya iban tres, pensó una parte de su dolorido cerebro; la otra la obligó a continuar la frase—: Por favor, no te enrolles con la explicación. Mis neuronas no dan más de sí.

Dylan asintió. Avanzó un paso más y la tomó con suavidad por los antebrazos. Una sucesión de escalofríos evidentes de tan intensos recorrieron a Andy a placer, sin límites. De la cabeza a los pies y todas sus partes intermedias, incluidas las de su aparato reproductor.

—Soy el último tío con quien habrías querido acabar pasando la noche —murmuró él sin dejar de mirarla intensamente.

Andy tragó saliva. Una de las manos de Dylan se desplazó ligeramente hacia abajo, rodeándole el codo y ella volvió a estremecerse. Él continuó hablando en un tono de voz suave, sin afectaciones ni insinuaciones. A pesar de lo cual, tuvo que reconocerlo, el irlandés se las estaba arreglando para hacer una buena escabechina con sus hormonas. Otra vez.

—Y por más cabreada que estés con él, te importa.

Los ojos de Dylan buscaron una respuesta y ella se la dio por el más que eficaz método de no negarlo. No hacía falta aclarar a quién se refería, claro. Mierda. Odiaba que las cosas fuera así. Odiaba haberse dado cuenta de que Conor era un mamarracho, tener que reconocer que alguien tan egoísta y tan niño hubiera podido robarle el corazón. Dios, cómo lo odiaba…

Dylan volvió a asentir.

—Soy amigo de tus jefes y no pienso dejar de ir al MidWay porque hayamos follado, así que seguirás topándote conmigo día sí y otro también. Y si cada vez que te mire te vas a poner a temblar…

Para Andy fue oírselo decir en voz alta y volver a estremecerse como si no tuviera el menor control de sus emociones. Otra cosa a apuntar a la lista de cosas que odiaba aquella mañana. Una sonrisa maliciosa que no llegó a mostrarse en sus labios, centelleó en la mirada de Dylan.

—Se van a dar cuenta —sentenció—. Todo el mundo. Y él, en especial, va a montar un señor follón.

La reacción de la camarera no se hizo esperar. Lo que dijo le salió del alma y no moderó ni el tono ni las palabras.

—Si no le gusta que se joda —volvió a mirarlo con aquel talante gracioso que le ponía tan difícil mantener su propio enfado—. Además, tampoco te des tanta coba… Ya me gustaría verte a ti después de seis meses en dique seco, a ver qué tal lo llevabas…

Dylan no podía imaginarse en semejante situación. Había empezado con once o doce años y nunca había parado ni pensaba hacerlo porque lo necesitaba. Siempre lo necesitaba. Y ahora también.

—No lo verás, mi polla y mi cabeza van cada cual a su propio rollo. No se meten en los asuntos de la otra. —Su mano, la que la sostenía por el codo, volvió a desplazarse. Esta vez a la cintura femenina. Andy jadeó al sentir el calor que despedía aquella manaza y él ladeó la cabeza y se acercó a su boca—. Me paso por el forro lo que piensen tus jefes o Conor. Y si te pones a temblar cuando te miro —le lamió los labios, capturándolos entre sus dientes y jugando a tirar un poco para luego liberarlos —, voy a mover ficha y si tú te dejas, por mí, bien.

Mierda.

Puede que no fuera una buena idea, que todo aquello no hiciera más que traerle complicaciones que ni necesitaba ni quería, pero aquel hombre tenía la peculiaridad de recordarle sus necesidades más básicas con cada gesto, con cada mirada, incluso con lo que callaba.

Andy abrió la boca en una descarnada invitación a que la besara y él lo hizo. Le hundió la lengua hasta el fondo y le comió la boca como si fuera lo único y más importante del mundo. Lo hizo como hacía todo lo relacionado con el sexo; a tope, salvajemente. Era pura testosterona en movimiento, dejada a su libre albedrío.

Sus lenguas se enredaron en un baile frenético y sus manos pronto las siguieron en caricias abrasadoras primero sobre la ropa, luego sin ella. Ella lo desnudó prenda a prenda, casi arrancándoselas, tan encendida como él. Tan fuera de control como él. Entonces, la mano masculina se escurrió debajo de la camiseta de Andy, y fue directo a su vagina, caliente y empapada.

—Querer, no quieres —le dijo mordisqueando su oreja—, pero joder si te apetece… —la alzó en volandas e hizo que le rodeara las caderas con las piernas—. ¿Te has enterado de la diferencia o te la explico otra vez?

Andy estrechó el cerco de sus piernas y volvió a buscar aquellos besos que la hacían sentir viva y tremendamente deseada.

—Calla y fóllame —murmuró, apasionadamente.

Esta vez fue Dylan quien se estremeció. Estar sobrio intensificaba unas sensaciones de por sí embriagadoras y a ese nivel, sin ropa y sin máscaras sociales, ella le gustaba porque lo excitaba a rabiar y le seguía el juego sin remilgos. Y ahora, estaba claro, sin mediación del alcohol.

—A la orden, señora.

Andy respiró profundamente y exhaló el aire en un largo suspiro. Puso toda su concentración en incorporarse un poco, pero incluso aquello parecía ser demasiado. Volvió a dejarse caer contra el pecho de Dylan, quien por su parte, también intentó rodearle la cintura con sus brazos y también le pareció demasiado; sus brazos volvieron a caer inertes, a cada lado de la silla que ambos ocupaban, ella encima de él.

El nivel de "agitación" nocturna sumado a la gran diferencia de tamaño entre los dos, había llevado al irlandés a decidirse por sentarse en una silla y dejar las riendas en manos de Andy. Estaba claro que ninguno de los dos pensaba en la cama a la hora del sexo y su zona lumbar empezaba a acusar el doble esfuerzo de mantener el ritmo rápido que a ella le gustaba y al mismo tiempo, sostener el peso de su cuerpo mientras la embestía. Ella era increíblemente elástica, más ágil que cualquier mujer con quien lo hubiera hecho antes, pero el cántaro había ido demasiadas veces a la fuente aquella noche y había que ahorrar energías. Un cuarto de hora más tarde, Dylan no tenía la menor duda de que aquello había sido un soberano error de cálculo; él le había dejado las riendas del asunto y ella lo había dejado de cama, solo que sentado en una silla de la que no tenía fuerzas para levantarse.

Ni fuerzas ni ganas, a decir verdad. Lo que quería era echar una cabezada y seguir follando, por ese orden… Aunque, pensándolo mejor, si era en un orden distinto, también le valía.

—Tengo que irme…

Andy fue la primera en hablar y hacerlo le costó un triunfo. Su voz fue apenas un murmullo y el único indicio de sus intenciones, ya que no movió más que lo imprescindible para pronunciar aquellas tres palabras.

—Y yo… —Dylan enderezó la cabeza. Aquel ligero movimiento se extendió a lo largo de la columna vertebral y acabó, como era de esperar, en un ligerísimo movimiento de sus caderas, casi imperceptible al ojo. No así a las terminaciones nerviosas de la vagina femenina que, hiperexcitadas por una noche de lujuria tras seis meses de nada, reaccionaron al instante.

Andy también enderezó la cabeza y sus miradas se encontraron. Dylan volvió a mover sus caderas, esta vez de forma deliberada y ella no se anduvo por las ramas; corrigió su posición de montar y volvió a tomar las riendas del asunto, estimulando aquella erección que crecía sin tregua en su interior.

—Esto es de locos… —murmuró ella, mientras él seguía extasiado con la mirada los movimientos ondulantes de su cuerpo que se elevaba y volvía a bajar sobre su miembro, cada vez con más fuerza. Sus pechos temblorosos y sus pezones duros como piedras rozándole la barbilla—. Tengo que ir al bar, tenemos que parar… Joder, qué locura…

Dylan le mordió un pezón, haciéndola gemir. Enredó los dedos en su pelo y tiró de ella. Se adueñó de su boca con aquellos besos que la devoraban y la encendían y la hacían sentir la mujer más deseada sobre la faz de la tierra. Y la hacían alucinar por la cantidad y la intensidad con que él conseguía hacerla sentir sin halagos, ni frases hechas, ni casi palabras.

—Mira cómo estoy —la demostración, que consistió en hundírsela hasta el fondo, le arrancó otro suspiro a la camarera que volvió a buscar sus besos—. No quieres que pare y yo tampoco quiero —buscó el consenso en su mirada y cuando lo tuvo, se puso de pie con ella en brazos.

—*Aishhhh…* —se quejó ella en un murmullo cuando el miembro masculino abandonó su cuerpo.

Él la depositó sobre el alféizar de la ventana con suavidad.

—Tranquila, que vuelve enseguida —dijo él y bajó la vista.

Andy siguió sus movimientos tan hipnotizada como ardiendo de deseo mientras Dylan se quitaba el condón y se secaba el miembro con una servilleta de papel de uso doméstico del servilletero que seguía sobre la mesa de la noche anterior. Eran movimientos tremendamente masculinos que no solo pretendían provocarla, sino aumentar su propia erección. Se tocaba. Y la miraba brevemente, como calibrando qué recepción tenía en ella su actitud. Como intentando escudriñar en el fondo de sus pensamientos, de sus emociones. Como desafiándola a que explorara sus propios límites.

Él se apartó unos metros, se dirigió donde habían caído sus pantalones cuando ella casi se los arrancara. Se agachó a recogerlos del suelo y palpó hasta que extrajo algo de uno de los bolsillos. Los ojos de Andy, en cambio, no se apartaron en ningún momento de aquel cuerpo cubierto de tatuajes. La premura con que se habían desarrollado los acontecimientos la tarde anterior y la penumbra que reinaba en la casa, le habían impedido reparar en los diseños de estilo oriental que adornaban el cuerpo de Dylan, convirtiéndolo en un auténtico lienzo andante. Sus piernas estaban cubiertas de coloridos motivos ornamentales japoneses. Tenía dos peces *Koi*[3] tatuados, uno sobre cada cadera, rodeándola; uno con con la cabeza apuntando a la ingle y la cola apuntando al coxis y el otro orientado justo al contrario. En un brazo destacaba un pequeño guerrero entre los diseños ornamentales que se extendían hasta la mano. En el otro, una serpiente reptaba, enroscada a su alrededor, ascendiendo hacia el cuello. La cabeza con sus amenazantes fauces abiertas apuntaba a la yugular, la cola le ocupaba buena parte del dorso de la mano y señalaba al dedo corazón. Todos, motivos pertenecientes al arte nipón con su característica abundancia de rojos, turquesas, fucsias, naranjas y verdes que intentaban, sin éxito, competir con el diseño central: un fiero guerrero samurai blandiendo una espada en cada mano. Era imponente y ocupaba todo el torso masculino en su vista frontal y toda la espalda, en su vista posterior. Como si aquel guerrero de tinta se hubiera apropiado del cuerpo de Dylan.

---

[3]

Su nombre significa "carpa". En la simbología nipona está asociado al amor, la lealtad y la sabiduría ya que es un pez que se adapta para sobrevivir incluso en las condiciones más extremas.

Y si aquellos tatuajes ya le resultaban inspiradores a Andy, el lienzo sobre el que se mostraban le parecía palabras mayores. Se regodeó sin remilgos en las vistas de aquel macizo de hombros anchos y espalda poderosa, y cuando él se agachó, se regodeó mucho más aún en sus testículos que quedaron expuestos y continuó escudriñando a ver qué más descubría mientras se sentía cada vez más mojada. Por momentos, tenía la sensación de que debía estar enferma o algo, porque de otra forma no lograba entender de dónde salía esa atracción bestial que sentía hacia él. ¿Serían los tatuajes que como una plegaria extraña nublaban sus sentidos? ¿O el lugar, y en ese caso eran los recuerdos los que los nublaban? La noche anterior había aprendido cuáles eran sus preferencias, cómo le gustaba hasta el punto de la locura, qué la hacía arder. Él se lo había mostrado. En aquella ventana. Solo con pensar en volver a repetir la experiencia…

Como si se hubiera dado cuenta de sus pensamientos, Dylan abrió la mano y le enseñó lo que guardaba en la palma.

—Todo tuyo —murmuró sin dejar de mirarla intensamente.

Andy exhaló un suspiro de fuego. La noche anterior el jueguito del condón los había puesto al límite a los dos. Rasgó el envoltorio, decidida a ir al grano no solo por ansiedad sino también porque el tiempo apremiaba y su hermano podía aparecer en cualquier momento. Pero antes siquiera de intentar ponérselo, ya le había rodeado el miembro con su mano libre y los dos se habían fundido en otro beso incendiario. Nunca la habían besado igual y no tenía claro si aquella forma salvaje era su estilo de hombre caliente o era su estilo aquella noche en particular, porque simplemente no había habido besos normales entre los dos. Y le daba igual; él la besaba como si quisiera comérsela, y ella quería exactamente eso, que se la comiera entera.

—Joder con los calvos tatuados —murmuró, envuelta en un suspiro sobre los labios masculinos—. Menudo repaso me estás dando, chico...

Volvió a buscar sus besos, que esta vez vinieron acompañados de caricias igual de incendiarias. La mano del irlandés le rodeó el pubis posesivamente, en movimientos cada vez más intensos que frotaban más que acariciaban, proporcionándole un placer embriagador al que ella respondió apretando con fuerza el miembro que empuñaba.

Él jadeó y acto seguido le abrió la piernas al máximo.

—Los calvos tatuados, no. *Este* tío tatuado —dijo, su voz transformada por el deseo que hervía en su sangre. Dejó de besarla el tiempo necesario para hablar y volvió a la carga.

Esta vez, Andy tembló entera cuando un dedo invadió su vagina, hundiéndose profundamente.

—Y ya te he dicho que no soy calvo —añadió. Otro dedo invasor se sumó al primero y Andy gritó de gusto.

Grito que él silenció volviendo a besarla y a invadirla con sus dedos, y a besarla otra vez en un bucle sin fin.

—Joder —dijo él en un quejido apasionado—. Voy a reventar...

Le quitó el condón de las manos y se apartó lo suficiente como para poder ponérselo, cosa que hizo de dos movimiento, limpiamente. Ella no dejó de mirarlo en ningún momento. También sentía que estaba a punto de reventar y todo en él la excitaba aún más. Deberían parar. Debería dejar de complicarse la vida con alguien que no estaba en sus planes. Debería vestirse e irse a trabajar antes de que su hermano llegara y los pillara en plena faena...

Pero lo único que de verdad quería era que él se hundiera en sus entrañas otra vez.

Que era exactamente lo que Dylan quería. Cuando el preservativo estuvo en su sitio, él tiró bruscamente de las piernas de Andy, haciéndola resbalar hacia el borde sobre el mantelillo de punto que decoraba el alféizar, que cayó al suelo. Acto seguido colocó una de las piernas femeninas extendidas hacia arriba sobre su pecho e hizo que ella le rodeara la cadera con la otra.

Sus miradas se encontraron y los recuerdos de la noche anterior regresaron. Estaban allí, en la mente de los dos, haciendo que la sangre iniciara una carrera demencial.

Él se hundió dentro de Andy hasta el fondo de una sola embestida y ella gritó a voz en cuello.

—Tus gritos me vuelven loco... —dijo entre dientes, y volvió a hundirse dentro de ella. Esta vez mucho más fuerte.

Otro grito retumbó en la estancia. Otra embestida y otra, y otra más.

No eran solo sus gritos los que lo estaban enloqueciendo, era todo. Ella y su voracidad en la que se sentía como pez en el agua. La química que había entre los dos que lo ponía a arder de deseo con una mirada. Y su elasticidad, otra cosa que conseguía ponerlo al límite, gracias a la cual lo habían pasado tan bien en aquel alféizar y en aquella postura que abría a Andy como una flor, rendida a sus deseos, permitiéndole a él tener el control total del acto.

Y como tenía el control, lo usó a destajo.

—Eres una máquina —jadeó ella, buscando sus besos nuevamente—. Casi estoy por volver a ayunar otros seis meses y llamarte... Joder... Estos deben ser los polvos salvajes que decía...

Andy dejó de hablar. Había estado a punto de hacer un comentario muy inoportuno. Del tipo de los que cortan el rollo.

Si a Dylan le molestó no fue evidente. Más bien al contrario.

Sus caderas empezaron a embestirla casi con violencia, haciendo que ella jadeara sin parar, con un tremendo orgasmo creciendo en su interior. Se retiraba por completo y volvía a enterrársela con fuerza, cada vez más rápido. Tenían los instantes contados y los dos lo sabían.

—Estos son mis polvos y sí, son bastante salvajes.

Andy se retorció de gusto cuando él volvió a hundirse dentro de ella.

—Sigue, sigue, sigue… *Vamossssssssssss*, Dylan —dijo entre jadeos, en un ruego que sonó a orden y que lo puso a cien.

En aquel momento, cuando él se disponía a obedecer más que comedido, el sonido del móvil de Andy los dejó paralizados. Un instante después sonó el portero exterior de la vivienda.

—*Mecagoentodo* —masculló Dylan apoyando la frente sobre la cabeza femenina—. Dime que no es aquí… Dime que no me vas a dejar así…

Andy lo abrazó todo lo fuerte que le permitía la postura. Tragó saliva. Sentía todo el cuerpo con la flojedad característica del orgasmo. El útero latía al mismo ritmo de la verga que continuaba en su interior. Y una parte de su cerebro empezaba a tomar cada vez más conciencia del entorno. Era su hermano. El del móvil y el que tocaba al portero. Ya estaba allí y, como siempre, se había dejado las llaves. Aunque en aquel momento hubiera acertado dejándoselas, porque de otra forma…

—Es Danny. Está abajo. Toca porque no se ha llevado las llaves. Lo siento, Dylan…

Él echó la cabeza para atrás, respiró hondo, pero no se retiró del interior de Andy. Al contrario, se hundió en ella casi con desesperación.

—Un minuto más. Venga, nena… No me dejes así, que yo tampoco quiero dejarte así… Venga, por favor…

La premura del tiempo, que se agotaba, junto con el deseo ganaron la mano, y durante los siguientes instantes Dylan y Andy se enredaron en un cuerpo a cuerpo frenético. Lo que había empezado en el alféizar de la ventana, acabó contra la puerta de entrada cuando él la embistió frenéticamente por última vez y los dos alcanzaron un orgasmo imposible con el timbre del portero y el móvil sonando sin parar a modo de música ambiental.

Entonces, él la besó un vez más y abandonó su cuerpo. Recogió a prisa las prendas que estaban esparcidas por el salón y volvió a enfilar hacia la puerta de salida, tan desnudo como había venido al mundo.

—Cuando quieras, repetimos —le dijo cuando ya estaba a punto de desaparecer tras la puerta.

—¡Pero, ¿dónde vas así?! —exclamó, alucinada. No tenía dudas de que era un tío desinhibido, pero ¿tanto cómo pasearse por *su* edificio en pelotas?

Él volvió a asomar su calva por la puerta. La miró con su ecuanimidad habitual.

—Si quieres, me quedo. Pero solo con mirarte, deducirá que anoche fue a ti a quien tuve que cargar y tu credibilidad quedará por los suelos.

Ja. Danny deduciría *más* cosas con solo mirarla. Cosas que evidentemente el irlandés "se pasaba por el forro", como que su hermana mayor que siempre le daba la brasa con que tenía que ser más serio y arrimar el hombro, que su madre no estaba bien y había que sacar adelante a la familia, había aprovechado su ausencia para llevarse a casa a un miembro de la Hermandad Aria al que le había arrimado más que el hombro. Mierda.

Andy le dio sus bendiciones para que se marchara.

Ya está, pensó, ya lo había logrado; acababa de licenciarse con honores en la especialidad "cómo complicarse la vida en una sola noche".

Bar The MidWay
Aquel mismo día…

La camarera procuraba hacer como si fuera un día normal, un día como otro cualquiera, pero aunque exteriormente estaba bastante segura de dar el pego, por dentro la ansiedad se la estaba comiendo viva. Por un lado, sus jefes tenían sus respectivos problemas y el ambiente estaba algo tenso. Por otro, estaban las puñeteras pintas de cerveza que ya se había podido haber ahorrado, su pelea a puños desnudos con el mamarracho de Conor y como colofón, su salto al vacío desde un acantilado sin paracaídas. Porque llamarle error a haberse acostado con el irlandés era quedarse muy corta. ¿En qué narices estaba pensando para hacer algo así?

El problema era precisamente ese; para una vez en la vida que se permitía hacer lo que hacía la gente de su edad -léase, celebrar una buena noticia en compañía de amigos, pasarlo bien y beberse un inofensivo par de cervezas-, el resultado era un desastre. *Otro* desastre que sumar a su desastrosa vida. Conor ni había llamado ni había aparecido, pero tan segura como de que se llamaba Andy, que no dejaría las cosas tal que estaban.

Quizás no lo hiciera hoy, ni mañana, pero lo haría. Uno de estos días, cuando el alcohol que soportaba tan mal (en eso parecían almas gemelas) le calentara la lengua, organizaría otro follón y esta vez no se quedaría en indirectas. Y Dylan…

Dios, se le ponía dolor de cabeza solo con pensar en él. No por él, claro, que era un tío divertido y accesible, sino por la situación. No era del tipo de chica que hacía esa clase de locuras. Había tenido sus rollos, como cualquier mujer, pero ni se los había llevado a casa ni, por descontado, había permitido que las cosas se salieran tanto de madre. Nunca se había comportado así estando con un hombre y menos con uno por el que no tenía ningún interés especial. Para peor, por una vez, Dylan no había bebido, así que ni siquiera le quedaba el consuelo de que sus recuerdos fueran borrosos. Saber que él la conocía íntimamente y que recordaba momentos de los que ella habría querido olvidarse de poder recordarlos, hacía que tuviera ganas de salir corriendo. Cualquier cosa con tal de evitar que todos se dieran cuenta de que se habían pasado la noche de revolcón en revolcón. Cualquier cosa con tal de no verlo, de no leerlo en su mirada.

Pero, para su sorpresa -una grata y grande-, no fue nada de eso lo que sucedió. Dylan había llegado sobre las seis y media, poco después de Ike. Se habían puesto a conversar en la barra -sobre Conor y lo que al tesorero del club de moteros le había costado "meterlo en la cama"- y aparte de las bromas habituales cuando alguno le pedía otra cerveza o algún tentempié, su comportamiento hacia ella había sido de lo más normal. Ni miradas ni gestos ni tonterías de ninguna clase. Normalidad total. Cuando Evel, que ocupaba una mesa del rincón donde entrevistaba a una candidata para el puesto de responsable de barra los fines de semana, quedó libre, los dos moteros se le unieron. Poco después, Dylan se marchó.

Y la ansiedad de Andy se marchó con él.

Más tarde aquel mismo día…

Andy resopló, soltando toda clase de blasfemias mentales a su puñetera suerte, y volvió a darle una patada al pedal que solo sirvió para hacerle ver las estrellas, ya que el viejo motor continuó tan silencioso como antes. Muerto, vamos.

¿El trasto tenía que romperse justamente hoy? Solo faltaba que apareciera el cotilla de Ike y se quedara dándole palique hasta dormirla del aburrimiento. O peor aún, que el que apareciera fuera Conor y tuviera que pasar por el bochorno de aceptar su ayuda después de haberlo zurrado. Una sonrisa malísima apareció en su rostro al recordarlo por los suelos. Él había salvaguardado su amor propio diciendo que había perdido el equilibrio, pero que le fuera con el cuento a otra. *Ella* le había hecho perder el equilibrio, dejándolo tocado con un soberbio gancho de derecha y rematándolo con un rodillazo en sus partes nobles. Y no se tenía por una camorrista, al contrario, pero se la venía guardando desde Barcelona y Dios, que a gusto se había quedado.

La sonrisa, sin embargo, duró poco. Andy volvió a la realidad con un suspiro resignado. Estaba molida y todavía tenía que pasarse por el súper a comprar algo para la cena. Necesitaba arrancar la moto.

—Sé buena, *porfi* —le rogó en voz alta al conjunto de hojalata que tenía más de veinte años a su espalda, y volvió a dar la patada. Nada sucedió y la camarera dejó caer los brazos al costado del cuerpo—. Mierda.

Entonces, oyó la voz de Dylan que le decía:

—¿Necesitas ayuda, preciosa?

La sonrisa regresó al rostro de Andy que, sin embargo, se volvió a mirarlo interrogante. Estaba bastante segura de haberlo visto largarse hacía un buen rato ya.

—¿Me estabas esperando?

Él le obsequió una de sus miradas de refilón y se acercó a aquel trasto con lunares rojos pintados en el tanque de gasolina. Era una de esas miradas suyas tan expresivas que la hacían comprender en un instante y sin necesidad de explicaciones, que acababa de decir una tontería del tamaño de África. ¿Cómo la iba a estar esperando?

—Pues sí, me vendría muy bien que me echaras una mano. No quiere arrancar —explicó, señalando la vieja Honda.

Todos ellos eran unos manitas. Se pasaba la semana rodeada de tipos que lo desmontaban todo por deporte, solo por el placer de volver a montarlo pieza a pieza. Así que no le extrañó que toda la operación de Dylan se resumiera en un pim, pam, pum y el viejo motor se pusiera en marcha.

—¡Ay, muchísimas gracias, calvorotas! ¡No sabes el favor que me has hecho! —dijo, toda efusiva.

Él sonrió y continuó tranquilamente quitándose los restos de grasa de las manos con el trapo que había traído de su Harley junto con las herramientas.

Fue cuando Andy ya se había montado en su moto y estaba a punto de ponerse el casco, que él volvió a mirarla. Y fue cuando él la miró de aquella manera indescriptible, que el familiar escalofrío le recorrió la columna vertebral de cabo a rabo.

Entonces, Dylan hizo exactamente lo que dijo que iba a hacer.

—¿Hay algo más para lo que necesites que te eche una mano? —Hizo una pausa con premeditación y alevosía y, justo en el momento en que sus ojos del color del cielo volvían a posarse sobre ella, añadió—: O… *Las dos.*

La respuesta fue sí. Aunque Andy no era realmente consciente de necesitar las dos manos del irlandés, la atracción entre ellos era imparable.

Así que sí, aquel día la respuesta fue sí.

Y al siguiente también. Esta vez, sin necesidad de preguntarlo.

4

Jueves 27 de agosto de 2009.
Bar The MidWay,
Hounslow, Londres.

"Juntitos, pero no revueltos. Toma ya", pensó la camarera cuando vio entrar por la puerta a Conor seguido de Dylan con diferencia de segundos. El primero traía cara de "mecagoentodo" y el segundo, su expresión de "paso de ti, chaval", una adaptación puntual de su habitual y constante "paso", de alcance tan extenso y naturaleza tan evidente que no requería aclaración. El irlandés pasaba de todo y todos lo sabían. Sin saber lo sucedido, Andy podía relatarlo a ojos cerrados: el imbécil de Conor se le habría vuelto a ir al humo a Dylan, en un intento de defender su orgullo herido ante un oponente que, en su curiosa opinión, no solo le había levantado a la chica; también se "la había cepillado" (sic). Dylan, por su parte, le habría soltado alguna de sus frases tan llenas de lógica y carentes de empatía, tras lo cual, se habría dedicado a su deporte favorito: pasar. Llegados a este punto, lo que no dejaba de asombrarla era que dos hombres tan diferentes entre sí pudieran estar en su vida con resultados tan inesperadamente contrarios. Conor ocupaba su corazón y sin embargo, no hacía más que enfadarla, decepcionarla. Dylan, que dicho fuera de paso nunca había ocupado más que un taburete en el MidWay, se estaba ocupando de quitarle las telarañas a su aparato genital, y no solo lo estaba haciendo con sobresaliente; también era el artífice de todos los momentos de risas que había tenido en los últimos meses. A aquello no había por dónde meterle mano, pensó más ansiosa cada segundo que pasaba.

Mientras servía un agua con gas, espió disimuladamente el movimiento de los recién llegados en el local. Dylan se había detenido a conversar con el grupo de moteros que estaba junto a la gramola. Conor se había dirigido directamente al área de los lavabos sin detenerse más que lo necesario para palmear el hombro a algún conocido. Y por supuesto, sin dedicarle ni una triste mirada al sector de la barra donde estaba ella. Conor ni la había mirado y ella, en cambio, podía recitar de carrerilla cada una de la piezas de su indumentaria: vaqueros con rotos de diseño, camiseta sin mangas y chaleco de cuero con el anagrama de los *MidWay Riders* en la espalda. Sin olvidarse de esas rastas de muerte, que hoy llevaba sueltas y que, en conjunto, lo convertían en un imán de miradas. A Conor lo miraba todo el mundo, y desde que había roto con su eterna novia, Nikki, había varias moteras interesadas en echarle el guante.

Andy volvió a mirar donde estaba Dylan. En parte, por cambiar el chip y no pensar en lo tonta que se sentía cada vez que se descubría dedicándole atención a alguien que no hacía más que decepcionarla cada ocasión que se le presentaba; en parte por sondear qué tal estaban las cosas entre los dos después de su huída en plan estampida de la casa del irlandés, la tarde anterior. Algún gesto, alguna señal de que él no se había molestado, de que no había tomado a mal esos ataques de lucidez que a ella le daban en lo mejor de la fiesta, poniéndola en modo fuga…

Entonces, sus miradas se cruzaron. Dylan alzó una mano a modo de saludo seguida de un guiño al que Andy respondió con una sonrisa y un suspiro de alivio. Una vez más, se sintió agradecida por su pasotismo; hacía que las cosas fueran tremendamente sencillas.

Y aquel día, especialmente, ella necesitaba que fueran así porque estaba segura de que Conor se ocuparía de complicarlas.

Una vez de regreso en el bar, Conor hizo dos intentos infructuosos de hablar con Andy. Infructuosos porque a pesar de que ella no fue abiertamente indiferente, se las arregló para librarse de tener que atenderlo.

Pero cuando la camarera abrió la puerta que separaba el salón del área de servicios y lo vio allí, apoyado contra la pared del estrecho pasillo, tuvo claro que esta vez no lograría librarse, a menos que fuera directa. Aún así lo intentó. Pasó a su lado sin hacer el menor ademán de detenerse.

—Escucha, Andy… Sé que estás cabreada y lo entiendo, pero por favor, dame un minuto. Uno solo, te lo juro.

Ella maldijo para sus adentros. Aquel tono de cordero camino del matadero y la flojera que le entraba cada vez que lo tenía cerca, se mezclaban dando por resultado un cóctel imposible. ¿Cómo podía tener ganas de matarlo y al mismo tiempo estar tan colgada de él? Le resultaba sencillamente incomprensible.

Se volvió hacia Conor y puso el cronómetro de su reloj en marcha. Lo miró con cara de pocos amigos.

—Cincuenta y nueve segundos, y restando.

El motero se apartó de la pared. Avanzó hasta ella sin dejar de mirarla. Y Andy tuvo que hacer uso de todo su cabreo almacenado durante meses para que la salvara de derretirse allí mismo, como un helado que alguien hubiera arrojado al sol.

—No sé qué me pasa que cada vez que intento arreglar las cosas contigo, acabo fastidiándolas más de lo que estaban antes. Por favor, perdóname. Lo del lunes se mereció la tunda que recibí, y aunque todavía no me puedo creer que me la hayas dado tú… —lo dijo de tal manera que Andy tuvo que pelearse con los músculos de la cara para no sonreír. ¡Menuda tunda le había dado!—. El viernes vi a Dylan saliendo de tu casa y se me fue la cabeza… Con las tías es un cabrón que va a lo que va y la idea de que… —cerró la boca antes de que Andy decidiera cerrársela de otro tortazo—. Hace un rato me dijo qué hacía allí y te juro que me sentí como un estúpido. Él te estaba echando una mano y yo…

Andy pasó de la flojera al enfado y de él a la consternación en cuestión de segundos. Tenía miga que viniera a disculparse y de paso, así como quien no quería la cosa, le diera otra mano de alquitrán al irlandés (a pesar de reconocer que "él le estaba echando una mano"). Tanta miga como tenía el hecho de que el gran pasota del MidWay decidiera darle explicaciones a alguien. Y tanto que le estaba echando una mano… Las dos, para ser precisos.

Pero lo que más sacaba de quicio a la camarera, lo que más la desilusionaba, eran las implicaciones de sus palabras, un pequeño detalle del que Conor no parecía darse cuenta, tan sagaz él; o bien pensaba que ella era lo bastante ingenua como para caer en las redes del primero que intentara seducirla, o peor aún, que era una fresca que se iba con cualquiera.

Ese tipo era un imbécil. Un imbécil redomado.

Andy se tragó las ganas de manifestar sus pensamientos en voz alta y detuvo el cronómetro de su reloj con otro movimiento ostensible.

—Tiempo —anunció. Tras lo cual reanudó su camino hacia el baño.

Conor reaccionó con buenos reflejos.

—Espera, espera, espera —rogó, tomándola por un brazo con suavidad—. Andy, por favor, quedemos fuera del bar…

—Tú sueñas —exclamó, liberando su brazo molesta.

Pero él volvió a avanzar.

—Claro que sueño —volvió a tomarla, esta vez, por los dos brazos haciendo que ella lo enfrentara—. Sueño contigo todo el tiempo. Con charlar y reír y hacer kilómetros en la moto sabiendo que te llevo de paquete, pegada a mí… Y con besarte. —Andy contuvo el aliento ante aquellas confesiones apasionadas. E inesperadas. Era la primera vez que veía a Conor tomar el buey por las astas y estaba alucinando. Halagada y enamorada—. Venga, princesa… Dame una oportunidad, por favor. Quedemos fuera de aquí, donde podamos estar a nuestro aire. Donde nadie esté pendiente de nosotros y podamos charlar tranquilos. Por favor. Pon tú el día y el lugar, y ahí estaré —se inclinó hacia ella y Andy sintió por primera vez en su vida que le faltaba el suelo bajo los pies. Él aprovechó el momento—. Por favor, princesa. Dime que sí.

La tenía a punto de claudicar y Conor lo sabía, pero una vez más, la suerte no estuvo de su parte. Las puertas que comunicaban el salón con el área de los servicios, se abrieron con el familiar sonido. Andy se apartó rápidamente y otra vez hubo millas siderales entre los dos.

—¿Arreglando desavenencias, la parejita? —dijo Ike al pasar junto a ellos.

Conor fulminó a su tesorero con la mirada. Andy aprovechó la ocasión para llamar a retirada, esta vez de forma definitiva. Enfiló para el bar, dispuesta a orinarse encima, si hacía falta, con tal de salir del área de influencia del motero de las rastas. Mal que le pesara, todavía la tenía amarrada por el corazón. Y bien fuerte, además.

—Tengo que trabajar —farfulló Andy a modo de excusa.

Y se quitó de en medio, volando sobre sus tacones de regreso al bar.

Conor dejó caer la cabeza, frustrado. Sus rastas se sacudieron acompañando el movimiento, dándole un aire aún más patético a su nuevo fracaso.

—Mierda —fue la única palabra que salió de su boca.

Pero nadie la oyó.

Una hora después, Andy sentía verdaderas ganas de salir corriendo. Conor había regresado a la barra y estaba al acecho, buscando la ocasión de volver a la carga con su "por favor, dame una oportunidad, princesa". No dejaban de llegar moteros sedientos, así que los tres que atendían la barra estaban constantemente atareados. Lo que en un principio la había halagado tanto, hacía rato que había empezado a agobiarla. Estaba segura de que Ike se había ido de la lengua, porque las miradas de varios de los miembros del club de moteros seguían con interés cada paso que ella daba, especialmente si dicho paso la acercaba al lugar donde se hallaba el presidente del club. La situación que se estaba creando no le gustaba en absoluto.

Y en contraposición a la pertinaz insistencia del motero de las rastas, el calvo estaba "desaparecido en combate".

Tal y como Andy había sospechado, aquel saludo con guiño incluido al llegar fue toda la comunicación que hubo entre ella y Dylan. El irlandés había bebido varias *ginger ale* y una cerveza, pero ninguna de las bebidas se las había pedido a ella. Había estado hablando bastante por el móvil y también conversando largo y tendido con el mismo motero con quien había charlado brevemente al llegar. Eso era lo corriente, por algo lo llamaban el "tío de los mil contactos". Pero mantener tanta distancia con la barra, y en especial con ella, no era nada corriente; estaba segura de que él intentaba, a su manera, no complicarle más las cosas. Algo que Andy le agradecía desde el fondo de su corazón ya que, realmente, dudaba que aquella tarde fuera capaz de tolerar más incomodidad, sin huir despavorida.

Y lo habría hecho personalmente -agradecérselo-, pero dadas las circunstancias -léase, media docena de ojos incluidos los de cierto rastafari, que no le perdían pisada-, tendría que dejarlo para otra ocasión.

O quizás no, pensó la camarera mientras miraba a Amy sin saber muy bien qué responder. Ya le resultaba curioso verla nuevamente por allí, pero ¿pagarle una cerveza al irlandés y usarla a ella de mensajero?

—¿Te has enterado o quieres que te lo repita? —dijo Amy un tanto desconcertada por la (falta de) reacción de la muchacha.

Andy salió de la abstracción y asintió.

—Sí, sí... Le llevo una cerveza y la notita y le digo "de parte de una gran admiradora" —miró para otro lado, intentando tragarse la sonrisa, pero fracasó estrepitosamente. Al instante, se estaba tronchando—. Disculpa...

Amy también rió. Tenía razón, aquello era de risa. Pero quería hablar con Dylan y ya que por las vías habituales no había tenido éxito, pues...

—No quieras saber lo que dice la nota —apuntó con su habitual desparpajo, algo que consiguió modificar la idea que Andy se había hecho de ella. Para mejor.

—Ni lo que Conor debe estar pensando ahora mismo viéndonos conversar —apuntó Andy al darse cuenta de que el motero estaba completamente atento a ellas y de que su rostro había perdido color. Y no, no era efecto de la iluminación del local; el tío se había puesto pálido.

—Ya te digo —concedió la rubia platino—. Estará sudando tinta china pensando en lo que te estaré contando. Venga, pon cara de cabreada, vamos a hacerlo sufrir un poco...

Ganas no le faltaban de seguirle el juego, pensó Andy, porque desde luego ella también tenía muchísimas ganas de verlo sufrir. Por capullo. En cambio, se puso a servir una pinta de cerveza.

—No tientes al demonio que soy tan capaz de infligirle una lenta y dolorosa tortura, que me doy miedo hasta yo... —comentó Andy.

Amy miró al motero de las rastas con disimulo. Seguía a la camarera con el mismo interés absoluto de Barcelona, sin perderse un detalle. Ahora sumaba su más que evidente preocupación. Preocupación por lo que pudiera estarle diciendo.

—¿Todavía no habéis hecho las paces? —preguntó Amy.

Andy frunció el ceño. Limpió un poco de cerveza que había rebalsado de la jarra y la apoyó sobre una bandeja.

—No sé a qué te refieres. Nunca he salido con él y admito que no está mal, pero… Está claro que le van las rubias —dijo con el mayor garbo que pudo, y coronó aquella frase nada comprometedora con una sonrisa casual.

Esta vez fue Amy quien frunció el ceño.

—¿No eras su novia? Me dijo que hacía poco que habíais roto —explicó ante la expresión cada vez más asombrada de Andy—. Que todavía estaba "bastante pillado", cito textual, y como no dejaba de mirarte… Pensé que se refería a ti. ¿No eres tú?

El desconcierto en aquel rostro súper cargado de maquillaje era de risa. Tanto como el creciente enfado que empezaba a adueñarse de Andy a medida que las cosas empezaban a cuadrar a la luz de esta nueva información. Así que el muy impresentable "seguía pillado" de su verdadera y única novia conocida mientras tonteaba con Amy y le juraba y perjuraba a Andy "que soñaba con ella".

—Como digo, no soy su tipo —respondió ella—. Esa novia de la que sigue "pillado" se llama Nikki. Y es rubia como tú.

—Y ese tío es un gilipollas —ratificó Amy, alucinada por lo que acababa de oír.

Y un inmaduro, incapaz de encontrarse el ombligo en la mitad de la panza. Un mentiroso y un impresentable.

¡Diosssssssssssssss, qué ganas de volver a zurrarlo!

Andy decidió que lo mejor era dejarlo estar. Añadió la nota de Amy y un plato con cacahuetes a la bandeja, y se puso en marcha.

Tal y como Andy pensaba, Dylan hablaba de negocios con el grupo de moteros con quienes estaba. Y sí, también como ella creía, se estaba manteniendo a distancia a propósito. Después de la conversación que había mantenido con Conor en la calle, y los intentos suyos por acercarse que había detectado, no deseaba arrimar más leña al fuego ni dar lugar a ningún tipo de comentarios.

Por eso, le sorprendió verla aparecer con una pinta de cerveza que ninguno de los moteros con quienes estaba había pedido.

Después de saludar a todo el grupo con un jovial "hola, colegas", Andy le entregó a Dylan su cerveza.

—De parte de una gran admiradora —dijo risueña.

El grupo en pleno empezó a silbar y a bromear acerca del "tirón que tenía el calvo, que hasta sus admiradoras le pagaban cervezas" bajo el gesto escéptico de Dylan que miró a Andy sin hacer el menor ademán de coger la jarra.

—Tranquilo, que no soy yo. Te admiro, ya lo sabes —añadió Andy con una gran sonrisa llena de picardía—, pero no te incitaría al alcoholismo. En todo caso te invitaría a una isotónica.

"¿Quieres que me oxide?". El pensamiento regresó a la mente de los dos y con él, los recuerdos. El magnetismo de Dylan, su tentadora y maravillosa desnudez, su permanente apetito sexual que lo hacía capaz de convertir la frase más intrascendente en una detonación en cadena... Andy no pudo evitar el escalofrío que la recorrió entera, aunque, plenamente consciente de dónde estaba, mantuvo las apariencias. Él tomó la jarra. Sus ojos miraron brevemente a la camarera cuando dijo:

—¿Y a quién tengo que agradecerle el detalle de que *no* me cuide tanto? —replicó, haciendo crecer un poco más la lista de cosas que agradecerle.

Verás cuando lo sepas, pensó la camarera.

—Viene con esta notita —añadió Andy, conteniendo la risa.

Con expresión divertida, el irlandés tomó el trozo de papel doblado en cuatro bajo los comentarios y la mirada curiosa de sus colegas. Lo abrió y leyó.

Andy notó que algo cambiaba en su expresión. Una mezcla de desafío y desenfado que tiñó sus ojos color cielo y le informó que el obsequio era de su agrado, pero no así de quién provenía.

—Eh, tío, venga ya. ¿Nos vas a dejar así, sin saber quién te está tirando los tejos? —dijo uno de los moteros al ver que Dylan arrugaba el papel y en un primer momento lo dejaba sobre la bandeja de la camarera, para a continuación cambiar de idea y guardárselo en el bolsillo del vaquero.

—La curiosidad mató al gato —comentó tan tranquilo mientras sus colegas se burlaban. Acto seguido, bebió un sorbo de cerveza y se inclinó hacia la bandeja, donde estaba el platito de cacahuetes.

—¿Los cacahuetes también son suyos? —le preguntó, la picardía brillando en sus ojos.

—No, esos son míos. Pero, tranquilo, que se trata de una ofrenda desinteresada —apuntó Andy, tragándose la risa. Miró a los moteros—. ¿Queréis que os traiga algo, chicos?

"Desinteresada", ya, pensó el motero calvo.

Dylan tomó un puñado de cacahuetes y se los metió en la boca sin dejar de sonreír mientras sus colegas se ponían de acuerdo con sus pedidos. Y Andy continuaba luchando denodadamente contra los músculos de su cara, empeñados en hacerla sonreír.

—Yo quiero un *boilermaker* —dijo uno.

—Otra pinta para mí —dijo otro.

Y así hasta que el último escogió su bebida. Entonces, el irlandés volvió a hablar.

—Así que no me estás tirando los tejos —apuntó, haciendo que Andy ya no pudiera contenerse y echara a reír—. Qué alivio, no sé si podría con tanto.

Pero no fueron solo las carcajadas de Andy las que sonaron más fuerte, los moteros, al unísono, se estaban tronchando y Dylan los miró desafiante.

—No te hagas ilusiones, colega —explicó uno de ellos que respondía al nombre de Markus, diciendo en voz alta más o menos lo que todos estaban pensando—. Por lo visto, ni Finley puede fardar de eso —miró a la camarera con picardía—. Y eso que según me han contado, a la princesa aquí presente le van las rastas mogollón.

—Tampoco creas que es para tanto —retrucó ella, pensando cómo era posible que aquellos tipos supieran tanto si ella apenas recordaba haberlos visto por allí antes. Se apresuró a desviar el tema porque si había algo que no quería era que Conor se convirtiera en tema de conversación—. ¿Algún mensaje?

Dylan se estiró a tomar una servilleta del servilletero que había sobre una mesa próxima y usando la espalda de uno de los moteros a modo de apoyo, escribió algo sobre ella. La dobló en cuatro y la puso debajo del platillo de cacahuetes. Miró a Andy.

—No —respondió.

Los ojos de la joven se desplazaron con disimulo (y rapidez) del trozo de papel en su bandeja a los ojos de Dylan.

—¿No? —quiso corroborar.

Él negó con la cabeza y volvió a empinar la pinta dando el asunto por zanjado.

—Qué cabrón —comentó Markus y le dio un porrazo en la espalda que a punto estuvo de hacer que el irlandés se la echara encima.

—Cuidado con la emoción, chaval —se quejó Dylan—. Que me pringas.

Al primer comentario, siguieron otros y el asunto "alguien le está tirando los tejos al calvo" empezó a correr de motero en motero.

Andy permaneció contemplando la escena un tanto incrédula. ¿Eso era todo?, pensó. Una mujer le hacía un avance en toda regla y él se quedaba con sus colegas, tan tranquilo, sin tomarse la menor molestia. Sin un "gracias", sin un comentario. Pues no quería estar en la piel de Amy, la verdad. ¿Y a santo de qué la nota que había puesto bajo el plato? ¿Era para Amy o para ella? ¿Iba a tener que leerla para no meter la pata?

Entonces, Dylan volvió a mirar a la camarera. Era una mirada que le preguntaba qué puñetas hacía allí todavía, como un pasmarote.

Andy asintió. Se apresuró a decir:

—Vale. Enseguida os traigo las bebidas.

En el último momento, Andy decidió cambiar de rumbo. Aprovechando que el camarero de apoyo acababa de dejarse la puerta abierta -y menudo rapapolvo se iba a llevar el novato como los jefes lo vieran-, se dirigió a la zona de acceso solo autorizada para empleados, que comunicaba con la entrada privada a casa de Dakota y donde también guardaban las cajas de bebida. Había dudado entre eso o encerrarse en el baño, pero para lo que tenía en mente prefería que no hubiera encuentros imprevistos. No solo por los encuentros en sí, sino por lo que se disponía a hacer, que según le había enseñado su querida madre, no-estaba-bien.

¿Fisgando a escondidas? Mal, muy mal, pero no se fiaba un pelo de Dylan cuando se trataba de sus ligues. Era un especialista en cabrearlas. A todas, sin excepción. Y ya que, en este caso, hacía las veces de 'mensajera' y era de todos conocido quién pagaba el pato cuando las noticias no eran agradables…

En una situación normal, la nota del irlandés tenía que estar dirigida a Amy. En cuyo caso, ella estaría metiendo sus narices donde no debía. Pero Dylan era Dylan. Seguía muy enfadado con Amy aunque lo negara, y la forma tan absolutamente indiferente en que había reaccionado, sumada a aquel escueto "no" a la pregunta "¿algún mensaje?"… Todo, en conjunto, le daba muy mala espina.

Y mucha curiosidad.

Andy depositó la bandeja sobre uno de los escalones que conducían a casa de Dakota y Tess. Mucho más ansiosa de lo que estaba dispuesta a reconocer, tomó la nota de Dylan y la abrió. Por un instante, se quedó en blanco, mirando el papel sin acabar de entender lo que leía. Tratándose del él, no esperaba la Biblia en verso, pero tampoco que solamente hubiera escrito un número. Era todo lo que había. Un puñetero número. ¿Así respondía a una invitación femenina? Aquello era un mensaje en clave ¿o era así como lo hacían los informáticos?

Pero un segundo después, tuvo que sonreír. ¿Era para Amy? Claramente, se trataba de un número de móvil. Si él seguía enfadado con la rubia y pasaba hasta de dirigirle la palabra, no tenía sentido que le diera otro medio para que siguiera incordiándolo. Eso, suponiendo que ella no lo tuviera ya. Por lo que se rumoreaba Dylan y Amy habían quedado varias veces. ¿Cómo no iba a tenerlo?

Andy sacudió la cabeza asombrada por las salidas del irlandés. Sacó su móvil del bolsillo de los vaqueros y escribió un mensaje para él:

"Es para matarte, que lo sepas".

Sin esperar respuesta, volvió a guardarlo, recogió la bandeja y regresó a la barra, pensando en qué le diría a Amy.

En el bar, Dylan consultó su móvil con disimulo cuando lo sintió vibrar indicando que había recibido un mensaje. Leyó y volvió a guardar el aparato sin hacer el menor comentario. El cazador que vivía en él, sin embargo, sonrió para sus adentros.

No era en matarlo, precisamente, en lo que Andy estaba pensando. Se jugaba la cabeza y no la perdía, a que le habían entrado unas ganas locas de que él volviera a ponerla en forma. Y ahora que le había dado vía libre para manifestar(le) sus deseos, no tenía más que pedir por su boquita…

Además, aunque la camarera probablemente aún no se hubiera dado cuenta, había sido una jugada maestra: ahora él también tenía su número de móvil.

Más tarde, aquella noche…

Andy miró por la mirilla. Era Dylan. A continuación, miró asombrada la hora y abrió la puerta.

—Me ha abierto un vecino —aclaró él al ver la expresión en la cara de la camarera.

Ella sonrió divertida y todavía asombrada.

—Ya. Imagino que no llevarás una ganzúa —dijo, abriendo la puerta de par en par para dejarlo pasar. Dylan entró y ella volvió a cerrarla—. Lo que me sorprende es tu rapidez. No hace ni quince minutos que te llamé.

En realidad, habían sido ocho minutos pero... Él valoró la situación durante unos instantes. ¿Le resultaría muy fuerte saber que estaba allí, a la vuelta de la esquina, esperando una llamada que sabía a ciencia cierta que se produciría? Probablemente, sí.

—Soy ultra rápido para lo que me interesa.

Y acompañó la frase con una sonrisa.

Andy rió de buena gana y le hizo señas de que la siguiera.

—Venga ya, calvorotas. Que los dos sabemos que lo que a ti te interesa es veinte centímetros más alta y lleva el pelo color platino... —Otro intento fallido de tirarle de la lengua al irlandés, que permaneció mirándola poner orden en la cocina sin hacer el menor comentario.

—¿Qué? ¿Sigues haciéndola sufrir un poquito? —insistió con picardía.

Dylan dejó su cazadora sobre el sofá y pasó al otro lado de la pequeña barra americana. Le sacó el colador de pasta de las manos y volvió a dejarlo en el escurridor. A continuación, puso los brazos a cada lado de Andy, sobre la mesada, cerrándole el paso.

Ella exhaló un suspiro cargado de ansiedad y de algo más que Dylan reconoció al instante y lo excitó. La maquinaria se había vuelto a poner en marcha.

—¿Y tú? ¿Sigues haciéndolo sufrir?

Dylan se inclinó hacia Andy. Ladeó la cabeza y sus labios empezaron a dar pequeños mordiscos al cuello femenino provocando reacciones cada vez que apretaba ligeramente la mordida. Reacciones que retroalimentaban su propio proceso. Ella temblaba y él se excitaba cada vez más.

—Lo mataría —susurró al tiempo que echaba la cabeza hacia dejando el campo libre a los besos de vampiro de Dylan—. De muy buen grado, te lo aseguro…

Él encajó sus caderas contra las caderas femeninas y empujó, insinuante, con descaro.

—Ya lo estás matando, tranquila. Lo tienes a pan y agua y el tío está que no puede con su alma.

Andy volvió a suspirar. Había algo extrañamente dulce en pensar en Conor, en hablar de él, mientras otro hombre la seducía. Excitante. Como una especie de venganza dulce, muy dulce, que le proporcionaba… ¿consuelo? Sí, algo así.

—No tenemos mucho tiempo… Danny está al caer… Como mucho media hora —murmuró ella, rendida a aquel movimiento de caderas que la estaba volviendo tan loca de deseo como sus besos de vampiro.

Dylan se irguió. La miró con los ojos convertidos en puro fuego y la tomó por el pelo fuertemente. Ella parpadeó ante aquel agarre apasionado que inesperadamente la excitó mucho más que todo lo demás.

—Suficiente —murmuró él.

Pau Estellés permaneció mirando al hombre con el que acababa de cruzarse en el portal. Le resultaba familiar -su calva lustrosa, los tatuajes que asomaban del puño de la cazadora y cubrían buena parte de la mano-, pero no conseguía recordar dónde lo había visto o si lo conocía de algo.

Lo vio montarse en una Harley Davidson negra y alejarse calle abajo. Cuando dejó de verlo, entró en el edificio que continuaba tan descolorido como la última vez que había estado allí, hacía cinco o seis meses. Volvió a subir los seis tramos de escalera pensando cómo se las arreglaría la cabezota de su hermana cuando ya no pudiera asumir el esfuerzo de subir tres pisos. Visto lo visto, quizás se propusiera no volver a bajar hasta que la sacaran dentro de una caja de pino.

El hombre moreno, alto y delgado, que hacía tiempo que había doblado la curva de los treinta, vestía de negro -pantalones de vestir, camisa a juego y cazadora- y portaba una voluminosa mochila de diseño. Llegó al último rellano de una zancada que le permitió subir tres peldaños a un tiempo, tocó el timbre de la puerta indicada con el número tres y esperó.

Andy, que acababa de sentarse a cenar después de despedir a Dylan, volvió a ponerse de pie.

—Se ha dejado algo —comentó mientras se dirigía a la puerta—. Vosotros comed, que se enfría, yo enseguida vuelvo.

Abrió la puerta con la broma en la punta de la lengua y se quedó con la boca abierta al ver al hombre que le sonreía al otro lado de la puerta.

—¿Qué tal, guapísima? —la saludó en menorquín.

Andy ya le había echado los brazos alrededor del cuello, feliz de verlo.

—¡Tío Pau, qué alegría! Pero, ven, pasa, pasa, que estábamos a punto de cenar! —dijo, tomándolo de la mano.

El treintañero siguió a Andy al interior del salón.

—Mira a quién tenemos aquí, Danny, ¡el tío Pau! —anunció ella alegremente.

—Pero qué mayor estás, chico —dijo él, dándole un abrazo al adolescente—. Y menudo estirón, ya casi me alcanzas.

El muchacho sonrió halagado. Le gustaba que, para variar, alguien lo viera "mayor", especialmente en una casa donde las mujeres estaban en mayoría y siempre lo habían tenido por un niño.

—Este es mi amigo Jonas —y mirando al rubiales de su misma edad, le informó—: Él es mi tío Pau.

—¿Tu tío... qué?

El menorquín sonrió.

—Soy Pau. Pe, a, u —deletreó en inglés.

La conversación continuó mientras la familia cenaba. El recién llegado solo aceptó un café y, posteriormente, los acompañó con el helado de tres sabores que tomaron de postre. Después de cenar, los más jóvenes se fueron a la habitación de Danny. En teoría a estudiar, aunque Andy sabía que no abrirían un libro. Estaban a punto de desaparecer del salón cuando Danny preguntó:

—¿Y mamá está bien?

—Claro. ¿No habláis todos los días? —respondió Pau.

El joven se encogió de hombros.

—Las madres mienten muy bien, ya sabes…

Pau le echó una mirada a Andy que sonrió pero no hizo comentarios.

—Sí, de verdad. Las dos están bien —respondió aludiendo a su hermana, por quien no había preguntado, a pesar de tenerlo tan preocupado como su madre.

Danny asintió, a Andy le pareció que aliviado, y al fin se marchó.

Cuando quedaron a solas, hicieron una larga sobremesa, en la que Pau la puso al día de las novedades. Al fin, llegó la pregunta de rigor.

—Y ¿a qué se debe esta visita inesperada? ¿No te habrás echado una novia inglesa, no? —bromeó Andy.

Pau tendió un brazo alrededor del respaldo de la silla vacía que había a su lado al tiempo que esbozaba una sonrisa resignada.

—Ya me parecía raro que mi querida sobrina no se dedicara al deporte favorito de las mujeres de esta familia... Es un viaje de negocios, no de placer. Lo que por cierto me permite aclarar que en caso de plantearme uno de placer, ella no sería inglesa ni yo me enrollaría con alguien que vive a kilómetros de mí. Eso no sería una relación. Más bien un castigo bíblico.

—¿No crees en las relaciones a distancia? —apuntó la camarera, con tanta picardía que Pau tuvo que reír.

—¿Tengo cara de tortolito?

La verdad fuera dicha, no. No recordaba cómo era su cara de tortolito, si es que alguna vez la había llevado. Su primera -y que la familia supiera, única- incursión en las relaciones sentimentales había acabado fatal y casi cinco años después, la batalla continuaba en los tribunales en torno al único hijo del matrimonio, una niña de seis años que era el ojito derecho de su padre, y por cuya custodia el menorquín estaba removiendo cielo y tierra.

—Así que negocios...

Sus palabras comunicaban una cosa, pero la sonrisa en el rostro de su joven sobrina, otra muy distinta. Pau sacudió la cabeza haciendo que su poblada cabellera se meciera cubriéndole parcialmente uno de los ojos. El flequillo era denso, partido al costado con una raya baja sobre el lado derecho de la cabeza que atravesaba su frente en una amplia onda. Los perfiles y la nuca los llevaba con el pelo muy corto. Él lo recolocó de un solo movimiento de la mano y continuó.

—Negocios, sí. Me propongo que los ingleses prueben el vino de la familia y de paso, conseguir que la tozuda de mi hermana deje de cuidar niños o ancianos ajenos para llevar algún dinero a casa. —Sus enormes ojos castaños de largas y espesas pestañas se posaron sobre Andy cuando añadió—: Y si de paso consigo que la tozuda de su hija deje de servir cervezas a una panda de moteros borrachos y tenga un trabajo digno con un sueldo digno, me sentiré realizado.

Andy le dedicó una mirada burlona. Llena de cariño, sí, porque apreciaba el genuino interés del único hijo varón de Francesc Estellés, pero a la vez de guasa, ya que dudaba mucho que éste fuera a dar su visto bueno. Hacía años que se había desentendido de ellos.

—Uy, no sé por qué me da que lo tendrás difícil para conseguir las bendiciones del Gran Cacique. Y sin sus bendiciones...

Pau asintió. No era la primera vez que lo intentaba. Alternativas rentables, todas bien planteadas y con buenas perspectivas, que su padre se ocupaba de descartar de un plumazo con la misma frase lapidaria de siempre: "No se nos ha perdido nada en esas tierras". Pero, en esta ocasión, las cosas serían diferentes.

—Lo tendría difícil, si las necesitara. Pero ya no necesito sus bendiciones.

Andy lo miró interrogante. Pau se dispuso a aclarar el tema.

—Desde hace una semana, estoy a la cabeza de las empresas familiares. Ha decidido retirarse.

—Y dejárselo todo a su único hijo varón —dijo Andy, asombrada, completando la frase. Asombrada porque nunca había entendido el patriarcado acérrimo de una familia en la que la mayoría de sus miembros eran mujeres y sin embargo, no contaban para nada. No era que le interesara realmente, pero le asombraba que las cosas fueran así—. Las tías estarán felices de ver destacada su brillante posición de cero a la izquierda otra vez.

—Las tías saben que todas las decisiones que tome en el futuro contarán con su apoyo. Yo no soy mi padre.

Andy pudo reconocer un punto de reproche en la voz del menorquín. Ciertamente justificado, porque no, desde luego, Pau y Francesc Estellés compartían poco más allá del apellido. Pau siempre había luchado por limar las diferencias y recortar las distancias que había provocado que el patriarca abandonara a su primera mujer estando gravemente enferma para casarse con otra, quince años más joven, con quien había cumplido, al fin, su gran aspiración de tener un hijo varón que perpetuara el apellido de la familia. Y siempre había estado muy unido a las tres hijas mujeres de su padre, a quienes consideraba hermanas de sangre. Las adoraba y ellas a él.

—Sí, tienes razón. Discúlpame —concedió Andy y cambió de tema de manera drástica—. La hija tozuda de tu hermana tiene un buen trabajo y acaban de ascenderla, así que no tienes que preocuparte por ella. Está muy bien.

—¿En serio? —Andy asintió—. ¿Y esperas que me lo crea, así sin más? ¿Cómo se puede estar bien sirviendo cervezas en un bar?

—Alguien tiene que servirlas.... —Sonrió—. Además, mis jefes son buena gente y no es un simple bar, es el bar de moteros más cañero de la ciudad. ¿Por qué no vienes y lo ves con tus propios ojos? ¿Hasta cuándo te quedas? El bar está abierto todos los días...

—No vas a parar hasta que vaya a conocerlo, ¿a que no?

Andy puso cara de niña buena.

—Te van a caer genial, tío Pau. De verdad que son buena gente.

El menorquín exhaló un suspiro.

—Vale. Mi avión sale tarde mañana, así que me presentaré en Hounslow para conocer al mítico bar The Midway y a sus propietarios.

5

Viernes 28 de agosto de 2009.
Bar The MidWay,
Hounslow, Londres.

"Es como estar en el metro en hora punta", pensó Andy ante la visión que se abría ante sus ojos. Los primeros cuatro días de la semana eran más soportables, pero cuando llegaba el viernes ya no daban a basto. Menos mal que al día siguiente se incorporaba la nueva camarera, porque el pobre Frank empezaba asustarse de tanto ajetreo permanente. Solo faltaba que él también hiciera lo que Samir. Si se largaba ahora, que ya estaba más o menos "enseñado", a Dakota le iba a dar un infarto. O un ataque de mala leche, que a los efectos del personal era igual de malo.

Andy cobró una consumición y cuando estaba dándole las vueltas al cliente vio que Conor se dirigía hacia ella con sus buenas vistas de siempre... Y su cara de cordero camino del matadero. Tardó una fracción de segundo en decidir que no estaba de humor para memeces (y sí para puñetazos… ¿por qué sería que desde el lunes cada vez que pensaba en Conor le entraban ganas de zurrarlo?). Y otra fracción más en reaccionar.

—¡Frank, la barra está a tu cargo, que voy a recoger las mesas! —voceó al tiempo que se alejaba, bandeja en mano ante las mismísimas narices del presidente de los MidWay Riders, que maldijo para sus adentros y se quedó mirando cómo ella salía de detrás de la barra.

—¡Oído! —replicó el veinteañero, y dirigiéndose a Conor, añadió—: ¿Qué vas a beber?

El motero de las rastas torció la boca. Miró a su interlocutor con sorna.

—Cianuro, ¿tenéis?

Dylan siguió la jugada con interés desde su ubicación, junto a la ventana próxima a la puerta que hacía esquina, donde conversaba con Markus y sus amigos. Los había conocido en el Ace-Café hacía un tiempo y, por lo visto, les había vendido tan bien las bondades del bar de Dakota y Evel que era la segunda vez que se pasaban por allí aquella semana. Notó que Conor parecía que se dedicaba a su cerveza, pero continuaba atento a Andy. No le perdía pisada. Era la típica mirada de un tío que busca la ocasión de volver a intentarlo y como sabía de sobra cuáles eran sus sentimientos por ella, también sabía que, aunque ese round hubiera acabado a favor de Andy, todavía quedaba mucho combate por delante. Mucho, porque ella era durísima de pelar. Su juventud y su risa fácil comunicaban una imagen que distaba kilómetros de la verdadera personalidad de Andy. Antes lo intuía; ahora lo sabía de primera maño.

La atención del irlandés regresó a la camarera justo cuando ella hacía lo mismo. Andy le obsequió una sonrisa a la que él respondió con un guiño y cada cual siguió a lo que estaba antes. No era la primera mirada ni la primera sonrisa que intercambiaban aquella tarde. Si de Dylan hubiera dependido, se habría acomodado en un hueco de la barra como hacía siempre. En lo que a él concernía, eran adultos y libres, muy dueños de hacer lo que les viniera en gana. Además de que no en vano todo el mundo lo tenía por un pasota; francamente, le importaba un carajo lo que pensaran los demás. Pero lo último que quería era perjudicarla. Había tenido la ocasión de comprobar que su vida era ya bastante complicada sin añadir cotilleos ni escenitas estúpidas por parte del imberbe del que Andy estaba enamorada, aunque la mayor parte del tiempo quisiera zurrarlo.

Además, estaba la cuestión de la química que había entre los dos. Toda una cuestión que tenía a Dylan en vilo desde hacía cuatro días, con una erección en ciernes, preparada para la batalla a la menor insinuación real o imaginaria. Precisamente por eso, prefería dejar que fuera Andy quien tomara la iniciativa. Para ir sobre seguro. Ya que era ella quien verdaderamente tenía algo en juego, que fuera libre de escoger, de decidir su siguiente movimiento.

Y en eso, justamente, estaba pensando Andy.

Dylan no se dio cuenta de que la tenía detrás hasta que sintió que le acariciaba la parte baja de la espalda, algo más que un roce que fue del riñón derecho al riñón izquierdo, como quien acaricia al pasar. Era su mano. Era su forma de acariciar, sugerente pero nada intrusiva, con los dedos bien abiertos anunciando su presencia con suavidad.

Todo ocurrió en un segundo.

Dylan tomó nota rápida de qué hacían sus compañeros de grupo y comprobó que sus ojos estaban pegados a la gran pantalla de plasma que proyectaba imágenes de la última carrera del mundial de motociclismo. Acto seguido, controló a Conor. Él conversaba con Ike y en aquel preciso instante, tampoco prestaba atención, pero el irlandés sabía que no duraría mucho, que sus ojos pronto volverían a buscar a Andy y que si la encontraba a su lado, se dispararían todas las alarmas. No había tiempo que perder. Solo entonces, cuando estuvo seguro de que nadie les prestaba atención, tomó a Andy por el codo. Ella sonrió, retrocedió un paso y se volvió. Disimuladamente, apoyó su mano en la cintura de Dylan, sobre el grueso cinturón.

Entonces, sus miradas se encontraron y los dos supieron que la maquinaria se había puesto en marcha otra vez. Él tomó la mano que descansaba en su cintura y la desplazo hacia abajo haciéndola recorrer el perfil de su nalga. Ella no se quedó atrás, en cuanto sintió la voluptuosidad de aquel culo bestial bajo la palma de su mano, lo acarició a placer.

—¿Me traes una cerveza… cuando puedas? —se las arregló para decir Dylan. Había que decir algo antes de que los dos explotaran por combustión espontánea, y pedirle una cerveza a una camarera le parecía una petición lógica.

Pero como en realidad lo último que quería era acabar con aquel momento que le estaba poniendo los colmillos larguísimos, se lo comunicó por el efectivo método de rodear la mano femenina con la suya y guiar las caricias.

Ella le demostró que tampoco quería poner fin a aquel momento apretando aquel cachete voluptuoso, haciendo que Dylan se tensara como la cuerda de un violín.

—¿Me devuelves mi mano? —murmuró ella, comiéndoselo con los ojos.

Dylan respiró hondo, hinchando el pecho al límite. La mirada femenina siguió con atención los movimientos de su tórax hasta que él exhaló y la bocanada de aire ardiente le abrasó la cara. Entonces, regresó a los ojos color cielo de Dylan que respondió:

—Claro —y al instante liberó la mano de Andy, que también respiró hondo y se dirigió a la barra.

Jo-der, pensó el motero calvo.

Dylan se metió las manos en los bolsillos. Volvió a exhalar el aire en un suspiro y se concentró en recuperarse antes de que alguien se diera cuenta del subidón bestial que tenía en el cuerpo.

A diferencia de lo que Dylan creía, alguien estaba mirando.

Y alucinando.

Y la sorpresa no solo provenía de comprobar a quién pertenecía aquella mano, sino, muy especialmente, de reconocer al dueño del trasero.

Pau Estellés venía de aparcar el coche de alquiler en la calle posterior, donde había encontrado sitio. Se disponía a entrar en el MidWay por la puerta que hacía esquina cuando su móvil empezó a sonar y dado que el bullicio proveniente del interior se oía desde fuera incluso antes de abrir la puerta, decidió atender la llamada en la calle. Además, la pantalla de su móvil mostraba la palabra "Pare" (que en su lengua nativa significa "padre"), lo cual implicaba que la llamada no sería breve. El patriarca se había enterado de su viaje a la City, un lugar donde según él "a los Estellés no se les había perdido nada", y quería detalles… Eso, además de leerle la cartilla, por supuesto.

De modo que mientras aguantaba estoicamente el millonésimo sermón paterno acerca de la lealtad y las buenas prácticas empresariales que "no incluían malgastar el duramente ganado patrimonio familiar montando un negocio de dudosa rentabilidad en otro país, con la oculta intención de ayudar a personas que no querían ayudarse a sí mismas", Pau decidió poner su atención en otra cosa. En cualquiera, lo mismo daba. Porque cualquier cosa era preferible a pensar que esas personas a las que el patriarca se refería con tanta frialdad eran su hija y sus nietos, su propia sangre. Porque cada vez que caía en la cuenta de las grandes dosis de vanidad y orgullo mal entendido que convivían mano a mano en el pujante corazón de Francesc Estellés, la imagen de su padre se opacaba un poco más.

Fue así como Pau reparó en lo que sucedía dentro del bar, junto al gran ventanal. Vio a su sobrina dirigiéndose a un grupo que estaba frente a una mesa de cuatro. Conversaban de pie y solo usaban la mesa a modo de mostrador, donde había varias pintas vacías y envases de cerveza de importación. En las sillas se apilaban cascos, mochilas y cazadoras. Ella llevaba una bandeja vacía, supuso que porque estaría recogiendo las mesas.

O eso pensó hasta que vio la reacción del hombre que estaba más próximo a la mesa. Reacción a algo que no había podido ver, pero estaba bastante seguro de saber de qué naturaleza era, y que, en cualquier caso, había iniciado Andy. La reacción masculina fue la que consiguió atrapar su atención. Toda su atención. Era el mismo tipo con el que se había cruzado en el portal de su sobrina la noche anterior. Ya entonces le había resultado familiar, como si lo conociera de antes, pero no había conseguido acertar cuándo o de qué.

La manaza tatuada que tomaba la de Andy y la guiaba en aquel gesto que revelaba la existencia de una relación entre los dos, aquella inconfundible muñeca cargada de pulseras... Fueron el "clic" que activó su memoria.

Conocía al tipo. Del último día de la Harley Ride en Barcelona, hacía dos meses. Era el cabrón que, borracho como una cuba, había organizado una pelea de tres pares de narices en el bar de un amigo dónde él había quedado aquella noche. Se trataba del comportamiento habitual de la mayoría de los súbditos de Su Majestad y los hosteleros españoles estaban acostumbrados a que dónde había un inglés, había un follón. Pero este inglés en particular había tumbado a media docena de tíos antes de que consiguieran sacarlo del local. Era una mala bestia.

De entre los tres mil quinientos millones de hombres en quienes una chica guapa y lista como su sobrina podía poner los ojos, el elegido era aquel espécimen con pinta de nazi que miraba la vida a través del fondo de una jarra de Guiness.

Entonces, inevitablemente, un pensamiento acudió a su mente: "¿qué les sucedía a las mujeres de la familia para acabar siempre destrozándose la vida con la peor calaña inglesa?".

Andy soltó un bufido y volvió a intentarlo. Introdujo el código de seis números, uno a uno, y esta vez oyó el característico sonido que indicaba que la puerta que comunicaba el salón con el acceso independiente a la casa del jefe, ya no estaba bloqueada. Antes era un letrero el encargado de restringir el acceso solo al personal autorizado, pero, por lo visto, no había sido suficiente como método disuasorio ya que hacía unos días había aparecido una puerta nueva con aquella cajita rara llena de teclas que al tercer intento fallido se bloqueaba. Algo gordo debía estar detrás de aquel cambio intempestivo que había sucedido como por arte de magia; por la tarde sus jefes hablaban sobre el tema y al día siguiente era un hecho. De a poco le iba cogiendo el tranquillo y aunque todavía no había conseguido abrirla a la primera ni una sola vez, al menos se sabía la clave de memoria. Al principio, tenía que tirar de chuleta[4].

El primer intento de hoy no contaba. Porque, a ver, ¿cómo no iba a tener los dedos "alborotados" después del masaje intensivo que acababan de darle al culo del irlandés? Las caricias no habían empezado por ahí, claro estaba. Todo aquello era, en cierto modo, nuevo para Andy y procuraba ir con cautela, pero él siempre parecía captar lo que ella deseaba e, indefectiblemente, se lo concedía. Le gustaba la forma en que Dylan estaba llevando el asunto. Nadie diría que había algo más entre ellos cuando no estaban en el bar. De hecho, ni siquiera ella misma podía asegurarlo. Sí que lo había habido, pero no si volvería a haberlo ni cuándo porque todo cuanto había sucedido hasta el momento había sido a iniciativa suya. Dylan había cumplido, pero nunca, ni una sola vez, había sucedido a instancias de él. Lo cual sembraba dudas acerca de qué pasaría si ella no movía ficha.

Y eso le encantaba. Le ponía un punto diferente a sus días. Descubrir que no estaba muerta, que una parte de ella se rebelaba a sucumbir a lo que sentía por el mamarracho de Conor y a sufrir con los dientes apretados por unos sentimientos que, evidentemente, no eran correspondidos por él

---

4

Según la RAE: nota o conjunto de notas que utiliza quien habla en público para recordar algunos puntos de su exposición.

-al menos, no de la misma manera-, le ofrecía un consuelo enorme. Y cuando conseguía silenciar las recriminaciones de su propio corazón, que no aceptaba entregarse a alguien distinto de Conor, de quien se había enamorado a primera vista y seguía enamorado a pesar de todos los pesares, incluso se sentía poderosa. En control.

Hablando del diablo…

—¿Qué haces tú aquí? —se quejó Andy—. ¿Ves lo que pone el cartel? Pues, largo.

Conor no se anduvo por las ramas. Mantuvo la puerta abierta con un pie y tomó a la joven por un codo, con tanta suavidad como firmeza. Era un mensaje claro de que allí estaba y no pensaba dejarlo estar.

Andy tuvo que reconocer que le habría encantado volver a zurrarlo. Por pesado. Por mamarracho. Por haberla desilusionado. Porque sí. Le fastidiaba saber, *sentir*, que él le importaba lo bastante como para haberle hecho daño, y quería devolver el golpe, pero ese renovado interés de Conor…

Y los estragos que estaba causando esa mano que la tomaba por el codo…

Aj. ¿Alguien era capaz de entenderla? Ella misma se había dejado por imposible hacía cuatro días.

—Tenemos una cita pendiente…

—No tenemos nada —lo interrumpió ella y liberó su codo.

Conor avanzó un paso más y esta vez la mano que antes la sostenía por el codo, se posó sobre su hombro desnudo, caliente, vibrante, disparando un millón de cargas diminutas que se agolparon en su vientre y explotaron todas a la vez.

Él se inclinó hacia Andy, que solo pudo permanecer quieta, mirándolo con los ojos brillantes mientras los latidos de su corazón retumbaban en su interior como si estuviera hueca por dentro.

—Estoy loco por ti, Andy. ¿Lo entiendes? —murmuró en lo que sonó en parte a confesión y en parte a ruego—. Sé que la he cagado, pero me muero por tus huesos y necesito que me des una oportunidad para arreglar las cosas. *Por favor.*

Ella continuó inmóvil, sin hacer ni decir nada.

Estaba sumergida en un mar de endorfinas, bajo el hechizo de aquellas cinco palabras que llevaba meses soñando con oírle decir. Lo miraba intentando escudriñar más allá de sus ojos, buscando confirmar que no eran solo palabras, que el corazón de Conor latía tan acelerado como el suyo. Que latía de amor por ella.

Él aprovechó su momento de guardia baja.

—Quedemos hoy, cuando acabes aquí —murmuró.

La voz de Andy también sonó en un murmullo que pronunció sin apartar sus ojos de Conor.

—No puedo. Mi hermano y su amigo estudian en casa esta noche.

—Entonces, mañana.

—Trabajo todo el día —volvió a decir Andy.

La mano que antes descansaba sobre su hombro, se desplazó primero a su barbilla y luego a su mejilla, insinuante y a la vez, rebosante de ternura, como quien sostiene algo sumamente valioso.

Haciéndola estremecer de la cabeza a los pies.

—Te recojo el domingo, sobre las diez. No te digo adónde vamos; es una sorpresa —volvió a inclinarse, esta vez tan cerca que sus narices casi se tocaban—. Venga, dime que sí, preciosa.

Apenas un par de metros más atrás, Dylan, que había recibido una llamada y decidió hacer una visita a los lavabos de caballeros antes de marcharse, se detuvo brevemente solo para asegurarse de que sus ojos no lo estaban engañando.

Y no, no lo engañaban. Conor estaba haciendo progresos con la camarera. De hecho, había progresado lo bastante como para estar a punto de comerle la boca. Todo un acontecimiento. A ver si el chaval conseguía acabar el día sin volver a cagarla.

Otra cosa. Tenía que tensar un poco más el mecanismo de cierre automático de la puerta. Si Conor podía mantenerla abierta sin esfuerzo y camelarse a su chica al mismo tiempo, era que no había quedado bien. Lo suyo era que permitiera el paso de una persona tras la introducción correcta del código y, de inmediato, el mecanismo impulsara el cierre de la puerta con fuerza.

Hoy no le daba tiempo, pero mañana, sin falta, se pondría con ello.

Seguro que nadie había atravesado esa puerta a la velocidad que lo había hecho ella, pensó Andy con el corazón desbocado. Un segundo más y se daba un morreo con Conor al pie de la escalera que conducía a la casa de Dakota. No tenía la menor idea de cómo se las había arreglado para pronunciar un "me lo pensaré" y huir del magnetismo que aquel motero, evidentemente, seguía ejerciendo sobre ella.

El bar seguía ruidoso y concurrido. Echó un vistazo rápido alrededor buscando comprobar si alguien reparaba en ella y con alivio, vio que no era así. Excepto Conor, que la seguía con mirada de "te me has escapado por un pelo", nadie se había percatado de nada. Soltó un suspiro y comenzó a serpentear entre la gente en dirección al otro extremo de la barra.

En ese momento, un hombre alto de cabello alborotado y cejas frondosas emergió entre un grupo de clientes y Andy fue a su encuentro sonriendo.

—¡Bienvenido al MidWay, tío Pau!

—Hola, nena… —respondió él con lo que a Andy le pareció un sucedáneo de sonrisa.

—¿Todo bien?

Pues no demasiado bien, no. Una discusión con su padre y el lamentable espectáculo que había presenciado por casualidad a través del ventanal del bar, las dos cosas a un tiempo, habían resultado un trago de lo más desagradable y todavía tenía el regusto amargo en la boca.

—Un mal día —se excusó, ya que no tenía la menor intención de hablar del asunto.

Ella le ofreció una sonrisa compasiva y le tendió una mano, que el menorquín tomó.

—¡Eso lo arreglo yo en un santiamén! ¡Ven, tío, sígueme, que te presento a mis jefes!

6

Sábado 29 de agosto de 2009.

La noche anterior, Andy se las había ingeniado para liberar un par de horas después del trabajo, que había utilizado para entrenar en el gimnasio. Sumando la hora de *footing* con que había iniciado la mañana más la que pensaba pasar dándole al saco de boxeo cuando saliera del bar, la rutina semanal no había quedado del todo mal. El plan era dedicar no menos de doce horas semanales al ejercicio físico, idealmente dieciocho, repartidas equitativamente en seis días. Se trataba de un plan totalmente personalizado, que había ido ajustando a lo largo de tres años, adaptándolo a sus cambiantes circunstancias laborales y familiares, y que había dado sobradas pruebas de funcionarle bien; la mantenía en forma física y lo más importante, le permitía canalizar la ira y la impotencia, reciclarlas. Era una forma de impedir que se pusieran cómodas en el salón de su mente y acabaran fastidiándole la vida entera. Más de lo que estaba. Pero a pesar de que esta semana no había entrenado lo debido, se encontraba bien. Algún arrebato de ganas de estrangular al presidente de los MidWay Riders o de encerrar a su hermano pequeño en el armario y perder la llave, pero nada más. Sonrío cuando la idea apareció en su mente. ¿El sexo salvaje contaba como entrenamiento físico? Porque, desde luego, vaya semanita... Tanto, que Dylan había necesitado tomarse un respiro; el día anterior se había largado del MidWay sin despedirse y no había vuelto a saber de él. Se lo recordaría la próxima vez que se le diera por presumir de inagotable.

Y mejor que dejara de pensar en sexo y calvos inagotables... Perdón, *rapados* inagotables, que según Dylan (y todos los calvos que se afeitan la cabeza para no parecer calvos), él-no-sufría-de-alopecia.

Andy dejó de carcajearse a cuenta del irlandés y volvió a poner su atención en el acabado final de la máscara que estaba aplicando a sus espesas y curvadísimas pestañas, herencia de su madre. Ellas y la tableta perfectamente definida de su abdomen, fruto de horas de trabajo duro en en el gimnasio, era lo que más le gustaba de su cuerpo. Por eso procuraba destacarlas con máscaras de colores llamativos, aplicadas a conciencia, y su infaltable línea de eye-liner. La tableta, en cambio, procuraba mantenerla a cubierto. La única vez que se le había ocurrido la malísima idea de ponerse una camiseta de esas que dejan el abdomen al aire, se había organizado una revolución en el MidWay. Era una camiseta cualquiera, de mangas cortas y escote normal, lo cual no había impedido que se pasara todo el día con ojos de moteros pegados a su tripa y las orejas ardiendo a cuenta de varios comentarios subidos de tono. Desde aquel día, su uniforme de camarera era tan sobrio como el de un colegio religioso. Aunque solo el 'envoltorio' daría el pego en una de esas instituciones, porque el resto...

Vaya semanita.

Volvió a suspirar.

Conforme con el resultado, guardó las cosas en su set de maquillaje y éste en su bolso, y se miró de nuevo en el espejo. Ya casi estaba; un poco de espuma fijadora en el pelo, un rocío de su perfume favorito, y a correr.

En cinco minutos, estaba en la habitación de su hermano con la mochila dispuesta y las llaves en la mano.

Y cincuenta segundos más tarde, huía despavorida de aquella cueva maloliente. Tenía que acordarse de tirar las deportivas de Danny antes de que atufaran toda la casa. De paso, tiraría también las de su amigo Jonas, o le exigiría que se acostara con ellas puestas cuando se quedara a dormir en su casa. Dios, qué peste.

Cerró la puerta del piso, echó un vistazo al reloj y voló escaleras abajo, todo lo rápido que le permitían sus sandalias de plataforma con un tacón de ocho centímetros. Estaba llegando al segundo rellano cuando sonó su móvil. Sonrió al ver el nombre que se iluminaba en la pantalla, no solo por lo inesperado de quién se trataba, también por de quién se trataba *a esas horas*. En todo caso, era la primera vez que la llamaba y le hacía ilusión.

—Qué habrás hecho para que te echen de la cama a estas horas, calvorotas… —dijo Andy, adelantándose al saludo mientras continuaba bajando las escaleras.

Tras un instante de silencio, Dylan dio señales de vida.

—*¿Quién… qué dices?*

—Digo que los de recién despierto son los mejores, y que en vez de eso, te haya mostrado la puerta no es buena señal —la picardía inundó el rostro de la veinteañera cuando dijo, en tono de "que no se entere nadie"— . ¿Le pasa algo a tu máquina?

Otro instante de silencio durante el cual Andy no dejó de sonreír esperando el bombazo. Diez de diez que el irlandés sacaría a relucir su vena de cazador.

Dicho y hecho.

—*¿Alguna vez te ha fallado? Llevas una semana usándola a destajo y siempre responde, así que yo diría que no* —y tras una pausa que hizo que Andy se detuviera en mitad del último tramo de escalera, con los latidos del corazón retumbando en la garganta y el vello erizándose palmo a palmo, como si se tratara del efecto dominó, añadió—: *Pero si quieres probamos, a ver qué tal… ¿Quieres?*

Andy miró al techo, mordiéndose por dentro. Todos se ocupaban, de un modo o de otro, de complicarle la vida. Todo en su vida sucedía a base de esfuerzo, de sacrificio, de trabajo durísimo. Excepto esto. El sexo con Dylan. Lo que tenían dentro y fuera de la cama era inédito en su vida. Nunca nada había sucedido con tanta naturalidad, ni con tantas ganas, ni, por supuesto, con resultados tan fenomenales.

—No me tientes que ahora no puedo… Aj. ¿Quién me manda a mí a tirarle de la lengua al tío más desinhibido de la galaxia?

La carcajada de Dylan la devolvió al mundo de las sonrisas, pero solo durante un instante. Hasta que él habló.

—*¿Saber lo bien que te lo hago contra una pared, quizás?* —la azuzó él, más cazador que antes.

Andy respiró hondo y soltó el aire en lo que sonó a un bufido.

—Me estás poniendo a mil… Que sepas que ahora mismo te odio —confesó y con esas abrió el portal del edificio.

Los dos permanecieron mirándose. Él con una sonrisa, ella con la boca abierta de la sorpresa.

—¿Qué haces aquí? —consiguió decir al fin.

Él puso cara de estar pensándoselo.

—¿Aparte de ponerte a mil? —replicó, seductor, aprovechando a tope la ocasión que ella le acababa de servir en bandeja.

Y echó a reír bajo la mirada en parte recriminatoria de Andy, que al fin sucumbió a lo delirante que resultaba a veces la comunicación entre los dos, y también rió.

—¿Qué, uno rapidito? —invitó él cuando parecía que la risa cesaba, provocándole otro acceso de risa.

—¡Tío, tienes que hacértelo ver! —exclamó Andy entre carcajadas—. De verdad. ¡Eres un peligro nacional! —Se apantalló la cara con las manos para que las lágrimas se secaran sin estropearle el maquillaje—. Venga, en serio. Para, que me tengo que ir a trabajar.

—¿Estás en el bar hoy? —¿No era que con el ascenso libraba los fines de semana? Ella asintió—. Pues yo vengo a por tu moto —señaló con un movimiento de cabeza la Honda destartalada—. Voy a llevarla al taller de un colega.

Ahora sí que el rostro de la joven adquirió seriedad.

—¿Por qué?

Él movió los ojos a un lado y a otro al tiempo que arrugaba el ceño en aquel gesto tan característico.

—Porque se está cayendo a cachos. No puedes circular así. Uno de estos días te vas a llevar un susto.

Andy tensó las mandíbulas y apartó la vista. Este era el momento en que las cosas entre los dos dejaban de fluir. El momento en que él hacía cosas que la incomodaban, que no le gustaban, y decírselo la hacía sentir aún más incómoda.

—Oye… Te lo agradezco, pero no hace falta que te tomes tantas molestias. Ya la llevaré yo en un par de semanas, cuando cobre.

—A mí no me molesta y a ti te hace falta arreglarla. No veo cuál es el problema.

Lógico, conciso y breve. Totalmente al estilo Dylan. Sin melindres, ni tonterías. Respiró hondo. Muy bien, pues.

—El problema es que no estoy acostumbrada a este tipo de atenciones… Y me estás haciendo sentir incómoda.

Mantuvo la mirada y la actitud. Dylan hizo lo propio cuando respondió.

—Supéralo.

Ella gruñó. Se acomodó mejor la mochila, dispuesta a largarse, pero Dylan la detuvo por un brazo. Solo lo necesario para que ella volviera a atenderlo y enseguida retiró su mano.

—No veas problemas donde no los hay, guapa. Necesitas la moto y tal como está, le quedan dos telediarios. Tú aporreas un saco de boxeo para relajarte; ¿por qué yo no puedo desestresarme arreglando motores? Es mi hobby desde que llegué a Londres… —al ver la mirada de desconfianza que ella le obsequiaba, añadió—: Pregúntaselo a Evel, si no me crees.

Andy enarcó una ceja. El hobby de Dylan era beber. Y hacérselo con cuanta mujer se le insinuara. ¿Estaba sugiriendo que después de una noche de juerga a lo bestia todavía seguía tan estresado que necesitaba ponerse a desmontar motores? Y suponiendo que fuera así, ¿cómo se las ingeniaba para volver a montarlos (y que funcionaran) después de los resacones de campeonato que asolaban sus fines de semana? Se estaba marcando un farol del tamaño de una catedral. Y no, no iba a colar. Andy sacó el móvil del bolsillo de sus pantalones.

—Voy a querer confirmar lo que dices porque ¿sabes? — Alzó la vista hasta él y sus ojos vivaces, resaltados por el eye-liner y la máscara de pestañas, se posaron sobre el irlandés—. Creo que me estás soltando una trola[5].

---

[5]

Trola: mentira, engaño.

Dylan le indicó con un gesto de la boca que por él no había problemas en que hiciera esa llamada. Era la verdad, no le estaba mintiendo. En cualquier caso, también sabía que a Andy le preocupaban las habladurías y que aquella llamada daría lugar a preguntas. Era cuestión de segundos que se diera cuenta y descartara la idea.

—*Vaaaaale* —concedió volviendo a guardar el móvil.

Era una mujer y también sabía que todavía opondría alguna resistencia, así que Dylan esperó a su siguiente frase antes de echar las campanas al vuelo.

—¿Y, dime listillo, cómo voy a trabajar si tú te llevas mi moto?

—Hay algo que se llama metro. Y no me hagas mucho caso, pero creo que también hay otra cosa que se llama autobús o algo parecido. ¿Sabes lo que digo?

Andy respondió con un mohín burlón.

—Para usar ese metro o ese autobús que dices, tendría que haber salido antes. Ahora, voy a llegar tarde.

Otro gesto de la boca masculina y un comentario que dejó caer con premeditación y alevosía:

—Por mí, te llevo. Pero si nos ven juntos…

Tampoco te interesa que te vean conmigo, ¿eh, calvorotas?

Andy asintió.

—Tienes razón. Vale, a ver… ¿y si me acercas hasta la entrada del metro para que me ahorre la caminata?

—O sea, que además de mecánico, chófer. ¿Se le ofrece algo más a la señora? —Andy, todo sonrisas, negó con la cabeza. Dylan soltó un bufido de mentirijillas—. *Veeenga*, va, que te acerco al metro. Si es que las tías sois todas unas pedigüeñas…

Por la tarde, en el MidWay…

Cheryl, la nueva camarera estaba funcionando bien. Se notaba que tenía experiencia detrás de una barra. Además, los clientes estaban subyugados con sus pintas de motera y su trasero de diez. Habría capturado su atención de cualquier manera, solo por ser la nueva, pero que vistiera a su estilo y entendiera de motos, sumaba puntos en un bar frecuentado principalmente por gente que veía la vida a través del visor de un casco de motorista. En cualquier caso, Andy agradecía su evidente segundo plano de hoy…

Aunque no para todos era así, pensó al ver a Conor que se dirigía hacia ella con sus rastas al viento, aquella camiseta azul eléctrico sin mangas y súper ceñida que le quedaba fenomenal y… ¿Una flor en la mano?

Antes siquiera de que el motero de las rastas abriera la boca, Andy había empezado a sudar como si estuviera en un sauna. ¿Qué puñetas pretendía montando aquel numerito con la flor? Aj. Volvía a tener unas ganas locas de zurrarlo.

—Para ti, preciosa —dijo Conor con una sonrisa seductora, ofreciéndole la aromática rosa de pétalos color burdeos que traía en la mano—. Estos tíos se dejan impresionar con facilidad, pero para mí la reina del MidWay siempre serás tú.

En un instante, los ojos de todos los moteros que había en un radio de diez metros se posaron sobre la escena que protagonizaban la camarera y el presidente de los MidWay Riders. Como era de esperar, las bromas y los "ohhhh, qué bonito, tío" no tardaron en llegar, incrementando la sensación de bochorno de Andy, y sus ganas de salir corriendo de allí.

Ella no hizo el menor además de tomar la flor. Sus ojos brillantes de apuro (y de ganas de zurrarlo) se posaron en Conor, que continuaba sonriendo, esperando su reacción.

—¿Cómo prefieres que te mate? —le dijo. Ni rastro de sonrisa en su rostro.

—¿Puedo elegir?

Su tono de voz fue el equivalente a una cucharada extra grande de miel que consiguió impresionar a Andy y precisamente por eso, molestarla aún más. Permaneció callada, mirándolo. Conor decidió tomarlo como un "sí", y fue a por todas.

—Mientras te tenga bien cerca me da igual cómo me mates. Sería una muerte tremendamente dulce —volvió a ofrecerle la flor, instándola a que la cogiera, pero ella tampoco ahora se inmutó.

Los comentarios arreciaron, algún motero incluso le palmeó el hombro a Conor, en señal de aprobación. Andy se debatía, como siempre que se trataba del motero de las rastas. Una parte de ella se derretía inexorablemente; la otra, la que había perdido la confianza en él desde lo sucedido en Barcelona, seguía resistiéndose a creer que aquello era algo distinto de un farol.

—Pero ya que puedo elegir, entonces que sea a besos. Mátame a besos, Andy, por favor —sentenció Conor.

Ella respiró hondo. Era eso o saltar por encima de la barra y amordazarlo para que no pudiera seguir diciendo tantas memeces… Memeces que la cabreaban tanto como la enamoraban… Meses anhelando tener su atención, aunque fuera un minuto, y allí estaba él, poco menos que declarándole su amor frente a un bar repleto de moteros… ¿Por qué le costaba tanto volver a confiar cuando alguien la decepcionaba?

¿Por qué tenía que sentir que algo se había roto en su interior, algo que no podía ser reparado? Maldita suerte la suya.

A continuación, llenó una pinta hasta arriba de agua, tomó la flor y hundió el tallo en el líquido. Desplazó la jarra a un lado, junto al grifo de cerveza, y volvió a mirar a Conor que seguía sus movimientos con atención.

—Gracias —dijo, y solo Dios sabía el esfuerzo que le supuso juntar aquellas siete letras y soltarlas—. No me gusta que me adulen, así que no lo hagas.

Conor volvió a sonreír.

—No te adulo. Es lo que siento. Eres preciosa, estoy loco por ti y todos los que están aquí y me conocen, saben que es así.

Los murmullos y comentarios regresaron. El rojo bermellón de las mejillas de Andy también, que se volvió a mirarlos con cara de pocos amigos.

—¿Os aburrís? Tranquilos, que lo arreglo enseguida —dijo ella, y con pasos enérgicos se dirigió a la gramola. Al instante, "Satisfaction" de los Rolling Stones empezó a sonar con estridencia.

Cuando regresó a su puesto, el interés general por una conversación a todas luces privada había empezado a desvanecerse y en cualquier caso, la música dificultaría que entendieran nada.

—Vale —dijo Andy, retomando la conversación. Una sonrisa regresó al rostro de Conor que se acomodó en su taburete y se acercó todo lo que pudo, dispuesto a brindarle toda su atención—, ahora, aclárame una cosa. ¿Cómo es posible que en junio[6] le dijeras a Amy que seguías pillado con Nikki y dos meses más tarde estés aquí, "loco por mí"?

---

[6]

Se refiere a cuando asistieron al evento Barcelona Harley Days, organizado por Harley Davidson y el H.O.G (Harley Owner Group) que se celebra anualmente en la ciudad condal desde 2008. En 2009 no se celebró, pero en Harley R., la segunda de Moteros, me tomé la licencia de recrearlo de forma totalmente ficticia.

La sonrisa desapareció del rostro de Conor que, sin embargo, continuó mirándola.

—No le dije eso —y al ver el gesto de la joven, insistió—. No le dije eso, Andy.

—¿Ah, no? Antes de responder que sepas que hay otra cosa que *tampoco* me gusta, y es que me mientan.

Conor se apartó las rastas del pecho de un movimiento nervioso. Lo último que esperaba era que el día de la Harley Ride de Barcelona volviera estar en la palestra. Mierda. Con lo que le estaba costando llegar a Andy, hacer que lo olvidara de una vez…

—Estaba con Amy porque Evel me lo pidió como un favor, pero yo no quería estar con ella sino contigo. Me pilló en un par de miradas y se dio cuenta. Es una tía muy directa y me lo preguntó sin cortarse, así que…

—Así que, ¿qué?

Conor apartó la vista.

—Le dije que seguía pillado con mi ex esperando que pensara que eras tú y me diera un respiro —volvió a mirarla y al ver su cara de incredulidad, aclaró—: Quería estar contigo, no con ella. Y algo tenía que decir para que me dejara tranquilo.

—Mientes mucho tú, ¿no?

—No digas eso, no seas así conmigo… Ese día todo salió fatal, Andy. Fue una cagada tras otra —sacudió la cabeza, cada vez más molesto—. Y todo por Dylan, que cuando se le calienta la lengua, la lía parda…

El asombro de Andy creció imparable. Le provocaba tanto rechazo lo que estaba oyendo, que incluso dio un paso atrás, apartándose de la barra. O mejor, de aquel hombre que la removía tanto por dentro.

—Tiene gracia que al final sea el irlandés el que cargue con las culpas de todo —sentenció y como empezaba a estar realmente harta, puso fin a la conversación—. Tengo que trabajar, Conor.

—Andy, por favor…

—Te dije que me lo pensaría y eso estoy haciendo. Deja de insistir.

Y acto seguido se puso a atender pedidos.

Diez minutos de autobús y quince estaciones de metro más el tiempo de espera, sumado al montón de pasta que había pagado para viajar hecha un bocadillo de *foie gras* habían añadido varios negativos a un día que ya llevaba bastantes en su haber. Si Danny y su amigo Jonas hubieran ido a casa, como estaba previsto, habría tenido que renunciar a ir al gimnasio; el viaje en el transporte público de Su Majestad le había dado un bocado de cincuenta minutos al tiempo disponible. Algo bueno tenía que tener la activa vida social de que hacía gala el plasta de su hermano…

Salió del metro y apuró el paso hacia el gimnasio que quedaba a dos calles de allí. La recomendación de los entendidos -léase, otros malos amantes del ejercicio físico que habían aprendido a ser fieles por pura necesidad y después de repetidas rupturas- era buscar un centro donde entrenar que estuviera cerca de casa y, solo si no había alternativas, cerca del trabajo. De esta forma se reducía fácilmente la lista de excusas susceptibles de romper el hábito, imprescindible en los duros comienzos. Tenía mucho sentido. Para variar, *su* gimnasio no seguía la recomendación; quedaba al otro lado de la ciudad porque allí trabajaba su amiga Tina. Ella era quien la había animado a apuntarse hacía tres años ya. Normalmente, la distancia no era un problema porque incluso con su destartalada moto, no demoraba más de veinte minutos. Pero hoy le estaban haciendo una puesta a punto...

Andy se detuvo frente al gran ventanal del gimnasio próximo a la entrada. Había bastante gente usando los aparatos a pesar de tratarse de plena franja horaria dedicada a la cena de un sábado. El sudor, el ritmo, sus rostros dando cuenta del esfuerzo, la disciplina con que continuaban una serie tras otra... Todo el cuadro que estaba mirando en aquel preciso momento le resultó excesivo. Demasiado. Se sentía francamente harta de que todo en su vida funcionara a base de disciplina, de que implicara tanto esfuerzo. De que todo fuera siempre tan duro y complicado. Estaba harta de esforzarse.

Estaba harta de decepciones. De mentiras.

La joven respiró hondo. Los ojos se le habían llenado de lágrimas... Lo que le faltaba, pensó. Por lo visto, ella también necesitaba una puesta a punto.

Andy dejó la mochila en el suelo y sacó el móvil.

A continuación, seleccionó una memoria y con creciente ansiedad, esperó a que atendieran.

Dylan atendió al tercer timbrazo y cuando Andy salió del ascensor, lo encontró en la puerta de su piso, esperándola. Estaba recostado contra el marco de la puerta y llevaba el torso desnudo y la hebilla del cinturón abierta. Era todo un espectáculo.

—¿Has venido volando o algo así? —la saludó.

Andy se dirigió hacia él con su andar desenfadado.

—Estaba a un par de calles cuando te llamé —explicó, y al ver la expresión interrogante en la cara del motero, añadió—. Mi gimnasio queda a la vuelta de esa cafetería donde nos cruzamos el domingo pasado, ¿te acuerdas?

Dylan asintió. Tenía algún vago recuerdo de aquella tarde, sí. En realidad, lo que no acababa de entender era qué hacía en la puerta de su piso. Raro era el día que algún motero del MidWay no venía a buscarlo para algo, fuera juerga o pedirle algún favor, y si tanto le preocupaban las habladurías, aquello no tenía mucho sentido. A menos que...

—¿Vienes a por tu moto? Todavía no está lista.

Andy se puso las manos en los bolsillos de sus vaqueros y miró alrededor con expresión graciosa. Luego, volvió la vista hacia el irlandés y con una gran sonrisa le dijo:

—No vengo a por mi moto... ¿Puedo entrar, o conversar aquí es tu manera sutil de decirme que estás ocupado con... mmm... *algo*?

La sonrisa de cazador hizo su aparición triunfal. Dylan empujó la puerta con su propio cuerpo, instando a Andy a entrar.

Venir a verlo había sido una decisión que le había salido de las entrañas, pero ahora que estaba allí... No era solo por el sexo, se repetía una y otra vez, intentando convencerse de que había otras razones de peso, que aquello no era un mero intercambio de fluidos, que había más que el vendaval hormonal que Dylan había conseguido desatar dentro suyo, que no solo no amainaba sino que cada vez era más intenso...

Sus miradas se encontraron y fue Andy quien, derrotada, sacudió la cabeza. Por más que intentara adornar sus intenciones, la verdad era que hacía cinco días, exactamente, que había dejado de entenderse a sí misma. La verdad era que necesitaba sentir aquel vendaval porque solo entonces se sentía viva, cuando un pico de estrógenos dejaba fuera de juego al resto de su ser, incluido su exigente sentido común.

Había abierto la boca para decir algo, no sabía muy bien qué, cuando Dylan la tomó por la muñeca y tiró de ella, acercándola.

—Estoy pringado de grasa —explicó—. Iba a darme una ducha, ¿te apuntas?

Su voz acusaba el deseo que crecía en su interior tanto como sus ojos, que la miraban con total atención. Como un cazador observa a su presa, esperando el momento de saltar sobre ella y devorarla. Eso era lo que decía aquel tono grave, el brillo de sus ojos, el olor de su piel; que quería comérsela entera.

Y, Dios, eso era lo que ella deseaba con cada célula de su cuerpo.

Andy depositó sus manos sobre el pecho masculino. Las movió suavemente bajo la intensa mirada de Dylan. Confirmó que estaba sudado además de manchado de grasa… y que era igual de apetecible que siempre.

O más.

Los pectorales masculinos sufrían fugaces contracciones involuntarias al contacto de sus manos, la ligera capa de vello que cubría su pecho se había erizado y estaban lo bastante cerca para sentir que él se estaba excitando. En ese preciso momento, pocas cosas le apetecían más que enredarse en aquel cuerpo sudoroso y dejarse llevar.

Sus ojos ascendieron despacio, mientras Andy ganaba tiempo para decidir cuál sería su siguiente movimiento. Por un lado, se sentía aliviada de comprobar nuevamente que al lado de Dylan no hacían falta explicaciones; por otro, estaba cada vez más sumida en aquel huracán que crecía imparable en su interior, haciendo que cada célula de su cuerpo repitiera "aquí y ahora" como si no hubiera un mañana.

—¿Te resultaría demasiado directo si te digo…? —susurró Andy.

Pero no acabó la frase. No había manera de que aquello sonara bien, empleara las palabras que empleara.

Él le quitó la mochila que dejó caer al suelo. Luego, la rodeó con sus brazos, deslizó sus manos debajo de la camiseta, directamente sobre la piel, y la estrechó muy fuerte.

—Para nada —replicó, apenas un murmullo.

Andy exhaló un suspiro.

Y una vez más, como había venido sucediendo a lo largo de la semana, la pareja se dejó arrastrar por un torbellino de pasión.

Dylan levantó la vista de las lonchas de salmón ahumado que estaba disponiendo sobre el pan cuando Andy entró en la cocina y no porque la hubiera oído; el intenso aroma a sales de baño que impregnaba su piel había hecho las veces de pregonero a la perfección. Una fragancia exquisita había entrado con ella.

Tenía la cara sonrosada y limpia, sin un gramo del maquillaje que normalmente lo cubría, excepto quizás por los restos de rímel de las pestañas que, por lo visto, requería más que agua y jabón para retirarlo completamente. El cabello tampoco estaba como siempre, sino mojado y peinado todo hacia atrás. Porque sabía por sus jefes que era mayor de edad, de lo contrario no le daría los veintidós ni borracho. Con aquel albornoz en el que cabían dos "Andis" y media, parecía una niña jugando a los vestidos con la ropa de mamá.

—Prohibido reírse —advirtió ella al descubrir la mirada de Dylan.

Él volvió la vista al salmón pensando que reír no era lo que le apetecía en aquel momento, precisamente. Con la piel lustrosa y envuelta en aquel aroma alucinante que le había invadido las fosas nasales en un instante... De reír, nada.

—Así que el atún es un pesado, pero con el salmón has hecho buenas migas... —dijo ella, trayendo a colación una conversación de hacía unos días acerca de unos canapés de atún con pimiento que servían en el MidWay, que a ella le encantaban y él no podía ni ver.

—Somos como hermanos —replicó el irlandés. Le hizo señas con un dedo de que se acercara y cuando ella obedeció, Dylan añadió en tono de confidencia—: No lo comentes, pero él también piensa que el tío es más pesado que una vaca en brazos. Cuando el río suena, agua lleva...

Andy rió de buena gana y tomó asiento frente a la mesa. Echó un vistazo. Había de todo un poco sobre unos modernos platos de cerámica esmaltada que daba pena tocar por temor a que se rayaran. Él le fue contando en qué consistía cada delicia. Canapés de crema de queso con huevo duro, de queso de cabra y pepinillo, croquetas de ave, una fuente con tomates cherry y apio en rodajas ordenados con tal simetría que seguro que había necesitado una regla para conseguir ese efecto, y a su lado, un pequeño cuenco de cristal que contenía crema de queso mezclada con trocitos de nuez.

Y todo daba ganas de comérselo con solo mirarlo, pensó. El chef, en cambio, tenía unas pintas nada habituales en él. Ni camisetas de lycra, ni vaqueros de marca, ni cuero ni gafas ultramodernas. Llevaba una camiseta de mangas cortas que había dado de sí. En otras épocas podía haber sido azul oscura o negra, ahora era de un color gastado indefinible.

—Si la camiseta es así, no quiero imaginar cómo serán tus pantalones… ¿Dónde está el motero estiloso al que le sirvo pintas en el MidWay?

Dylan asintió.

—Haces bien en no querer imaginarlo —dijo asomándose brevemente por un costado de la mesa para que Andy pudiera verlo bien de cintura para abajo.

Sin duda, era mucho peor. Aquellas bermudas debían tener cinco primaveras como mínimo; eran anchas y de un color más espantoso que el de la camiseta, solo que era el real. No se había decolorado con el uso, era así; un verde botella horripilante. Para completar aquel atuendo peculiar, calzaba unas playeras hawaianas negras que dejaban el pie completamente al aire. Y como el motero era un tatuaje andante, el cuadro era realmente…

—Penoso —corroboró Andy. Penoso, pero molón[7], tuvo que admitir; tan desinhibido y descarado como cuando iba de estiloso.

—No llegué a tiempo a recoger la ropa de la lavandería y —sonrió pero no la miró, siguió hablando como si tal cosa— si quiero que comas, lo mejor era que me vistiera…

Andy sí que lo miró. Sonriente, pícara, divertida por su desparpajo.

—Menudo creído estás hecho.

Él le hizo un guiño y continuó rociando un buen chorro de limón sobre el salmón bajo la mirada divertida de Andy.

—Perfecto —dijo al tiempo que adecentaba los bordes de la fuente con un repasador y la ponía en el otro lado de la mesa, donde había platos y cubiertos dispuestos para dos comensales —. Un poco de pan, unas tostadas, un poco de paté y a comer.

---

[7]

Molón: que gusta, que resulta agradable.

—Engañas que da gusto. Este tipo de ahora no tiene nada que ver con el tipo que va al MidWay —comentó Andy, pensativa mientras Dylan traía lo que faltaba en una pequeña bandeja—. No, no…

Él hizo un gesto de desdén, pero ningún comentario al respecto. Se sentó frente a ella, dispuesto a disfrutar de su cena. Era como era, le daba igual qué idea se hicieran otras personas de él y no tenía el menor interés de iniciar una conversación acerca de su hipotética doble personalidad. Menos todavía con una mujer, y menos que menos con esa en particular.

Andy, que captó de inmediato aquella reticencia a hablar de sí mismo que a estas alturas ya le era familiar, esbozó una sonrisa y cambió de tema.

—¿Tienes una boda? —comentó risueña. Él alzó la vista de la tostada que untaba de paté y la miró. ¿Qué boda?—. Sería el único caso en el que Dylan Mitchell y el traje gris marengo que cuelga del asa de la puerta de tu dormitorio, tendría sentido. Y no demasiado, no te vayas a creer…

—Boda no, reunión de trabajo. Me voy de viaje mañana.

Dylan ya había dispuesto todos las fuentes llenas de bocados que al hambre de Andy le parecieron auténticas delicias, y ocupó su lugar en la mesa, frente a ella. La conversación continuó mientras cenaban.

—¿Una reunión en domingo? —preguntó antes de catar el salmón y cuando lo hizo, no escatimó en halagos—. Dios, esto está buenísimo… ¿Qué le has puesto al pan para que quede así de tierno? A mí se me queda como una madera en cuanto lo tuesto…

Él bebió un buen sorbo de vino mientras decidía qué responder, y no porque se tratara de un tema trascendental, pero ya había habido un conato de conversación profunda del tipo "cómo engañas al personal con tus pintas", y no quería un segundo. En cuanto dijera que lo distinto del pan radicaba en que era pan casero, horneado por él, no se libraría.

—Si esperas que por acostarte conmigo te vaya a contar mis secretos culinarios, lo llevas claro —respondió de lo más fresco haciendo que Andy se desternillara—. Y no, la reunión es el lunes.

Ella le dio un buen lingotazo a su copa y a juzgar por la expresión de su rostro, Dylan tuvo claro que el vino le gustaba tanto como el pan.

—¿Y te vas un día antes? ¿Dónde es, en Alaska? —apuntó, risueña, y se zampó de un bocado una pequeña tostada de paté de oca con evidente placer.

Dylan se tomó su tiempo para saborear el momento. Como a todo aficionado a la cocina, le proporcionaba un gran placer ver a sus comensales disfrutar de los platos que preparaba. Aunque fueran simples y frugales como en este caso. Pero momentos así no eran frecuentes en su vida. Había traído a varias mujeres a su piso, ninguna a comer. Esta era la primera vez que una mujer pasaba de disfrutar de él en el dormitorio a disfrutar de su cocina. Y tenía su morbo.

—Es en París y es temprano —respondió, aunque aquello no era del todo cierto. Podía tomar un vuelo a primera hora del lunes y llegar a tiempo, pero toda la vida había sido un dormilón y no quería disgustos de último momento. Esa reunión era fundamental para él.

—Ah, ¿es por ese trabajo nuevo del que hablan todos los moteros?

—No tengo la menor idea de lo que esa panda de cotillas está diciendo a mis espaldas, pero sí, es una reunión de trabajo. Una *gran* reunión por un *gran* trabajo —sonrió porque no pudo evitarlo. Cada vez que la idea de haber conseguido aquel chollazo volvía a su rapada cabeza, se sentía en la cima del mundo.

Andy batió las palmas, risueña.

—Estás contento, ¿eh?

Mucho más que contento; realizado. Llevaba toda su vida adulta intentando meter el pie en el negocio de las viviendas inteligentes. De hecho, era cuestión de meses que le hubiera surgido por vía de otro contacto, pero la propuesta actual, sin duda, era mucho más atractiva.

—Soy un *friki* de la domótica y poder dedicarme a esto en viviendas de alto standing para gente de pasta, imagínate…

Andy pensó que no hacía falta que lo jurara; su piso era una auténtica locura (que él controlaba desde una consola del tamaño de un móvil) ¡Había necesitado ayuda hasta para abrir el grifo de la ducha! Y según él, era una vivienda normal comparada con una auténtica vivienda inteligente. Así, por cierto, se había enterado de lo que significaba "domótica".

—Hasta hace un rato no conocía la palabrita, pero eso de viviendas de alto standing para gente de pasta… ¡Eso suena muy bien! —Súper animada, Andy tomó la botella y después de completar la copa de Dylan, volvió a llenar la suya.

—La primera fase del proyecto es domotizar un complejo residencial compuesto de doce viviendas de lujo en la Costa Azul. La construcción está finalizada, así que si todo va bien en la reunión, empezaré pronto.

—¿Vas a trabajar en la Costa Azul? —preguntó Andy, asombrada.

Su carita de pura perplejidad, con sus grandes ojos súper abiertos de la sorpresa, le causaron gracia al irlandés que rió a gusto.

—En Niza concretamente, sí. Un sitio ideal para un maromo cachas con pasta —bromeó.

Desde luego. Era uno de esos lugares en los que imaginas que vive gente que no trabaja. Porque no le hace falta. Un chapuzón en el Mediterráneo y una copa de champán entre programaciones informáticas sonaba a trabajo placentero, pero la mayor parte del asombro de Andy no residía en la naturaleza del trabajo, ni en el lugar donde se desarrollaría. No.

—¿Y tu familia? ¿Qué dice de que emigres al Continente?

La expresión del rostro del motero habló antes que él. Tanto que Andy pensó por un momento que había hecho una pregunta inoportuna.

—Si me acuerdo, se los contaré por Navidad, cuando les mande la postal.

—¿No te llevas bien con ellos? —Era una pregunta obvia, pero le resultaba tan increíble lo que acababa de oír…

Él, en cambio, ni se inmutó al responder:

—Simplemente, no me llevo. Soy un tipo demasiado independiente para ceñirme a las pretensiones de nadie. — Mucho menos a la mojigatería solo apta para chupacirios de que hacía gala buena parte de su familia.

Y lo que no dijo en voz alta cambió la expresión de su rostro de manera tan drástica, que Andy esbozó una sonrisa arrepentida.

—Perdona la pregunta. Está claro que he metido mis narices donde no debía, pero no era mi intención. Es que… No sé, no imagino mi vida sin los míos… Y mira que trescientos sesenta y cuatro días del año, estrangularía a Danny… —rió con un punto de incredulidad—. ¡Lo estrangularía sin remordimientos!, pero luego, lo echo de menos cuando se queda a dormir en casa de Jonas… Seguro que esto no es normal —se encogió de hombros—, pero necesito tener a la gente que quiero a mi lado. Llevo fatal su ausencia.

Hubo un silencio durante el cual Andy le dio otro buen lingotazo a su copa y Dylan se dedicó a observarla. Notó que su mirada perdía brillo, como si unos nubarrones, de pronto, hubieran ensombrecido aquel rostro juvenil.

—Al final, no me has dicho si venías a por tu moto —dijo el irlandés, interesado por llevar la conversación a otro terreno, lejos del tema familiar que ni a él le gustaba y a ella parecía entristecerla.

Andy sonrió con picardía.

—Sí que te lo dije. Estábamos allí fuera, en el hall, y te dije "no he venido a por mi moto".

Dylan hizo como que intentaba recordar y al cabo de un instante, movió afirmativamente la cabeza.

—Ah, sí, cierto. Ya me acuerdo —lo dijo sonriendo y usó un tono desafiante que anticipó lo que Andy sabía que ya no tardaría en llegar.

Y, efectivamente, no tardó.

—O sea que Conor ha vuelto a cagarla contigo…

Puesto en plan breve, sí, pero aunque pareciera que la razón de que ella se hallara allí estaba relacionada con Conor, en el fondo, no era sí. Conor era el catalizador, pero no la razón. La cuestión era que a) no sabía si era capaz de explicarlo y b) tampoco sabía si era buena idea intentarlo.

Y mientras Andy seguía sonriendo en silencio sin acabar de decidirse por a) o por b), Dylan rizó el rizo.

—Y mira que yo habría jurado que te tenía en el bote ayer… —dejó caer.

Aquellos increíbles ojos lo miraron con determinación y aquel inconfundible punto de (mal) genio.

—Chaval, a mí nadie me tiene en el bote. Y Conor menos que nadie. Debería ser capaz de encontrarse el ombligo en el medio de la panza para tener alguna oportunidad conmigo, pero, por lo visto, las rastas se lo están poniendo difícil... Y aparte de todo, ¿cómo sabes tú lo que pasó ayer? —¿Acaso se había contagiado de Conor y también los había estado espiando?

Él no pudo evitar que una sonrisa maliciosa se dibujara en su rostro y al verla, Andy soltó un bufido.

—No puedo creer que me hayas hecho picar con un truco tan viejo...

Conor había estado a punto de darle un buen morreo el viernes, así que tanto como truco.., pensó Dylan. Pero era evidente que ella no estaba por la labor de hablar del tema, algo que quedó meridianamente claro un instante después, cuando se levantó de la mesa.

Andy se tambaleó sobre sus pies descalzos, haciendo parecer que estaba bebida y su risa alegre llenó la estancia.

—Gracias por tu gratísima compañía y por la cena, que ha estado de rechupete —dijo, moviendo la silla hacia atrás para poder pasar.

Los ojos de Dylan repararon en el contorno de aquel seno que quedó a la vista cuando al inclinarse, un lado del enorme albornoz se separó del cuerpo. Fue una visión que encontró tremendamente inspiradora, aunque duró muy poco ya que, de inmediato, ella tiró de los lados para cruzarlos mejor y ajustó el lazo de la cintura que los mantenía cerrados. Eso lo inspiró todavía más.

—¿Ya te vas? —Lo dijo al tiempo que capturaba una mano de Andy. Entrelazó sus dedos con los de ella y los movió, acariciando la mano femenina con mucha suavidad —. ¿Tienes que hacer de canguro de tu hermano pequeño?

El solo contacto la hizo estremecer, así que si hasta aquel momento tenía alguna duda acerca de si debía quedarse o no, ya no la tenía. Andy mantuvo la mirada y negó suavemente con la cabeza.

Dylan tiró más de ella, haciendo que se acercara. Separó las rodillas para hacerle hueco y cuando Andy se colocó entre sus piernas, la tomó de ambas manos.

Ella lo dejó hacer. Acostumbrada a sus asaltos sexuales, esto le resultaba nuevo. Tanta suavidad, tanta lentitud... Nuevo, y tremendamente excitante.

—¿Hay algo que pueda ofrecerte, ya sabes, para animarte a que te quedes?

La voz de Dylan sonó transformada por el creciente deseo que ardía en su interior, pero el tono rezumaba desafío. Y mientras sus palabras saltaban de vértebra en vértebra a lo largo de la columna femenina, poniendo a bailar de deseo todas y cada una de sus terminaciones nerviosas, la caricia de sus dedos habían empezado a derretir a Andy por el sitio más inesperado de todos; la palma de su mano. De las dos, para ser concretos.

—¿Algo cómo qué? —se las arregló para responder, siguiéndole el juego.

Dylan se estremeció de gusto y sus ojos empezaron a devorarla lentamente.

—Profiteroles —tiró de ella y depositó un beso sobre su cuello, haciendo que un escalofrío le recorriera la espalda—. Helado de nata y nueces... —desató los lados de la bata y se acercó a su estómago, donde depositó otro beso, esta vez con los labios separados. Otro estremecimiento sacudió a Andy que respiró hondo, cada vez más rendida a lo que sentía—. Yo...

Sus miradas cargadas de fuego se encontraron hasta que Andy echó la cabeza hacia atrás y cerró los párpados.

Era la señal y él no la hizo esperar.

—*Diossssssss…* —murmuró ella, como en una letanía, cuando los labios de Dylan se cerraron en torno a un pezón, desatando de nuevo la locura.

7

Domingo 30 de agosto de 2009

Andy lo vio en cuanto dobló la esquina de su casa. Apoyado contra la farola, con su estilo llamativo de vestir y sus rastas al viento, y su impactante *Sporster Iron* plateada aparcada a pocos metros. No eran ni las once de la mañana del domingo y él ya estaba allí, obviamente esperándola. Como si la última conversación que habían mantenido, en realidad, no la hubieran mantenido. ¿Suponía que se iría de picnic con él, o qué?

Y como si no le hubiera dicho, y con bastante claridad según recordaba, que no se presentara en su casa sin más. Por lo visto, las rastas no solo le estaban impidiendo encontrarse el ombligo, también oír.

Conor demoró unos instantes en verla, pero en cuanto lo hizo, se dirigió hacia ella con una sonrisa en los labios. Se dio cuenta al instante de que su estancia allí no era del todo bien recibida por la dama en cuestión, de modo que tomó la iniciativa dialéctica.

—Ya sé que me has dicho que te lo pensarías y también que me has pedido que no me instale en el portal de tu casa sin previo aviso, pero tenía que verte. Solo serán dos minutos, te lo prometo.

Para entonces, ya estaban frente a frente y Conor le hablaba con aquel tono que adquiría su voz cuando se dirigía a Andy buscando disculparse. Era grave, meloso. Irresistible…

Casi irresistible.

—Ese es el problema, que tus razones son las únicas que cuentan. Lo que los demás queramos nunca importa en lo más mínimo —sentenció Andy al tiempo que introducía la llave en la cerradura y abría la puerta, dispuesta a largarse.

Por suerte para Conor, demoró un segundo en reaccionar, en dejar a un lado la sorpresa ante el ser beligerante que volvía a plantarle cara, que no tenía nada que ver con la preciosidad divertida de la que, a estas alturas, estaba irremediablemente colado hasta las mismísimas trancas, y hacer algo. Primero puso un pie en la puerta para sostenerla abierta. Segundo tomó a Andy por el codo, un agarre lo bastante fuerte y lo bastante inesperado que la hizo trastabillar.

—Eh, eh, eh… —pidió con dulzura—. Espera un momento, ¿quieres?

Andy liberó su codo de un movimiento brusco y lo enfrentó sin ambages.

—No, no quiero.

El rostro del motero de las rastas adquirió seriedad inmediata.

—*Andy…* —En su opinión, se estaba pasando de dura y aunque no se lo dijo palabra a palabra, los puntos suspensivos y el tono en que pronunció su nombre se dio a entender perfectamente.

—No quiero, Conor —repitió ella, haciéndole frente. Solo le faltaba que encima pretendiera imponerle alguna cosa.

—Escucha, preciosa… —volvió a intentarlo él. Esta vez en un tono diferente, totalmente conciliador. Andy no lo dejó continuar.

—No, escucha tú. No quiero que te plantes aquí. No quiero que flirtees conmigo en el bar, delante de todos. Es mi trabajo, ¿entiendes? De lo que comemos mi familia y yo. Y no quiero que des las cosas por sentado. Me fastidia que te comportes como si yo fuera tu chica y hubiera tenido una pataleta. Porque ninguna de las dos cosas son ciertas. Yo no soy Nikki, ¿te enteras?

La camarera no esperó respuesta. Cada vez más enfadada, volvió a darle la espalda. Además, su hermano estaría al llegar y lo último que deseaba era que la encontrara allí con Conor.

Pero él, nuevamente, no lo dejó estar. Volvió a tomarla por el codo, esta vez con mucha más suavidad y la liberó de inmediato en cuanto ella se volvió a mirarlo con cara de pocos amigos.

—Andy, venga… ¿No te parece que estás siendo un poco injusta conmigo?

Ella se limitó a alzar una ceja, una ominosa ceja que portaba un mensaje que a Conor le arrancó un ruego, en vez de enfado.

—Por favor, no me zurres —y entrelazó las manos para confirmar su súplica.

La pareja se sostuvo la mirada unos instantes y al fin, la comicidad de la situación acabó ganando la partida; Andy peleó contra una sonrisa traidora y miró a otra parte intentando disimularla y Conor, aliviado de haberse salvado por los pelos de que la joven le diera con la puerta en las narices, soltó una carcajada.

—Joder, qué preciosa eres cuando te ríes… —dijo él, zalamero.

Andy lo miró con fingido desdén. Fingidísimo. Porque aunque no fuera a reconocerlo en la vida, él seguía siendo el chico de sus sueños y le encantaban sus piropos.

—Al grano, Conor —exigió.

—Vale, vale… Tienes razón. ¿Qué te parece si quedamos mañana cuando salga del taller? Me encantaría llevarte a cenar pero, la verdad, me vale lo que sea: un paseo, un helado, ir a dar una vuelta en moto… Elige tú, a mí me parecerá perfecto. Una hora y un café, Andy. Me conformo con eso. Sin conocidos por medio, lejos del MidWay. Solos tú y yo.

Ella respiró hondo y le obsequió una mirada con mensaje, pero no lo puso en palabras. Conor se creció. Se agachó para estar más a su altura y la tomó por los antebrazos con suavidad.

—Mira, preciosa, sé que estás cabreada conmigo. Por eso también sé que la única forma de salir del punto muerto es escoger un sitio neutral y quedar. Compartir un buen rato juntos, sin más —buscó su mirada—. ¿Tanto necesitas pensártelo? Te importo y tú sabes que me importas.

Andy maldijo por dentro. Mal que le pesara, él tenía razón. ¿Por qué seguía dándole tantas vueltas al asunto? Respiró hondo.

—Muy bien, Conor. Una hora y un café —él miró al cielo, aliviado y su gran sonrisa mostró con claridad que pensaba que acababa de apuntarse un tanto. Andy se apresuró a continuar—. Pero escúchame bien porque no quiero malentendidos, ¿vale?

Conor asintió repetidas veces con la cabeza y sus preciosos ojos, brillantes de ilusión, la siguieron con atención.

Andy se esforzó por ignorar la agradable sensación que la recorrió de la cabeza a los pies al darse cuenta de que, por primera vez, no tenía que competir con nada ni con nadie para tener el interés del chico de sus sueños. Tantos meses esperando el día que… Pero no, se dijo, no podía permitirse bajar la guardia. Con Conor, no. Le importaba, sí, pero no se fiaba de él.

—En lo que a mí respecta, has tenido tu ocasión y la has desperdiciado —él hizo un nuevo intento de explicarse que Andy silenció con un gesto de la mano, y continuó—: No me estoy haciendo la dura contigo, Conor. Me has desilusionado. Mucho. Y la desilusión en mí tiene muy mal arreglo —hizo una pausa tras la cual lo miró fijamente—. Lo más seguro es que no consigas arreglarlo, que nunca vayas a ser para mí más que alguien que pudo haber sido y no fue, ¿lo entiendes? Es muy importante que esto lo tengas claro porque no quiero hacerte daño. Ni que tú me lo hagas a mí.

Conor volvió a tomarla por los codos.

—La cagué y estoy dispuesto a arreglarlo como sea porque estoy loco por ti. Y sí, entiendo lo que dices. ¿Entiendes tú que me agarraré a un clavo ardiendo si hace falta?

Andy se estremeció. Durante una fracción de segundo cada célula de su cuerpo, cada poro de su piel palpitó de esperanza…

Hasta que su mente volvió a tomar las riendas de sus emociones y la devolvió al planeta Tierra con el exceso de racionalidad que siempre la había caracterizado:

—Pues en ese caso, ten cuidado, no vayas a morir quemado. Sería una muerte horrible.

Dos minutos después de haber dado el sí a una hora y un café con Conor, Andy ya lo estaba lamentando. Su lado romántico nadaba en el mar de las esperanzas renovadas mientras su sentido común contemplaba la escena con cara de malísimos amigos. Era candidata a darse el batacazo y como lo sabía, todas sus alarmas pitaban a destajo, amenazando con dejarla sorda para los restos.

Horas después, había perdido la cuenta de las veces que había sacado el móvil con la idea de cancelar el plan, para volver a guardarlo de inmediato. Sin usarlo, claro. Aquello era la pescadilla que se mordía la cola. Si cancelaba la cita, él volvería a la carga erre que erre con su pertinaz insistencia. Y si no la cancelaba… Ella no era de las que daban segundas oportunidades. Incluso aunque quisiera, su propia desconfianza la pondría a la defensiva, echando por tierra cualquier intento de sacar adelante una relación con él. Aj. De una manera o de otra estaba jodida.

El timbre exterior la sacó de sus pensamientos. Como fuera el motero de las rastas otra vez, se iba a enterar de lo que valía un peine, pensó la camarera del MidWay mientras se levantaba del sofá donde yacía cuan pequeña era, contando musarañas. De camino a la puerta, miró de soslayo el pasillo que llevaba a la cueva maloliente de su hermano donde se suponía que debía estar estudiando y lo que en realidad estaba haciendo era jugar con su viejo ordenador. Dudaba mucho que lo que festejaba tan alegremente fueran respuestas acertadas de los problemas de matemáticas. Menudo vago estaba hecho. Con lo buen estudiante que había sido siempre…

—¿Quién es? —preguntó con cautela.

—Soy yo, guapa —dijo una voz que reconoció al instante—. Te traigo tu moto. ¿La entro al portal?

—¡Hola, calvorotas! Espera que ya bajo…

Después de avisarle a su hermano que enseguida volvía, voló escaleras abajo. Solo cuando estaba a mitad de camino cayó en la cuenta de que estaba en pantalones cortos, camiseta y zapatillas de andar por casa. No serían verde botella, pero eran igualmente penosos.

Dylan, en cambio, había vuelto a sacar al motero estiloso del armario. Y como no podía ser de otra manera, aprovechó su posición privilegiada para mofarse.

—Me cago en el *glamour* —comentó con malicia haciendo que ella echara a reír—. ¿Esta es la Andy "doméstica"? Que sepas que solo te faltan los rulos para completar el cuadro.

La de ahora tenía muy poco que ver con la mujer que concentraba todas las miradas masculinas del MidWay cuando se deslizaba sobre la tarima de madera como si fuera una gacela, sirviendo la siempre populosa barra del bar. Pero esta también tenía su punto. La total ausencia de maquillaje resaltaba su gran juventud y estaba tan en forma que daba igual lo que se pusiera, el gran tono muscular de lo poco que dejaba expuesto daba una idea bastante clara del estado de lo que no estaba a la vista.

Y él, además, no tenía necesidad de hacerse ninguna idea porque lo conocía de primera mano, y puntuaba alto en su escala personal de preferencias. Lo curioso era que a pesar de no tener nada que ver con los cuerpos exuberantes que a él le gustaban, con muchas curvas y carne que agarrar, le resultaba tremendamente sexy. Había sido todo un descubrimiento comprobar cuánto lo excitaban sus movimientos flexibles y la resistencia que ofrecían sus glúteos a la presión. Un gesto tan simple como agarrar el culo a una mujer mientras ella lo cabalgaba tenía una dosis extra de morbo cuando el culo en cuestión era el de Andy. Por no hablar de sus músculos pectorales…

Andy sonrió para sus adentros cuando la mirada de Dylan ascendió en un barrido rápido dibujándole el contorno, pero redujo la velocidad a la mitad cuando llegó al pecho. La camiseta era holgada al igual que sus shorts, pero tan segura como de que se llamaba Andy que los ojos del cazador ya habían descubierto que debajo de la ligera tela de algodón negra, sus pechos estaban desnudos. Y como sabía la facilidad con que se estimulaba Dylan (y lo rápido que respondía ella al estímulo del irlandés), decidió desviar su atención.

—¡Pero si las has dejado como nueva! —exclamó al asomarse por el costado del corpachón de Dylan y ver su moto.

Él la siguió con la mirada y pronto, su atención se desplazó del tono muscular de la camarera, a la ilusión y la alegría que desprendía su voz, su sonrisa, toda ella, ante el nuevo estado de la antigualla que ella tenía en tanta estima.

"Esto sí que es un espectáculo", pensó Dylan complacido.

La puso en marcha para que oyera lo afinado que sonaba el viejo motor después del repaso a conciencia que le había dado mientras Andy batía palmas, feliz como una niña pequeña. Tenía que reconocerlo; una limpieza a fondo y un pulido en condiciones habían obrado maravillas. Hasta había renovado el rojo de los lunares que decoraban el tanque de gasolina. Solo a una mujer podía ocurrírsele la idea de pintar lunares a una señora motocicleta Honda, por más antigualla que fuera, pero allá cada cual son sus locuras. Ahora, al menos, no lucían resquebrajados.

—¡Las ha dejado fenomenal, Dylan, muchísimas gracias! Y mira cómo suena… ¡Y arranca a la primera!

Con ayuda de Andy, él entró la moto al portal y los dos se quedaron conversando en la puerta.

—Menuda puesta a punto le has hecho, chico… ¡Hacía años que no sonaba así! —exclamó agradecida. Aquel hombre no tenía la menor idea del inmenso favor que le había hecho.

El cazador que vivía en Dylan, que pasaba de esa clase de agradecimientos, ya tenía preparada su respuesta.

—Soy especialista en puestas a punto. Así que, ya sabes, si necesitas una…

Andy se empezó a desternillar de risa ante sus insinuaciones descaradas. Le parecía el tipo más atrevido y más divertido de la galaxia. Menudo personaje.

—Qué peligro tienes…

—Bueno, más que peligro, lo que tengo es gula —concedió Dylan, su sonrisa de cazador brillando con descaro en su rostro varonil, y dejó caer la bomba—: Es que igual para cuando vuelva de París se me ha acabado el chollo…

El ceño de la camarera se arrugó como el fuelle de un acordeón.

—¿Y eso por qué?

—Me ha dicho un pajarito que el lunes tienes una cita con el chico de tus sueños… y como las mujeres sois monógamas y eso… Supongo que se me habrá acabado lo bueno, ¿no? —la miró burlón— ¿Tú qué opinas?

Las emociones se sucedían en cascada para Andy. De unas ganas tremendas de bajar al pajarito a pedradas del árbol desde el que piaba sin contención, a la gracia que le producía el desparpajo del motero en temas sexuales y el asombro de que se estuviera tirando un lance, a ver si colaba.

—¿Lo dices en serio?

Dylan movió los ojos de izquierda a derecha, como buscando el sentido a aquella pregunta sin ningún sentido para él.

—Nuestros polvos son épicos. Claro que lo digo en serio.

Ante la desfachatez del irlandés que la miraba sonriente, incluso expectante, Andy no pudo más que echar a reír de puro asombro, de pura incredulidad. Y no solo por él, sino por ella misma. Le parecía alucinante que una misma mujer -ella- pudiera relacionarse con dos hombres tan diferentes al mismo tiempo. Conor había montado una escena que había acabado a puñetazos solo porque decía haber visto a Dylan saliendo de su portal un viernes por la noche y él le preguntaba si continuarían compartiendo polvos épicos en el caso de que su cita del lunes con Conor fuera bien. Como si fuera necesario preguntarlo.

—Anda, márchate, que estás desbarrando —dijo ella, al fin, mostrándole la calle con un rápido movimiento de los ojos.

Así que el pajarito estaba en lo cierto al creer que en esta ocasión sí que caía la breva, pensó él. Pues, en ese caso…

—¿Y qué tal si antes de marcharme me concedes diez minutos ahí? —sus ojos le señalaron rápidamente el cuarto trastero que había bajo la escalera, y regresaron a ella—. Ya sabes que las paredes se me dan de miedo…

Qué poco halagador había sonado aquello esta vez. ¿Estaba apurando los últimos cartuchos mientras podía, o qué?

Andy se quedó mirándolo con la boca abierta y él estuvo a un tris de llenársela con su lengua. Ganas no le faltaban, desde luego. Ni de besarla, ni de encerrarse con ella en aquel cuarto y ponerse las botas. Pero…

Había algo en su mirada, en su lenguaje corporal que no acababa de descifrar. Las señales eran contradictorias. Quizás su desfachatez (como Andy lo llamaba) se había salido de madre y tocado áreas sensibles. Fuera como fuese, lo mejor era llamar a retirada.

Y eso hizo.

—Estoy de coña, guapa. ¿En el trastero, en serio? —dijo Dylan y su rostro se iluminó con una sonrisa— ¿Y arriesgarme a que una rata me muerda el pito y me desgracie para los restos?

El alma de Andy regresó al cuerpo en un segundo. Ella tampoco escatimó en sonrisas.

—Pobrecito, eso sería terrible —concedió, volviendo a la normalidad.

Dylan asintió varias veces con la cabeza. Sonrió. Sus ojos de cazador la miraron nuevamente.

—¿Estás sola en casa? —preguntó, aguantando la risa.

Andy le dio un puñetazo flojito en el brazo al tiempo que se desternillaba.

—¡Dios… Eres más peligroso que un mono con revólver, chico!

Durante unos instantes los dos rieron y el ambiente volvió a ser distendido como siempre que estaban juntos.

—¿Y lo que te gusta que sea tan peligroso, qué? —comentó Dylan, que ya estaba en la acera, dispuesto a marcharse—. Anda, desaparece de mi vista antes de que sufra un subidón de testosterona y decida pasar de las ratas.

Andy permaneció en el portal con una gran sonrisa, viendo cómo subía a su monovolumen.

—Llámame cuando vuelvas, a ver si nos ocupamos de tu gula —ofreció ella desde el umbral, lo bastante alto como para que él la oyera con claridad.

Vaya, pensó Dylan complacido, así que no se le había acabado el chollo.

—Eso está hecho —replicó él, tras guiñarle un ojo.

La camarera se quedó mirando cómo se alejaba hasta que dejó de verlo. Entonces, entró en el portal y puso rumbo a casa, subiendo los escalones de dos en dos.

Lunes 31 de agosto de 2009.
Casa de la familia Avery.
De madrugada…

Andy se sentó en la cama de golpe. Todo estaba oscuro y la única iluminación procedía de la mesilla de noche, donde el móvil que estaba sonando mostraba su pequeña pantalla iluminada. Manoteó el aparato con una creciente sensación de desasosiego y en cuanto comprobó el nombre que identificaba la llamada entrante, un retorcijón en el estómago le confirmó que aquello no podía ser bueno.

—¿Qué ha pasado? —dijo, adelantándose a su interlocutor.

A mil quinientos kilómetros de Londres, Pau Estellés juntó valor para lo que vendría a continuación.

—Es tu madre. La han ingresado.

—Pero… ¿cómo…? Si hemos estado hablando después de cenar… ¡¿qué ha pasado?!

—Empezó a sentirse mal y tu tía Neus pidió una ambulancia… Tienes dos billetes para el vuelo de British Airways que sale de Heathrow a las seis y veinticinco, así que date prisa. Yo os estaré esperando en el aeropuerto de Barcelona, ¿entendido?

Andy abrió desmesuradamente los ojos. Su madre vivía entrando y saliendo de los hospitales desde hacía años. ¿Qué era distinto esta vez para que tuvieran que salir corriendo al aeropuerto y coger el primer avión?

—No entiendo nada… ¿mi madre está mal? —balbuceó.

Su tío puso fin al asunto de manera drástica.

—No te despertaría en mitad de la noche si no fuera así. Está grave. Haz lo que te digo, por favor.

Después de acabar la llamada, Andy se tomó unos instantes para reordenar sus ideas, intentar poner un poco de sentido común al panorama de miedo y desesperación que se abría ante sus ojos como un agujero inmenso que amenazaba con tragársela entera.

Lo primero era despertar a Danny, se dijo cuando ya estaba de camino a su dormitorio.

Y pensar en cómo suavizar una noticia demoledora.

Y rogar porque el chico mantuviera la calma.

Era absolutamente imperativo que los dos la mantuvieran.

Su hermano había venido vomitando gran parte del vuelo, así que a Andy no le extrañó que su indisposición arreciara al llegar a Barcelona. Los despegues y los aterrizajes solían ponerlo malo incluso cuando estaba bien, y en este caso no lo estaba.

Después de esperar a que el equipaje -una sola pieza que no le habían permitido llevar en la cabina- saliera de la bodega del avión, había tenido que esperar otros diez minutos a que Danny consiguiera sacar la cabeza del váter. Cuando reapareció estaba tan pálido que Andy se ahorró preguntarle qué tal se encontraba.

Los dos hermanos abandonaron la sala de recogida del equipaje y salieron al Hall. Pronto reconocieron entre la gente, la esbelta figura vestida de oscuro de su tío.

Después del saludo de rigor, Pau llevó a los recién llegados aparte del túmulo de gente, a un área de sillas. Sin embargo, ninguno se sentó.

—La cosa está así, chicos —empezó a decir—. Anna ha tenido un pre-infarto. Está grave, pero estable. De momento.

Un pre-infarto en una paciente a la que hacía ocho meses le habían diagnosticado esclerosis lateral amiotrófica era mucho más que grave. Andy sintió que se le revolvía el estómago. De puro miedo. Pero fueron los sollozos de Danny los que le devolvieron la calma al comprender cómo se estaría sintiendo su hermano para echarse a llorar delante suyo. Y ya que era lo único que podía hacer por él, lo abrazó fuerte, murmurando palabras de consuelo. Poco a poco, el joven se fue calmando. Tanto, que incluso Andy se animó a hacer una propuesta.

—Volar me da sed y creo que te vendría bien beber un té, te asentaría el estómago, Danny. ¿Te traigo uno?

—Chicos… —intervino Pau—. Lamentablemente, no he acabado.

Los dos hermanos lo miraron al unísono. El miedo y la preocupación habían regresado a sus miradas con más fuerza y Pau volvió a odiar con todas sus fuerzas el papel que le había tocado desempeñar en aquella historia.

—Anna estaba bien. Muy contenta como siempre después de hablar con vosotros, y muy aliviada de que hubieras metido ese trasto en el taller, Andy. Ya sabes que no le gustan las motos y la tenías hecha un desastre… Pero llamaron de la cárcel, avisando que Sonia estaba en la UCI y…

Pau continuó hablando. Movía los labios así que tenía que estar hablando, pero Andy no acababa de entenderlo. Todo a su alrededor se había ralentizado, las palabras demoraban en tener sentido y hasta que la idea mostraba coherencia, pasaban milenios. O esa era la impresión que tenía. ¿Sonia estaba viva o…? ¿Y el bebé?

Apretó los párpados y concentró toda su energía, toda su desesperación y todo su miedo en volver a poner en marcha su mundo. No podía detenerse ahora. No podía desmoronarse aunque su corazón se estuviera partiendo en dos. No podía permitirse flaquear.

La mano que se posó en su hombro conjuró el hechizo. Cuando volvió a abrir los ojos, Pau la miraba preocupado y su mundo había vuelto a ser real. Buscó a su hermano justo en el momento en el que él se doblaba hacia adelante, pálido como un cadáver, y se ponía a vomitar.

La fortaleza regresó a ella, como siempre había sido. En los momentos más difíciles, algo dentro suyo despertaba y tomaba los mandos con una templanza inédita. No tenía la menor idea de dónde salía tanta serenidad, tanta sangre fría, ni quién era esa Andy que surgía de la nada y parecía capaz de ponerse el mundo por montera. Fuera quien fuera, daba gracias a Dios porque nunca la dejaba en la estacada.

—Ve con él —le pidió a Pau—. Acompáñalo al baño, por favor, que yo estoy bien. Os espero aquí.

—¿Seguro que estás bien? —insistió su tío, con evidente preocupación.

—Seguro. Ve con él.

Pau hizo lo que le pedía. Esperó a que la última andanada de arcadas cesara, y cuando Danny volvió a erguirse, le pasó un brazo por el hombro y los dos se alejaron.

Andy apartó la vista cuando dejó de verlos. Sentía mucha sed y la pequeña botella de plástico que traía en la mochila se había agotado durante el vuelo. Si iba a por otra -o al baño, a beber del grifo- tendría que llevarse consigo la maleta y aunque de lucidez, de momento, estaba bien, de fuerza estaba bajo mínimos. Volar siempre le sentaba fatal. Incluso sin malas noticias por medio, y por más que se hubiera hecho la dura, todavía le duraba el tembleque.

Pensar en un mundo sin su madre o sin su hermana le daba pánico. Aunque no pudiera permitirse perder el control. Aunque esa guerrera feroz que aparecía de la nada en los momentos difíciles, impusiera cautela y sentido común, la otra, la mortal, la que sangraba si se cortaba y sufría si le hacían daño… Esta Andy, temblaba de miedo ante lo que se le venía encima.

Aunque no pudiera permitírselo.

Tomó asiento en una de las sillas y se frotó los muslos sobre los vaqueros en un intento de calentarse. La suya era la única silla ocupada de la larga hilera y la gente que deambulaba por allí, pasaba por delante sin reparar en su presencia.

De pronto, se sintió un ser diminuto en un mundo extraño.

Respiró hondo.

Muy bien, listilla, ¿y ahora qué?

Todos los hospitales se parecían. Daba igual el idioma en que estuvieran escritos los carteles o el aspecto que tuvieran las personas que circulaban por sus interminables pasillos. En todos se respiraba el mismo aire, mezcla de desinfectante y preocupación. En todos sentías que el control era la mayor mentira de la vida adulta, una ilusión a la que te aferrabas con uñas y dientes para mantener la cordura, y que se evaporaba como por arte de magia en cuanto ponías un pie allí. Entonces, la realidad se plantaba delante de tus ojos, descarnada y aterradora: no controlabas tu vida en absoluto, solo la vivías.

Andy echó una mirada a su hermano. Caminaba con paso ágil junto a Pau que tenía una mano en su hombro. Estaba blanco como un papel, pero, al menos, había dejado de vomitar hacía un buen rato. Ojalá el estómago continuara dándole una tregua porque lo que les quedaba por delante era un día durísimo que solo Dios sabía cómo acabaría.

Cuando por fin torcieron a la izquierda, el tío y sus dos sobrinos entraron en un espacio despejado al final del cual una puerta doble comunicaba con la sala de espera de la Unidad de

Cuidados Intensivos (UCI). Una mujer alta, de cabello oscuro muy corto, salió al encuentro de los recién llegados de inmediato. Su rostro mostraba preocupación, a pesar de la ligera sonrisa y de las palabras de ánimo que le ofreció a Andy cuando se fundió con ella en un abrazo.

—Me alegro de verte, cariño... —tomó el rostro de su sobrina entre las manos—. Ya no queda nada del bronceado precioso que te llevaste. A ver si conseguimos que vuelva...

Andy se esforzó por ofrecerle una sonrisa. Hasta en eso se parecía a su madre. Independientemente de las circunstancias, para Neus Estellés siempre había espacio para una palabra reconfortante, para un abrazo afectuoso. Con Danny incluso se había permitido ser más efusiva y no dejó de hablarle al oído ni de despeinar cariñosamente su pelo enrulado hasta que el muchacho acabó sonriendo. Seguramente lo había hecho para que lo dejara en paz, pero eso no importaba. Al igual que Anna, Neus era de las que creían ciegamente en el poder transformador de una sonrisa, de enfrentarse a las vicisitudes de la vida con un talante optimista, de ofrecer siempre el mejor rostro.

Pau fue el último en catar sus abrazos, pero no por eso fueron menos efusivos. No eran hijos de la misma madre, sin embargo, el único hijo varón del patriarca adoraba a sus tres hermanas mujeres. Con Neus mantenían una gran complicidad, quizás porque a los dos les había tocado jugar el papel de mediadores para mantener a la familia unida más allá de las decisiones controvertidas y generalmente injustas del padre excesivamente orgulloso que les había tocado en suerte.

—Las visitas en esta unidad están restringidas, pero he hablado con la jefa de enfermeras y os dejará verla un par de minutos. A la una ya podréis estar un rato con ella, de uno en uno y calladitos. Ahora, solo verla, para que os quedéis tranquilos —explicó dirigiéndose a sus sobrinos—. Vuestra madre está estable. Ha sido un buen susto, pero los médicos dicen que está respondiendo bien. Así que ánimo y calma, ¿de acuerdo, chicos?

Danny se limitó a asentir, pero Andy, que estaba a su lado, era consciente de que estaba temblando. Sintió una pena inmensa por él. Era demasiado joven para todo, y, sin embargo, en su corta vida había tenido que pasar por momentos terribles. Instintivamente, lo tomó de la mano y la apretó cariñosamente con la suya.

—De acuerdo —respondió Andy—. Vamos.

—Enseguida vuelvo —le dijo Neus a Pau, que asintió y tomó asiento en uno de los sillones de la sala.

La mayor de las hermanas Estellés acompañó a sus sobrinos hasta la habitación que ocupaba Anna Avery, donde esperaron a la enfermera que los dejaría pasar. Una puerta y un panel, ambos de cristal, constituían el frente de la habitación, de modo que Andy y Danny vieron a su madre desde el primer momento. Echada boca arriba y apenas cubierta por una sábana, multitud de electrodos la conectaban a aparatos que medían sus constantes vitales. Una enorme máscara de oxígeno cubría la mitad inferior de su rostro, deformándolo. Desde hacía años, llevaba mechas en el pelo y un corte que la favorecía, pero ahora su cabello lucía opaco y separado en mechones. Tenía los ojos cerrados y una extrema palidez en la piel, como si no le quedara sangre en el cuerpo. El único rasgo reconocible, que confirmaba que no había ningún error, que la mujer que yacía en aquella cara era su madre, eran sus cejas tupidas y largas. Las mismas que tenían sus dos hermanas, Danny y ella misma. Las mismas que, aún más gruesas, tenía el único varón de los Estellés. Un rasgo inequívocamente marca de la casa.

—Tenéis un minuto —dijo una voz extraña, devolviendo a Andy al momento—. Entráis, le dais un beso y volvéis a salir. No le habléis y tampoco os preocupéis si no abre los ojos. Es normal, ¿de acuerdo? Un minuto, venga, entrad. Cuando os lo diga, salís.

Andy y Danny atravesaron la puerta de cristal y fue entonces, cuando cada uno se dirigió hacia un lado de la cama donde yacía su madre, que se dieron cuenta de que continuaban tomados de la mano. Andy fue la primera en inclinarse y depositar un beso sobre la frente de la enferma, quien no abrió los ojos. Agradeció, entonces, que la enfermera lo hubiera advertido porque, descartada la preocupación, pudo reparar en otros detalles que de alguna forma la reconfortaron. Su piel estaba fresca, pero no fría. Parecía dormida, y en tal caso, no sufría. Además, un buen sueño reparador aceleraría su recuperación. Extrañamente aliviada, volvió a ser consiente de Danny. Estaba parado a un metro de Anna, mirándola, sin hacer ademán de acercarse, pero tampoco de marcharse.

Sus miradas se encontraron y Andy volvió a notar que el miedo atenazaba al muchacho. Lo animó a que se acercara con un movimiento de la cabeza y solo entonces, Danny lo hizo.

Se aproximó a la enferma con paso titubeante y al fin se inclinó sobre ella y la besó en la frente. Cuando se irguió, un instante después, tenía los ojos llenos de lágrimas y se apresuró a salir de la habitación sin mirar a nadie. Pasó junto a la enfermera con la cabeza gacha, ignoró a su tía que le hablaba y se dirigió a la salida con las manos en los bolsillos.

Andy respiró hondo. Volvió la vista hacia su madre y tras dejar un último beso sobre su frente, también abandonó la habitación.

Después de un café y una tostada en el bar del hospital en compañía de Neus, los hermanos parecían más recuperados. A Andy la alivió comprobar que parte de los colores habituales habían vuelto al rostro de su joven hermano. El café solo le había asentado el estómago. Bien, pensó, porque ahora tocaba enfrentarse al segundo problema -ir a ver a Sonia-, y lo haría sola; tenía que dejarlo con Neus, tenía que decírselo y conseguir que él se aviniera a ello, y si el chaval se sentía algo mejor, las cosas serían mucho más fáciles para todos. Había demasiados frentes abiertos. Demasiados conatos de desastre.

—Me voy —dijo Andy levantándose de la mesa. Notó que la mirada de su hermano la seguía interrogante, pero la ignoró y se acomodó la mochila en la espalda—. En cuanto hable con los médicos, te llamo.

Danny se puso de pie de un brinco y lo hizo con tal torpeza que la taza con los restos de café se volcó sobre el platillo, ensuciando parte de la mesa.

—Ni hablar —retrucó. Y para que no cupiera ninguna duda de que no tenía la menor intención de quedarse, también cogió sus cosas.

Neus y Andy cruzaron miradas.

—Tienes que quedarte, Danny… —dijo Andy con un tono cansino.

—¿Por qué? Estoy bien. No me va a dar ningún jamacuco. A ti también te sienta fatal volar así que no te la des de adulta solo porque esta vez no hayas soltado la pota. No soy un bebé, ¿te enteras? —Y con esas, se dio la vuelta con la intención de largarse.

Fue Neus quien lo detuvo con suavidad. Habló en la lengua nativa de sus sobrinos en la que se estaba desarrollando la conversación.

—Nadie piensa eso, cariño, pero deberías escuchar a tu hermana y hacerle caso porque tiene razón.

El muchacho soltó un bufido.

—Y qué otra cosa ibas a decir tú… —comentó más que molesto de que todo el mundo siempre se pusiera de su parte.

Andy se acercó a su hermano.

—Escucha, cuando mamá despierte y se de cuenta de lo sucedido, se preocupará. Preguntará por nosotros, ¿qué crees que va a pensar cuando sepa que los dos estamos con Sonia? —Danny apartó la mirada. Sus ojos habían vuelto a llenarse de lágrimas—. Si es duro para ti, imagina cómo será para ella… Tienes que quedarte, Danny. Y hacer lo posible por estar tranquilo y no asustarla. Te prometo que en cuanto hable con los médicos, te llamo.

Neus, que había seguido la interacción entre los dos hermanos con atención, supo que el muchacho obedecería antes de que abriera la boca. Lo vio revolear los ojos y mirar hacia otro lado con un gesto molesto. Al fin, habló y lo que salió de sus labios fue un sucedáneo, estilo Danny, a un sí.

—Siguiendo instrucciones de la comandancia llevo el móvil apagado —volvió a mirar a su hermana— y si no recuerdo mal, tú también.

Por la comandancia se refería al único hijo varón del patriarca, quien les había pedido que mantuvieran los teléfonos apagados para evitar disgustos en la factura debido a la *itinerancia*[8]. Él les suministraría dos líneas nuevas.

Andy sonrió y apretó cariñosamente la mejilla de su hermano.

8

Itinerancia (roaming): capacidad de enviar y recibir llamadas en redes móviles fuera del área de servicio local de la propia compañía, o bien durante una estancia en otro país diferente, con la red de una empresa extranjera.

—Entonces, no te despegues de la tía o te perderás el placer de escuchar mi voz —se puso de puntillas y lo besó en la misma mejilla que antes había pellizcado—. No olvides darle un beso de mi parte a mamá, ¿vale?

El joven asintió con la cabeza y dejó sus cosas en el suelo junto a la silla. Volvió a sentarse de mala gana.

—No me extraña que tu madre y tus hermanas te adoren —Neus le palmeó la mano, complacida—. Eres un gran chico, Danny.

Cuando Andy salió de la cafetería, no le fue difícil localizar a su tío. Había salido a hacer un par de llamadas, según había comentado. Llamadas que no deseaba hacer frente a su familia, dedujo de inmediato, y en las que ahora estaba completamente enfrascado. De pie en la cima de la escalera que conducía a la salida, aquel cuerpo espigado completamente vestido de negro rezumaba tensión. Su tono era cortante y hablaba en menorquín, que a pesar de ser un dialecto del catalán, tenía matices distinguibles para alguien como Andy que lo había aprendido de niña. Lo cual, además, le daba un idea bastante aproximada de con quién estaba hablando.

Decidió que lo mejor era anunciar su presencia. Entonces, Pau se apresuró a acabar la conversación con un "te llamo luego, padre", que confirmó sus sospechas. Pau hablaba con un hombre al que Andy había visto contadísimas veces en su vida; la última, hacía más de diez años.

—¿Me llevas al hospital a ver a Sonia?

Pau esbozó una sonrisa compasiva. Asintió con la cabeza.

—*Clar, nena... Anem a l'hospital.*

En Londres…

Dylan se quitó el casco y echó un vistazo al parque automotor estacionado frente al MidWay. Estaban la *Sporter Iron* plateada del chico de las rastas, la Kawasaki del tesorero de los MidWay Riders, las respectivas Harleys de los propietarios del bar, Princesa y la Perla Azul. Incluso la del colega en cuyo taller le había ajustado las tuercas a la antigualla de Andy. Todos estaban ya allí a pesar de que eran poco más de las seis de la tarde. En cierto modo, le alegró que fuera así. El MidWay era algo semejante a su segunda casa y muy pronto la vería de pascuas a ramos, así que aprovecharía a tope los cartuchos que le quedaban.

Volvió a sonreír al recordar lo bien que habían ido las cosas en la reunión de la mañana, en París. Excepto por el traje que lo había hecho sentir como el *yuppie* que no era en absoluto, todo lo demás había estado genial. El representante legal del tercer socio capitalista del proyecto lo había sometido a un interrogatorio durante más de hora y media, obligándolo a desmenuzar concienzudamente su propuesta de trabajo. El interrogatorio, en realidad, había versado sobre todo, incluida su afición a las motos Harley Davidson. Pero, al fin, había acabado dando su acuerdo. Dylan había regresado a Londres con un acuerdo muy sustancioso, las primeras órdenes de trabajo aprobadas y una fecha de comienzo. Dado que la contratación del personal corría de su cuenta y en una semana se trasladaría a Niza, le quedaba pocos tiempo para liquidar sus asuntos pendientes, embalar media casa y dejarlo todo listo. Estaría los próximos cinco días "desparecido, en proceso de mudanza".

Pero eso será mañana, pensó. Hoy disfrutaría de unas cuantas cervezas en compañía de la panda de gamberros más motera de Londres.

Como de costumbre, Dylan entró en el bar saludando gente. Lo primero que notó fue que había mucho ajetreo y caras serias detrás de la barra; lo siguiente, fue que Conor y Evel conversaban con cara de circunstancia, mientras Ike, muy cerca, tenía las orejas pegadas a lo que hablaban. Algo perturbaba la jocosidad habitual que reinaba en el MidWay a esas horas.

—¿Se ha muerto alguien? —preguntó en plan de guasa. Y aprovechó que el motero de al lado ponía rumbo a los lavabos para quedarse con su taburete.

—Tío, no seas fúlmine, joder —se quejó Conor.

—Es ley de vida, chaval —explicó Dylan y miró a Evel—: ya que estás ahí, ¿me pones una cerveza? Y de paso, podrías contar qué pasó. Vuestras caras espantan, tíos. No es la mejor publicidad para un bar.

Dakota, que se había acercado a la caja registradora a cobrar unas comandas, fue quien se ocupó de responder. Y lo hizo a su manera.

—Andy tuvo que salir cagando leches para Barcelona porque internaron a su vieja, y los que quedamos estaremos cagando fuego hasta que vuelva, currando a destajo y a turno completo. O sea, una cagada monumental.

Dylan se quedó en blanco al escuchar la noticia. Mal estaría la cosa si había tenido que viajar a Barcelona. Sin embargo, debía tener el asunto controlado porque no lo había llamado para decírselo. Ni siquiera tenía un mensaje suyo. Aunque también era posible que fuera justo al contrario, que la emergencia fuera tal que no hubiera lugar para más que salir pitando y aguantar el chaparrón.

—¿Y cómo está su madre? —dijo, procurando disimular su creciente preocupación.

Evel y Conor intercambiaron miradas para corroborar si alguno sabía algo más sobre el tema. No era así. Andy había llamado a Dakota antes de embarcar para Barcelona, y desde entonces no había más noticias.

—No se sabe nada —respondió Evel y al ver que su socio regresaba, añadió—: ¿Has vuelto a hablar con Andy?

El motero pelilargo soltó una risotada.

—¿Con el follón de día que he tenido? No he hablado ni con mi mujer, colega. Que, por cierto, más vale que ponga a ello ya —dijo sacando el móvil del bolsillo.

Dakota continuó trabajando mientras hablaba con Tess y Evel se puso a atender a otros clientes. Dylan volvió a mirar a Conor. Le parecía hasta cierto punto normal que sus jefes continuaran sin noticias. En el bar siempre estaban a tope de trabajo; con un empleado menos detrás de la barra, las cosas se complicaban y si ese alguien era Andy, la situación se tornaba muy seria. Hasta ahí bien, ¿pero qué había del príncipe azul? ¿Él tampoco había tenido tiempo de llamarla?

—¿Y tú, qué? —le preguntó, sus ojos color cielo fijos en el presidente de los MidWay Riders.

Conor se había puesto rojo y sus ojos brillaban sospechosamente. Y por un instante, coló. El muy cabrón predicaba a los cuatro vientos que estaba loco por la camarera, pero a la hora de la verdad, cuando ella estaba en apuros y planeaba en el horizonte la posibilidad de tener que mojarse, llamaba a retirada. Lo vio encogerse de hombros, como entonando un silencioso *mea culpa*.

Al instante siguiente, sin embargo, el cerebro de Dylan barajó otra alternativa. Le había parecido tan improbable, que la había descartado sin mayores consideraciones, pero ahora…

Tuvo que sonreír de pura incredulidad; lo que Conor no tenía era el número de Andy. Medio año flirteando con una mujer a la que claramente él le interesaba ¿y ni siquiera había conseguido hacerse con su móvil? *De pena.* Si el problema de Andy no le pareciera tan serio, se pondría cómodo en el taburete, dispuesto a burlarse del motero de las rastas el resto de la noche. Se lo merecía por capullo.

Dylan bebió un sorbo de su pinta y se puso de pie.

—Guárdame el sitio que voy al baño —le dijo a Conor.

Una vez en el lavabo de caballeros, se encerró en uno de los cubiles y sacó su móvil. Marcó la memoria de Andy y mientras esperaba que se estableciera la llamada, bajó la tapa del inodoro y se sentó.

Parecía que había conectado, pero el aparato estaba mudo. No sonaba ni se oía nada. Colgó y volvió a intentarlo. Esta vez, demoró en oírse algo, pero al fin saltó un mensaje indicando que el móvil de destino estaba apagado.

No quería ser pájaro de mal agüero, desde luego, pero las cosas tenían muy mala pinta, pensó el irlandés, más preocupado que antes.

Seguiría intentándolo en un rato, a ver si conseguía dar con Andy. Quizás lo habría apagado en el avión y con los nervios, se habría olvidado de encenderlo. O quizás fuera cuestión del *roaming.* A veces a él también le sucedía cuando estaba de viaje. No había por qué pensar lo peor.

Al fin, Dylan volvió a guardar el móvil y regresó al bar.

8

En otro hospital de Barcelona…

Desde varios metros antes, y a pesar de que la puerta doble de acceso a la UCI estaba cerrada, ya fue evidente que algo sucedía. A través de las ventanas circulares que tenían ambas puertas, se veía un revuelo de batas blancas y verdes, moviéndose en el interior de la Unidad de Cuidados Intensivos. Andy y Pau apuraron el paso sin darse cuenta y entraron en la unidad a pesar de saber que estaban fuera del restringido horario de visita y que el "salvoconducto" que los Estellés parecían tener en todas partes, probablemente no funcionara ante lo que, evidentemente, era una situación de emergencia.

Apenas habían logrado avanzar un par de metros cuando un individuo fornido, visiblemente nervioso les cortó el paso de manera tajante.

—No pueden estar aquí. Vuelvan en horario de visita —ordenó el celador. Y ya estaba indicándoles la vía de salida, casi empujándolos, hacia el pasillo sin contemplaciones.

No eran las únicas órdenes que se oían, aunque lo que decían carecía de sentido para tío y sobrina. Él continuaba intentando convencer al celador de que los dejaran pasar alegando horas de vuelo y aeropuertos. Andy seguía inmersa en una película de la que se estaba convirtiendo en protagonista, sin tener muy claro qué hacer o qué decir.

Era evidente que el equipo médico se enfrentaba a una situación de vida o muerte, algo corriente en sus días de trabajo que, sin embargo, para Andy era tan especial, como que tenía nombre y apellido: Sonia Avery. Su hermana. Nadie les había dicho que se trataba de ella y había más pacientes en la unidad, pero algo le impulsaba a creer que se trataba de Sonia. Quizás fuera el miedo, pensó con la angustia cerrándole la garganta. O la seguridad de que, tal como había sucedido hasta el momento, si algo podía salirle realmente mal a un Avery, le saldría peor que mal. Puñetera ley de Murphy que llevaba toda la vida aguándoles la fiesta.

—¡No se te ocurra tocarme! —escuchó que su tío gritaba a voz en cuello. Un segundo después, había apartado al celador de su camino de un empujón y con sus grandes zancadas avanzaba hacia el interior de la UCI— ¡Venga, Andy, ven!

Pero no fue ella quien se puso en movimiento, sino el celador que esta vez tomó violentamente al hombre de un abrazo y lo sacó al pasillo trastabillando.

—¡Que no! ¡Señor, no puede estar aquí! —Otro empujón más y la advertencia—: Márchese, o hago que lo saquen del edificio a la fuerza. No puede estar aquí.

—Paso, paso, ¡abran paso, por favor! —exclamó una voz femenina.

Otra, esta vez de un hombre, volvió a insistir un instante después. Entonces, el celador corrió a abrir las puertas de par en par para dar paso al personal sanitario que avanzaba a prisa, empujando una cama. Rodeaban al paciente y entre todos obstaculizaban la visión. Había mucha sangre. Andy no estuvo segura de si se trataba de su hermana hasta que la procesión en carrera hacia el quirófano pasó delante suyo y sus ojos ávidos, desesperados por descartar ese presentimiento que le helaba el alma, repararon en la mano que colgaba inerte del borde de la cama.

Era la mano de Sonia, con un corazón divido en tres partes proporcionales identificadas con las letras A D A, tatuado sobre el dorso. Aquel tatuaje añejo que su dueña había hecho embellecer con tonalidades moradas y azules hacía un lustro, seguía allí, como una manifestación silenciosa de a quién pertenecía su corazón; a las personas que más amaba en el mundo: su madre Anna y sus hermanos, Daniel y Andrea.

El miedo y la angustia se adueñaron de Andy. Y la necesidad de aferrar a Sonia, de abrazarla muy fuerte, de conservarla a su lado contra viento y marea, la impulsó a la acción con una fuerza inusitada.

—¡Noooooooooooo! ¡Sonia, noooooo! —gritó.

Unos brazos la retuvieron. Otras voces la increparon. La procesión que se llevaba a su hermana, arrancándola de su vida, continuó alejándose. Y mientras Andy forcejeaba por liberarse, la impotencia, esa que siempre hacía acto de presencia cada vez que la maldita ley de Murphy volvía a jugársela, dominó su mundo por completo.

Había transcurrido solo una hora desde que se habían llevado a Sonia, pero Andy tenía la sensación de que hacía días que estaba en aquella sala de sillas tapizadas de azul. Todas las veces que habían intentado recabar alguna información sobre su estado, la respuesta recibida -cuando le daban alguna- había sido la misma: "está en el quirófano. Cuando salga el médico, les informarán". Tanto secretismo, tanto silencio, le hacía hervir la sangre.

Y cuando, finalmente, hizo acto de presencia el encargado de informar, un tal Dr. Gómez, tampoco era que se desviviera por dar datos.

—¿Qué es lo que está diciendo? —lo interrumpió Andy—. ¿Mi hermana se está recuperando o no? Y por favor, dígamelo en cristiano, para que pueda entenderlo.

Los dos hombres la miraron, no solo el que llevaba la bata de médico. Pau Estellés, porque aunque hacía tiempo que conocía las malas pulgas de la mediana de los hermanos Avery, le seguían sorprendiendo igual que siempre. El médico, porque creía estar tratando a un súbdito inglés y no había contado con que su hermana menor, que parecía una adolescente, fuera a increparlo y además en su propia lengua.

—Habla catalán, bien… —comentó el médico sin ocultar su sorpresa.

A Andy solo le faltó ponerse a relinchar como un caballo salvaje.

—Por cristiano me refería al lenguaje de las personas de a pie, que no hemos estudiado en la facultad de medicina. ¿Cómo está Sonia? ¿Qué quiere decir con "grave pero estable" —y al ver que él la miraba con la misma cara que ponen los médicos cuando se les pregunta por lo que no pueden/deben decir, añadió—: Mire, tengo a mi madre internada "grave pero estable" a media hora de aquí, una sobrina nacida prematura "grave pero estable" aquí al lado, a la que no me dejan ni siquiera ver a través de un cristal, y un hermano adolescente a mi cargo, aterrorizado porque presiente, aunque no sepa cómo ni por qué, que su mundo está a punto de irse al carajo. Son demasiados frentes abiertos. Necesito saber a qué atenerme, ¿lo entiende? Dígame lo que hay. Lo soportaré.

Sintió el brazo de Pau rodeándole el hombro, su afecto y también su fortaleza, como si con aquel simple gesto pretendiera apuntalarla, apoyarla, transmitirle esperanza. Andy no retiró los ojos del médico, su atención continuó sobre él y sobre lo que estaba a punto de decir.

—Nada está escrito en piedra, señorita. Ni en medicina ni en ningún orden de la vida. Cualquier mujer lo tiene difícil en un caso de preeclampsia grave, pero su hermana consumía drogas. Su organismo ya estaba devastado y sus defensas, bajo mínimos antes de que llegara aquí. Siempre hay esperanza, y más tratándose de alguien joven, pero…. Lo tiene difícil.

En otras palabras, Sonia tenía las horas contadas. Andy apartó la mirada y respiró hondo. Echó de su cuerpo la angustia que subía imparable, amenazando con hacerle perder el control de una situación en la que no podía permitirse perderlo. Su hermana, su mejor amiga, estaba a punto de abandonarla para siempre. De abandonarlos a todos, incluida la pequeña sin nombre que ni siquiera había podido sostener entre sus brazos. Fin de la historia.

Había pedido la verdad. Había dicho que era capaz de soportarla y aunque sintiera el corazón partiéndose en mil trozos…

Lo soportaría. Tenía que hacerlo.

Los ojos de Andy regresaron al Dr. Gómez.

—¿Cuándo podremos verla? —le preguntó.

—Yo le avisaré —respondió. Después de hacer un gesto de ánimo, se alejó por el corredor.

Andy se volvió hacia su tío.

—Sería mejor que traigas a Danny para que pueda verla…
—y no continuó la frase porque ambos sabían a qué se refería.

—Tía Roser viene de camino —dijo Pau, refiriéndose a la menor de sus hermanas que volaba desde Menorca—. Ya no creo que tarde. Así, no estarás sola lo que me tome ir a buscar a tu hermano.

Era un gesto que apreciaba, un gesto muy típico de Pau, un hombre familiar, un hombre que sentía debilidad por las hijas de la primera esposa de su padre y que había desempolvado la generosidad que años ha había caracterizado al apellido Estellés. Lo apreciaba, pero no lo necesitaba. Andy había crecido sin ellos, había aprendido a plantarle cara a la adversidad apoyada únicamente por su madre. Había aprendido a no necesitar a nadie. Ella era una Avery, no una Estellés.

Pero le agradecía el gesto. Porque honraba la buena madera de la que estaba hecho.

—Tranquilo, tío Pau. Ve a por Danny, que yo estoy bien.

Al fin, les habían dejado ver a Sonia. Tres minutos, y desde detrás de la puerta acristalada de su habitación de la UCI, flanqueada por una guardia con cara de circunstancia. La habían cambiado y aseado, y la sábana que la cubría hasta el pecho estaba limpia así que, en cierto sentido, esta nueva visión de su hermana estaba resultando menos alarmante que la primera, varias horas atrás. Su piel lucía extremadamente pálida, pero tampoco ese detalle destacaba demasiado. Sonia no poseía los rasgos mediterráneos de su madre; era la única de los tres hermanos que había heredado la piel blanquecina de su padre, su color de cabello -rubio pajizo- y sus enormes ojos azules. O quizás, precisamente porque la primera visión había estado tan teñida de horror, a Andy esta le parecía mucho más tolerable.

La situación con Danny era muy distinta. Había transcurrido varios meses desde la última vez que fuera a visitarla a la cárcel de mujeres donde cumplía condena por robo y tenencia de drogas. Tras el último robo, ella y Jeremy, el hombre del que se había enamorado perdidamente en unas vacaciones en la Costa Brava, habían huido en un coche. La persecución policial había acabado cuando el vehículo se estrelló contra los guardarraíles de la carretera. Jeremy había muerto en el acto y Sonia había dado con los huesos en la cárcel. Aunque las circunstancias no eran ni un poco buenas, todas las mujeres Avery mimaban al pequeñín de la familia y se esforzaban por hacer que las crudezas de la vida le resultaran menos crueles, menos dramáticas. Días después aún le duraba la alegría de haberla visto y esperaba ansioso su próximo viaje a Barcelona para poder volver a visitarla. No se había producido tal visita. Mejor dicho, Sonia ya había empezado a tener cambios de humor, indisposiciones temporales, seguramente provocados por la enfermedad que entonces no sabían que se estaba gestando, y Danny había tenido que marcharse sin poder verla.

Y ahora esto; yaciendo en una cama con los ojos cerrados, cubierta de cables, pequeña y vulnerable. Andy podía sentir su desesperación sin necesidad de mirarlo. Era como un áurea gris que emanaba de él, impregnándolo todo. Pau, que también se dio cuenta de lo que mal que lo estaba pasando el chico, intentó evitar lo inevitable.

—Vámonos. Sonia está bien atendida y vosotros necesitáis…

La voz de Danny lo dejó con la palabra en la boca. Sonó cargada de odio, de frustración.

—El cabrón tuvo suerte de espicharla porque si lo pillara ahora… *Lo mataba a hostias…*

Y tras la ira, cómo no, llegaron las lágrimas.

Andy abrazó a su hermano con fuerza, deseando ofrecerle consuelo, apoyo, serenidad… Todas esas cosas que la familia necesitaría para salir adelante, para sobreponerse a un nuevo golpe de la vida, esta vez aún más duro.

—Si no hubiera conocido a ese *hijoputa*… —sollozaba Danny, abrazado a su hermana—. Si no se hubiera quedado en este país de mierda…

—*Shhhh*…. Tranquilo, cariño, tranquilo —murmuró Andy, acunándolo.

Entonces, Pau volvió a intervenir. Con suavidad lo apartó de su hermana y se lo llevó aparte. Lo bastante lejos como para que hablaran en privado.

Andy no supo qué le dijo, aunque no hablaron mucho. Pau tenía las manos apoyadas sobre los hombros del adolescente, que no apartaba sus ojos de él. De tanto en tanto, el muchacho asentía con la cabeza. Pronto, los dos volvieron junto a Andy y Pau continuó con lo que estaba diciendo antes de la crisis de Danny.

—Necesitáis comer algo, daros una buena ducha. Os sentará bien. Roser se quedará aquí —dijo mirando a la mujer delgada de gafas que hasta el momento había dicho poco más que "hola"—: Sonia estará bien atendida y acompañada. Después de que os duchéis y comáis algo, os llevaré con vuestra madre. Neus me ha dicho que está mejor, que hasta estuvo conversando un poquito… Seguro que la anima estar un rato con sus hijos… Venga, vamos…

Poco después, Andy abandonaba el hospital en compañía de su tío y su hermano, dejando a Sonia acompañada de la menor de las hermanas Estellés.

Andy estaba al tanto de que su madre se encontraba algo mejor, pero le resultó un alivio comprobar cuánto había cambiado su semblante. Ya que solo podía recibir visitas de una por vez, le tocó esperar a que su hermano saliera y solo con notar lo animado que estaba, se sintió contagiada. Como si una nueva brisa de esperanza la envolviera y permaneciera a su lado. Quizás, con un poco de suerte, todo aquello se quedara en un susto.

Los ojos de su madre la siguieron mientras Andy se aproximaba a la cama y la abrazaba. Los de Andy, en cambio, se cerraron en un intento de concentrarse en el momento, en la tremenda energía amorosa que fluía entre las dos... Y capturarlo. Hacer que perdurara en el recuerdo, en la piel.

—No sabes cuánto me alegro de verte mejor, mamá. Te quiero muchísimo —murmuró Andy al oído de Anna. Le habló en inglés que era el idioma de comunicación habitual entre los Avery cuando estaban a solas.

—Y yo a ti, cariño —replicó ella. Le costaba hablar. Hacía horas que respiraba por sus propios medios, pero aún le dolía la garganta de la intubación.

Andy la liberó de su abrazo. No quería asfixiarla en uno de sus ataques de amor, pero se sentó a su lado y permaneció muy cerca, inclinada sobre ella.

—¿Cómo está? —preguntó Anna en un murmullo. A pesar del esfuerzo que le suponía hablar y mantener los ojos abiertos, su atención no abandonó a Andy en ningún momento.

No sabía cuánto conocía Anna del estado de su hija mayor. En cambio, sabía con claridad meridiana que era una maestra leyéndole la mente a su hija menor, así que si no quería preocuparla tendría que emplearse a fondo.

Y eso hizo.

—Estable. Hay que esperar a ver cómo evoluciona conforme pasen las horas, pero por el momento… —Notó que los ojos de su madre continuaban sobre ella, escudriñando sus pensamientos más allá de lo dicho, y se obligó a poner la mente en blanco.

Anna se tomó su tiempo para formular la siguiente pregunta.

—¿Y… el bebé?

—Estable —repitió sin pensar.

—¿La has visto? —insistió Anna ante la parquedad de su hija. Sabía que era una niña por Neus, pero eso era todo.

Andy negó con la cabeza. Ni siquiera había preguntado por ella. Pau había dicho que no podían verla aún, que como mucho podían ir a la UCI neonatal e intentar verla a través del cristal, y lo había dado por bueno. ¿Era un monstruo insensible por dedicarle tan pocos pensamientos a la pequeña a quien ni siquiera conocía? Probablemente. Que Dios la perdonara, pero no le quedaban fuerzas para preocuparse por nadie más. Dos de las personas más importantes de su vida, estaban en la cuerda floja, haciendo malabarismos de equilibrista para no caer, y ella… Simplemente, no daba para más. Ojalá su madre, que siempre le leía el pensamiento, no lo hubiera hecho en esta ocasión.

—No dejan verla. Por lo visto, es el protocolo para los prematuros, mamá —se apresuró a matizar.

Notó que su madre continuaba escrutándola y que, poco a poco, su mirada se suavizaba hasta mostrar una expresión que Andy conocía muy bien. Una que anunció lo que vendría después.

—No te preocupes por mi, Andy. Me pondré bien.

—No funciona así y lo sabes, guapa —le dijo con dulzura en menorquín, la lengua nativa de su madre, que esbozó una ligera sonrisa.

Anna asintió. Lamentaba preocupar a sus hijos y tratándose de Andy lo lamentaba mucho más. Infinitamente. No tenía una vida acorde a alguien de su edad. Se había perdido la adolescencia intentando arrimar el hombro en casa y otro tanto le estaba sucediendo con su juventud. No era justo. Nada justo. Y por más que deseaba suavizarle los malos momentos, nada evitaría su preocupación ante el funesto panorama que se abría ante ellos. Todos los Avery tenían sobrados motivos para preocuparse. Y lamentablemente, no era de ella por quién tenían que hacerlo.

—¿Harás algo por mi, cariño?

—Mientras no me pidas un chuletón con patatas fritas... —bromeó Andy.

Anna intentó acariciar aquel rostro juvenil que amaba tantísimo. Descubrió que estaba más débil de lo que creía ya que apenas logró alzar el brazo unos cuantos centímetros, y el esfuerzo la dejó agotada. Se tomó unos instantes para recuperarse durante los cuales la mirada de Andy continuó sobre ella, preocupada y triste.

—Quédate con Sonia —le pidió—. No te separes de ella, cariño. Yo estaré bien.

La brisa de esperanza abandonó a Andy en aquel mismo instante. Cuando comprendió que toda aquella esforzada conversación no tenía por finalidad restarle gravedad a su estado, sino desviar su atención hacia lo verdaderamente importante; el estado de su hermana.

Anna también temía por la vida de Sonia. Ella también presentía que...

Andy respiró profundamente. Apartó aquel aterrador pensamiento de su mente y concentró toda su atención en la mujer que yacía en la cama. Se las arregló para rodearla con sus brazos.

—Prométeme que estarás bien. Prométemelo, por favor —susurró al oído de su madre.

—Mi niña valiente... —dijo ella, intentando responder al abrazo—. Te lo prometo, cielo... Ve tranquila, que yo estaré bien.

Jueves 3 de septiembre de 2009.
En algún lugar de la ciudad.
Barcelona.

Su cuarto día en Barcelona estaba siendo tan descorazonador como los tres anteriores. Andy llevaba más de media hora andando sin rumbo fijo cuando vio el cartel del locutorio. Era su primera salida del día tras horas en el hospital cambiando de asiento, de la sala de espera de la UCI al único asiento de la habitación que ocupaba su hermana.

No había habido sobresaltos, pero tampoco progresos. Sonia seguía sumergida en aquella especie de sueño que no era coma ni inconsciencia… Ni tampoco lucha por seguir viviendo. Era un estado de suspenso, largo. Angustioso. Inútil. La miraba y a pesar de su deteriorado aspecto podía reconocer a su hermana, pero al mismo tiempo no era ella. Casi nada quedaba ya de la luchadora impenitente que le había enseñado que a las adversidades de la vida no había que mostrarle flaquezas. Era su rostro de rasgos angulosos, su cabello del color de los campos de trigo cuando están en flor, tan Avery en lo exterior, la única de los tres hermanos que era un calco a su progenitor… Pero su fuerza se había evaporado por completo. Hacía mucho tiempo que había dejado de luchar y que Dios la perdonara, pero…

Andy paró en seco al tomar conciencia de lo que pensaba. ¿Cómo podía ser tan egoísta? Mientras había vida, había esperanza. Llevaba demasiadas horas despierta, conteniéndose, obligándose a mantenerse serena… Soportando estoicamente las críticas veladas de Roser, esas que no decía en voz alta, pero estaban allí, flotando en el aire. No era una mala mujer, pero desde siempre había militado en el bando del patriarca, y como él, sostenía que la culpa de todas las desgracias familiares tenían nombre y apellido: Chad Avery. Su padre, el hombre por el cual Anna Estellés había perdido la cabeza y marchado a Londres, dejando atrás su tierra, su familia y sus querencias. No era una mala mujer, pero Andy nunca había conseguido conectar con ella y ahora, la tenía instalada en el sillón contiguo. Perenne. Por Dios… Necesitaba hablar con un aliado, desahogarse con alguien que no la estuviera juzgando en silencio.

Había salido con lo puesto del hospital, pero llevaba unas cuantas monedas y la tarjeta telefónica en el bolsillo de los vaqueros, así que pidió una cabina al empleado y esperó su turno.

Poco después, con la nunca apoyada en la pared de la cabina y los ojos cerrados, volvía a la vida mientras escuchaba la voz de Tina, contándole anécdotas de su primer día de entrenamiento con los principiantes. Habían hablado un rato cada día, pero la sensación siempre era la misma: que esos eran los únicos tres minutos de paz en un día que cada vez se le hacía más largo, al que sucedía otro aún más largo. Y así, una y otra vez.

—*¿Sigues ahí?* —Oyó que ella le preguntaba.

—Sí, perdona… Necesitaba tanto oír una voz amiga… Sentir que todo sigue igual que siempre…

—*Me lo imagino. Aguanta un día más, nena, que mañana por la tarde estaré contigo, ¿vale?*

Andy exhaló un suspiro. No pensaba disuadirla. Suponiendo que alguien fuera capaz de hacer cambiar de idea a Martina Murphy una vez que tomaba una decisión, no tenía la menor intención de hacerlo. Tina era un ser fuerte y ella necesitaba rodearse de todo el valor y la fortaleza de la que pudiera echar mano en aquel momento de su vida.

—Vale. —Tan solo una palabra que las dos sabían que encerraba un mundo de agradecimiento.

—*¿Y la niña, sigue bien?* —quiso saber Tina.

La niña. Pobrecilla… Parecía todo lo decidida a vivir que su madre parecía estarlo a dejarse ir.

—Sí, por suerte. Los médicos son bastante optimistas. Necesitará tres o cuatro semanas de incubadora y muchos cuidados, pero —respiró hondo— creen que la pequeña saldrá adelante.

—*¡Bieeeeen! Dos tíos biológicos y una adoptiva dispuestos a malcriarla. ¡Es una chica con suerte!*

Andy esbozó una sonrisa que le hizo caer en la cuenta de que hacía siglos desde la última vez. Durante un breve, efímero, instante tuvo la sensación de que todo continuaba igual que siempre. Su madre no estaba en la UCI, ni Sonia, que dejaba atrás sus pesares y vivía plenamente cada día que la acercaba a recuperar su libertad y su dignidad... Y Danny y ella no estaban en tierras extrañas, sino en casa. En Londres.

—*¿Sigues ahí?* —volvió a decir Tina.

—Sí, sí, perdona... Tantas horas penando hacen que la cabeza se me vaya a base de bien...

—*Es comprensible, nena... Oye, hoy me estaba acordando de que no me has comentado nada del trabajo... ¿Has hablado con tus jefes?*

Andy apretó los párpados. Joder, no. Era la primera vez que pensaba en el tema desde que había llamado a Dakota antes de embarcar para España. Y dado que la pequeña debía continuar en la UCI Neonatal algunas semanas más y que ella no pensaba dejar a su madre sola, estaba claro que sus jefes tendrían que buscarse otra camarera.

—Los llamaré en cuanto acabe contigo. Gracias por pensar por mí, Tina... Aj... Necesito dormir una semana seguida... Y verte. Necesito verte. Se me va a hacer eterno hasta que llegues.

La voz de su amiga y sus palabras fueron el bálsamo que Andy necesitaba en aquel preciso momento.

—*Ánimo, cari, que mañana es viernes. Ya no queda nada* —la oyó decir—. *Anda, llama a tus jefes, que yo me voy a seguir sufriendo con los novatos.*

Mientras tanto, en Londres...

Dylan había sospechado desde el principio que lo de la "alarma bloqueada" era una excusa, así que no le sorprendió que tan pronto puso un pie en su lujosa casa de South Kensington, Angela Swynton lo condujera directamente al salón con sus modos de anfitriona excepcional. Ver la elegante mesa de cedro de forma circular y con capacidad para doce comensales, cubierta de delicias suficientes para alimentar a un regimiento, se lo confirmó.

Desde que su nieto había acabado en el hospital gracias a la paliza que le habían dado los ladrones a quienes había sorprendido robando en su taller, toda la familia se había volcado en Dylan, agradecidos por lo que para él eran simples favores -como instalar cámaras ocultas en el taller de su amigo-, y para ellos habían sido de vital importancia para identificar a los culpables. Angela lo llamaba a diario, igual que hacía con Evel, y estaba bastante seguro de que algo había tenido que ver en la propuesta que le había hecho Clinton Rowley y que había acabado permitiéndole conseguir el trabajo de su vida.

El irlandés permaneció de pie junto a la puerta, miró consecutivamente la mesa y luego a la elegante septuagenaria de nariz prominente, y se limitó a alzar una ceja. Angela echó a reír ante la expresividad de aquel rostro anguloso de ojos tan claros en los que daban ganas de zambullirse.

—Es que nunca me permites remunerar tus servicios —aludió la anciana, frotando ligeramente el desnudo brazo del motorista a la altura de su tatuaje de samurai, cerca del hombro.

—Menos mal que no nos oyen, porque eso que has dicho podría dar lugar a malos entendidos —replicó Dylan con todo su descaro.

Qué razón tenía. De hecho, alguna vecina comedida ya había intentado indagar quién era el apuesto treintañero de cabeza rapada y abundancia de tatuajes que aparecía de tanto en tanto. En el barrio la conocían de toda la vida, habitaba la misma casa desde hacía más de treinta años y tras la muerte de su nieto James, que era el único de los gemelos que solía presentarse en casa de su abuela acompañado de amigos y amigas, las visitas que recibía eran miembros de la familia o viejas amistades. Les extrañaba las frecuentes visitas de aquel "amigo de su nieto".

—Ah, querido mío, déjalos que entiendan lo que les plazca. De todas formas, ya lo hacen. —Lo tomó del brazo y juntos entraron en la estancia—. Además, en cuanto te vean llegar con Amy se acabarán los malos entendidos —añadió, mirándolo con picardía—. Porque imagino que uno de estos días vendréis a tomar el té con esta anciana, ¿verdad?

Dylan se tomó unos instantes para valorar la avalancha de nueva información que la abuela de Evel acababa de poner sobre la mesa con la misma naturalidad con la que alguien hablaba del variable clima inglés. Durante un tiempo permaneció clavado al suelo, junto a la mesa, sin dejar de mirar a la anciana. Ella, que ya se había sentado, lo contemplaba con expresión divertida, expectante. Conociendo lo reticente que era a la hora de hablar de sus asuntos, había querido tomarlo por sorpresa, a ver si su reacción lo traicionaba.

Pero no lo hizo. Tras el primer instante de sorpresa, Dylan recuperó su talante habitual y tomó asiento frente a ella.

—Pues te vas a quedar con las ganas, me temo —replicó, y se metió un canapé de paté y aceitunas que pronto descubrió que estaba buenísimo.

—¡Oh, qué pena! —dijo la anciana mitad en broma mitad en serio, al tiempo que vertía té en la taza de su invitado.

Tras hacer una pausa premeditada para ver si Dylan la llenaba con alguna información útil, continuó.

—Aún sigues enfadado con ella, lo entiendo.

¿Por qué todo el mundo insistía en la estúpida idea de que entre él y la amiga de Abby se estaba cociendo un romance? Había habido sexo; ahora no había nada. Ni lo habría, porque su interés por una mujer nunca iba más allá del sexo casual y el que tenía por esta en particular había dado para apenas unos cuantos revolcones. Punto final. Ni eran almas gemelas ni eran tan parecidos como todo el mundo decía que eran. Y sí, seguía cabreado con Amy; la gente oportunista lo sacaba de quicio y que se mostrara desagradable, incluso ofensivo con ella, era una clara señal de que no la quería en su vida. Por eso lo hacía. Con la gente que le importaba no procedía así.

—No lo entiendes y no voy a explicártelo. —La anciana sonrió enternecida—. A mis treinta y seis años no sé lo que es tener una novia. Creo que eso dice mucho más de mí que las locuras que te cuenta tu nieto, pero allá tú con lo que quieras pensar.

Angela lo escrutó en busca de indicios que confirmaran o al menos apoyaran, la teoría popular de que Dylan y Amy estaban hechos el uno para el otro, que solo necesitaban tiempo para dejar atrás el bache provocado por aquel malentendido que había tenido lugar en Barcelona, y hacer las paces. Pero no los halló. No había malestar ni ironía ni emoción alguna en las palabras de Dylan. Aunque, bien visto, esto tampoco significaba nada. Todavía no había encontrado a su mujer ideal… O quizás, aún no se hubiera dado cuenta de que ya lo había hecho.

La anciana extendió el brazo a través de la mesa y depositó su mano sobre la mano del motero, en un gesto afectuoso.

—Será que todavía no ha llegado la adecuada, la que mire más allá de tus llamativos tatuajes. —Sonrió—. Pero todo se andará.

—¡Déjalas que se sigan pirrando por mis llamativos tatuajes, que yo estoy muy bien como estoy! —exclamó el irlandés riendo de buena gana.

Entonces, comenzó a sonar su móvil. Dylan frunció el ceño al ver qué nombre parpadeaba en la pantalla.

—Qué raro que me llames. ¿Está todo bien?

—*Pues no* —replicó la voz más que preocupada de Dakota—. *Tío, necesito que me hagas un favor y tiene que ser ya.*

—Claro, dime…

—*Tengo que irme cagando leches al hospital. Han ingresado a Tess. Necesito que vengas al bar y te quedes en la barra hasta que llegue Evel. Viene de camino, pero está fuera de la ciudad. ¿Vale?*

—Pero… ¿Tess está bien?

—*Joder, espero que sí. Acaban de avisarme…. Oye, me tengo que ir. Luego hablamos.*

—Sí, claro. Ahora mismo voy para el MidWay, tú tranquilo.

Y cuando lo dijo, ya se había puesto de pie. La mujer lo acompañó a la salida mientras Dylan le explicaba las razones de su súbita partida.

—Tengo que irme, Angela. Por lo visto, han hospitalizado a Tess y voy a echar una mano al bar.

—Vaya por Dios… —dijo la anciana, preocupada—. No dejes de llamarme en cuanto sepas algo, por favor.

Dylan se despidió de la abuela de Evel asegurándole que lo haría.

9

Dakota ni siquiera se molestó en responder cuando la cuarentona de turno en el mostrador de información le pidió que esperara su turno. Enfiló hacia las puertas que conducían a las urgencias con sus grandes zancadas, acompañado de su habitual decisión y el sonido de las cadenas y abalorios que decoraban su indumentaria de motero. ¿Esperar a qué? Había un mundo de gente en aquella sala, como si todos los habitantes al oeste de Londres hubieran decidido ponerse fatal al mismo tiempo y acudir en masa al hospital. Además, suponiendo que fuera un tipo paciente, desde la llamada del taxista había entrado en una espiral de hiperactividad que ríete de un chute de cocaína.

Ignoró las voces que le pedían que abandonara el recinto y continuó asomándose box por box, en busca de Tess. Sorteaba los obstáculos -a veces, médicos; otras mesillas con instrumental- que se ponían en su camino con los reflejos propios de un motorista avezado. Era pura adrenalina y lo sabía, pero el miedo tiraba de él como si lo hubieran atado a una manada de caballos desbocados.

Al oír el jaleo, la enfermera que asistía en uno de los boxes a los que Dakota aún no había llegado, se asomó para ver qué sucedía justo cuando él se quitaba de encima a un celador a empujones. Alto, delgado, con la misma larga melena rubia y las mismas malas pulgas que recordaba.

—¿Se puede saber qué haces, Dakota? —le dijo cuando ya se dirigía hacia él y le interceptaba el paso—. Haz el favor de esperar en la sala. No puedes estar aquí.

El motero miró a la pigmea regordeta de pijama sanitario azul que tenía delante. Su rostro no le resultó familiar, aunque teniendo en cuenta lo poco dado que era a recordar rostros femeninos, no le extrañó que ella sí le conociera. Notó que su tarjeta de identificación ponía Iris Collins (lo cual tampoco sirvió para refrescarle la memoria) y que su vientre estaba voluminoso. Con esa clase de volumen que no se arreglaba haciendo abdominales.

—Porque tú lo digas… —soltó Dakota y para entonces sus reflejos habían esquivado el avance de la enfermera a quien ya había sobrepasado.

—¡Oye, déjate de memeces! Si haces que venga el personal de seguridad, te echarán del hospital y no podrás volver a entrar. ¿Quieres eso? —Lo enfrentó—. Dí, ¿quieres eso?

Bastó que la enfermera lograra detener el loco avance del motero durante un instante para que quienes también intentaban detenerlo, al fin lo alcanzaran. De pronto, un grupo de batas médica los rodearon.

—Yo me ocupo —dijo Iris—. Lo conozco. Volved a lo vuestro que yo lo acompañaré a la sala de espera.

—¿Seguro que puedes con este individuo tú sola? —insistió uno de los médicos.

—Cierra el pico antes de que *este individuo* te lo cierre de una hostia —ladró Dakota.

—Sí, seguro —se apresuró a responder la mujer en su sexto mes de embarazo.

A continuación, tomó al motero del brazo y comenzó a tirar de él hacia la salida. Sin embargo, no consiguió avanzar más de un par de metros que Dakota volvió a detenerse. La enfermera se volvió a mirarlo con evidente malhumor.

—Primero, sácame la mano de encima —exigió el motero. La seriedad y firmeza de su mirada, una que ella recordaba a pesar de que hacía mucho de la última vez, le informó a la mujer que aquello no era negociable. La enfermera obedeció exagerando el gesto al retirar su mano. Él continuó—: Segundo, no voy a ir a ninguna parte hasta que sepa cómo está mi mujer. La trajo con hemorragia un taxista… no sé, hará una hora… Se llama Theresa Gibb.

La enfermera no ocultó su asombro por la razón que lo había llevado hasta allí, lo que le granjeó una mirada que no requirió de más explicaciones. Extrajo el móvil del bolsillo de la bata.

—Dame diez minutos y voy a verte. Ahora vuelve a la sala o no podré evitar que te echen. Venga, hazme caso, Dakota —lo azuzó la treintañera al tiempo que lo empujaba suavemente hacia la salida.

El motero soltó un bufido. Un vistazo rápido alrededor le permitió comprobar que había varios mequetrefes con batas médicas pendientes de él, más que dispuestos a intervenir. Y no era que no quisiera vérselas con ellos. Estaba tan caliente, tenía tanta adrenalina circulando por sus venas, que solo conseguiría liberar dando trompazos hasta quedarse a gusto, que se sentía tentado de plantarles cara. Pero aunque ni él acababa de creerlo del todo, la necesidad -rayana en la desesperación- de ver a

Tess, de saber que estaba bien, llevaba la voz cantante. Y cantaba tan alto que lo estaba volviendo loco.

Dakota giró la cabeza y miró a la enfermera directamente a los ojos.

—Diez minutos. —Y ni uno más.

La mujer, que ya estaba hablando con alguien por el móvil, asintió varias veces con la cabeza y se alejó de regreso a su box.

Dakota había regresado a la sala de espera porque no le quedaba más remedio, pero de sentarse a esperar como una mascota amaestrada a que se dignaran decirle si su mujer seguía vivita y coleando, ni hablar. Además, como no pensaba darles más de los diez minutos acordados, se quedó recostado contra la pared junto a la puerta por la que acababan de pedirle que se largara.

Exhaló un suspiro. Odiaba la espera, la frialdad con que te decían "espere en la sala" como si tal cosa. Como si estuvieras allí porque no tenías nada mejor que hacer. Tu vida estaba a punto de irse al carajo y para ellos era como si les hablaras del tiempo. Otro suspiro. Pues tenían diez minutos; después, serían noticia de portada. Ya estaba bien de tanta gilipollez.

Fue en aquel momento, después de echar un nuevo vistazo a la hora, que miró hacia la puerta doble de cristal que daba acceso a la sala de espera. Esta vez lo que salió de la boca del motero fue un bufido.

Morticia a la vista. Joder, lo que me faltaba.

Abby venía hablando por el móvil, pero sus ojos detectaron de inmediato a la figura esbelta, completamente vestida de negro, que estaba junto a la pared. Supo al instante que él ya la había visto a pesar de que ahora miraba a otra parte. Todo en él le resultó extrañamente familiar, incluida la evidente aversión que sentía hacia ella. Llevaba años viéndola, padeciéndola, y, sin embargo, solo ahora tomaba conciencia de que él siempre procedía por el estilo en su presencia. No la soportaba y no hacía el menor esfuerzo por disimularlo. Cómo había podido pasar tantos años creyendo que él solo jugaba al indiferente por hacerse desear, era algo que jamás entendería.

—Vienen hacia aquí —anunció Abby a modo de saludo.

—¿Quiénes?

—Mi familia, ¿quién va a ser? ¿Cómo está Tess?

Pero Dakota, que seguía colgado de la primera frase y cuyas ganas de empezar a repartir hostias subían imparables, replicó:

—¡Pero… ¿qué coño…?! ¡¿Quién te manda a ti a meter las narices en esto?! ¡Lo último que necesito es que el Circo Baldini se plante aquí a montar su espectáculo!

Después del primer momento de sorpresa que la había dejado con el móvil en la mano, a pesar de que ya había acabado la conversación, Abby decidió ignorar sus lamentos y volver al tema que verdaderamente le interesaba.

—Pues lo siento, ese circo es su familia y sí, hoy toca función. Dime, ¿cómo está mi hermana? ¿Sabes algo?

Dakota recostó la nuca contra la pared, elevó la mirada al techo -o quizás fuera al cielo, pidiendo paciencia-, y se tomó su tiempo para responder.

Abby, que siguió el movimiento de su barbilla, no pudo evitar reparar en la sombra de barba que denotaba que aquel día no se había afeitado. Acostumbrada a la pulcritud de Brian, que siempre parecía recién salido de la barbería, la visión le resultó extraña. Desagradablemente extraña.

—Estos cabrones aún no me han dicho nada. El taxista que la trajo dijo que sangraba mucho y que fue ella la que pidió que la trajera al hospital. —Otro suspiro salió de la boca del motero, que pateó la pared con el talón de su bota de pura impotencia.

—¿Cómo que sangraba...? Brian me dijo que sufrió un desvanecimiento...

Ya. Dakota había elegido una versión *light* porque tampoco era plan de ir pregonándolo por ahí.

—Suele suceder cuando tienes hemorragia —apuntó el motero, ácido.

—¿Qué clase de hemorragia?

Dakota la miró cabreado, ardiendo de ganas de mandarla a la mierda. Notó que su rostro había palidecido de tal manera que parecía un cadáver. El mote por el que siempre la llamaba, le pareció más a cuento que nunca. Aún así, no tuvo piedad.

—Oye, ¿te estás quedando conmigo o qué?

Abby contuvo el aliento cuando comprendió que no había ningún malentendido y unas intensas ganas de llorar se adueñaron de ella.

—¿Ha tenido un aborto? —Lo dijo en voz baja, como si fuera un secreto. Como si no quisiera creer del todo que había sucedido.

Dakota se quedó en blanco. Durante un momento, aquella palabra totalmente inesperada resonó en su cerebro como un eco. Al siguiente, su cabeza se llenó de preguntas, a cuál más dura, a cuál más increíble.

—Ajjj, joder... Olvídame, ¿quieres? —explotó el motero. Y fue él quien se alejó de Abby, poniendo un abrupto final a la conversación.

Y mientras renegaba con la máquina expendedora de la sala de espera que le había servido una botella de agua, pero se había quedado con el cambio, se dijo que lo que decía la fabulera de Morticia no podía ser cierto. Porque si Tess estuviera embarazada se lo habría dicho.

Y se negó a considerar siquiera el porqué de que Abby llamara "aborto" a lo que él se había referido como "hemorragia".

En el Bar The MidWay…

—Joder, menos mal que ya has llegado —dijo Cheryl, la nueva camarera, al ver a Dylan pasando al otro lado de la barra.

Después de eso y durante un buen rato, los dos únicos camareros que aquella tarde se las arreglaban como podían para atender el bar, no volvieron a cruzar una palabra.

Tanta afluencia de moteros era normal. A pesar de sus problemas de personal que, por motivos ajenos a la dirección del bar, no lograban acabar de resolver, el MidWay era el punto de reunión favorito de la ciudad, no solo para moteros de Harley Davidson. Hoy, sin embargo, se notaba cierta tensión en el ambiente generalmente distendido del local, debido a que la noticia de la hospitalización de la "chica" de Dakota había corrido de boca en boca desde que el taxista que la había llevado allí llamara al teléfono del bar para avisar. La falta de detalles acerca de lo sucedido añadía preocupación y generaba preguntas y especulaciones que solo contribuían a calentarle la sangre al irlandés, quien no tardó en poner las cosas en su sitio. Como era de esperar, lo hizo al mejor estilo Dylan Mitchell.

—A ver, colegas, esto parece un puto velatorio. Aquí se viene a beber y a pasarlo bien. ¡Dejad de ser pájaros de mal agüero y bebed, joder!

Cheryl sonrió al ver la cara con que el presidente de los MidWay Riders miraba a Dylan. Era una expresión molesta, desafiante, que ya había visto otras veces en el mismo motero y destinada al mismo individuo. El poco tiempo que hacía que trabajaba en el bar le había bastado para comprobar que las malas pulgas de Dylan no siempre eran bien toleradas por sus colegas, pero estaba bastante segura de que entre esos dos había algo más, y como sabía que lo que Conor empezaba por malas miradas solía continuar con palabras, esperó su reacción que no tardó en llegar.

—A ver si te enteras de que no todos somos como tú, que vas siempre a tu bola y lo demás te la suda. —Dylan se volvió a mirarlo, pero no dijo ni mu—. Varios de los que estamos aquí somos amigos de Dakota desde hace años y sí, nos preocupa, tío.

Dylan frunció el ceño. Permaneció en silencio, mirando a Conor, mientras valoraba lo que acababa de oír.

¿"Amigos", había dicho? Pues a él, que iba siempre a su bola y lo demás se la sudaba, le habían bastado dos días para saber que de la interminable lista de contactos de Dakota, solo uno ostentaba el rango de "amigo". Y no llevaba rastas de colorines en el pelo. Por no mencionar que llorar más fuerte, en este planeta y en cualquier otro del sistema solar, no era equivalente a sentir más pena. Vamos, que podía seguir igual de "preocupado" mientras se bebía una cerveza y conversaba con los colegas, en vez de joderle el buen rollo a todo el mundo con sus gilipolleces de adolescente.

Valorado el comentario de Conor, Dylan, al fin, abrió la boca.

—A ver si te cierro el grifo y te pasas el resto de la tarde a Coca-Cola, chaval.

Conor ya había saltado de su taburete e iniciado una contraofensiva con la frase "a ver si", cuando Cheryl soltó la pinta que estaba sirviendo sobre la barra e intervino.

—Eh, eh, eh… Tranquilos, guapos, que ya bastante jaleo hay. —Aunque se había situado en medio, apartando a Dylan del borde de la barra, quien le preocupaba de verdad era Conor. El motero se le había ido al humo y todo su lenguaje corporal daba a entender que estaba más que dispuesto a empezar a repartir puñetazos a la voz de ya.

—Venga, tío —intervino Ike, el tesorero del club de moteros—. Pasa de Dylan. Venga —le pasó un brazo alrededor del hombro—, que a esta invito yo. ¿Nos pones una pinta, preciosa? Y a ese también —añadió, señalando al motero calvo con una rápida mirada—. Así mientras bebe, no da el coñazo.

—Soy multitareas. Puedo beber y darte el coñazo sin ningún problema —aclaró Dylan—, pero gracias, acepto tu invitación.

El teléfono del bar empezó a sonar justo cuando Cheryl se sintió obligada a rebatir aquel alarde totalmente descarado viniendo de un hombre.

—¿Multi *qué*? Más quisieras, bonito…

Mientras Dylan se estiraba a coger el teléfono y antes de que abriera la boca para responder, ya habían empezado las bromas.

En su suprema inteligencia, Conor había tenido la buena idea de intentar explicarle a una mujer que el cerebro femenino no era el único capaz de manejar varias actividades simultáneamente, y el debate estaba servido.

Todavía riendo, Dylan atendió la llamada.

—*¿Es el MidWay?* —escuchó que decía una voz que lo tomó por sorpresa.

—Así es. Y yo juraría que tú eres Andy —replicó él.

Fue decirlo y ver cómo Conor dejaba a Cheryl debatiendo sola, se instalaba en el taburete que había justo frente a él y le preguntaba "¿es Andy?".

Dylan regresó a su conversación sin decir ni sí ni no.

—*¿Y por qué no dices el nombre del bar cuando atiendes? Como te oigan los jefes tienes la charla asegurada. Por cierto, ¿qué haces tú allí? Te hacía en la Costa Azul* —dijo Andy.

El tono de su voz, aunque algo apagado, era amable. Dylan pensó que probablemente estuviera sonriendo y eso le gustó. Quizás, las cosas estuvieran mejorando.

—Vale que les sirva cerveza gratis, pero paso de hacer de telefonista. —La escuchó reír y eso lo animó aún más—. ¿Y tú qué tal? ¿Cómo está tu madre?

—*Ahí va, peleando por salir adelante…*

—¿Pero está mejor? —Intentaba aclarar la primera respuesta de Andy, que no le había sonado nada esperanzadora, pero entonces la oyó suspirar y lamentó haber insistido. Evidentemente, ni las cosas estaban tan bien como él esperaba ni a ella le apetecía hablar de eso. Decidió cambiar de tema —. Oye, todavía no me he ido. Estaré en Londres unos días más, así que si necesitas cualquier cosa, ya sabes…

A mil quinientos kilómetros de donde se hallaba el irlandés, Andy asintió con la cabeza varias veces, agradecida de poder contar con él. Agradecida de no tener que darle razones, de que no fuera necesario explicarle nada. De que una vez más, él volviera a ponerle las cosas fáciles, de que le permitiera la rara concesión de elegir qué decir y qué callar.

—*Mi madre está estable dentro de lo delicado de su situación. Los médicos creen que saldrá de esta, pero tomará tiempo.*

—Ya.

Hubo un momento de silencio. Dylan no formuló ninguna otra pregunta, de modo que ella continuó.

—*Por eso llamaba. Para hablar con mis jefes. Tengo para un mes aquí, mínimo…*

Un mes, pensó él, eso era muchísimo tiempo.

—Bueno, míralo por el lado bueno; tu bronceado va a hacer furor. Cuando vuelvas, los tíos se van a pegar por verte la marca del bañador.

Fue entonces, cuando ya lo había dicho, que se percató de la mirada asesina del motero de las rastas. Mirada que volvió a ignorar tan pronto oyó que Andy reía. No era igual que su risa habitual, esta sonaba mucho más apagada y le hizo caer en la cuenta de que, quizás, la muchacha llevara días casi sin dormir, aparte de mucha preocupación a cuestas.

—*Que yo sepa no hay tantos tíos que se pirren por las marcas de mi bañador… Aparte de ti* —concedió ella sonriendo—. *Serán rarezas de informático, imagino.*

En absoluto. Sin ir más lejos, tenía frente a él a un motero con rastas que mataría por ver esas marcas, y dado que también sabía que era perfectamente capaz de montar una escena si se enteraba de que él ya las había visto, decidió no seguir con aquel tema.

—Pues justamente aquí tengo a un tipo suplicándome que le pase el teléfono para poder hablar contigo. Te doy una pista: tiene un peinado *fashion-fashion* —miró a Conor que en un milisegundo había pasado de querer comérselo con guarnición de patatas, como si fuera un chuletón, a comérselo a besos de agradecimiento.

Andy no respondió enseguida. En medio del cóctel de emociones que sentía desde que su tío Pau la había despertado de madrugada hacía cuatro días, de la falta de sueño, de la incertidumbre… A pesar de todo eso, no era una zombi. Su corazón había palpitado cuando oyó el nombre de Conor y las mariposas habían vuelto a revolotear en su estómago al saber que él estaba allí, pidiendo hablar con ella. Todo lo cual, para variar, no tenía el menor sentido. Sin embargo, suponía un alivio que las mariposas hubieran regresado; una emoción positiva después de días de niebla espesa.

—*Me va a salir carísimo… Mejor dile que en otra ocasión y pásame con Dakota.*

—No está, pero tranquila, que le digo que has llamado.

—*Qué raro. ¿Anda todo bien por ahí?*

—Claro. Tuvo que salir un rato.

—*Vale… Intentaré volver a llamar, pero, por las dudas, toma nota de un teléfono. Mi móvil no está operativo aquí, ya te daré el nuevo cuando lo tenga, así que si queréis localizarme o dejarme un recado… ¿Apuntas?*

Por eso no había podido dar con ella, pensó Dylan.

—Sí, dime.

La camarera le dictó un número de siete cifras al que había que anteceder el código del país y el prefijo 93, correspondiente a Barcelona, que el irlandés, acostumbrado a manejar largas hileras de códigos, memorizó en vez de apuntar.

—Perfecto, guapa. Se lo diré a Dakota. —Se volvió de espaldas al motero y añadió en voz baja—: Habla con Conor aunque sea medio minuto. Sé que quieres y si no lo haces, me dará la brasa toda la puta noche y hasta que alguien me releve en la barra, no tendré más narices que aguantarlo…

Dylan sonrió al oír el suspiro derrotado de Andy, se giró hacia Conor.

—Tu turno, chaval. No te enrolles que estas llamadas son caras —dijo apuntándolo con el auricular.

Conor prácticamente se abalanzó por encima de la barra, súper emocionado. Dylan retiró de su alcance el auricular un instante y tras taparlo con su mano libre, advirtió:

—No le digas nada de lo que le pasó a Tess. Y no la cagues, ¿vale?

Conor asintió repetidas veces con la cabeza. Dylan le entregó el aparato y se fue al despacho de los jefes. Allí grabó el número que le había dado Andy en la memoria de su móvil y dejó una nota con su recado sobre la mesa. Luego, regresó a la barra y continuó atendiendo clientes.

De tanto en tanto, controlaba de un vistazo rápido a Conor y aunque la conversación no duró mucho, tuvo la impresión de que las cosas habían ido bien. No tenía dudas de que el interés era mutuo. El problema era la propensión del moteros de las rastas a meter la pata hasta el fondo que, personalmente, le parecía digna de Record Guiness.

Por lo visto, pensó al verlo lucir una sonrisa *Kolynos*, le había hecho caso y hoy, al menos hoy, no la había cagado.

En cuanto vio que la enfermera asomaba la cabeza por la puerta de la sala de espera, Dakota arrojó la botella de agua a la papelera y fue a su encuentro.

—¿Cómo está?

La mujer se asomó un poco más, pero mantuvo la puerta abierta con su cuerpo. No debía estar allí y quería resolver el asunto lo antes posible. Antes de que le llamaran la atención.

—De momento, la hemorragia está controlada. La está atendiendo el Dr. Müller. Por lo visto, llevaba un tiempo sintiéndose mal, con dolores y tensión en el abdomen. Esta mañana, en el trabajo, empezó a sangrar y pensó que era la regla. Pero como seguía sin encontrarse bien, decidió ir para casa. Lo demás, ya lo sabes. Ahora, vendrá el médico a hablar contigo. Yo tengo que volver al trabajo.

Abby, que había notado que Dakota ya no estaba refunfuñando con la máquina de bebidas donde estaba la última que lo había mirado, sino hablando con una enfermera, volvió a guardar su móvil y también fue al encuentro de la pareja. Llegó en el momento en el que Dakota tomaba la palabra.

—¿Pero por qué tuvo una hemorragia? La regla es la regla y una hemorragia es otra cosa.

—Acaba de hablar el Especialista en Ginecología —respondió la enfermera mirándolo de mala uva—. Pues no, la regla también puede ser hemorrágica, Dakota. Normalmente no, pero suele presentarse así si hay problemas.

Abby reparó en el tono de confianza que había en aquella conversación, pero no fue hasta que la enfermera lo llamó por su mote que cayó en la cuenta de que se conocían. Daba el perfil de edad así que lo más probable fuera que en algún pasado no muy lejano, hubieran compartido más que cervezas.

—Perdón, soy la hermana de Tess. Estaba en tratamiento desde que regresó a Londres. Por irregularidad menstrual. —Abby ignoró los cuchillos que Dakota le estaba lanzando con la mirada. Ya los conocía de sobra, venía esquivándolos desde que había cumplido los quince—. ¿Está bien?

—Oye, vuelve a tu rincón, que aquí no se te ha perdido nada —escupió Dakota y acto seguido, tomó a la enfermera del codo y se alejó con ella hacia el interior del área de urgencias hospitalarias. Lo hizo a prisa porque sabía que la histérica de Morticia no se quedaría de brazos cruzados. Entonces, se inclinó un poco hacia la mujer y pronunció en voz alta la pregunta que tenía atravesada en mitad de la garganta desde que Abby había llegado.

—Oye, ¿fue la regla hemorrágica o como se llame… o fue un aborto?

Iris Collins lo miró con picardía.

—Creí que habías dicho que ella es tu mujer. ¿No deberías saberlo en vez de preguntármelo a mí?

La cara de pocos amigos de Dakota le recordó viejos tiempos, confirmándole que el horno no estaba para bollos. Le palmeó el estómago en un intento de quitar importancia al tema. Era lo mejor hasta que hubiera un diagnóstico.

—Regla hemorrágica —respondió la enfermera.

Dakota asintió con la cabeza. Aunque, bien visto, no sabía por qué había hecho tal cosa. Que Tess tuviera problemas con la regla era una mierda.

Y que no estuviera embarazada también.

Pero Abby ya estaba allí, con todo ese genio heredado de la loca de su madre, poniéndolo verde por "hablarle así". Y él que nunca había tolerado su presencia, pasó junto a ella como si de un poste se tratara y regresó a la sala de espera.

"Que no le hablara así". ¿Y cómo quería que le hablara? Era una egoísta metomentodo que le había hecho la vida imposible y en un ataque de celos totalmente injustificados había llegado a tratar de "zorra" a su propia hermana, esa por la que ahora estaba *taaan* preocupada.

Ya podía empezar a dar gracias de que la cosa se hubiera quedado solo en palabras.

El médico a cargo de Tess apareció unos pocos minutos más tarde y con él llegó el diagnóstico; un mioma -que explicó que era un tumor benigno que crecía en el tejido muscular del útero- de casi siete centímetros de diámetro era el causante de los dolores y las hemorragias.

—¿Siete centímetros? —preguntó Abby angustiada—. Eso es mucho, ¿no?

Dakota soltó un bufido. Estaba de los nervios, preocupado y asustado por lo que le fuera a suceder a Tess y tenía a la tonta del pueblo preguntando gilipolleces como la adolescente histérica que era. Joder, que ganas de estrangularla.

—¿Y a ti qué te parece? Es como tener una bola de billar en la tripa. Claro que es mucho —volvió a mirar al médico—. ¿Qué va a pasar? ¿Es operable?

—Bueno, lo ideal sería no tener que llegar a la cirugía, pero el crecimiento ha sido muy rápido. Le pondremos un tratamiento de tres meses y veremos qué tal responde.

—Pero ¿es operable? —insistió Dakota. Vio por el rabillo del ojo que Abby estaba pañuelo de papel en mano, secándose las lágrimas, y maldijo para sus adentros. Era cuestión de segundos que montara un drama al mejor estilo Baldini.

—Suelen serlo —respondió el facultativo con cautela, lo que a Dakota le pareció demasiada cautela—. La cuestión es que cuando crecen tan rápido y alcanzan estos tamaños provocan dolor, hemorragias importantes y un deterioro general de la salud. Y también suelen reproducirse igual de rápido. Habrá que ver cómo responde su esposa al tratamiento.

—¿Ella lo sabe? —le preguntó sin medias tintas y cuando lo vio asentir añadió—: Vale. Quiero verla. ¿Dónde está?

—Venga conmigo, yo le acompaño —respondió el médico.

Dakota se puso en marcha y al notar movimientos sospechosos a su izquierda, volvió la cabeza. Una mirada fue suficiente para comunicarle a su cuñada que no se le pasara por la imaginación la peregrina idea de hacer algo distinto que quedarse allí, exactamente donde estaba.

Abby, verde de rabia, no se quedó en miradas.

—Imbécil —le dijo a la espalda que se alejaba sin prestarle la menor atención—. No me explico cómo Tess te aguanta…

Fue lo que Abby dijo, pero no lo que pensaba. En realidad, lo que no conseguía explicarse era cómo se había pasado media vida enamorada de un individuo como aquel.

Dakota no se dio por aludido porque su mente deambulaba por parajes oscuros, entre siluetas amenazadoras invocadas por el pánico que le provocaba saber que Tess no estaba bien.

Un solo pensamiento resonaba en su interior, como una ominosa advertencia: "Agárrate bien fuerte, tío. Que vienen curvas".

Pero del hombre pálido, evidentemente preocupado, que había recorrido el pasillo junto al médico, al que entró en el box donde se hallaba Tess, había un mundo de diferencia. Tanto que el médico lo miró con interés.

Dakota entró con su larga cabellera rubia y su uniforme de motero, todo seguridad en sí mismo, al tiempo que sorteaba enfermeras. Se dirigió hacia Tess, se las arregló para estrujarla entre sus brazos igual que hacía siempre, y le plantó tal beso en la boca que provocó comentarios entre los allí presentes. Y cuando al fin se dispuso a hablar, todo lo que dijo fue:

—¿Ves por qué quiero ir a buscarte al trabajo? Porque cada vez que te dejo sola hay una hecatombe: o te presentas en casa cuando una pirada me está tocando el culo o se te da por desmayarte en un taxi.

Sintió que las risas arreciaron a su espalda, pero apenas consiguió que Tess esbozara una ligera sonrisa. Sus ojos enamorados, en cambio, no se apartaron de él en ningún momento, ofreciéndole el estímulo necesario para añadir:

—Tu mundo no funciona sin mí, bollito. Me necesitas, ¿lo ves?

—Sí, lo veo… —respondió la enferma con tono de agotamiento mientras corregía su postura en la cama—. Te necesito para desmayarme a gusto.

Dakota le acomodó la almohada detrás de la cabeza y aprovechó la cercanía para robarle otro beso.

—Qué va. "Me necesitas para desmayarte *de* gusto" sería lo más correcto en este caso —apuntó, imitándola con descaro y un montón de ternura.

La regañina no tardó en llegar.

—Scott…

Fue tan solo un murmullo que a Dakota le devolvió el alma al cuerpo porque vino acompañado de una sonrisa incómoda y unas mejillas coloreadas. Muy levemente, pero sí, Tess se había ruborizado.

Volvió a estrujarla entre sus brazos.

—Ese soy yo —le dijo al oído, y volvió besarla.

Tess se removió en la cama, evidentemente incómoda, dolorida, y el médico juzgó oportuno intervenir.

—Será mejor que la dejemos descansar un rato.

Las enfermeras no miraron al médico con simpatía. Y Dakota ni lo miró ni le hizo el menor caso. Al contrario.

—¿Tienes hambre, sed…? ¿Qué puedo hacer por ti, preciosa?

Tess lo miró largamente. Sabía que él tenía que haber hablado con el médico, que conocía el diagnóstico y, por tanto, lo que les esperaba a los dos. Y allí estaba; firme, sereno y solícito. A su lado, apoyándola. Exactamente igual que había hecho desde el principio.

—Abrázame, solo eso —respondió con dulzura.

Y antes de que acabara de decirlo, su deseo ya estaba cumplido.

En la sala de espera el ambiente se había ido enrareciendo con cada nuevo familiar que llegaba. Abby no tenía más datos que ofrecer que lo poco que había oído decir al médico y la palabra "hemorragia" era por sí misma lo bastante alarmante aunque fuera acompañada de una explicación. Mucho más en este caso, que las explicaciones brillaban por su ausencia. Había mucha tensión que en parte estaba provocada por la preocupación por el estado de Tess, y en parte por la guerra silenciosa que las consuegras continuaban manteniendo entre sí desde la primavera, cuando sus hijos los habían reunido para comunicarles que habían decidido dar un paso adelante en su relación e irse a vivir juntos. Algo que a todas luces era una noticia feliz, había acabado convertido en un combate de gallos de pelea, de dos gallos concretamente; Amelia Gibb y Rosalyn Taylor.

Desde entonces, iba ya para cuatro meses, el trato con sus respectivos hijos se había tensado al extremo. A pesar de los esfuerzos de Amelia y sus hermanas por que las cosas volvieran a su cauce con Tess, la relación había cambiado. La editora participaba en las reuniones familiares, ayudaba en la cocina, seguía haciendo gala del saber estar que la caracterizaba, pero rechazaba sin ambages cualquier intromisión en su vida personal, por sutil o nimia que pudiera parecer. Dakota, como siempre mucho más directo, se había limitado a exigirle a su madre que nunca volviera a hablar de Tess (mucho menos *con* Tess), ni a mencionarla siquiera, y se había ocupado personalmente de impedir que volviera a acercarse a ella.

Ahora, las circunstancias habían vuelto a reunirlos a todos en un mismo lugar y había tantos frentes abiertos, que era prácticamente imposible evitar que alguno acabara provocando un desastre. Lo peor para Abby era que su propio enfado ante la intransigencia moralista de su madre y los prejuicios estúpidos de Rosalyn Taylor, no hacía sino ponerle las cosas cada vez más difíciles.

En aquel momento vio que ella se dirigía hacia el mostrador de información con su talante beligerante. Su tía Stella, cómo no, demoró dos segundos y medio en unirse a ella. Y por eso de que no hay dos sin tres, allá que fue la madre de Dakota.

Tras un intercambio de miradas con su padre, Abby decidió unirse a la comitiva. Cuando llegó al mostrador, la enfermera le explicaba que estaban atendiendo a la paciente, que el familiar a cargo estaba al tanto de todo y que ella no estaba autorizada a facilitar más información. La mujer, que debía rondar los cincuenta, no era un dechado de amabilidad, pero estaba respondiendo con corrección. Pronto, le quedó claro que su madre no opinaba igual.

—¿Qué familiar al cargo? ¡Yo soy su madre!

La mujer verificó la información en su pantalla de ordenador y volvió a mirar a Amelia Gibb por encima de sus gafas de montura transparente.

—Hemos informado a su marido, el señor Taylor.

El rostro de Amelia Gibb pasó por los colores del arco iris y todas sus posibles combinaciones en una fracción de segundo, la que tardó en decir:

—¿Su marido? ¡Más quisiera! Es su novio, señorita, por llamarlo de alguna manera. No es su marido. No hay ningún documento legal ni de ningún otro tipo que lo acredite. Yo, en cambio, soy su madre. ¿Ve lo que le digo?

Para consternación de Abby, Amelia depositó con fuerza su enorme bolso sobre el mostrador y empezó a sacar cosas; fotos de Tess y documentos que apilaba frente a la enfermera. También sacaba todo aquello que estorbaba su búsqueda, que pronto empezó a poblar el impoluto mostrador de formica blanca, amenazando con convertirlo en un mercadillo.

—Le creo, señora, pero no puedo hacer nada más. Por favor, guarde sus cosas y apártese para que pueda seguir atendiendo. Hay gente esperando.

Pero Abby no fue la única consternada, y mientras Stella tomaba el relevo y se ponía a bombardear a preguntas a la enfermera, con su estilo "venga, mujer, ¿no ve que está preocupada? Dígale algo aunque sea para que la deje en paz", Rosalyn dio rienda suelta a su lengua viperina.

—"Más quisiera", su hija. Es la que va camino de los cuarenta y sigue soltera. Mi hijo, lo dudo mucho.

Amelia se dio la vuelta a mirar a su vecina.

—Pues no sé por qué lo duda. Y mire que a nadie le pesa tanto como a mí tener que admitirlo, pero… Vendió su adorada Princesa para poder viajar a Estados Unidos a ver a mi hija, y ha pasado de ser un borrachín que vivía a costa de sus padres, a tener su propio negocio ¡y ahora trabaja! ¡Dakota trabaja! ¡Demos gracias al Señor! Si eso no es hacer mérito por una mujer, que baje Dios y lo vea—exclamó con todo su histrionismo, haciendo que a Rosalyn le subiera la tensión arterial y a la enfermera se le dibujara una sonrisa en el rostro que inteligentemente intentó disimular poniéndose a recoger los objetos que inundaban su zona de trabajo—. Y por mal que le pese a usted y peor que me pese a mí, esa mujer es mi hija. Ahí queda eso.

—Tuvo una adolescencia difícil —espetó la madre de Dakota—, pero como usted misma admite, ha cambiado. Nada puede cambiar la situación de su hija, *señora*. Los años no perdonan a una mujer y esa hemorragia tan misteriosa, a su edad, solamente puede significar dos cosas y ninguna de las dos es buena.

Ya habían empezado a alzar la voz y pronto llegarían los insultos. Abby vio que su padre y Douglas Taylor abandonaban la sala. Era evidente que preferían salir, a quedarse e intervenir y que las cosas se salieran de madre. Tía Fina estaba junto a su marido y el marido de su hermana Stella. Los tres tenían cara de "a esas señoras no las conocemos". Así que solo quedaba ella. Abby se deshizo de su consternación y pasó a la acción, apartando con energía al grupo de cotorras del mostrador al tiempo que daba rienda suelta a su propio enfado.

—¡Ya basta, ya está bien, ¿me oyen?! Siéntense y cálmense. —Silenció con el gesto de un dedo el intento de Rosalyn, pero no lo consiguió con su propia madre que la enfrentó sin ambages.

—También soy tu madre, así que ten mucho cuidado con lo que dices y con cómo lo dices, niña. Que también tengo leña guardada para ti.

Y tanto que sí, pensó Abby indignada. Las cosas entre las dos seguían muy tirantes desde que ella tuviera la, por lo visto, temeraria idea de casarse con Brian sin pedirle permiso.

—Tú tienes leña para todo el mundo, mamá. Pero este no es el momento de pensar en ti —miró a Rosalyn—. Y también va por usted, señora Taylor. Tess acaba el día en las urgencias de un hospital y ustedes no hacen más que avergonzarnos a todos con rencillas personales que a nadie le importan... Parecen niñas peleándose en el parque por un juguete. Es vergonzoso. —Abby resopló de pura indignación—. Tess y Dakota se quieren. Van a seguir juntos, les guste o no. Acéptenlo de una vez y déjenlos vivir en paz. A todos, déjennos vivir en paz a todos. ¡Ya está bien!

Stella fue la única que se acercó a Abby y le frotó el brazo cariñosamente. Amelia y Rosalyn se limitaron a mirar para otro lado.

En aquel momento, sonó el móvil y Abby atendió sin perder de vista a los dos gallos de pelea.

—Sí...

—*Eh, que soy yo, tu príncipe azul. No sé si preguntarte cómo estás...* —dijo Evel cuando aquel monosílabo le dio de lleno en la cabeza como si se le hubiera caído una losa encima.

Abby sonrió al reconocer su voz.

—Perdona, Brian. Gracias por llamar. Eres justo lo que me recomendó el médico —le dijo con dulzura.

Porque flirteos de enamorados aparte, lo era.

A Tess ya le habían dado el alta cuando Dakota regresó con una muda de ropa limpia. Le habían dado permiso para ir a casa, no así para reincorporarse al trabajo y, a pesar de sus ruegos, el médico se había mantenido firme: una semana de reposo y después una nueva consulta con él, quien gustosamente le permitiría regresar a la vida laboral si la encontraba en condiciones de hacerlo. Además, para asegurarse de que sus instrucciones se cumplían, había pedido que le avisaran en cuanto su marido hubiera regresado para poder decírselo personalmente.

—Ya lo has oído, bollito —le dijo Dakota al tiempo que empujaba la silla de ruedas hacia la salida—. Esta semana te tengo toda para mí.

Lo que tendría iba a ser lo que quedaba de ella, que no era mucho ni demasiado bueno, pensó Tess. En cambio, insistió sobre la idea de que, al menos, la dejaran marcharse por su propio pie.

—No estoy tan mal, Scott. Te aseguro que puedo caminar.

Dakota se detuvo, activó el freno de la silla y se agachó frente a ella.

—Me encanta darte el gusto y lo sabes, pero esta vez yo tendré que morderme y tú tendrás que aguantarte. Porque no estás bien, Tess —ella apartó la vista y él empujó su barbilla con la mano, buscando nuevamente el contacto visual—. Vamos a hacer lo que ha dicho el médico. Y entonces, cuando te hayas recuperado… Volveré a perder el culo por darte *tooodos* los gustos —sentenció con una sonrisa.

Tess respiró hondo. Se sentía agotada y no era debido a la pérdida de sangre. Llevaba meses agotada y aquel diagnóstico terrible había sido como la última andanada de mortero a un buque que se hunde inexorablemente. Sin embargo, sabía que aquel debía haber sido un día terrible para Scott, que tenía que estar muy preocupado. No había angustia peor que presenciar el dolor de un ser querido y saber que nada se puede hacer para aliviar su sufrimiento. Volvió a respirar hondo y se esforzó por sonreír.

—Llevaré la cuenta de los caprichos que me debas —le dijo con dulzura.

Él se inclinó a besarla y se tomó su tiempo para saborear aquella boca que siempre había encontrado sumamente tentadora.

—Contaba con eso, nena.

Cuando al fin alcanzaron la salida, Dakota comprobó para su disgusto que todos estaban allí, esperándolos. Todos los Gibb, la mayoría de las Baldini y todos los Taylor. Como era de esperar, no tardaron en rodearlos y empezar a interesarse por el estado de Tess. El humor de Dakota se agrió en un segundo. Miró a ver si el taxi que había pedido le daba la excusa para quitarse del medio sin demoras, pero no tuvo tanta suerte.

Tess procuraba atenderlos a todos con su amabilidad característica, pero a Dakota le resultaba tan evidente que no se encontraba bien, que no conseguía entender por qué ellos no se daban cuenta y la dejaba en paz de una vez. Se estaba conteniendo para no mandar a todo el mundo a su casita.

Y siguió mordiéndose hasta que llegó la pregunta, esa que buscaba aclarar una respuesta anterior de Tess que había sido deliberadamente escueta.

Esa que consiguió calentarle la sangre al motero y lo impulsó a intervenir.

—Ha tenido un mal mes y ya está. ¿A ustedes nunca les ha venido mal la regla? —les dijo a todas las mujeres de la familia, pero nadie tenía dudas de que se refería a la madre de Tess—. Seguro que sí, y seguro que lo último que hicieron fue publicarlo en los periódicos.

—Tess no necesita de ningún intérprete, Dakota. Todos hablamos su lengua —espetó Amelia, dándose por aludida—. Y si se tratara solo de un mal mes, no habría acabado en Urgencias. Así que haz el favor de meterte en tus asuntos.

—*Son* mis asuntos, señora. Y la conversación se acaba aquí.

—Mamá, estoy bien —intervino Tess, que lo último que deseaba era una discusión para acabar aquel día terrible—. Ya hablaremos, ahora quiero irme a casa. Lo entendéis, ¿verdad?

Richard se inclinó hacia su hija y depositó un beso sobre su frente.

—Por supuesto que sí. Llama para lo que necesites. Da igual la hora, da igual lo que sea, ¿de acuerdo, cariño? —Tess asintió y Richard miró a Dakota—. Llámame. Ya sabes que puedo quedarme con ella mientras estés en el bar, haceros la compra o lo que necesitéis...

Dakota asintió de buen grado.

—Sí, gracias, Richard.

Abby, que había permanecido en un segundo plano hasta el momento, se acercó a su hermana. Dakota maldijo para sus adentros pero, para su sorpresa, la intervención de Abby fue muy diferente de lo que suponía.

—Te vas a poner bien —le dijo a Tess al tiempo que tomaba sus manos entre las suyas—. Pronto esto no será más que un mal recuerdo, ¿vale?

Inesperadamente, a Tess se le llenaron los ojos de lágrimas. Asintió y apartó la mirada un momento para poder recuperarse.

—Mañana, si quieres, paso a verte... —continuó Abby, haciendo como si no se hubiera dado cuenta de aquel gesto emotivo, tan inusual en alguien como su hermana.

Tess volvió a asentir.

—Claro, ven cuando quieras, Abby —se esforzó por esbozar una sonrisa que acabó en un gesto algo tristón—. El médico me ha mandado reposo y aquí, mi ángel custodio, se lo ha tomado al pie de la letra así que me encontrarás en casa.

Abby también sonrió. Le resultaba muy extraño pensar en Dakota con alas de ángel, pero era un alivio ver a Tess bromear.

—Hecho.

Él tampoco se imaginaba con alas de ángel, en todo caso con cuernos de demonio, y empezaba a tener unas irreprimibles ganas de salir corriendo de allí antes de que las dos hermanas dieran rienda suelta a su emoción e inundaran las instalaciones. Entonces, vio con alivio que el taxi acababa de llegar.

—Nos vamos —anunció empujando la silla hacia la rampa de salida—. ¡Id a casa en paz, hermanos!

10

El mismo revuelo de batas sanitarias, el mismo chillido de las alarmas acústicas que controlan las constantes de los pacientes, el mismo despliegue de maniobras precisas practicadas con asombrosa rapidez, la misma sensación de peligro inminente. Pau corría con sus largas zancadas hacia la habitación de la UCI de donde provenía el jaleo. En algún punto del pasillo, Roser se había unido a la carrera. Intentaba alcanzar a su hermano, pero Pau seguía corriendo como si no la hubiera oído. Intentaba entrar y alguien se lo impedía. Forcejeaban. Más gritos. Otro celador se unía al primero y entre los dos alejaban a Pau de la habitación. Él, que no dejaba de forcejear y gritar.

Era como un *déjà vú*.

Andy se detuvo a mitad de camino para recuperar el resuello. Se dobló hacia adelante y descansó las manos sobre los muslos. Sentía como si el corazón se le fuera a salir por la boca. E l *jet lag*, la falta de descanso y alimentación adecuadas, la angustia… la pesadilla que llevaba viviendo en primera persona desde hacía cuatro días le estaban pasando factura.

Después de salir del locutorio se había encontrado con su tío Pau y juntos se dirigían al hospital cuando llamó Roser. Sonia había tenido otra crisis. Los dos echaron a correr y había bastado un esprint de cien metros para dejarla sin aliento.

Se concedió unos instantes para recuperarse un poco y alzó la vista. Pau y Roser se abrazaban. Ella le hablaba, pero él continuaba con la vista fija en la puerta de la habitación que en aquel momento se abrió. Salió una enfermera, luego otra, y poco después el personal sanitario fue abandonando la habitación. Uno de ellos se acercó donde estaban sus tíos. Era el Dr. Gómez. Andy sintió que el corazón volvía a treparle hasta la raíz de la garganta. Se enderezó por puro instinto. Toda su atención se concentró en aquel individuo que hablaba con rostro grave. No podía escuchar lo que decía, pero no le hizo falta.

Sonia había muerto.

Y su mundo, que llevaba meses agrietándose, empezó a derrumbarse.

Andy no supo cómo había llegado al baño. Tampoco cuándo tiempo llevaba allí, pateando las paredes cada vez que la inmensa frustración que sentía volvía a crecer, amenazando con convertirla en el Increíble Hulk[9]. Allí estaba la Increíble Andy, dando patadas y repitiendo como una autómata "¿Y ahora qué?". No tenía la menor idea de qué hacer. Solo sabía que Sonia se había ido, que los había abandonado dejando atrás a un bebé recién nacido, que sería un golpe tremendo para Danny y otro aún mayor para su madre.

Diosssss, su madre… ¿Cómo iba a decirle que su hija había muerto?

9

The Incredible Hulk (El increíble Hulk), película de superhéroes basada en el personaje de historietas Hulk estrenada en 2003.

Fue después de que el talón de su zapatilla volviera a impactar contra la pared, que oyó los golpes en la puerta, y un instante después, la voz preocupada de Roser que le decía:

—*Andy, nena, ¿estás ahí? Abre, por favor…*

Sí, estaba allí, en mitad del feroz terremoto que ya había causado una baja ente los suyos.

Sí, estaba allí, muerta de miedo, deseando acurrucarse en un rincón y hacerse pequeñita… Y, al mismo tiempo, totalmente consciente de que no podía permitirse flaquear. No podía.

No podía.

Se apartó de la pared y respiró profundamente. Se tomó unos instantes para tranquilizarse, para recuperar el control de sus emociones. Tenía que hacerlo. Por su madre, por su hermano, por la pequeña que se debatía aún en la UCI neonatal… Era imprescindible que lo hiciera.

—Ya salgo, tía —respondió al fin.

Andy asintió varias veces con la cabeza.

Fuera lo que fuera que les deparara el puñetero destino a ella y a su familia, allí la encontraría, en pie y dispuesta a plantarle cara.

No era así como había imaginado aquel momento. Dentro de lo tristes que eran las circunstancias de Sonia, de la distancia que las separaba y complicaba los intentos de mantenerse en contacto, enterarse de su embarazo había sido una noticia dulce para Andy. Había crecido oyendo decir a su madre que un hijo era el mayor regalo que la vida podía hacerle a una mujer. Había crecido viéndola luchar por sacar adelante a los suyos con alegría, sin quejas. A pesar de que su vida sentimental había ido cuesta abajo, de que el hombre del que aún seguía enamorada, el padre de sus hijos, nunca había dado la talla, tenían una buena vida y una casa con calor de hogar.

Así que sí, una vez digerido el mal trago del primer momento y recuperada la calma, Andy consiguió ver el lado positivo de las cosas, convencida de que aquel ser diminuto que crecía en el vientre de su hermana, le daría la fuerza necesaria para dejar atrás el pasado y salir adelante. Había llegado a acumular grandes expectativas en la pequeña que ahora yacía en su nido, cubierta de cables y sensores que la hacían parecer cualquier cosa menos un ser humano. Había imaginado el momento en el que por fin la vería, innumerables veces. En cómo sería, en a quién se parecería, en si sería niño o niña, ya que Sonia no había querido conocer el sexo del bebé antes de que naciera. Pero ninguna del millón de ensoñaciones que llevaba siete meses alimentando en su mente hiperactiva se parecía, remotamente, a lo que estaba sucediendo aquella tarde de principios de septiembre.

Andy no estaba sola en la UCI neonatal. Junto a ella se hallaban sus tíos, Pau y Roser, que permanecían tan silenciosos, envueltos en sus propios pensamientos, como ella. Los tres miraban a través de la vidriera, al cascarón de paredes transparentes donde yacía el pequeño cuerpecito de poco más de kilo y medio. No había sonrisas, ni lágrimas de emoción, ni comentarios. Ninguna de las reacciones habituales de un progenitor o un familiar frente a la visión más hermosa del mundo.

Aquel no era un momento de embelesamiento ante el nuevo ser que había entrado en sus vidas; era un alto en el camino para reunir fuerzas, tomar decisiones y encarar la siguiente fase. Duro, incluso cruel, pero real.

Pau fue el primero en romper el silencio, algo que no sorprendió ni a Andy ni a Roser. Llevaba a la cabeza de los Estellés desde antes de que el patriarca le cediera el control legal de los mandos. Estaba acostumbrado a ser quien tomara la iniciativa.

—Es hora de que volváis a casa —dijo—. Anna va a necesitar cuidados, atenciones, el apoyo de su familia y en Londres no será posible.

Por volver a casa, quería decir Menorca y por su familia, se refería a los Estellés. Andy había escuchado esa canción infinidad de veces, se la sabía de memoria y hoy, precisamente, no le daban las fuerzas para discutir. Pero, por supuesto, no pensaba quedarse callada.

—Esa decisión no la puede tomar nadie, excepto mi madre. Está viva y es mucho más fuerte que tú y que todos los Estellés juntos. Así que no actúes como si ella no fuera capaz de decidir lo que quiere y comunicárnoslo.

Después de escupir su ración de bilis sobre el nuevo mandamás de los Estellés, Andy volvió el rostro al frente, al nido de su pequeña sobrina. Fue entonces, cuando sintió la mano de Roser sobre su hombro.

—No te enfades, Andy. Sé que las cosas entre las familias no han sido fáciles, pero la intención es buena. Anna es nuestra hermana, no solo tu madre. Queremos ayudarte a cuidar de ella porque lo necesita, y tú lo sabes.

—¿Eso también incluye a Francesc Estellés? Me sorprendería mucho.

Andy lo dijo con rabia. Personalmente, el anciano le daba igual. Nunca había ejercido de abuelo, pero si su madre llevaba alejada de Menorca desde hacía más de veinticinco años era por él, porque él la había echado de su vida.

La voz de Pau sonó decidida.

—No te preocupes por él, Andy. Deja que yo me ocupe de mi padre. Anna tiene todo el derecho del mundo de volver a su tierra y estar junto a los suyos. Mucho más ahora que nos necesita, y no voy a permitir que nada ni nadie se interponga.

Roser no hizo ningún comentario, pero miró a su hermano con recelo. Una mirada que Andy no vio y que Pau decidió ignorar igual que había hecho otras veces. Amaba a su padre, pero no lo tenía endiosado. Era un hombre orgulloso, a veces cruel, y tremendamente obstinado, que se había equivocado al renegar de su hija y había vuelto a equivocarse al permitir que su rencor durara tanto tiempo.

—Dejemos las viejas rencillas en el pasado, donde deben estar, y ocupémonos del presente —añadió Pau—. Hay que hablar con los médicos de Anna, a ver qué nos aconsejan en esta situación.

—Tienes razón —concedió su hermana—. Esta noticia va ser un bombazo para ella… Empezaba a recuperarse y ahora esto…

—¿No decirle nada, eso proponéis? ¿Impedirle que vaya al entierro de su propia hija? —intervino Andy, alucinada—. Tiene que saberlo. Por supuesto que tiene que saberlo. Yo se lo diré.

Roser dio un paso al frente y para sorpresa de Andy, la rodeó con sus brazos. Aquella era una muestra de afecto que no recordaba haber recibido por su parte.

—No, querida, se lo diré yo. Tú habla con Danny.

Pau exhaló un largo suspiro.

—Muy bien, pues —dijo, encabezando el camino de regreso a la dura realidad que les esperaba—. Yo me ocuparé del resto de la familia. Venga, pongámonos en marcha.

Las dos mujeres lo siguieron en silencio.

Sábado 5 de septiembre de 2009.
Casa de Neus Estellés.
El Born, Barcelona.

Andy cerró la puerta de la habitación con cuidado de no hacer ruido y regresó al salón. Le había costado convencer a su madre de que se tomara la medicina y se acostara. Decía que había mucho por hacer, mucho por decidir, y que no era momento para "siestas", y aunque razón no le faltaba, Andy no estaba dispuesta a tranzar en aquel asunto. Contraviniendo el consejo de los médicos, se había mantenido firme en la decisión de que su madre fuera informada de que su hija había muerto. También la había apoyado cuando los médicos se negaron a darle el alta y ella solicitó el alta voluntaria. Tenía muy claro que de haber estado en su lugar, habría hecho lo mismo, pero ahora tocaba dejarse cuidar y acabar de recuperarse. El funeral de su hija mayor era algo que no podía esperar y asistir era un derecho que nadie podía negarle a Anna, pero hasta ahí llegaban sus concesiones. Todo lo demás, fuera lo que fuera, tendría que esperar. Tendría que esperar a que su madre se recuperara.

Hacía un buen rato que habían regresado del funeral de Sonia al que había asistido amigos y toda la familia: Roser, Neus y sus tres hijos, Ciro, Sílvia y Quim, y, por supuesto, Pau. El patriarca no. Pero nadie contaba con él, así que no se le echó en falta.

Tina le regaló una sonrisa en cuanto Andy puso un pie en el salón, que ella devolvió. Era un auténtico consuelo tenerla a su lado en un momento tan duro y aquel gesto de ánimo en aquel preciso momento, también decía mucho de ella; había llegado de Londres el día anterior por la tarde, un viaje que las dos habían planeado para que Tina pudiera visitar a su amiga Sonia en el hospital, y acabó asistiendo a su funeral. Qué puta era la vida a veces.

En realidad, había habido más razones para aquel gesto compasivo de Tina. Más razones que tenían que ver con mirar para otro lado y no intervenir aunque se mordiera por dentro. Más razones que tenían que ver con el tío de Andy y sus ideas acerca de cómo debía comportarse un hombre, aunque en este caso dicho hombre fuera un chico de trece años que acababa de perder a su hermana.

—¿Se ha dormido ya? —preguntó Roser mientras ayudaba a su hermana Neus a servir unos aperitivos que habían preparado rápidamente en la cocina.

—Sí, aunque no me extrañaría que en veinte minutos la volvamos a tener aquí. Cuando se le mete algo entre ceja y ceja…

Andy se dejó caer en el sillón junto a su hermano y le palmeó la rodilla cariñosamente. Llevaba días llorando, sumido en un estado taciturno al que no parecía encontrarle salida. Podía entenderlo, perfectamente.

El joven la miró brevemente pero siguió a lo que estaba, jugueteando con el cable de su viejo reproductor de mp3 que ni siquiera había conectado.

—Tiene que descansar. Y a ti tampoco te vendría nada mal. Las ojeras te cruzan la cara, niña —intervino Pau, poniéndose de pie—. Y este chaval, debería venirse conmigo. Entretenerse, ver gente… Hacer algo le va a sentar mejor que quedarse aquí mirando las paredes.

"Y a todos nos vendría de miedo que cerraras la boca y dejaras que cada cual sobrelleve su pena como buenamente pueda", pensó Tina, pero por respeto a Andy se tragó las ganas de decirlo.

Ella, ajena a los pensamientos de su amiga, se inclinó buscando la mirada de su hermano pequeño.

—¿No te animas? Igual, con suerte, te lleva a dar una vuelta por el puerto deportivo y con mucha más suerte te da algún capricho… ¿Eh, Danny?

El joven soltó un bufido y se puso de pie.

—Me da igual, pero si es lo que quieres…

Andy se apresuró a tomarlo de la mano. Danny se volvió a mirarla con cara de pocos amigos.

—Lo que quiero es que cuando vuelvas me traigas un helado así de grande —abrió los brazos todo lo ancho que daban—. De nata y turrón, por favor. Pídele dinero al pesado de tu tío —dijo echándole una mirada de reojo a Pau que no pudo evitar sonreír ante las artimañas de su sobrina—. Y puestos a pedir, saluda a tu hermana antes de irte.

El joven miró la mejilla que ella le ofrecía y meneó la cabeza.

Al fin, acabó haciendo lo que le pedían.

Cuando tío y sobrino abandonaron la casa, Tina se levantó del sofá con movimientos haraganes, estirándose con pereza.

—Con vuestro permiso, me voy a dar una ducha porque entre el *jet lag* y la humedad de esta ciudad, me quedo pegada en todos lados. Luego, si te apetece, vamos a dar un paseo —le dijo a su amiga y abandonó el salón. Conocía aquella casa perfectamente y no necesitaba que nadie le indicara el camino. Había estado allí muchas veces.

Andy asintió. Sabía que necesitaba hablar, desahogarse, tanto como lo necesitaba ella. Había perdido una hermana, alguien a quien adoraba y consideraba una amiga además de una hermana, pero para Tina la pérdida también había sido grande: eran amigas desde la infancia.

De hecho, Tina -y no ella- era la verdadera amiga de Sonia.

Andy le agradeció a Neus el café con hielo que le preparó y salió al balcón a tomar el aire. Era un día caluroso, con el porcentaje de humedad por las nubes, de modo que permanecer en aquel rincón de un edificio antiguo ubicado en el corazón del barrio del Born, no era la mejor manera de refrescarse, pero necesitaba estar sola un rato, fuera del campo visual de sus tías. En realidad, fuera del campo visual de todo el mundo. Un tiempo para tomar conciencia de su nueva realidad, una diferente de la realidad de hacía tan solo tres días, cuando Sonia aún estaba viva. Realidad que a su vez había ocupado el lugar de novedosa durante la friolera de otros tres días. No se tenía precisamente por una persona frágil o quejica, pero incluso para alguien nada dado a arrumbarse en un rincón a lamerse las heridas, le parecían demasiados cambios en tan poco tiempo. Demasiados, y demasiado drásticos.

"¿Y ahora qué?" era lo único que parecía mantenerse igual en su agitado panorama. Llevaba tres años preguntándoselo, concretamente desde que Sonia había tenido la buena idea de irse de vacaciones de verano a la Costa Brava. Y desde el domingo anterior, hacía exactamente seis días, había sido el pensamiento más recurrente. Las cosas no dejaban de empeorar. Era como si los Avery hubieran iniciado una endiablada caída al vacío.

"¿Y ahora qué?".

La decisión la tenía su madre, pero de las alternativas que estaban sobre la mesa, ninguna era del agrado de Andy. Porque, sencillamente, volver a casa —a Inglaterra, a casa de los Avery— no era una de ellas. Fuera lo que fuera que hicieran, lo harían allí, en España. Puede que eso no significara empezar de nuevo para Anna Estellés, pero para sus hijos, que ni habían nacido allí ni sentían especial predilección por aquellas tierras ruidosas y calientes, sin duda, lo era. Para Anna puede que significara un regreso a sus raíces, a su familia; para sus hijos implicaba dejar amigos, estudio, trabajo, todo… Y trasladarse a vivir entre extraños, a un país en el que eran extranjeros.

Andy soltó un suspiro y dio un buen sorbo a su café con hielo, procurando que aquel brebaje que le encantaba y al que se había aficionado en casa de su tía, disipara la súbita angustia que la envolvió.

Pau salió a la calle para intentar por quinta vez en lo que iba de día hablar con su padre a solas. Dentro, en el Restaurante Montaner del que Ciro, el hijo mayor de Neus, era chef, Danny atendía las indicaciones de la encargada de la barra. Pau no tenía claro si su interés era por la clase intensiva de preparación de cócteles que le estaba dando o por ella, pero le valía cualquier alternativa. El chico llevaba año y medio dándole muchos problemas a su madre, problemas con los estudios, con las malas compañías y estaba bastante seguro que también con el alcohol. Parecía siempre ausente, inmerso en su propio universo exclusivo solo apto para adolescentes en plena edad del pavo, y la tragedia familiar que acababa de volver a sacudirlos no podía sino empeorar la situación. Cualquier cosa que lo sacara de aquel universo, aunque fuera de forma temporal, le valía. Sabía que la conversación que mantendría con su padre, suponiendo que él se dignara a ponerse al teléfono, no sería agradable y prefería no arriesgarse a que el chaval la oyera. Entendía el menorquín a la perfección aunque siempre se hubiera negado a hablarlo.

En esta ocasión había probado otra estrategia; llamar a su madre. Y como era de esperar, había funcionado. La mujer no había asistido al funeral de Sonia Avery por no contradecir públicamente a su marido, pero Pau sabía que ella no veía bien el largo distanciamiento entre padre e hija que ya duraba casi treinta años, mucho menos la ausencia del patriarca en un momento tan señalado.

Francesc Estellés se puso al teléfono sin dilación. Por la rapidez, Pau llegó a pensar que probablemente habría arrancado el móvil de manos de su mujer en uno de sus típicos arranques temperamentales.

—¡¿Es que no vas a dejarme tranquilo, Pau?! Sé por qué me llamas y no tengo ningún interés en hablar del tema. Por eso no te atiendo, porque cada vez que te pones como una gallina clueca con sus polluelos, dudo de si dejándote al cargo no he cometido el mayor error de toda mi existencia. Por el bien de todos, espero que no. Estoy muy bien como estoy, disfrutando de un retiro que me he ganado con creces, pero si tengo que volver a coger el timón porque mi único hijo varón se ha convertido en un blandengue más preocupado por contentar a sus hermanas que de dirigir los destinos de las empresas familiares, lo haré. No tengas la menor duda de que lo haré. Esto está pasando de castaño a oscuro, Pau.

—No, no voy a dejarte tranquilo —replicó tras oír la larga perorata—. Si quieres seguir viviendo en la inopia, allá tú, pero no será porque yo no lo intente.

—*¿Intentar qué? ¿Matarme del aburrimiento metiendo tus narices en un tema en el que como mucho -como muchísimo- tienes voz, pero no voto? Es mi vida y es mi decisión, Pau.*

El treintañero ya no pudo reprimir su indignación.

—¡Es tu hija, tú eres su padre! ¿Cómo puedes reducirlo todo a una cuestión de decisiones? ¿Y cómo es posible que en treinta años nada haya conseguido modificar esa decisión, siquiera un ápice? Ni que se quedara sola en un país extraño, sacando adelante a sus hijos sin la ayuda de nadie. Ni que enfermara. Ni que su hija, *tu nieta*, haya muerto. Acaba de perder a una hija, no puedo ni imaginar siquiera el dolor por el que está pasando ¡¿y tú me hablas de decisiones, de pésimas decisiones, que tomaste hace años?! Padre, esto sí que es el mayor error de toda tu vida. Un error imperdonable.

—*Estoy harto de este asunto. Muy harto. Así que si no hay nada más que quieras comentar, voy a colgar.*

—Sí hay algo más, padre. Mañana tendremos una reunión familiar y voy a proponerle a Anna que ella y mis sobrinos se trasladen a Menorca, a la casa familiar.

—*No harás tal cosa. Es mi casa, yo decido, no tú.*

—Es *nuestra casa*, padre, *nuestra tierra*. Una de la que Anna nunca debió marchar. Pienso hacer todo lo que esté en mi mano para evitar que regresen a Londres.

—*Paaaaaau, no me desafíes, hijo. No se te ocurra desafiarme.*

—No es ningún desafío. Sé que es un tema muy difícil para ti y siento llevarte la contraria, pero, honestamente, creo que es hora de que lo resuelvas. La vida es tan corta… No quiero que un día despiertes, comprendas que te has equivocado y te des cuenta de que ya no puedes resolverlo, de que ya es tarde. Me dolería en el alma saber que ha estado en mi mano ayudarte a solucionar las cosas con Anna, y que no lo he hecho.

Pau permaneció en silencio esperando la bronca. Francesc no era de los que callaban. No era diplomático, ni comprensivo, ni tolerante. Hubo un bufido largo, tedioso, cargado de furia que bien podía suponer el inicio de una gran explosión.

Pero no fue así. No hubo más tras el bufido, excepto el tono de llamada cortada.

Andy se volvió al oír que se abría la puerta del balcón. Tina ya estaba allí con su largo cabello oscuro sujeto en una coleta y su equipo de deporte negro. También traía un café servido en un vaso, pero, en su caso, sin hielo.

—Tu madre sigue durmiendo —comentó. Y se situó al lado de Andy, inclinada sobre la barandilla en la que había apoyado los codos mientras daba pequeños sorbos a su bebida.

—Crucemos los dedos para que siga así hasta mañana por lo menos. La apoyé en lo de pedir el alta voluntaria, pero si te digo la verdad estoy muy preocupada… Esta semana ha sido…

Andy no completó la frase. En cambio, apuró los restos de su café. Todavía seguía viviendo como en una realidad paralela, mitad real, mitad ficción, y no estaba del todo segura de querer salir de ella. Siendo solo la mitad de real, ya le resultaba devastadora.

Para Tina también estaba siendo una semana dura. Por mucho que hubiera cambiado Sonia, siempre había confiado en que despertaría de la pesadilla y retomaría su vida, la verdadera, la que tenía antes de que unas vacaciones en la Costa Brava dieran al traste con todo. Estaba convencida de que aquello era un paréntesis, que todo volvería a la normalidad más tarde o más temprano y, al igual que Andy, su embarazo le había parecido providencial; la razón y el estímulo para cambiar de vida. Ahora, todas las esperanzas se habían esfumado de un plumazo dejando en su lugar un vacío inmenso y un montón de interrogantes, y dado que lo más probable fuera que Anna decidiera permanecer en España, Tina no solo acababa de perder una amiga, sino dos.

—Pues a mí me preocupa más su hija, fíjate.

Andy esbozó un sucedáneo de sonrisa que no habría siquiera entrado en competición, de existir un campeonato de sonrisas.

—Estoy bien…

—Yo te creo, tranquila —dijo gesticulando como si fuera algo obvio, que no podía pasar desapercibido a nadie. Sus grandes ojos negros, que junto al tono de su piel denotaban la ascendencia hindú de uno de sus progenitores -en este caso, su madre-, brillaron con ironía—. ¿Cómo no estar bien entre los Estellés? Especialmente, si también contamos con la inestimable presencia del nuevo mandamás, siempre preparado para facilitarle la vida a todos diciéndoles lo que tienen que hacer… ¿Bromeas? ¡Esto es la bomba!

Andy no respondió. Tina no solía ser objetiva cuando se trataba de Pau; chocaban. Era sencillamente imposible que estuvieran en una misma habitación más de diez minutos y no se produjera un cortocircuito. Solo se veían en vacaciones, cuando las Avery viajaban a Barcelona y se llevaban a Tina, pero habían chocado desde el principio. Incluso de adolescente, la joven le plantaba cara al único hijo varón de Francesc Estellés. La propia Andy solía llevar bastante mal el talante autoritario de su tío, de modo que, estrictamente hablando, su amiga tenía razón. Sin embargo, en las presentes circunstancias, saber que Pau estaba al timón de las cosas le resultaba un alivio.

—Y para que quede constancia de que no hace falta ser un mandamás para repartir órdenes —continuó Tina—, aquí va una: cámbiate, que tú y yo nos vamos al gimnasio. A las dos nos hace falta darle caña a un saco de boxeo. Y no te preocupes, que si es él el que acaba dándote caña a ti, recogeré tus restos y los traeré devuelta a casa. Venga, quiero ver movimiento, señorita…

Andy dejó caer la cabeza, derrotada. Lo necesitaba, era cierto, pero se sentía tan cansada, tan frustrada… Tan triste. Respiró hondo, deseando que la nueva carga de oxígeno en su torrente sanguíneo cumpliera su cometido, que hiciera efecto y encendiera los motores que la devolvían a la rutina. Una rutina en la que dar un paso o ponerse una máscara de pestañas no supusiera un esfuerzo monumental. Una rutina de la que su hermana siguiera formando parte, aunque viviera lejos, y su ausencia no doliera tanto.

Pero esa rutina ya no existía.

Andy sacudió la cabeza.

—No puedo creer que se haya ido, Tina.

Su amiga le apretó la mano cariñosamente y las dos mujeres se fundieron en un abrazo. La tristeza podía palparse, pero no hubo una sola lágrima.

—Ni yo, *cari* —murmuró Tina—. Ni yo.

Madre e hija durmieron toda la noche. Anna, gracias a la química; Andy, gracias a un entrenamiento de *kickboxing* que se prolongó por más de hora y media.

Cuando despertaran, sería otro día; un día de decisiones trascendentales.

11

Domingo 6 de septiembre de 2009.
Casa de Neus Estellés.
El Born, Barcelona.

Tras varias horas de sueño, Anna Estellés tenía mejor semblante que en días anteriores, sin embargo, seguía moviéndose con dificultad y cansándose al menor esfuerzo. Desde luego, no se sentía en forma para encarar el importante asunto que abría el orden del día, pero era algo que ya no podía retrasar; parte de las decisiones a tomar tenían que ver con el bebé que continuaba luchando por su vida en la UCI Neonatal del hospital.

Acabado un desayuno opulento y variado como le gustaba servir a la dueña de casa, la familia se reunió en el salón auxiliar, lugar habitual de las reuniones familiares. Estaban todos; Andy y su hermano Danny, su madre Anna y sus tres tíos; Roser, Neus y Pau, y por supuesto, su amiga del alma, Tina, que como apoderada legal de los Avery en Reino Unido solía estar presente en todas las reuniones que implicaban gestiones y papeleos.

—Bueno, perdonad que saque una chuleta, pero esta cabeza mía no está muy lúcida y son tantas cosas…

Anna se puso sus gafas y desplegó un folio doblado en cuatro partes. Estaba bastante ajado, señal de que llevaba con ella bastante tiempo, añadiéndole temas a medida que los iba recordando. Andy miró a su madre con ternura. Se había lavado el cabello y Neus se lo había arreglado, moldeándoselo con un cepillo gordo. Con un vestido azul y blanco que la favorecía mucho y aquel peinado tan juvenil estaba guapa. Todo un cambio a la silueta cadavérica que hasta hacía dos días yacía en la cama de un hospital.

—Lo más urgente es inscribir el nacimiento del bebé en el registro civil. Mañana cumple el plazo legal. Pau ha consultado con los abogados y pensamos que lo más conveniente sería inscribirla como hija de madre soltera y padre desconocido, haciendo constar como nombre de padre un nombre ficticio. Así lo exige la ley. Jeremy no parece tener familia en España, ni en Europa. Pero cuando hay dinero de por medio nunca se sabe y prefiero evitar que la niña se vea envuelta en una disputa legal. Siempre podemos decirle la verdad cuando tenga edad para asumirla. ¿Estamos de acuerdo hasta aquí?

Anna recorrió con la mirada a los presentes uno por uno. No hubo objeciones, de modo que continuó.

—Para inscribirla necesitamos un nombre… Lleva una semana con nosotros y hemos ido de susto en susto, ni tiempo nos ha dado a ponerle un nombre… La pobrecilla… —Anna se caló mejor las gafas a sabiendas de que la razón de que viera borroso no tenía que ver con ellas. Se recuperó de inmediato y continuó—. Me gustaría llamarla Luz. Era uno de los nombres que tenía pensado Sonia si era niña y además creo que le va. No ha dejado de luchar desde que llegó a este mundo y creo que esta etapa sería mucho más oscura y dolorosa para todos si no fuera por ella —hizo una pausa para aclararse la garganta y cuando estuvo segura de que volvía a tener sus emociones bajo control continuó—. La ley permite inscribirla con los apellidos de la madre y también permite invertir el orden. He pensado que lo más conveniente para la niña es inscribirla como Luz Estellés Avery. Ya que no tendrá la fortuna de crecer junto a ninguno de sus progenitores, que, al menos, tenga el respaldo de supone llevar el apellido Estellés.

Sus ojos volvieron a recorrer a los presentes uno por uno. Tampoco hubo objeciones. Anna tomó el vaso que había frente a ella y apuró el contenido.

—¿Quieres que siga yo? —ofreció Pau.

Anna esbozó una ligera sonrisa y negó con la cabeza. Lo que tenía que decir no sería bien recibido por sus hijos y no deseaba que fuera él quien tuviera que comunicarlo. Llevaba años ayudándola desde la distancia, a espaldas del patriarca, preocupándose por el bienestar de sus sobrinos, esperando el momento en que la familia volviera a reunirse. No era justo dejárselo también a él.

—Mi salud se deteriora progresivamente y llegará un momento en el que ya no pueda valerme por mí misma. Sabíamos que sería así —miró a sus hijos. Notó que sus ojos lucían brillantes, especialmente los de Danny—, que llegaría el momento de tomar una decisión sobre el tema. Apenas tenemos bastante para vivir a pesar de que Andy no hace más que trabajar y que tú, Danny, no tienes siquiera un ordenador decente para estudiar… Ahora, además, está la pequeña Luz. ¿Cómo vamos a salir adelante? No puedo cargar tanta responsabilidad, tanto esfuerzo sobre vuestros hombros, chicos —tras una pausa final, lo dijo de carrerilla—. Nos quedamos en

España, con los tíos. De esta forma, vosotros tendréis la vida que unos jóvenes deben tener, Luz crecerá al abrigo de una familia numerosa y yo… Yo estaré en casa, con mis hermanos.

La primera reacción no demoró en llegar. Danny se levantó bruscamente y salió del salón sin decir ni una sola palabra. Un portazo les anunció que también había salido de la vivienda.

Tina saltó de su silla.

—Seguid sin mí. Yo me ocupo de él —dijo saliendo detrás del joven.

Andy acarició la mano de su madre.

—No te preocupes por Danny, mamá. Se le pasará. Estás haciendo lo mejor para todos y tienes mi apoyo, como siempre. Estaremos bien, ya lo verás.

—¿Lo llevas todo? —preguntó Andy después de que su tía Neus le dijera que la esperaba en el coche para darle unos momentos a solas con su amiga, antes de embarcar de regreso a Londres.

Tina echó un vistazo rápido a sus escasos bártulos. Siempre viajaba ligera de equipaje y en esta ocasión con más razón, ya que solo había venido a pasar el fin de semana.

—Sí, menos las ganas de irme —apuntó con desgana—. No me apetece nada dejarte sola en estos momentos, *cari*. Nada de nada.

Andy le restó importancia al asunto. Las despedidas siempre eran duras y no quería añadir más tristeza a aquel momento.

—Tranquila, mañana empiezo a trabajar en el restaurante, así que no tendré tiempo ni de respirar. Y en cuanto nos dejen sacar a Luz del hospital, nos vamos a Menorca. Hay tanto que hacer que tampoco tendré tiempo de nada… Estaré bien, Tina, no te preocupes. Los cuatro estaremos bien.

Tina asintió con énfasis. Habían perdido a Sonia, pero habían ganado a Luz así que los Avery seguían siendo cuatro.

—Es cierto. Pero sigo sin tener ganas de dejarte sola.

—Alguien tiene que ocuparse de cancelar nuestras cuentas y pagar facturas y toda esa lista de cosas que te ha dado mi madre para hacer —sonrió, intentando animarla y animarse—. ¿Y te quejabas de que en el gimnasio no parabas con tanta gente de vacaciones y tantos temporales ineptos? ¡Ahora sí que vas a estar hasta arriba de trabajo!

Tina sonrió.

—Y con lo minuciosa que es Anna para todo, me llamará para pasar revista, cosa por cosa, hasta que haya liquidado la última.

Esta vez fue Andy la que asintió con énfasis. Menuda era su madre.

—¿Estás segura de que quieres que la venda?

Se refería a la vetusta moto de las hermanas Avery. Andy asintió.

—Tío Pau tiene razón. La pobre está en las últimas y con lo me saldría traerla, matricularla y demás, no merece la pena.

—No todo en la vida es cuestión de dinero, Andy.

Estaba claro, pero necesitaba que aquel proceso de liquidar la vida familiar de los Avery en Londres y comenzar una nueva en España fuera lo más liviana y rápida posible para su madre. Insistir en aquel asunto, seguramente le permitiría conservarla, pero no lo quería al precio de que Anna discutiera con su hermano.

—Solo es una moto. Nada más.

Tina lo dio por bueno.

—Es hora de marcharme, nenita. Prométeme que te vas a cuidar y que no vas a dejar de entrenar al menos un par de veces por semana. Es tu cable tierra, no lo olvides. Y a tu vida le esperan grandes movimientos sísmicos —las dos amigas se abrazaron—. Prométemelo, anda, así me voy más tranquila.

—Te lo prometo. Venga, vete o no embarcas.

Tina volvió a abrazarla fuerte un momento y luego se encaminó hacia el control de equipaje a paso rápido.

Sábado 12 de septiembre de 2009.
Rowley Customs.
Londres.

Después de tres días en Edimburgo, lidiando con escoceses, necesitaba más que nunca pringarse las manos de grasa, pensó Dylan mientras bajaba la rampa que conducía al corazón del taller de customizados de Evel.

AJ se asomó por el costado del capó al oír pasos que se acercaban y al ver de quién se trataba, sonrió. Con sus infaltables vaqueros llenos de rotos de diseño, caídos a mitad de la cadera, su camiseta sin mangas, exhibiendo los tatuajes, era la viva imagen de un hombre satisfecho de sí mismo. Desde que había conseguido el "trabajo de su vida", mucho más.

—¿Alguien puede confirmar que ese sujeto con más tinta en su piel que un periódico es quien yo creo que es? No me he traído las gafas...

—¿Te refieres al de la cabeza como una bola de billar? —terció Maddox, broma que le granjeó una mirada irónica por parte del irlandés, primero a su cara, luego al estropicio de trenzas hechas sin orden ni concierto que llevaba puesto a modo de peinado. Nunca había entendido el arte capilar africano al que los hombres negros eran tan aficionados.

Notó que Evel también estaba allí, apoyado contra la cabina de un Jeep que parecía que acababa de llegar de la guerra, hablando por el móvil. A juzgar por su lenguaje corporal -y la miel que le salía a chorros por cada poro de la piel- no le hacía falta preguntar con quién hablaba.

Dylan se quitó las gafas de sol que colgó del cuello de su camiseta y se detuvo sobre el emblema que dominaba el centro estratégico del área de trabajo del taller. Dejó caer al suelo el bolso de deporte donde traía su ropa de trabajo. A continuación, dio una vuelta sobre sí mismo, exhibiendo su percha y su buen estado físico (en comparación con quienes se estaban mofando, él parecía una estrella de cine).

—Mirad y aprended —replicó señalándose con una mano—. Esto es un tío cañón.

Un coro de carcajadas le dio la bienvenida.

—¡Qué jeta tienes! —dijo AJ haciendo temblar sus enormes bigotes blancos de tanto reír—. Se te echaba de menos, tío. Últimamente, no te vemos mucho por aquí. ¿Qué tal te va la vida?

—Muy bien. Anoche llegué de Edimburgo y el martes parto para Niza.

—¿Ya te vas, tan pronto?

Dylan asintió. Tenía media casa por embalar y varios otros asuntos que resolver, pero debía incorporarse al trabajo en la nueva fecha prevista. Lo que no lograra acabar, se quedaría pendiente hasta su próximo viaje a Londres.

—Hola, Dylan, no te había visto... —lo saludó Evel, dándole un puñetazo en el hombro.

El irlandés aprovechó la ocasión para mofarse con descaro.

—¿Qué, has acabado ya de hablar con tu mujercita?

Evel sonrió con resignación ante la tanda de bromas que le esperaban. Se disponía a responder cuando AJ intervino. En tono de mofa.

—Qué va. Ha acabado esta llamada. Es la quinta desde que abrimos, así que echa cuentas de las que van a caer hasta que llegue la hora de cerrar. ¡Hablan más que antes de casarse en secreto y casi organizar la V Guerra Mundial!

Ya, pensó Evel, que no le recordaran la guerra. Todavía estaba lidiando con el bando enemigo, sin visos de que fumaran la pipa de la paz en un futuro próximo. Y como no tenía ninguna intención de que aquel asunto acabara convertido en tema de conversación otra vez, señaló el vehículo que estaba sobre la tarima de montaje.

—¿Lo has visto?

—¿Es tu primer bólido? —preguntó asombrado. Evel asintió con una sonrisa satisfecha—. ¡Qué pasada!

Se acercó a inspeccionarlo más detalladamente y fue entonces que otro vehículo atrapó su atención.

—¿Esa es la moto de Andy?

Sabía que era su moto, no necesitaba preguntarlo, pero ver asentir a Evel disparó una sucesión de preguntas en su mente. La más recurrente fue la que formuló con una sonrisa de la que ni siquiera fue consciente.

—¿Ha vuelto a Londres?

—No. La ha traído una amiga de la familia para que la venda.

—¿Se queda en España?

—Sí, por lo visto. Están liquidando todos sus asuntos aquí.

Entonces, la situación de su madre se había agravado. Qué putada, pobre Andy, pensó. Volvió a mirar de reojo la moto.

—¿Tienes comprador?

Evel ladeó la cabeza y escrutó a su amigo, intentando precisar si en verdad estaba tan raro aquella mañana, o solo se lo parecía.

—¿Tienes algún *otro* negocio en mente? —Y no añadió "como cuando te quedaste Princesa a precio de saldo", pero no hizo falta. Era algo que había oído en más de una ocasión y Dylan leyó entre líneas. Y como era habitual en él, no escatimó ironía cuando respondió:

—Siempre, chaval. ¿No dices que soy el tío del millón de contactos? ¿Cómo crees que los hago si no es proponiéndoles negocios? Tengo un comprador. Si te interesa, me lo dices.

A continuación, recogió el bolso de deporte y se dirigió al vestuario a ponerse la ropa de faena.

Cuando regresó al área de trabajo del taller, Niilo estaba trabajando en el primer customizado de Evel. En realidad, lo que hacía era proferir lo que parecían palabrotas en una lengua desconocida. Las dos cosas le resultaron rarísimas, que aquel chaval reservado y hasta cierto punto huraño, con tal aire al personaje de Anakyn Skywalker de "La guerra de las galaxias" que muchos lo apodaban así hubiera salido de su ostracismo, y no entender un pimiento de lo que decía.

—Tranquilo, tío, que te vas a quedar calvo de tanto cabrearte. ¿Te puedo echar una mano?

Niilo salió del interior del vehículo, tomó un destornillador de la mesa de herramientas y volvió a introducirse en el coche.

—Depende. ¿Puedes traerme a Conor para que lo mate lentamente y luego encargarte de limpiar la escena del crimen? —dijo al tiempo que desmontaba el salpicadero con movimientos bruscos que denotaban, sin ningún género de dudas, el nivel de cabreo que tenía en el cuerpo—. El muy capullo tenía tanta prisa por largarse a Barcelona que lo ha dejado todo manga por hombro…

Dylan se quedó cortado. ¿Cómo que se había ido a Barcelona? ¿Cuándo?¿Así, sin más?

—¿Y a qué ha ido a Barcelona?

Niilo asomó la cabeza por el hueco de la ventanilla. Para ser un tipo que se jactaba de ser la lógica andante, hacía preguntas bastante obvias.

—¿Y a qué va a ser, Dylan? A intentar ligar con Andy. Por lo visto, todavía no se ha dado cuenta de que es mucha mujer para él.

La expresión del irlandés mostró a las claras que intentaba procesar información que no acaba de cuadrar y si Niilo tenía alguna duda al respecto, cuando lo vio sacudir la cabeza como si pretendiera que las piezas de su cerebro se colocaran en su sitio, ya no le cupo ninguna.

—Lleva meses flirteando con ella cada ocasión que tiene. Y si no la tiene, se la inventa. No sé qué te sorprende tanto.

—Tu tono —replicó Dylan. Aunque eso no era del todo cierto, la sorpresa principal tenía que ver con Conor y no con aquel ingeniero inglés de ascendencia finlandesa por el que Evel sentía tanto respeto, personal y profesional.

—¿Qué le pasa a mi tono?

—Suena a dos gallos compitiendo por la misma gallina.

Niilo dejó lo que estaba haciendo y se volvió a mirar a Dylan. Todo él rezumaba ironía. Ironía finlandesa.

—¿Has estado fumando *maría*, tío?

Aquel fue el fin de la conversación. Niilo continuó trabajando y Dylan se puso a ayudar a AJ con el Jeep. Mentalmente, sin embargo, no dejó de darle vueltas al asunto de Conor y Andy.

Y de sentirse raro cada vez que se descubría haciéndolo. Después de todo, ¿qué se le había perdido a él en esa historia?

Nada.

Nada de nada.

En Barcelona…

Andy soltó la bandeja sobre la barra y salió corriendo a recibir a su madre, loca de alegría. Era la primera vez que Anna abandonaba el piso de su hermana para algo diferente que su visita diaria a la pequeña Luz quien permanecía en la UCI Neonatal, y verla tan guapa, recuperándose poco a poco era la mejor noticia que podía recibir.

—¡Me encanta que me des estas sorpresas! ¡Mira qué guapa estás! ¿Has comido ya o puedo tentarte con alguna de las delicias del nuevo menú de Ciro? —La estrujó dando rienda suelta a su alegría—. ¡Ay, mami, qué contenta estoy de verte!

Anna se dejó querer. La animaba sentirse mejor y la animaba mucho más aún ver una sonrisa en aquel rostro joven que amaba tanto.

—Me he dicho "¿cómo no vas a ir a ver a tu niña ahora que ha cambiado la camiseta y los vaqueros por un uniforme tan elegante? —La apartó un poco para poder mirar el uniforme femenino del restaurante compuesto de unos elegantes pantalones negros de vestir y una blusa blanca de mangas cortas—. Estás preciosa, Andy.

Ella bromeó dando una vuelta completa sobre sí misma como si fuera una modelo ante la mirada enternecida de Neus, que contemplaba a madre e hija satisfecha de poder, al fin, tenerlas a su lado. Desde la barra auxiliar, Pau también contemplaba el espectáculo con evidente placer. Le había tomado años volver a reunir a su familia, años de peleas con su padre, años de intentos vanos… y todavía seguía cruzando los dedos, rogando que nada echara a perder las cosas.

—Venid, quedaos conmigo un rato aquí en la barra mientras voy atendiendo, que el chef se enfada si los platos se retrasan un segundo —le hizo un guiño a Neus, la madre del aludido, que se dirigió a la cocina para saludarlo.

Anna tomó asiento en uno de los elegantes taburetes altos con respaldo y Andy le sirvió una limonada que era su segunda bebida de verano favorita. La primera, cerveza, se la había prohibido el médico.

—Gracias, cariño… He ido a ver a Luz y está muy bien. La pediatra cree que si sigue ganando peso como hasta ahora, podrán darle el alta antes de lo que pensaban.

—¿En serio? —dijo la camarera ilusionada y al ver a su madre asentir, añadió—: ¡Este día es perfecto! ¡Ay, qué bien, mamá!

Anna hizo un gesto tristón. Danny no llevaba nada bien su vida en España. La idea de Pau de traerlo al restaurante para que aprendiera el oficio y se entretuviera no había funcionado. Quim, el mediano de los hijos de Neus había sugerido intentarlo con los viñedos familiares y parecía, por el momento, haber tenido más suerte.

—Dudo mucho que a tu hermano le vaya a alegrar tanto. No por Luz, claro, sino por irnos a Menorca. Si Barcelona no le gusta, a Menorca la odia... A pesar de no haber estado allí jamás...

La familia había decidido trasladarse a la isla tan pronto la pequeña recibiera el alta médica y eso había constituido la segunda pataleta de Danny en el corto tiempo que llevaba en España. Pero, en realidad, no odiaba Menorca, la temía. Menorca era el reino de los Estellés, sus dominios. Y por más que Pau estuviera desde el verano al timón de los negocios familiares, patriarca había solo uno: el abuelo Francesc Estellés, un hombre orgulloso y autoritario que le había dado la espalda a su hija por casarse con un inglés y marcharse de su reino, y que apenas había visto un par de veces a sus nietos mayores. Al menor, ni siquiera se había molestado en conocerlo. El muchacho tenía miedo de enfrentarse a él, de que su madre sufriera, de lo que sería de ellos en una isla a merced de un hombre que no los quería. Temores de adolescente, nada más. A Andy, en cambio, lo que menos le preocupaba era el patriarca: no albergaba ningún sentimiento hacia él y como no pensaba permitir que él -ni nadie- hiciera daño a su madre, le daba igual. Estaba segura de que en cuanto Danny lo comprendiera, se quedaría tranquilo.

—Se adaptará, mami. Todo esto lo ha trastornado un poco, pero es un buen chico que adora a su madre y hará lo que haga falta con tal de verla bien. No te preocupes. Va a estar bien vivir en una isla soleada y calurosa, para variar —la animó, apretando cariñosamente su mano.

Y fue en aquel momento que lo vio: alto, delgado, con unos pantalones de camuflaje, una camiseta totalmente "flower power" (que a punto estuvo de arrancarle una carcajada) y unas rastas multicolores divinas...

El cambio de actitud en Andy hizo que Anna se girara para poder seguir la dirección de su mirada. Sonrió sin poder evitarlo al reconocer al joven que se dirigía hacia ellas. No lo conocía personalmente, pero le habían hablado tanto de él... Mucho y bien.

Andy rió de pura sorpresa cuando él se detuvo frente a ella.

—Hombre, Conor... ¿Estoy soñando que estoy en el MidWay o tú te has equivocado de bar...? ¿Qué haces en Barcelona?

Él le obsequió una mirada tan seductora como su sonrisa.

—Verte —respondió con simpleza.

Desde la barra auxiliar, Pau meneó la cabeza. Era hombre y, como tal, podía reconocer que el éxito que su sobrina tenía entre los hombres estaba plenamente justificado. Era un encanto de niña, bonita, simpática y divertida. Lo que no dejaba de sorprenderlo era el furor que parecía causar entre los amantes de las motos de Su Majestad la Reina Isabel II.

La fórmula no fallaba nunca: si era motero y era inglés, nueve de diez que quería enrollarse con su sobrina.

El restaurante empezaba a llenarse y el motero de las rastas seguía allí, dándole charla a Andy en la barra. Pau se lo indicó con una seña a su sobrina quien, de inmediato, se puso a trabajar. El motero permaneció allí, charlando por etapas con Andy, mientras ella atendía las mesas y cantaba comandas en la cocina. Se disponía a salir de la barra para agilizar la salida de platos antes de que a Ciro le diera un ataque, cuando sonó el teléfono. Volvió sobre sus pasos y lo atendió.

—*Hola, ¿podría hablar con Andy, por favor?* —oyó que le decía una voz de hombre en inglés.

Pau procesó la información con rapidez. La mayoría de la gente que conocía su sobrina era de su misma nacionalidad. Y como era soltera y estaba en edad de merecer, no tenía nada de raro que un inglés pidiera hablar con ella. Si además tenía en cuenta la fórmula infalible, era bastante probable que quien llamara fuera un motero. Y de todos los moteros, había al menos una posibilidad de que se tratara de uno en particular que bajo ningún concepto quería ver junto a ella. Lo más probable era que no fuera él. Estaba claro lo que un tío tan mayor -y tan tatuado y con tanta pinta de miembro de la Hermandad Aria- buscaba flirteando con una *yogurina* y Andy se había marchado de Inglaterra, por lo que ya no estaba a su alcance, pero... Más valía curarse en salud.

—No está —respondió Pau—. Si quiere dejarle un recado...

—*Sí, por favor. Dígale que ha llamado Dylan. Ella tiene mi teléfono. Gracias.*

Dylan, pensó Pau. ¿No era ese el nombre de pila del informe que le habían hecho llegar los abogados?

—Muy bien, se lo daré —respondió.

Colgó el auricular y verificó de un vistazo rápido qué hacía su sobrina. Ella estaba de espaldas, en la máquina de café express y el individuo del peinado curioso continuaba allí, conversando con Anna, mientras esperaba que Andy volviera a regalarle un segundo de atención.

A continuación, Pau tomó su PDA y se dirigió a atender la mesa de cinco que habían venido a celebrar el cumpleaños del abuelo.

12

Aquel mismo sábado por la tarde.
Bar The MidWay.
Londres.

—Paso del tema, colegas. Me voy a ver a Tess —dijo Dakota abruptamente, al tiempo que se soltaba el pelo que llevaba recogido en una coleta baja.

Dicho y hecho. El motero se encaminó hacia la escalera que conducía al piso superior del bar donde estaba su casa, dejando a Evel con la palabra en la boca y a Dylan sonriendo a cuenta de sus reacciones intempestivas; era de las pocas cosas en las que se parecían y le hacía gracia tener algo en común con alguien tan obviamente diferente (empezando por el pelo).

—¿"Ir a ver a Tess" tiene alguna conexión con soltarse la coleta, o son sucesos aislados? —preguntó Dylan. Su sonrisa confirmó que estaba de guasa.

Evel se inclinó sobre la barra, descansando sobre sus codos. Aprovechó la pausa que les estaban concediendo los clientes; todos estaban servidos y entretenidos mirando un partido de fútbol o conversando con otros colegas.

—No lo sé, no se lo he preguntado, pero supongo que sí. Supongo que a su chica le gusta más suelto y él la complace... Está preocupado por Tess, se le nota.

La editora no levantaba cabeza, la parte anímica la llevaba peor que la física, pero en conjunto su mejoría era lenta y el médico no se mostraba favorable a dejarla volver a su trabajo en Harper Collins. Al menos, no tan pronto; no había habido más hemorragias alarmantes, pero su regla duraba ya diez días. Tratándose de una persona que se tomaba tan en serio sus responsabilidades, seguir de baja durante su último mes en la editorial no hacía sino añadir frustración a su estado. Y para colmo de males, su familia no dejaba de revolotearle alrededor; iban a visitarla todos los días y rara era la vez que Dakota subía a verla y no se encontraba a alguien en su casa. Algunas de esas visitas eran positivas para Tess, pero otras la alteraban, poniendo a prueba la paciencia de Dakota que, en general, toleraba muy mal a todas las Baldini/Gibb.

—Y cabreado por cómo van las cosas en el bar —añadió Evel—. Ya he perdido la cuenta de las personas que hemos entrevistado esta semana para cubrir el puesto de camarera y nada. —Coronó la frase con un bufido.

—Bajad el listón.

Evel reaccionó de inmediato ante aquella demostración de pura lógica, tan típica del irlandés que, sin embargo, *no* era una opción en las presentes circunstancias.

—No podemos bajar el listón. Y tampoco podemos tener este asunto entre los pendientes de resolver eternamente. Cada hora que pasamos detrás de esta barra, es una hora que no dedicamos a proyectos personales y profesionales que nos importan más. Hay que resolverlo, pero la solución se nos resiste. Así están las cosas.

Dylan dio un sorbo a su cerveza. Dakota y Evel pedían alguien como Andy, la descripción del puesto era un retrato robot de la joven, punto por punto. Y no habían caído en la cuenta de que era virtualmente imposible que una persona tan joven reuniera esos requisitos. Andy era excepcional, en el sentido más literal de la palabra. Cuestiones de lógica aparte, era de locos hacer lo mismo una y otra vez y esperar resultados diferentes. Lo había dicho Einstein, no él.

—No buscáis una camarera, buscáis a alguien como Andy y ella no es sustituible —empezó a decir Dylan—. Hacía el trabajo de cuatro y lo hacía mejor que vosotros, que sois los dueños. No es sustituible, colega. Lo que pretendéis es un milagro.

Hablaba con naturalidad, incluso con imparcialidad, como si lo que decía fuera tan obvio que caía por su propio peso, pero esta vez no se refería a ordenadores ni a motos ni a ninguno de los temas que le interesaban. Hablaba de una mujer y la primera sorpresa de Evel fue comprobar que existía alguien del sexo femenino, por lo menos una persona en el mundo, para quien el irlandés no reservaba comentarios obscenos o despectivos. La segunda fue comprobar quién era esa persona.

—Qué raro resulta oírte hablar bien de una mujer... —apuntó el socio capitalista del MidWay, a modo de reflexión en voz alta.

Pues ahora que Evel lo decía... Dylan bajó la vista hasta su cerveza algo incómodo. Bebió otro sorbo.

—Conozco a alguien que podría valer —continuó, obviando completamente el comentario anterior de Evel—. Pero ni es de sexo femenino ni va a conformarse con un puesto de camarero.

Evel hizo un gesto de disgusto con la boca. Su socio estaba empeñado en que fuera una mujer y después del chasco que se habían llevado con Samir -el único camarero a tiempo completo que habían contratado-, lo tendría más difícil aún. Sin embargo, Dylan tenía razón.

—De acuerdo, que se pase por aquí la semana que viene —concedió—. Hablaré con él.

Dakota había entrado en el piso procurando no hacer ruido. Pisaba con cuidado para no delatar su presencia, asomándose sigilosamente por cada hueco de la reformada vivienda en la que solo habían conservado dos puertas. Tess dormía muy mal por la noche, así que no era raro que echara una cabezada durante el día cuando las pesadas de sus tías/madre/hermana se lo permitían, que parecía ser el caso ahora: la vivienda estaba inusualmente silenciosa.

Pronto la encontró y no precisamente durmiendo. Pálida, con los ojos hundidos y una expresión ausente, estaba repantigada en un sillón mirando la televisión a la que había quitado el sonido.

Un frío helado recorrió la espalda del motero ante aquella visión que le confirmó lo mal que estaba Tess. Cuando nadie la estaba mirando y no tenía la necesidad de fingir, su malestar físico y emocional era obvio.

—Nena… ¿qué haces? —Dakota avanzó hacia ella incapaz de ocultar su preocupación.

Por decirlo en plata; estaba acojonado.

La expresión de Tess se transformó en un instante. Extendió una mano hacia él, como hacía siempre, y le regaló una sonrisa.

—Cotilleo, ¿no se dice así?

Dakota tiró de la mano haciendo que ella se pusiera de pie, ocupó su lugar en el sillón y la hizo sentar sobre sus piernas.

—¿Sin volumen?

Ella restó importancia al asunto con un gesto.

—Hablan todos a un tiempo, no me extraña que no se entiendan… Se me estaba poniendo dolor de cabeza.

El motero le apartó el cabello de la cara, acarició sus mejillas y sus párpados suavemente. Ella volvió a abrir los ojos y ensayó una sonrisa.

—Me estás asustando, bollito —murmuró.

Tess respiró hondo. Asintió.

—Lo siento… Lo intento, Dios sabe que lo intento, pero es como si me hubiera quedado atrapada en un estado de melancolía casi permanente —decirlo en voz alta le resultó infinitamente más duro que pensarlo y, de inmediato, volvió a quitarle hierro a lo dicho—. Ese 'casi' es mérito tuyo, ¿sabes? Eres lo único que tiene sentido en toda esta locura.

Dakota la abrazó fuerte, hizo que se acurrucara contra su cuerpo, y a falta de palabras con que animarla, se dedicó a llover pequeños besos sobre su coronilla. Permanecieron en silencio durante un buen rato hasta que al fin él se animó a hacerle la pregunta que venía dándole vueltas en la cabeza desde el día del hospital.

—¿Creías que estabas embarazada?

Tess modificó su posición para poder mirarlo.

—No, pero los síntomas se correspondían y cuando Abby lo dijo… Me hizo tanta ilusión, me sentí tan… Supongo que la palabra adecuada es "realizada", aunque suene a cliché. Aunque sea un cliché —matizó.

Dakota escondió el súbito ablandamiento masivo que empezó a convertirlo en miel detrás de una broma.

—Esta conversación se pone muy interesante. Así que, después de todo, sí que quieres que te haga un hijo… O varios —y acompañó la frase con un movimiento sensual de las cejas.

Ella rió.

—Nunca lo he negado.

Sus ojos habían vuelto a la vida y en aquellas pálidas mejillas había vuelto a lucir un suave rubor.

Dios, qué maravilla, pensó el motero. Qué maravilla y qué alivio oírla reír de nuevo.

—Pues, te voy a decir una cosa —continuó Dakota—, ahora que lo sé, píldora que pille, píldora que se va por el retrete. ¿Qué te parece?

Tess tomó el rostro del motero entre sus manos.

—Sabes que no podemos hacer eso, pero te agradezco en el alma que lo propongas, que me animes, que me hagas sentir siempre tan querida, tan apoyada… No sabes cuánto significa para mí en estos momentos.

Él se estremeció. Lo que sentía por Tess, que había sido intenso y loco desde el principio, no había dejado de crecer. Desde aquella llamada del taxista, cuando la inesperada alternativa de perderla había hecho acto de presencia por primera vez en toda su vida, sus sentimientos se habían desbocado. Vivía sumergido en un cóctel de emociones las veinticuatro horas del día y cuando la descubría tan vulnerable, como ahora, la necesitaba desesperadamente. Sabía que no podría ocultarlo por mucho tiempo más, pero él también debía intentarlo.

Volvió a recurrir a la broma.

—¿Después de trece días sin mojar? No me lo agradezcas tanto, que no es mi corazón el que habla.

Los ojos enamorados de Tess recorrieron sus facciones muy lentamente. En otros tiempos, hacía ya mucho, sus observaciones excesivamente sinceras atraparían su atención, desviándola de lo importante. Scott era un auténtico experto en lanzar globos sonda, en acudir a la soez para despistarla. Pero hacía mucho tiempo que el truco había dejado de funcionar con ella. Ya no la engañaba.

—Mentiroso… —se estiró a besar sus labios de los que él bebió sediento y al fin, se apartó un poco, solo lo bastante para poder mirarlo a los ojos y hacerle la pregunta que a ella llevaba semanas rondándole la cabeza—. ¿Te gustaría que tuviéramos un hijo?

No se trataba de algo en lo que se hubiera parado a pensar. Antes de conocer a Tess, jamás había tenido la ocasión y ahora…

Ahora tampoco necesitaba pensarlo.

—Los que tú quieras —replicó buscando sus besos.

Ella se apartó con suavidad. Se trataba de un tema duro, durísimo, y ya que al fin los dos parecían dispuestos a abordarlo, no deseaba dejarlo a medias.

—¿Y si no puedo dártelos? —Inesperadamente sus ojos se llenaron de lágrimas, y ella tragó saliva y continuó—. Existe la posibilidad de que el tratamiento no funcione y la operación tampoco y…

—Me da igual —buscó su mirada, apasionadamente—. Si no pueden ser nuestros, serán ajenos. Me da igual, Tess. Lo único importante, lo único imprescindible en mi vida eres tú, ¿lo entiendes? Todo lo demás no importa.

Tess se acurrucó contra Dakota, lo estrechó muy fuerte y él llovió caricias sobre ella. Permanecieron abrazados en silencio durante un rato. Él, esperando que ella continuara, que le dijera la causa que vivía en el fondo de su melancolía, que le dijera la verdad. Ella, reuniendo el valor para hablarle de sus miedos.

—Dime lo que pasa… —insistió él—. Venga, dímelo, bollito.

Tess lo miró con una expresión triste y los ojos acuosos, pero pronto apartó la mirada. No hacerlo, de alguna manera, le hacía más sencillo mantener el control de sus emociones, porque como que tuviera que abrir su corazón al mismo tiempo que aquellos ojos le desnudaban el alma, se derrumbaría.

—No contaba con esto —comenzó. Pronto volvió a hacer silencio.

Dakota se inclinó a besarla en la frente.

—Es normal. Nadie cuenta con que las putadas de la vida le pasen a uno.

—Soy una persona precavida, reflexiva. Siempre he tenido un plan alternativo para todo —explicó con cierta dureza que a él le hizo fruncir el ceño—. Sin embargo, a pesar de que tres de las cinco mujeres de mi familia han tenido problemas serios con su aparato reproductor, yo no… lo tuve en cuenta.

—¿Y qué más da? ¿Qué plan alternativo habrías tenido para algo así?

—No lo sé y ahora es tarde para pensar en ello. Esa es la cuestión; estuve tan ocupada con mi trabajo que ni siquiera me di cuenta de que no tenía un plan alternativo para algo que siempre formó parte de mi proyecto de vida. No estaba segura de hallar alguna vez mi pareja ideal, pero de ser madre, sí. Alguna vez habría hijos en mi vida, aunque no hubiera un padre. Y de pronto, tengo 37 años, los últimos diez se esfumaron sin que me diera cuenta y ahora, quizás… Ya sea tarde para algunas cosas.

Procuraba mantenerse digna, serena, pero la voz se le quebraba por momentos, haciendo que él se llenara de emociones nuevas, emociones que nacían de ver el lado frágil, vulnerable, de una mujer fuerte.

—¿Tarde? Qué dices. De tarde, nada —la rodeó mejor con sus brazos y volvió a estrecharla fuerte—. Estás en tratamiento y todo irá bien. Y de última, las cosas de la maternidad y la fertilidad y todos esos temas no son ahora como eran hace diez años. Hay montones de alternativas. Podemos hasta tener un vientre de alquiler, fíjate.

—Vientre de alquiler —repitió Tess con un dejo de resignación que a Dakota le arrancó una sonrisa—. Entonces sí que tu madre hace que me secuestren y me mantengan prisionera en Júpiter hasta el final de mis días. Por no mencionar a la mía, claro. Cualquiera sabe lo que sería capaz de hacernos Amelia Gibb si en la concepción de su nieto hay un tercero en discordia. Dios, me dan escalofríos solo con pensarlo —replicó, fingiendo que se estremecía.

—O nieta —fue todo lo que dijo Dakota mientras daba comienzo a una nueva lluvia de besos sobre la coronilla de Tess.

—Lo digo en serio. Tu madre y la mía, por separado o en grupo, son temibles. No sé por qué te lo tomas tan a la ligera.

—A la mierda con ellas. A mi madre se lo dejé tan claro que no se atreve a asomar la nariz por aquí. La barrera sigue abierta para las Baldini solo porque tú quieres que sea así. Di la palabra mágica y te garantizo que aquí no vuelve a venir ni Dios.

—¿Y qué resuelve eso, amor? Quiero que mi madre te quiera y te respete. Que se sienta orgullosa de ti como me siento yo. Que reconozca que mi vida es mejor porque tú estás en ella, porque tú me haces feliz. Porque *es* así, Scott y me duele ver lo injusta que es contigo.

Tess apartó la vista y procuró que no le temblara la voz cuando dijo:

—Y también desearía que tu madre dejara de verme como a la vieja bruja que hechizó a su único hijo con malas artes. No estoy acostumbrada a que la gente me rechace de esta forma y es duro, más aún cuando se trata de la madre del hombre que amo.

Hizo una pausa para respirar hondo, tras la cual continuó.

—Mucho me temo que mi mioma, se cure o no, hará que las distancias y las ofensas sean todavía más grandes y difíciles de salvar. Ya lo está haciendo. Sé que no debería pensar en ello, que ahora más que nunca debería reservar mis energías, pero… Es aterrador ver tantos frentes abiertos, sentir que apenas tienes fuerzas para nada… Es…

Tess dejó de hablar. La angustia que llevaba meses creciendo en su interior volvió a jugarle una mala pasada. Sentía la presión en su garganta, el fuego de las lágrimas quemándole los ojos, la melancolía embargándola en oleadas, tiñendo su vida de sombras y grises.

Dakota la estrechó con todas sus fuerzas, acunándola como a una niña.

Tess se abrazó a él y lloró en silencio.

Domingo 13 de septiembre de 2009.
Las Ramblas.
Barcelona.

Andy había tenido claro desde el primer momento cuáles eran las verdaderas intenciones del motero de las rastas. Presentándose en Barcelona de aquella forma inesperada, había puesto por delante el factor sorpresa que sabía que a ella le encantaba. Iba vestido para la ocasión, llevaba su sonrisa imposible y cuando ella estropeó sus expectativas al comunicarle que no podían quedar aquel día porque trabajaba hasta tarde, él ni corto ni perezoso había propuesto el puerto deportivo para quedar al día siguiente. El puerto deportivo, claro; el lugar donde él se las había arreglado para hacerla suspirar con sus atenciones de chico enamorado aquella mañana de hacía tres meses, horas antes de estropearlo todo de manera absoluta y definitiva.

Por supuesto, Andy declinó y propuso otro espacio pintoresco, muy turístico y lo bastante concurrido para evitar acercamientos; Las Ramblas, el famoso paseo de más de un kilómetro que conectaba la Plaza Cataluña con el puerto antiguo de Barcelona.

A él no pareció importarle. En cualquier caso, lo disimuló a las mil maravillas disfrutando genuinamente de los puestos que poblaban ambas márgenes del paseo, de los caricaturistas y demás artistas del carboncillo y el pincel. Su curiosidad por casi todo no parecía tener límite y daba lugar a situaciones divertidas, como cuando se puso a hacer de mimo espontáneo del mimo profesional cuyo espectáculo consistía en reproducir los gestos y actitudes de los viandantes. A Andy la había hecho reír a carcajadas verlo contonearse frente al artista, repitiendo sus movimientos exagerados que hacían que sus rastas se sacudieran cómicamente. Había logrado aglutinar a un buen número de espectadores con el consiguiente incremento en aportaciones pecuniarias para el mimo, a las que él mismo había contribuido generosamente con un billete de diez euros. Por descontado, el interesado acabó tan encantado que insistía en que se quedara y ensayaran otro número.

Cuando Conor al fin escogió una impactante orquídea de un puesto surtido de flores exóticas y se la obsequió, Andy supo que la conversación estaba a punto de volverse más personal.

—Estás genial, algo más delgada, supongo que por el trajín… Pero preciosa, como siempre.

Andy agradeció el cumplido con una sonrisa. Sin embargo, no dio pie a más comentarios por el estilo.

—Sí, he perdido un par de kilos… Mi madre nos ha dado un buen susto. Está mejor, aunque sigue en tratamiento y bajo estricta supervisión médica. Lo tiene todo medido al milímetro, hasta la duración de los paseos que le permiten dar, imagínate… Con lo vital que era y no poder hacer nada… —y sin aludir ni a la muerte de su hermana ni a la pequeña Luz, cambió de tercio—. ¿Y vosotros qué tal? ¿Qué tal siguen los MidWay Riders?

Había sido una pregunta general, que intentaba mantener la conversación fuera del ámbito personal, treta de la que Conor acusó recibo con una sonrisa pícara.

—Bien. Apurando los últimos días del verano para organizar rutas por el país. Y echándote de menos. El MidWay no es lo mismo sin ti.

Andy asintió. Bien habría podido responder que "era mutuo". Los primeros días, mientras las dos mujeres más importantes de su vida estaban en el hospital, prácticamente no había tiempo de pensar en nada más. Pero tan pronto sus días empezaron a tomar más visos de normalidad, el bar de moteros había estado de forma recurrente en sus pensamientos. No solo porque la estética del lugar la había enamorado desde el primer día, también porque le gustaban sus gentes: Dakota y Evel, su talante generoso, su filosofía de trabajo, el ambiente divertido que siempre conseguían crear… Los echaba de menos, echaba de menos su trabajo allí.Y a alguno de sus clientes también.

—¿Todavía no han contratado a nadie?

—No. Llevan días entrevistando gente, pero parece que no encuentran lo que buscan. No me extraña, no existe nadie como tú —volvió a intentarlo—. ¿Hay alguna posibilidad de que vuelvas a Londres?

Andy negó con la cabeza. Su sonrisa, ligera casi desdibujada, intentó quitarle hierro al asunto, pero no lo consiguió.

—Entonces, tendré que plantearme venir más a menudo —replicó con una sonrisa divertida.

Andy lo miró en parte sorprendida, en parte para ver si bromeaba, pero no le pareció que su tono o su expresión fueran de ese estilo.

—Oye, Conor, yo…

El motero dejó de andar e hizo que Andy también se detuviera. La enfrentó.

—Me equivoqué. Perdóname, Andy, por favor. Con Evel nos conocemos hace años, ha hecho muchísimo por mí y me cuesta negarle algo. Pero debí haberle dicho que no. Los dos llevábamos semanas esperando ese momento y estoy seguro de que… —Conor soltó un suspiro. Cada vez que pensaba en lo que habría podido ser y no había sido le daban ganas de liarse a puñetazos consigo mismo. Por imbécil—. La cagué y no sabes cuánto lo lamento. Me importas mucho, Andy. Mucho, de verdad.

Constituía un gran avance que al fin reconociera que no había manejado aquel asunto como lo habría hecho un hombre verdaderamente enamorado de una mujer. Ahora, solo hacía falta que comprendiera que a lo que él se refería por "me importas", no era necesariamente sinónimo de "estoy enamorado de ti".

—O quizás crees que te importo porque sigo siendo un interrogante en tu vida, ¿no lo has pensado?

—Venga, Andy… ¿Cómo puedes decir eso? Estoy aquí, en Barcelona. He venido por ti.

Estaba allí porque podía permitírselo, del mismo modo que podía permitirse recorrer media Europa a lomos de su Harley Davidson último modelo. Después de romper con su novia, vivía solo, tenía un muy buen trabajo y ninguna responsabilidad más que hacer lo que le daba la gana cuando le daba la gana. Estaba allí para impresionarla, para sacar ventaja de un momento en el que sabía que ella se sentiría sola y baja de forma, extrañándolo todo, incluida las inclemencias del clima londinense. Y no pensaba ser tan poco agradecida de echárselo en cara, se alegraba de verlo, realmente le había puesto un punto agradable al día, pero, por descontado, no se tragaría el anzuelo.

—Han transcurrido tres meses desde que estuvimos en aquella disco en el puerto. Te ha tomado semanas considerar la posibilidad de que quizás te habías equivocado y otras tantas, admitirlo en voz alta. Vale, pongamos que me lo creo. Que tu arrepentimiento es sincero, que acepto que tus procesos son… Lentos, digamos. La verdad es que, en cambio, te faltó tiempo para organizar una pelea en el bar por motivos totalmente infundados… Por no hablar de las acusaciones, claro… Te gusto —lo dijo sin acritud— y te habría encantado que saliéramos juntos, a ver qué tal nos iba. Pero hasta ahí llega tu interés.

Conor bajó la vista. Aquello no era lo que esperaba oír. Para nada. Porque aunque ella no lo creyera, sí que le importaba.

—¿Y qué hay de ti, de tus sentimientos hacia mí? —quiso saber.

¿Y qué había de ella? Él estaba asociado a muchas cosas en su vida, cosas por las que seguía sintiendo apego, momentos que le seguían robando sonrisas y algún que otro suspiro. Le había entrado por los ojos desde el minuto cero y su interés por él había crecido en proporción inversa al enfriamiento de la relación que Conor mantenía con su novia. Pero él había cometido errores insalvables, que no había sabido corregir a tiempo, y las circunstancias se habían ocupado del resto. Ahora, su vida había cambiado drásticamente; había ganado en responsabilidad y perdido en libertad. Francamente, no se veía a su lado. Ni lo veía a él haciendo de canguro de un adolescente y de un bebé recién nacido.

—Supongo que le ponías un punto excitante a mis días de camarera de un bar siempre muy concurrido —le apretó la mano cariñosamente—. Estuvo bien mientras duró.

Conor hizo un gesto de dolor. Fue un intento gracioso de quitar seriedad al momento.

—¿De verdad que he perdido el tren? ¿De verdad, de verdad?

—De verdad que sí, Conor —respondió ella.

Su sonrisa, aunque compasiva y hasta cierto punto dulce, le indicó con claridad meridiana que aquel era un asunto definitivamente concluido.

—¿Ya aquí, tan temprano? —fue el saludo de Neus cuando Andy apareció en el balcón donde las dos hermanas charlaban al fresco.

Después de repartir sendos besos a su madre y a su tía, Andy ocupó una de las tumbonas.

—Llevo toda la tarde fuera. Tampoco teníamos tanto de qué hablar.

—¡Eso no me lo creo! —exclamó Neus al tiempo que se ponía de pie y abandonaba el balcón diciendo—: Voy a por tu café con hielo, nena. Dame un momento, que enseguida vuelvo. ¡No empecéis sin mi!

Andy rió divertida ante la permanente curiosidad de su tía favorita. Probablemente influyera el hecho de que se veían poco y las historias románticas de sus sobrinos le llegaban tarde y a través de Anna. Pero siempre estaba al tanto de cualquier movimiento sospechoso de acabar convertido en una historia romántica, queriendo enterarse de hasta el más mínimo detalle. Y la aparición de Conor en el restaurante había avivado sus ansias de romance y su curiosidad.

—¿Qué? —le dijo a su madre al ver que ella no dejaba de mirarla con su sonrisa de casamentera esperando para meter baza.

—Estoy emocionada —admitió Anna, haciendo reír a su hija—. Meses queriendo conocer al guapérrimo de las rastas, meses esperando que pase… no sé… *algo*, y tengo que venir a Barcelona para que suceda…

La sensación de incomodidad de Andy fue creciendo conforme se le subían los colores y tomaba conciencia de que se estaba poniendo roja.

—Que no, mamá. Que no ha pasado nada —se apresuró a decir.

—Se te ha presentado aquí, niña —se estiró a acariciar las mejilla sonrojada de su hija—. No te pongas roja, cariño, soy tu madre… ¿Cómo que no ha pasado nada?

Era halagador pensarlo, sí. Era súper estimulante pensar que él se había metido mil quinientos kilómetros entre pecho y espalda para venir a verla. Pero las cosas habían cambiado. Hoy había descubierto que no sentía por él lo que se supone que debía sentir si Conor fuera, realmente, su príncipe azul. Había tenido la posibilidad de convertirse en algo más para él y la había declinado sin pestañear. Sin dudas. Sin siquiera pensárselo. Sin más. ¿Cómo explicar ni lo que ella misma acababa de entender?

Andy se encogió de hombros por toda respuesta.

—Pero él te gusta —insistió Anna en tono de confidencia. No había sido una afirmación, sino más bien algo a mitad de camino entre una pregunta y una duda.

Y entonces sucedió. La imagen regresó a la mente de Andy con una nitidez inusitada. Fuerte, seguro de sí mismo. Divertido a morir. Y un tigre en el cuerpo a cuerpo. Una sonrisa imposible dominó el rostro juvenil de la camarera sin que ella fuera consciente.

Y siguió sin serlo, hasta que sintió unas palmaditas cariñosas en la rodilla. Entonces, miró a su madre algo sorprendida.

—Ya me parecía que no era posible que no hubiera sucedido nada —oyó que comentaba Anna con una sonrisa cómplice—. Pues te diré que es… —la vio poner ojitos de mujer encandilada por el atractivo masculino—. Me encanta para ti, cariño. Pero vamos a esperar a tu tía, que como se de cuenta de que estamos cotilleando, nos mata…

En Londres…

Dylan echó un vistazo alrededor. Llevaba horas metido hasta el cuello en embalar parte de sus pertenencias, las que pensaba que iba a necesitar en su destino de los próximos tres meses y que al día siguiente una agencia de mudanzas pasaría a recoger. Pero ahora, ya aseado y mientras disfrutaba de una merecida cerveza en su sofá favorito, estaba regresando poco a poco a la realidad.

O relativamente, porque todavía le seguía pareciendo extraño, casi parte de un sueño, pensar que estaba a punto de abandonar Londres, de instalarse en la Costa Azul para dedicarse nada más y nada menos que a la domótica. Su hobby de siempre, una afición que había comenzado en la preadolescencia cuando la idea de una vivienda inteligente era cosa de ciencia ficción. Desde entonces, siempre había formado parte de su vida. Asistía a cuanta conferencia hubiera, leía todo lo que caía en sus manos y, claro está, hacía sus pinitos en el tema cada vez que se le presentaba la ocasión, como el sistema de iluminación en casa de Evel o el control de apertura y cierre de ventanas y persianas que había programado en el enorme piso de Angela Swynton, que la anciana "y sus doloridas muñecas" todavía le seguían agradeciendo efusivamente. A nivel empresarial, se había ocupado con éxito de la domotización de varios proyectos de oficina, pero esta sería su primera vez en viviendas. Estaba ansioso por ponerse manos a la obra.

Lo de abandonar la *city*, en cambio, no le hacía mucha gracia. Había viajado mucho y conocido muchos rincones ideales del mundo, pero Londres era Londres. Había sido una decisión dura en ese sentido, pero Clinton Rowley, seguramente advertido por su hijo, se había ocupado de asegurarle de que disfrutaría de al menos una semana de pausa entre el fin de una fase del proyecto y el inicio de la siguiente y que, por supuesto, seguiría disponiendo de tiempo para continuar su formación en domótica, asistiendo a los frecuentes congresos y conferencias que se celebraran en Londres. Así y todo, le seguía costando aceptar la idea de que en breve ya no viviría en pleno Piccadilly Circus, sino en Niza, frente al mar.

Y también echaría de menos el MidWay y a los colegas moteros. A Conor y su afición a ponerse todo borracho con dos pintas de cerveza, no. Menuda ñoñería se le ponía bajo los efectos del alcohol. Sonrió al recordar las veces que había tenido que cargarlo a hombros desde que rompiera con su eterna novia y abrazara la vida loca. Hay que joderse, pensó. Con lo mal que le sentaba cualquier otra cosa que no fuera leche…

Por lo visto, había reunido valor y se había lanzado a la aventura de sorprender a la princesa de sus sueños, plantándose en Barcelona. A ver si esta vez no la cagaba como hacía siempre.

El siguiente pensamiento también estaba relacionado con la ciudad de los encuentros moteros más cañeros y lo dejó con una sensación extraña en el cuerpo que, para variar, evitó analizar. Había llamado a Andy y le había dejado un recado.

Recado que ella no había devuelto.

Dylan se quedó pensando un momento, barajando los hechos como hacía siempre. Que ella no hubiera respondido a su llamada era todo un mensaje en sí mismo. Probablemente, estuviera demasiado ocupada con su nueva vida y procurara mantenerse alejada de asuntos que la distrajeran, como sus amantes del pasado.

Apuró el contenido de su lata de cerveza y se puso de pie.

Conor estaba en Barcelona. Andy estaba en Barcelona, y por lo que sabía, no pensaba volver. Y él estaba a punto de marcharse a Niza. Así estaban las cosas.

"*C'est la vie*[10], tío", se dijo.

A continuación, el irlandés cogió las llaves y salió de su piso.

------

[10]

En francés, "así es la vida".

13

Martes 15 de septiembre de 2009.
Piso de Dylan Mitchell.
Piccadilly Circus, Londres.

Cuando oyó que tocaban el timbre, Dylan se secó las manos y cerró la puerta del lavavajillas. Se estiró hasta la encimera donde había dejado su móvil y consultó la aplicación que controlaba el video portero. Escudriñó la pantalla para asegurarse de que sus ojos no lo estaban engañando. Y no, no le engañaban. No muy convencido de que fuera una buena idea, le permitió el acceso sin contestar al telefonillo y se dirigió a la puerta mientras se ponía una camiseta por el camino.

Abrió la puerta del piso antes de que tocaran el timbre y permaneció en silencio, mirándola, sin decir nada.

Amy no escatimó en miradas -le dio un exhaustivo repaso-, ni en sonrisas.

—¿Puedo pasar?

Dylan siguió tal que estaba, sin decir ni mu.

—Venga, no seas así. Me he enterado de que mañana te vas y he querido despedirte en condiciones. ¿Qué hay de malo? Lamento haberme perdido tu despedida, a Abby "se le pasó decírmelo" —le puso comillas a la frase—. Entre el amor que me la tiene con un cuarto de neurona útil y el asunto de su hermana, va por la vida en una nube.

En una nube de pedos, sí, pensó él. Por más que se hubiera casado con Evel, a él, personalmente, la menor de las hermanas Gibb le seguía pareciendo tan infumable como la rubia platino que tenía delante. Pero lo importante de su parrafada estaba al comienzo, justo en la parte de "despedirte en condiciones".

—Si mal no recuerdo, tú y yo nos despedimos hace tiempo.

Amy sonrió al tiempo que meneaba la cabeza. Él había pasado olímpicamente de agradecerle siquiera la cerveza a la que lo había invitado aquel día en el bar. Y ahora, esto. Dylan podía ser tan duro de pelar cuando estaba enfadado, como pertinaz cuando estaba caliente. Y tanto lo uno como lo otro ejercía un extraño poder de seducción sobre ella. Aunque, claro estaba, lo prefería caliente a enfadado.

—Por eso me gustas, ¿ves? Porque eres un tipo difícil —dijo Amy, forzando un tono seductor en su voz, y no se quedó a esperar su permiso. Lo esquivó con bastante habilidad y entró en el piso como Perico por su casa, contoneando las caderas.

Dylan volvió a cerrar la puerta de mala gana. Sus ojos ávidos aprovecharon para darle un buen repaso mientras la seguía hacia el interior. Amy siempre iba a la moda y muy ceñida. Y seguía recurriendo a la provocación para conseguir llevarse el gato al agua. Era marca de la casa.

—¿Qué se te ofrece, Amy? Mañana madrugo y no estoy para memeces, así que ve al grano.

—Me han dicho que la despedida estuvo muy bien, que hasta los Rowley se presentaron en el MidWay… Está claro que la gente te quiere a pesar de todo… —se volvió a mirarlo con una sonrisa maliciosa, esperando picarlo, pero ni así lo consiguió.

Ella se dejó caer sobre el sofá, repantigándose a gusto, y permaneció mirando a Dylan que, en cambio, se recostó contra la pared frente a ella con su mirada desafiante, esperando a que ella se dignara a responder y así poder seguir con lo que estaba antes de que hiciera su aparición triunfal.

—No pensé que te fueras tan pronto… Lo último que sabía era que el asunto se había retrasado por no sé qué cosa de otro candidato que querían entrevistar…

Así era. Algo bastante corriente en proyectos de esa envergadura en los que cada inversor quería "enchufar" a alguien de su siempre extensa lista de familiares/amigos y/o personas a las que le debía un favor. Pero, a último momento, su candidatura había recibido el apoyo inesperado de una parte de los nuevos inversores europeos y se había quedado con el proyecto. Todo lo cual no era de incumbencia de la rubia platino, en absoluto.

—¿Y…? —dijo él, animándola a continuar.

Preferentemente, a continuar camino hacia la puerta y largarse.

Amy ignoró el mensaje implícito en el único vocablo que Dylan pronunció.

—Me sorprendió, eso es todo. He estado bastante liada y me he enterado de casualidad. También ha habido cambios en mi vida, ¿sabes? —Evitó el contacto visual, segura de que él tendría una de aquellas miradas "made in Dylan", que expresaban a las mil maravillas cuánto le interesaba lo que oía; o sea, nada—. Me convertí en dama de honor/testigo de una boda secreta y desempleada en el mismo momento, pero bueno, lo que sea por mi mejor amiga…

Ya. Algo había oído. En realidad, Dylan había oído demasiado para su gusto. Porque entre que Angela creía que había algo entre él y Amy, y que estaba tan feliz de la boda secreta de su nieto, de la que había sido organizadora en la sombra, no se había atrevido a interrumpirla.

Al ver que Dylan no hacía ningún comentario, Amy continuó.

—La verdad es que me tenían muy harta en la empresa, así que he cambiado la moda joven por los tatuajes —lo miró satisfecha—. Trabajo para uno de los artistas de la tinta más famosos de Europa, B.B.Cox, seguro que lo conoces. Su asistente lo dejó porque se casaba y se iba a vivir a Escocia y cuando Abby me lo dijo me pareció una buena alternativa.

En efecto, lo conocía. Lo había visto en el taller de Evel, vestido de persona normal, y en la prensa, caracterizado de tatuador. El tipo era todo un figurín con la cara maquillada y sus trajes ultragóticos. Menudo personaje. Ahora que lo pensaba mejor, le parecían tal para cual.

—¿Qué tal está cuando se quita la pintura? —apuntó él con todo el doble sentido del mundo.

Amy sonrió divertida. Y aliviada. Dylan empezaba a ser Dylan, el de siempre. Lo cual quería decir que no todo estaba perdido. Aún había esperanza de que le permitiera quedarse con un último recuerdo suyo antes de marcharse.

—No tengo ni idea —respondió risueña—. De momento, lo he visto poco y siempre como recién salido de la esteticién.

—Es cuestión de tiempo, supongo —añadió él sin cortarse, pero ella no se dio por aludida. No tenía ninguna clase de prejuicios, Dylan lo sabía y, en todo caso, no estaba allí aquella noche para hablar del tema, precisamente.

Entre risa y comentario, Amy se había puesto de pie y ahora estaba frente a Dylan, a poca distancia.

—No creas… Él va mucho a lo suyo. Con alguien saldrá, eso seguro. Un tipo soltero y con tanta pasta… Aunque sea un excéntrico, seguro que tiene a una mujer ejerciendo de novia en alguna parte, pero hasta el momento es una incógnita. Y yo… Los artistas no son lo mío. Prefiero a los informáticos.

Y a la última frase había seguido su mano, acariciando suavemente el estómago masculino.

—¿Ah, sí? —dijo él. *Pues fíjate qué bien*. En vez de helado de chocolate, el postre sería un buen polvo.

La caricia descendió sobre el vientre, rozó de forma casi imperceptible la entrepierna de Dylan y acabó el recorrido en su mano, que tomó y de la que empezó a tirar muy suavemente.

—Totalmente, sí —respondió Amy.

Y continuó guiando el camino de regreso al sofá llevándose al irlandés consigo.

Mientras tanto, en el MidWay…

"Ahí está la tía esa otra vez", pensó Dakota, tras soltar un bufido.

Se refería a Chelsea, la camarera de las uñas de gato a quien había conocido cuando todavía trabajaba de "puerta" en un club de la ciudad, que había reaparecido hacía pocas semanas.

No había manera de quitársela de encima. Y eso que se lo había dicho con todas las palabras, pero nada. Al menos una vez a la semana volvía al MidWay, a dar por saco. Por lo visto, como hacerle una encerrona no le había funcionado (y tocarle el culo, tampoco), intentaba atraer su atención poniéndolo celoso. Esa era la única explicación lógica a que la tía estuviera tirándole los tejos nada menos que a Ike, el tesorero de los MidWay Riders. Con lo insufrible que era el cabrón.

Pues, no iba a tragar. No quería a esa mujer cerca, le daba igual a qué viniera. Así que utilizaría la vía expeditiva de clavarle diez libras por bebida, a ver si así se enteraba de que no-quería-verla-allí.

Joder.

En aquel momento, el interés del motero cambió de foco. Dakota no pudo evitar prestar atención al tipo que acababa de entrar. Era la primera vez que lo veía en el bar, sin embargo, no dejaba de acumular saludos y miradas femeninas. La mayoría lo conocían, era evidente. ¿Por qué él no? Motero del club no era, eso seguro. Iba demasiado aseado y no daba el perfil; vaqueros llenos de rotos a la última moda, camiseta entallada naranja chillón y zapatillas. Parecía escapado del set de un musical de Andrew Lloyd-Webber.

—¿Y ese? —le preguntó a Evel que servía dos cafés en la máquina express.

Él se volvió a mirar al recién llegado que se aproximaba a la barra y ahora acababa de detenerse a saludar a alguien. No lo había visto en la vida y también le resultó extraño. De pronto, se hizo la luz.

—Ah, puede ser el recomendado de Dylan. Se me olvidó que venía hoy.

—Qué raro. Últimamente no te acuerdas de nada, tío. Será que desde que te has casado, a tu cerebro casi nunca le llega sangre.

Un puñetazo en su brazo ratificó la mofa.

—Qué bestia —fue el comentario malhumorado de Evel a las observaciones soeces de su socio que, indefectiblemente, hacían sonreír a Dakota.

Siempre había encontrado cómico el acusado sentido del pudor de Evel y esos momentos distendidos le ayudaban a sobrellevar lo preocupado que estaba por Tess, por la pesadez de su familia que tenía sitiada su casa a todas horas, por todo.

—Así que es el recomendado de Dylan —dijo cuando el muchacho se alejaba del último conocido y se dirigía hacia ellos —. Parece un chavalillo. ¿Seguro que tiene edad para despachar alcohol detrás de una barra?

—Me parece que me dijo que tenía veintitrés.

Dakota asintió sorprendido.

—Yogurín, yogurín —confirmó—. Las moteras se lo van a comer.

Evel respondió en voz baja mientras le ofrecía una sonrisa amable al recién llegado.

—Mejor para él. Mientras nos quite faena de encima a mí me vale.

—¿Brian? —preguntó el muchacho mirando a Dakota.

Él negó con la cabeza y señaló con un dedo a su socio justo cuando Evel tomaba la palabra.

—No, soy yo. Él es mi socio, Dakota.

—Yo soy Maverick —dijo estrechando la mano de los dos.

—¿Apodo o nombre? —replicó el motero rubio con curiosidad.

Quien respondió fue Evel.

—Nombre. Yo le pregunté lo mismo.

—Y también te olvidaste de decírmelo. Ay, esa cabecita loca —apuntó Dakota con malicia haciendo que las mejillas de Evel se cubrieran de un ligero color rosado.

Maverick los miró con una sonrisa y cara de no entender.

—Cosas nuestras —explicó Dakota—. Tienes un nombre muy poco común. Eres el único Maverick que conozco.

El joven se acomodó en un taburete alto.

—Locuras de mi madre. Es fan de Tom Cruise. Cuando estrenaron *Top Gun*, yo estaba a punto de nacer y como mi viejo no la dejó ponerme Tom, ¡menos mal!, se desquitó llamándome por el mote de su personaje en la película.

—Pues no te pareces mucho a él —bromeó Evel.

No se parecía en nada. Maverick era más alto, aunque no tanto como los dueños del MidWay, tenía el cabello algo rizado, color castaño claro y lo llevaba corto con largas patillas al estilo Elvis Presley

—No, pero seguro que tenemos cosas más interesantes de las que hablar… —replicó Maverick con naturalidad—. Si no sabías que venía, es posible que Evel no haya tenido tiempo de hablarte de mi experiencia laboral y demás asuntos que comentamos por teléfono. Así que si os parece, hago un resumen rápido.

A los dos les pareció bien. Sin saberlo, Maverick ya se había anotado un tanto con Dakota. Le gustaba ir al grano y apreciaba que la gente no se enrollara como una persiana para intentar caer bien. Y también había anotado un tanto con Evel, porque que fuera hombre (en vez de mujer) no obraba a su favor de cara a Dakota, que desde el principio había insistido en que no quería más hombres al mando detrás de la barra. Todo lo que añadiera puntos le facilitaría las cosas con su socio.

Durante los siguientes minutos, Maverick habló de sus trabajos anteriores, del bar que había heredado de su padre y que tuvo que vender para ayudar a su madre. Casada en segundas nupcias con un tipo que resultó ser un ludópata, dos años atrás el hombre se había largado dejándola hundida hasta el cuello en deudas de juego. Había sido necesario vender todo lo que tenían para saldarlas. Ahora, vivía con su madre en un piso de alquiler y tenía un trabajo de repartidor en una empresa de ultracongelados cuyos ingresos complementaba como animador/bailarín/camarero/lo que fuera en fiestas privadas. Así era como había conocido al irlandés. Dylan era el amigo "manitas" de la dueña de casa, que intentaba reparar una avería en el equipo de sonido, y él, el *stripper* que salía de dentro de una tarta. Pero siempre había querido ser su propio jefe, la experiencia en su propio bar había sido muy buena, y quería repetir. Como dueño del negocio, no como camarero a sueldo.

—¿Y cuál es tu propuesta? —preguntó Dakota que todavía seguía alucinando con la idea de tener a un ex-*boy* sirviendo cervezas en su bar. A Evel también lo había sorprendido la primera vez que había oído la historia, pero había tenido tiempo para asimilarlo.

—Probadme dos o tres meses. Salgo a las dos de trabajar, así que puedo quedarme a cargo de la barra hasta el cierre. No necesito que me apoyéis, con que haya alguien ocupándose de las mesas y recogiendo el salón, yo me apaño. Si quedáis conformes, quiero un diez por ciento más al mes y la tercera parte del bar. Si no, cada cual sigue su camino y todos tan amigos.

Dakota y Evel intercambiaron miradas.

—¿La tercera parte del bar con dos meses de prueba? Qué va. ¿Sabes la cantidad de cervezas que tendrás que vender para generarle al bar ese dinero? Dos meses de trabajo, dice. Ni dos años, chaval —dijo Dakota.

La sola idea de volver a tener que seguir malgastando su tiempo detrás de una barra de bar en vez de construyendo sus propios customizados, despertó en Evel su vena de negociante.

—A ver qué os parece esto: el sueldo se queda igual los seis primeros meses y a partir del séptimo, lo subimos un doce por ciento. Y en cuanto a la sociedad, estoy con Dakota. Un treinta y tres es mucho como punto de partida, pero podríamos hablar de un quince que, si todo va bien, podría convertirse en un treinta y tres al cabo de cuatro años —consultó a Dakota con la mirada y al ver que iba bien, añadió—: ¿Qué te parece, Maverick?

El joven negó con la cabeza.

—En tres años quiero ser dueño de una tercera parte del bar. Si yo estoy ahí —señaló el otro lado de la barra— venderemos más y necesitaremos menos manos de obra. Es mi última oferta.

—Vale —dijo Dakota mientras Evel servía tres pintas—. A ver qué tal te portas los próximos dos meses. Y prepárate, porque aquí vas a trabajar como un cabrón.

Los tres hombres chocaron las jarras ratificando el acuerdo.

—Ya lo sé. Fue lo primero que me advirtió Dylan. Casi no os llamo de lo mal que me pintó el panorama —dijo Maverick riendo.

—Pues no exageró nada —apuntó Dakota.

—Nada de nada —corroboró Evel.

Maverick esbozó una sonrisa divertida.

—Qué le vamos a hacer… Tendré que dejar de trabajar de *stripper*.

Tess se incorporó un poco en el sofá para tomar la taza de café que le entregaba Abby, quien se sentó en el sillón para que su convaleciente hermana estuviera más cómoda.

—A pesar de todo, tienes mucho mejor cara que el día del hospital. Si te digo la verdad, me llevé un susto de muerte —comentó Abby y le dio un sorbo a su café.

Desde aquel día, no había dejado de visitar a Tess a diario. Por más que ella dijera que estaba acostumbrada a arreglárselas sin la familia, que tras tantos años viviendo sola en Boston, no hacía falta que se preocuparan tanto por ella, Abby tenía claro que Tess no lo estaba pasando nada bien y quería hacer por ella todo cuanto estuviera en su mano.

Verse a diario estaba consiguiendo que la comunicación entre las dos hermanas volviera a fluir tras once meses interrumpida.

—Lo sé y lo siento, créeme. Scott también se asustó y toda la familia.

—¿Y cómo lo lleva ahora? Quiero decir… ¿te trata bien, de verdad? —esbozó una sonrisa algo incómoda—. Perdona la pregunta. Sé que no es asunto mío, pero me cuesta imaginarlo en plan… ya sabes, hombre suave.

A Tess se le iluminaron los ojos, algo que no pasó desapercibido a Abby que miró a su hermana con picardía.

—Es un sueño de hombre. Y estos días, está siendo tan paciente, tan tierno… —Tess bajó la vista hasta su taza de café y su voz sonó aún más dulce cuando dijo—: desde el principio he querido hacer las cosas con tranquilidad, dejar que nuestra relación se desarrollara sin presiones… En el fondo, supongo que me preocupaba que le faltara madurez emocional para una relación tan… complicada como esta. Su madre no siente un gran cariño por mí y el carácter de la nuestra no le pone las cosas fáciles a nadie —Abby asintió, lo sabía de primera mano—, y Scott no es una persona dócil.

—Contigo sí. A ti te adora —apuntó Abby. Porque así era. Algo que la había traído de cabeza en otras épocas, haciéndole sentir envidia de la facilidad con que su hermana mayor acaparaba la atención del motero y conseguía que se aviniera a todo, y que ahora le parecía la prueba más evidente de lo enamorado que Dakota estaba de ella.

—Me adora, lo sé, y yo a él, pero no es un hombre dócil. Ni siquiera conmigo… Lo cual me parece perfecto. No tiene por qué aceptar todo lo que digo porque está claro que me equivoco como el que más.

Abby hizo un gesto de incredulidad.

—Aunque me fastidie reconocerlo, eres las más racional de la familia. Te equivocas muy poco, nena.

Tess negó con la cabeza.

—Le di largas a venirme a vivir con él y le he seguido dando largas a formalizar nuestra relación por miedo al que dirán, a las críticas familiares, a todo —hizo una pausa y bebió otro sorbo de café bajo la atenta mirada de su hermana—. Estos días que he tenido tanto tiempo para pensar, he llegado a la conclusión de que si estuviéramos en Boston en vez de aquí, las cosas serían muy diferentes. Scott es el hombre de mi vida. Lo supe enseguida. Y en Boston, lejos de los prejuicios de su familia y de la mía, habríamos estado juntos desde el primer día. Legalmente juntos.

Cuando alzó la vista se encontró con la mirada radiante, llena de ternura de su hermana, y no pudo evitar sonrojarse.

—¡A las consuegras les va a dar un soponcio si os casáis, ¿lo sabes, no?! —Abby estalló en carcajadas imaginando la situación.

Tess se encogió de hombros, sus mejillas rojas como un tomate.

—Me temo que tendrán que aguantarse —replicó con su vocecita dulce.

Abby saltó del sillón y las dos hermanas se abrazaron, rebosando alegría por los cuatro costados.

Pegado a la puerta de la buhardilla, Dakota permaneció inmóvil mientras una sonrisa se adueñaba de su cara. Al fin, lanzó un puñetazo victorioso al aire y se dispuso a salir sin hacer ruido. Cerró la puerta con total sigilo y cuando estuvo seguro de que podía mantener su locura de hombre enamorado bajo control el tiempo suficiente para no delatarse, volvió a entrar al estilo Dakota:

—¡Teeeeeeessssssssssss! ¡A ver cómo está mi bollito!

En Barcelona…

Andy soltó una carcajada y al instante volvió la cabeza para comprobar si alguien la había visto riéndose sola. Pero no, por suerte, la gente pasaba a su lado conversando o haciendo *footing* sin prestarle atención. Volvió a mirar hacia la playa que se extendía bajo sus ojos y dejó que los recuerdos la envolvieran nuevamente.

¡Qué bien lo habían pasado allí cantando "Satisfaction" a voz en grito y desafinando como becerros! Niilo y ella siempre hacían canciones a dúo. Sonaban francamente mal, pero se divertían muchísimo. Y qué risas a cuenta del irlandés, por Dios. Llevaba tal pedo aquel día, que no atinaba con los escalones que comunicaban el paseo marítimo con la playa. Qué tipo más divertido. Hasta cuando era él, sin artificios ni borracheras, la hacía reír.

Andy se apoyó mejor contra la barandilla y dejó que su vista se perdiera en el horizonte. Había ido al gimnasio a entrenar como casi todas los días, para ella era una terapia anti-todo gracias a la cual *no* se había convertido en una persona peligrosa (¿de las que se van riendo solas por la calle? Mmm, quizás estos fueran los primeros síntomas de locura). Al salir, en vez de ir directamente a casa, se había dirigido hacia la playa.

Respiró el aire de mar a todo pulmón y luego lo exhaló en un suspiro largo que la dejó como nueva. Poco a poco, su vida iba recuperando algo de normalidad. No era la misma normalidad de cuando vivía en Londres, claro. Todo era muy diferente ahora; su madre seguía bajo estricto control médico, disfrutando de paseos cortos y poco más, y Danny continuaba con sus tíos en los viñedos, a la espera de que a Luz le dieran el alta y todos pudieran trasladarse a Menorca, a la casa familiar de los Estellés, como estaba previsto. Entonces, reanudaría sus estudios en un colegio inglés de la capital menorquina y ella empezaría a trabajar en el restaurante más emblemático de la isla, la joya mimada de la familia, Sa Badia. Esta vez, además de un muy buen salario disfrutaría de una participación en los beneficios al igual que todos los miembros de la familia. Ya no tendría que hacerse cargo de los gastos del tratamiento de su madre, ni estirar el sueldo como si fuera chicle para llegar a fin de mes, ni lidiar sola con todos los problemas. Ahora tendría a todo un ejército de familiares metiendo las narices en su vida, sí, pero, al menos, el peso que portaba a los hombros desde hacía tanto tiempo, y que a veces amenazaba con hundirla veinte metros bajo tierra, ya no lo soportaría en solitario. Algo era algo.

También había recuperado la normalidad de pensar en chicos, como cualquier mujer de su edad. Aunque debía reconocer que los pensamientos tenían miga. Desde el sábado, cuando la visión de un irlandés grandote y rapado se plantara inesperadamente en su mente, Dylan había sido uno de los pensamientos más recurrentes. Recurrentes del tipo de dedicarle cada minuto libre de preocupaciones que había tenido. No habían sido muchos los minutos (¡menos mal!), porque preocupaciones tenía toneladas, pero suficientes. Más que suficientes. ¿Qué mosca le habría picado? Últimamente, no era nada de fiar: en Londres suspiraba por Conor mientras le daba gusto al cuerpo con Dylan y en Barcelona, después de rechazar al primero, no dejaba de pensar en el segundo. ¿Serían sus hormonas que empezaban a echar de menos el buen sexo? ¿O su mente, que como por lo visto no tenía suficientes motivos para estar confundida, añadía otro más?

Andy volvió a calzarse la mochila de deporte a la espalda y reanudó el camino de regreso a casa. Lo suyo era de psiquiatra, y como lo último que le faltaba era añadir un loquero a su vida, decidió que lo mejor era dejar de pensar en ello.

Pero en una prueba más de que su mente seguía empeñada en añadir motivos de preocupación, Andy se detuvo frente al locutorio que había a dos manzanas de casa de tía Neus. Titubeó un momento, decidiendo si entrar o pasar de largo. Finalmente, entró rezongando consigo misma. Pidió una cabina y marcó un número que se sabía de memoria, excitada como una niña pequeña ante la idea de poder recuperar aunque más no fuera un poco de los momentos distendidos que había compartido con Dylan en el pasado. Con él, la risa y el buen rollo estaban asegurados. Y lo necesitaba tanto…

Andy no fue consciente de eso, pero no solo había ilusión en ella, también ansiedad y muchísima expectación por oír la voz del irlandés.

Sin embargo, el teléfono sonó, sonó y siguió sonando sin que nadie atendiera hasta que, al fin, saltó el buzón de voz.

Podía imaginar por qué un tipo que vivía pegado al teléfono, no lo atendía. Claro que podía. Perfectamente. Y un segundo después de comprenderlo, se sintió como una tonta.

Abandonó la cabina, pagó el coste del establecimiento de llamada y salió del locutorio con una sensación de bochorno en el cuerpo.

"¿Qué esperabas, Andy, eh?, ¿que estuviera en casa, desesperando por oír tu voz? Menuda ilusa".

Aún no había amanecido cuando Dylan abrió los ojos. Se puso boca arriba y se tomó varios segundos para dejar que la conciencia despertara lo bastante para situarse en la realidad. Se sentía pesado, con la cabeza como flotando entre nubes dolorosas, y tenía la boca pastosa, señal de que había bebido mucho. Al fin, se sentó y en cuanto apoyó los pies sobre el suelo, la luz tenue de la lámpara de noche se encendió, llenando de penumbras la habitación. Miró alrededor, todo parecía en orden. Luego recordó que buena parte de sus pertenencias estaban de camino a Niza, de forma que no quedaba gran cosa con que "desordenar" la casa. La sed lo impulsó a la cocina. Lo hizo con pasos pesados, tropezando cada vez que sus pies se enredaban en lo que descubrió era una alfombra de ropa, su ropa, la que vestía la noche anterior. Toda estaba allí, tirada por el suelo, incluidos sus gallumbos, por lo que dedujo que su última noche en Londres había sido sexualmente agitada. Recordaba vagamente a Amy sacudiéndolo en un intento de despertarlo. Probablemente, para decirle que se marchaba. Pero no recordaba sus palabras ni, por supuesto, tenía la menor idea de a qué hora había sucedido.

Mientras se metía por el gaznate la mitad del contenido de una bebida isotónica echó un vistazo a su móvil, que seguía sobre la encimera. Entonces, vio aquella llamada perdida con prefijo de España y todo su interés se desplazó de la botella, que dejó sobre la superficie de fórmica, al número de nueve cifras. Intentó devolver la llamada sin éxito. Tenía que ser de Andy porque dudaba mucho que el capullo de Conor fuera a tomarse la molestia de llamarlo desde allí si ni siquiera se había tomado la de decirle que pensaba hacerle una visita a la chica de sus sueños. Por la hora del registro, era ya tarde cuando llamó. Vaya horas de devolverle la llamada, pensó algo preocupado. Bueno, era tarde para Inglaterra pero no para España. En ese país almorzaban a la hora de comer y volvían de juerga cuando los ingleses se iban a trabajar, así que quizás eran lo nuevos horarios de Andy…

O quizás no. ¿Habría sucedido algo? Seleccionó la memoria donde guardaba el número que ella le había dado y activó la llamada.

—Mierda.

Casi no había llegado a sonar, cuando saltó el contestador. Una voz de mujer informaba en catalán, castellano e inglés del horario del restaurante, invitando a dejar recado con nombre y número de teléfono e indicando que también era posible efectuar reservas a través de la página web.

Por supuesto, Dylan había tenido que esperar al mensaje en inglés para enterarse realmente de lo que oía. El español lo entendía apenas un poco, pero el catalán le sonaba a chino mandarín.

Volvió a beber un buen trago y comprobó la hora. Soltó un bufido; era demasiado temprano para que los comercios hubieran abierto, pero para él empezaba a ser tarde. Tenía que ponerse en marcha. Intentaría hablar con Andy desde Francia y esperaba hacerlo con más éxito que hasta ahora.

No fue así. La llamó cuando se detuvo a comer en la ciudad de Dijon, le dijeron que aún no había llegado. No dejó recado; iba en moto, con el tiempo justo, atravesando Francia de norte a sur. Lo mejor era volver a intentarlo en su siguiente parada programada.

Tampoco entonces tuvo suerte. En teoría, Andy estaba en las instalaciones, pero la habían llamado y no se acercaba donde estaba el teléfono, por lo que lo más probable era que estuviera en el baño o en la bodega. Esta vez, dejó recado.

Esperó hasta haber cortado la llamada para soltar un bufido. Parecía como si vivieran en distintas estrellas de la galaxia. ¿Cómo era posible que dos personas localizadas en países desarrollados de un mismo planeta, donde existían líneas telefónicas y tecnología móvil, llevaran semanas sin poder establecer una comunicación?

El asunto empezaba a ponerlo de muy mal humor.

Desde la puerta, donde se había quedado clavado al suelo, Dakota dejó que sus ojos recorrieran la escena, tomándose su tiempo. Nadie como Tess para hacerlo pasar de la expectativa a la excitación pura y dura. Lo sabía porque así había sido desde el principio, pero en esta ocasión tenía que admitir que lo había tomado completamente desprevenido.

Maverick estaba demostrando ser lo que prometido. Aunque ninguno de los socios del MidWay acabara de creerlo del todo. Él mismo había sugerido que se fuera a comer a casa, que podía desentenderse del bar un par de horas sin que ello trajera aparejado una catástrofe. Así que Dakota le había hecho caso. Le había dicho a Tess que aquel día cenarían juntos a una hora normal (y no después de medianoche cuando cerraba el bar como sucedía desde que estaban juntos)...

Y, por lo visto, Tess había convertido una cena normal en una cena romántica, que él, a su vez, estaba a punto de convertir en un "mi cena eres tú" de un momento a otro.

La estancia olía a fragancias florales procedentes de un montón de velas aromáticas distribuidas aquí y allí, aparentemente al azar, y la mesa estaba decorada con un vistoso centro de jazmines frescos. Y, acaparando la atención cual estrella de Hollywood, Tess, con un elegante y súper femenino vestido entallado color burdeos, subida a unos tacones que añadían diez centímetros a su estatura, convirtiendo unas piernas que a él siempre le habían resultado la mar de inspiradoras en...

Un espectáculo. Toda ella estaba para comérsela.

—Vaya —dijo Tess con su vocecita dulce al detectar la intensidad de la mirada masculina—, parece que te he sorprendido.

Los ojos de Dakota le dieron otro exhaustivo repaso a la silueta femenina antes de regresar a los suyos. Asintió enfáticamente por toda respuesta.

La editora se acercó a él y lo tomó de la mano.

—Me encanta saberlo. Ven, siéntate aquí. —Pero en cuanto hizo el ademán de apartarse, él la retuvo con su mano libre, que le rozó el talle antes de rodearlo.

—¿Se ha acabado la veda? —quiso saber Dakota.

Tess le acarició su media perilla con suavidad y a continuación le pasó los brazos alrededor del cuello. Era consciente de que sus mejillas se habían arrebolado. No necesitaba verse en el espejo para saberlo. Y a estas alturas de la relación, sabía a ciencia cierta que su sentido del pudor nunca dejaría del todo de delatarla ante las manifestaciones directas, desprovistas de adornos, de su joven pareja. Asintió con una sonrisa incómoda y antes de que él se pusiera a celebrarlo a su manera, dijo:

—No es esa la razón de que haya velas y jazmines…

A Dakota le cambió la expresión de la cara.

—¿No? —preguntó con tal picardía que Tess tuvo que sonreír.

Él la estrechó más fuerte contra su cuerpo y le dijo al oído.

—¿Qué llevas debajo de ese precioso vestido tuyo, eh? ¿Un traje de dominatriz? Porque te advierto que como saques un látigo me voy a poner como una moto…

—¿Dominatriz? —repitió ella con el rostro incendiado, manteniéndole la mirada a pesar de saber que él se lo estaba pasando en grande a su costa—. No, pero te prometo que lo que tengo en mente será mucho mejor que un látigo.

¿Mejor, en serio? ¿De verdad de la buena? Dakota no se cortó a la hora de expresar lo que pensaba al respecto:

—*¡Guaaaaaaaaaaaaaaauuuuuuuuuuuuuuuuu!*

Tess volvió a tomar su mano y lo guió hasta la mesa, hizo que se sentara en su lugar habitual y a continuación se sentó sobre sus piernas. Él le rodeó la cintura con los brazos, mirándola expectante.

Los dos estaban nerviosos y ambos eran conscientes de ello. Tess sabía que cuánto más descaradas eran las reacciones de su joven enamorado, más grandes eran las emociones que lo sacudían por dentro.

Dakota, por su parte, había notado que las manos femeninas estaban heladas, lo que sumado a ciertos silencios significativos que se repetían desde hacía unos días sin razón aparente, confirmaban que ella estaba hecha un flan igual que él.

Tess respiró hondo y la pareja intercambió miradas ansiosas. Al fin, ella empezó a hablar.

—Sé que estas semanas no he sido una buena compañía. Me he sentido mal durante meses, francamente mal, y cuando al fin hallaron una explicación para lo que sucedía, me hundí —admitió con aquella crudeza que Dakota encontraba devastadora—. El diagnóstico sacudió mi mundo hasta los mismísimos cimientos. No dejó piedra sobre piedra.

Él le apartó un mechón de cabello de la mejilla en un gesto cariñoso. Ella se quedó con su mano y continuó hablando.

—Paradójicamente, es en esos momentos, cuando apenas puedes afrontar el esfuerzo de seguir respirando, que tu mente acomete el mastodóntico esfuerzo de reordenar tus prioridades. Y la vida te pone a prueba, a ti y a los que te quieren, para ver de qué madera están hechos. Algunos te decepcionan. Otros emergen del caos imbatidos y continúan brillando en tu firmamento —se inclinó a besar los labios de Dakota suavemente—. Tú eres la estrella más brillante de todas, la persona más importante de mi vida.

Dakota ignoró la loca carrera que había emprendido la sangre en sus venas. Ignoró las ganas desesperadas de fundirse con ella en un abrazo y hacerle el amor hasta caer rendidos. Lo ignoró todo y se obligó a permanecer atento a cada palabra que salía de aquella boca que aquel día encontraba mucho más excitante que nunca antes.

—He estado pensando mucho en el presente y en el futuro, he tomado algunas decisiones importantes, y me gustaría compartirlas contigo —sonrió con picardía—. Te necesito para todas, así que espero que te parezcan bien. ¿Preparado?

Él le robó un beso apasionado.

—Eso de que "me necesitas para todas" ha sonado la caña de inspirador…

—Calla, tonto —dijo Tess riendo, y, en cuanto vio la ocasión, se lanzó en plancha—: Como sabes, me gustaría poner en marcha mi propia editorial.

Dakota no pudo evitarlo.

—¡Esa es mi chica! —exclamó. Y la estrujó en un arranque de alegría tras el cuál le plantó un beso en la boca que casi consigue posponer la conversación.

Al fin, fue Tess quien se apartó. Empujó con suavidad las manos de su amado a distancia prudencial de sus pechos y le llamó al orden, ante la cara de dolor de Dakota.

—Me importa lo que dices, te lo juro, nena, pero es que… Joder, no veas lo que empujan tantos días a dieta… —Suspiró. —Sigue, sigue. Perdona.

Era mutuo, pensó la editora y si bien lo que se traía entre manos eran asuntos importantes, el tiempo apremiaba.

—Ya hablaremos de los detalles, pero la idea es que no quiero sacarlo adelante en solitario. Tengo una vida personal de la que deseo ocuparme. Me gustaría tener socios de trabajo, no solo capitalistas. He estado hablando con mi amigo Terry y con Diana Austin. Tanteando el asunto a ver qué recepción tenía —sonrió—, y ha ido bastante bien.

Dakota esbozó una sonrisa orgullosa.

—Te vas a comer el mundo. Eres una tía brillante.

—Tú siempre manteniendo en forma mi autoestima… Gracias, Scott —respiró hondo y volvió a mirarlo—. Pero antes de encauzar mi vida profesional, hay un asunto mucho más importante; encauzar mi vida personal.

El corazón de Dakota empezó a latir desaforadamente y el brillo de su mirada lo delató. Tess sonrió enternecida, le acarició el rostro suavemente.

—Voy a empezar a atosigarte con que se me pasa el arroz, amor —le dijo con su vocecita dulce.

—¿Sí?

—Sí. Pero antes tengo algo que proponerte.

Dakota soltó un suspiro, sus ojos recorrieron las facciones femeninas cada vez más conmocionados, rabiosamente brillantes.

—¿Sí? —repitió en un susurro.

Ella asintió varias veces con la cabeza. Dakota respiró hondo y contuvo el aliento.

—¿Quieres casarte conmigo, Scott? —murmuró Tess con el rostro transformado por la emoción.

La respuesta masculina fue tal como esperaba la editora; un arrebato de pasión que los llevó por toda la casa, abrazados, avanzando a trompicones, besándose y, al mismo tiempo, intentando torpemente desnudarse, hasta que al fin cayeron sobre la cama.

—Te advertí que iba a ser mucho mejor que un látigo —murmuró ella, encendida.

Él reptó sobre Tess y la penetró sin prolegómenos. Hicieron el amor apasionadamente y no fue hasta más tarde que recobraron las palabras.

Dakota seguía dentro de Tess cuando se incorporó un poco, descansando el peso de su cuerpo sobre los codos y la miró de una forma que a ella le resultó diferente, nueva.

—Claro que quiero casarme contigo. Y quiero que sea ya.

—¿Sabes lo que cuesta organizar una boda, amor? No puede ser ya, ni en un mes, ni es dos. Pero será pronto, yo también lo estoy deseando.

Él volvió a hundirse dentro de ella, arrancándole un gemido.

—He dicho ya. Mañana mismo, tú y yo nos ponemos con los trámites.

Tess rió feliz, le echó los brazos alrededor del cuello.

—Y no se te ocurra empezar a desobedecerme tan pronto —sentenció Dakota, tan feliz como ella—. A ver si resulta que el que acaba teniendo que recurrir al látigo soy yo.

Tras un frugal desayuno en Aix-en-Provence, la comuna francesa antigua capital de la Provenza, donde había parado a hacer noche, Dylan se había puesto en marcha temprano, a sabiendas de que la empresa aún no habría abierto cuando llegara a Niza. Pero un poco por ansiedad y otro poco por cansancio de estar en la carretera, quería recorrer cuanto antes los ciento setenta kilómetros que le faltaban.

Y así había sido. Había tenido tiempo de dar una vuelta por la ciudad y comprobar que, urbanísticamente hablando, había un antes y un después a la anexión francesa de la región. Por momentos, tenía la sensación de estar en Turín, con sus barrios de callejuelas estrechas y fachadas rosadas u ocres, influencia de haber estado ligada a Italia hasta finales del siglo XIX. Pero en cuanto pasaba al otro lado del pequeño río Paillon, las calles se tornaban anchas y rectas, y las fachadas eran de piedra. Era extraño, pero pintoresco.

Las oficinas de la empresa estaban situadas en pleno Paseo de los Ingleses, el paseo marítimo de cinco kilómetros que separa la costa nizarda del mar Mediterráneo. Y de buen grado se habría quedado allí, contemplando aquel azul intenso de sus aguas que lo animaban a cambiar las ropas de motero por un bañador y tirarse de cabeza, pero una voz femenina que le hablaba en inglés con un marcado acento italiano y que no tuvo ningún problema en reconocer, le hizo saber que tendría que dejar el baño para más tarde.

—Señor Mitchell, qué temprano… No lo esperaba hasta media mañana. Encantada, soy Marisa.

Dylan estrechó la mano que la mujer le ofrecía pensando que estaba claro que las escogían bombones deliberadamente. La preciosa morena de ojos verdes, que no debía tener más de veinticinco o veintiséis, era, según su propia definición, la "vendedora estrella de la empresa" y por sus grandes dotes de comunicadora también se ocupaba de agilizar los trámites derivados del traslado del personal especializado que la empresa contrataba para los diversos proyectos de la Costa Azul. En su caso, de los permisos necesarios para su Harley Davidson, de buscarle una vivienda adecuada y de coordinar el traslado de sus enseres y efectos personales desde Londres.

—Tengo curiosidad… ¿me ha reconocido por mi cráneo rasurado o por la matrícula de la moto? —Quiso saber el irlandés.

La joven rió de buena gana y mientras accionaba la apertura automática de la persiana respondió:

—Por la matrícula, desde luego.

Poco después de entrar, empezó a llegar el resto de personal, un total de seis incluyendo al director de la oficina. Tras unas breves presentaciones, Marisa insistió en acompañar a Dylan hasta su nueva vivienda. Como buen motero, no necesitaba que le llevaran a los sitios, pero la dejó hacer. Después de tantos kilómetros y de tantas horas solo, le apetecía conversar con alguien y ella, vistas aparte, era buena compañía.

Su nueva residencia estaba a tiro de piedra de la oficina y muy próxima al área residencial donde acometían los primeros proyectos de domótica. Las fotos no le hacían ninguna justicia a la moderna vivienda de tres dormitorios con piscina privada y vistas al mar.

Marisa recorría las estancias destacando las ventajas como buena vendedora, pero Dylan solo tenía ojos para la inmensidad azul que se habría ante sí, al otro lado de las puertas panorámicas que comunicaban con la terraza.

—Mucho mejor que Londres, ¿eh? —dijo Marisa animada al ver el interés con que Dylan contemplaba el panorama.

Él respondió con un movimiento de la cabeza, un gesto ambiguo que daba lugar a más de una interpretación.

Niza era un lugar especial. La casa y el enclave donde estaba situada era de postal. Pero Londres era Londres. Quizás porque no solo era su lugar favorito del mundo, sino también el lugar donde vivía la gente importante para él, gente que había conseguido hacerse un lugar en su vida. Pero no pensaba decirlo en voz alta, de modo que continuó con la visita. Al llegar al salón posterior le sorprendió ver sus cajas, perfectamente apiladas contra una de las paredes.

—Han llegado antes que yo, que voy solo y en moto —comentó, sorprendido.

—Bueno —respondió Marisa con picardía—, llamé a los transportistas y les di un empujoncito. Necesitará por lo menos un par de días para organizar todo eso, señor Mitchell. Y tampoco era plan de estropearle su primer fin de semana en el paraíso guardando calcetines, ¿no?

Dylan la miró sonriente.

—Te llamaré Marisa si me llamas Dylan. Y gracias por estar en todo.

La joven le obsequió una gran sonrisa.

Pronto se despidió, y Dylan se quedó solo en aquella casa de cuatrocientos metros cuadrados, toda para él.

Le alucinaba la claridad del día que entraba a raudales invadiéndolo todo. Y el silencio. En Londres vivía en uno de los barrios más ruidosos, de modo que constituía toda una novedad oír los sonidos del jardín, del agua de la piscina, del canto de los pájaros. No estaba habituado a ambientes silenciosos, pero al instante supo que no tendría ningún problema en acostumbrarse.

Sin embargo, el silencio no duró mucho. Lo rompió el sonido de su móvil. Era Clinton Rowley que ya se había enterado de que él había llegado a Niza y además de darle la bienvenida, quería saber si había encontrado todo a su gusto. Y a renglón seguido, recibió otra llamada, esta vez de Angela Swynton.

—Vuelan raudas las noticias —dijo Dylan a modo de saludo.

La risa de la abuela de Evel le llegó desde Londres con la misma calidez que si ella estuviera frente a él, sentada en el enorme sofá blanco de seis plazas.

—¡No lo sabes tú bien! Anoche, Brian y Abby estuvieron cenando conmigo. Me contó que habíais hablado, así que se puede decir que conocía tu agenda de hoy casi mejor que tú. Pero cuéntame, ¿es tan maravillosa la casa como parecía en las fotos que me enseñaste? Por la ciudad no te pregunto, la conozco y sé que es fantástica…

Dylan escuchaba a la anciana con una sonrisa en los labios. Aquella mujer le gustaba, y a pesar de que al principio no había llevado demasiado bien sus llamadas y su permanente interés, las cosas habían cambiado. Angela era, sin ninguna duda, una de esas personas que habían conseguido hacerse un lugar en su solitaria vida.

Estuvieron conversando un buen rato y no se despidieron hasta que Angela consiguió arrancarle a Dylan la promesa de que la llamaría con frecuencia. Él sabía que ella continuaría llamando igual que lo hacía en Reino Unido, y ella, que en el improbable caso de que lo olvidara o se retrasara, sería Dylan quien lo hiciera. Hablaban casi a diario y ambos sabían que esa circunstancia no cambiaría por el hecho de que ahora vivieran en países diferentes.

Dylan dejó el móvil sobre el apoyabrazos de su sillón y se desperezó a gusto. Se descalzó y fue a la cocina mientras se quitaba la camiseta. Con todo lo imponente que era la vivienda, lo mejor, con mucho, era la cocina. Le había indicado a Marisa que le gustaba cocinar por lo que era imprescindible que la vivienda contara con una cocina grande y muy bien equipada. Y vaya si lo era; contaba hasta con una cocina con fogón de gas, además de la vitrocerámica habitual en las viviendas modernas. Era una señora cocina. Sonrió al comprobar que el frigorífico seguía la misma tónica que el resto de la casa; parecía un armario y al abrirla comprobó que casi lo era. Dentro había de todo; un auténtico paraíso para un gourmet. Por lo visto, Marisa había ido de compras con cargo a su tarjeta de crédito.

Cogió una botella de cerveza de importación y de regreso al salón fue inspeccionando los recovecos de su nueva casa. Comprobó que estaba completamente equipada hasta en los detalles; había tabaco de su marca favorita distribuido en los diversos ambientes y toda una colección de cremas y potingues para el cuidado masculino en ambos baños.

Un vez en el salón, Dylan bebió un buen sorbo mientras sus ojos se perdían en la inmensidad azul del Mediterráneo.

—No está nada mal —murmuró.

Sin embargo, tuvo que reconocer que no había en él ni una cuarta parte de la excitación que había esperado sentir.

No sabía el porqué, pero así era.

SEGUNDA PARTE

14

Sábado, 10 de octubre de 2009.
Casa familiar de los Estellés.
Ciudadela, Menorca.

Ciudadela de Menorca era una ciudad preciosa, llena de callejuelas angostas de nombre curioso, que contaba con un pequeño puerto natural en torno al cual se sucedían modernas tiendas, restaurantes y bares a tono con una isla que rebosaba belleza a lo largo y ancho de sus setecientos dos kilómetros de extensión.

Un municipio situado en el extremo oeste de la isla donde prosperaban la mayoría de los negocios que los Estellés poseían en Menorca, entre ellos, la joya del grupo empresarial: el Restaurante Sa Badia, situado en el centro neurálgico del puerto, junto al puente. La Ciudadela había sido la capital hasta mediados del siglo XVIII cuando se había trasladado a Mahón, al otro lado de la isla, y en la actualidad era la segunda localidad más habitada, incluso a punto de desbancar a la propia capital del puesto número uno.

También era el lugar donde estaba situada la vieja casa familiar, donde toda la familia estaba ahora congregada, recién llegados de Barcelona.

El viaje había agotado a Anna, quien aceptó de buen grado una bebida bien fría de manos de Roser y se sentó al fresco, en el mismo patio donde las tres hermanas pasaran tanto tiempo jugando cuando eran pequeñas. Un pasillo techado con suelo de baldosas rodeaba el mismo y a él daban todas las habitaciones. Era una construcción típica de la isla, que databa de más de cien años. Tenía una sola planta y era de forma cúbica, con las vigas de madera, el tejado plano y las paredes blancas.

Neus, en cambio, estaba como niña con zapatos nuevos con la pequeña Luz en brazos, enseñándoles a sus sobrinos el enorme caserón que sería su hogar a partir de ahora, bajo la expresión más que satisfecha del único hijo varón de la familia Estellés.

—La felicidad te sale por todos los poros —le dijo Andy a su tío, al tiempo que le frotaba el brazo cariñosamente.

Neus fue la primera en responder, dejando a su hermano con la palabra en la boca.

—¿Feliz? Te has quedado corta, sobrina. Para Pau esto es la Gloria Bendita, ¿verdad, cariño? —Y continuó guiando al grupo hacia la siguiente estancia en el recorrido sin esperar respuesta.

Lo era. Pau llevaba toda la vida esperando aquel momento, y quince años moviendo hilos como un titiritero con un único fin, el más importante de su vida: reunir a su familia.

—Todo irá fenomenal, ya lo verás —pasó un brazo alrededor de los hombros de su sobrina y la estrechó cariñosamente—. Se acabó eso de matarte a trabajar para llegar a fin de mes. Se acabó ser el hombre de la casa. A partir de ahora, vas a disfrutar de la vida, Andy. Los tres lo haréis, pienso ocuparme personalmente de eso.

—Lo sé… Gracias, tío.

La mirada de Andy se cruzó con la de su hermano Danny, apática y hasta cierto punto, resignada. Supuso una confirmación de que, a menos que sucediera algún milagro, el adolescente se convertiría en la piedra en el zapato de aquella etapa bucólica de los Avery; el joven no quería estar en otro lugar que no fuera Londres. Y de tener que quedarse en España, prefería Gerona, donde estaban los viñedos y la bodega Montaner, a los que se había aficionado en poco tiempo. Donde estaban sus primos Quim y Sílvia, con quienes se llevaba muy bien. Ciro dirigía y era chef del Restaurante Montaner de Barcelona mientras los otros dos hijos menores de Neus estaban en Gerona, al frente de la bodega y los viñedos del mismo nombre, empresas que tras la muerte de su padre Ferrán Montaner habían pasado a formar parte del Grupo Estellés. Danny se lo había dicho al oído al aterrizar en Menorca, después de ver su futuro hogar desde el aire: "¿qué coño se nos ha perdido en esta cáscara de nuez?".

Tras la visita guiada, la familia se reunió con Anna y Roser en el patio. Como era de esperar, pronto comenzaron a compartir recuerdos de la niñez. Danny se puso los auriculares y se dedicó a su Coca-Cola. Anna lo notó, pero no hizo nada al respecto. Era natural que su niño estuviera triste por la muerte de Sonia y enfurruñado por todo lo que se había visto obligado a dejar atrás: su casa, sus amigos, el país donde había nacido… En cambio, siguió con interés la animada conversación de sus hermanas en la que también participó activamente.

Para Andy aquello no era una novedad, había escuchado algunas de esas historias muchas veces. Lo que resultaba novedoso era hallarse en el mismo escenario, aquel lugar del que tanto había oído hablar, pero que solo ahora conocía; con veintidós años de retraso.

Para Pau, en cambio, aquel momento era inédito. El total interés que se leía en su mirada y la expresión complacida de su rostro hablaban alto y claro de lo importante que era aquel momento, aquellas mujeres, en su vida. Él no había crecido en una casona rodeado de familia, sus recuerdos infantiles distaban kilómetros de las historias que contaban sus hermanas. Él había crecido solo y a pesar de llevar el apellido de la familia, pasó mucho tiempo hasta que la gente dejó de mirarlo con reticencias.

El patriarca había dejado a su primera mujer enferma cuando supo que su amante esperaba un hijo suyo, un hijo varón. Durante años, y a pesar de que Francesc Estellés y su madre se habían casado, Pau se sintió un extraño, un usurpador. Le había costado años de esfuerzo ganarse el apellido, el derecho a llevarlo. Le había costado años de dar el callo y sobresalir que el mundo lo reconociera como tal, ganarse su respeto. Y otros tantos volver a reunir a su familia. Bien visto, a veces se preguntaba si había algo en su vida que no le hubiera costado sangre, sudor y lágrimas conseguir.

En aquel momento, el sonido de una voz autoritaria impuso un súbito silencio en el patio.

"Si no echáis el toldo, en dos horas no se podrá ni respirar aquí".

Casi todos se volvieron hacia la puerta por donde Francesc Estellés acababa de hacer su aparición. De gran envergadura, estómago algo prominente y cabello completamente blanco, sus facciones eran los de un hombre diez años menor de los setenta y cinco que, en realidad, tenía. Y tanto carácter como el que se había desprendido de su voz. Las reacciones fueron diversas, pero solo uno sonrió; Pau.

A Roser le faltó tiempo para obedecer a su padre.

Anna, en cambio, se tomó varios segundos en volver la cabeza y mirar al hombre que le había dado la vida. Habían transcurrido veinticinco años desde la última vez que se habían visto.

Pau fue al encuentro del patriarca convencido de que, por muchos momentos que le quedaran por vivir, ninguno superaría a ese día, el día en que padre e hija volvieran a estar en un mismo lugar y, con suerte, intentaran acercar posiciones.

—Me alegro de que hayas venido —le dijo en un tono que solo su padre oyó.

—No me has dado muchas alternativas, ¿no te parece? —replicó él, fulminándolo con la mirada. Dirigiéndose a todos, añadió—: Dejaremos las presentaciones para otro momento. Ahora, quiero hablar con Anna.

Un duelo de miradas entrecruzándose dominó los siguientes instantes. Neus buscaba asegurarse de que su hermana estaba en condiciones de enfrentarse al tema en aquel momento, después de lo agotada que la había dejado un corto viaje en avión. Roser, que conocía al patriarca lo suficiente -y le temía lo suficiente- para saber que no tenía sentido considerar siquiera la posibilidad de aplazar aquel encuentro, había cogido su bolso, lista para obedecer. Pau, que aunque habría preferido que la intervención de su padre hubiera sido algo menos brusca, estaba satisfecho. Le valía cualquier acercamiento porque suponía un cambio a décadas de silencio y de distanciamiento. Andy y Danny, que no apartaban los ojos de su madre, esperaban su respuesta. No sentían especial interés por la figura altanera de su abuelo y solo obedecerían una voz, la de su madre.

Y Anna, que ni se sentía dispuesta ni estaba preparada para enfrentarse a aquel momento, sabía que tendría que hacerlo. Miró a Andy:

—Llevad a Luz a pasear, chicos, y traedme un helado bien grande cuando volváis. Vainilla y menta, por favor.

Andy tomó la mano de su madre y la apretó cariñosamente.

—¿Con topping de chocolate?

Anna asintió con una sonrisa agradecida.

—Muy bien. Vamos, Danny —le dijo a su hermano menor, que seguía de pie junto a su madre, como un soldado que no está dispuesto a rendirse.

El joven miró a Anna con desconfianza. El hombre de la camisa rosa no le gustaba. Solo cuando ella le indicó con la mirada que se fuera tranquilo, que ella estaría bien, y solo entonces, Danny se dirigió hacia la salida de mala gana. Pasó junto al patriarca sin mirarlo.

Andy, en cambio, sí lo hizo. Fue una mirada normal, sin resquemores ni interrogantes porque no los había. Sentía por Francesc Estellés lo mismo que sentía por Chad Avery; nada. Nada, ni para bien ni para mal. No había tenido la ocasión de conocerlos mejor porque ellos habían preferido mantenerse al margen de su vida y nunca había tomado aquello como una carencia porque lo que sí había tenido desde que abriera los ojos al mundo, era a la Mujer Maravilla encarnada en el cuerpo de una mortal; Anna Estellés, su madre. En lo que a Andy concernía, más que suficiente.

Y aunque entonces nadie lo sospechaba, ni siquiera la propia Andy, sería esa mirada carente de rencor y ese talante neutral lo que propiciaría, pocos días después, una conversación entre abuelo y nieta surgida de un encuentro casual, por la calle.

Una conversación que sería la primera de muchas.

El hombre avanzó hasta quedar frente a la mujer agrietada que parecía cargar al hombro veinte años más de los que tenía, a quien ni el ligero bronceado ni el colorido vestido estampado que lucía, lograba dar un poco de vida. Anna sintió su mirada crítica escrutándola y se obligó a permanecer inmutable. La verdad era que estaba demasiado cansada para nada más. La otra verdad era que hacía tiempo que había dejado de dolerle todo lo relacionado con su padre.

—Estás bastante desmejorada —fue el veredicto del juez que arrancó una sonrisa resignada a Anna.

—¿Desmejorada en relación a qué? Hace veinticinco años de la última vez que estuvimos cara a cara.

Francesc Estellés ignoró la alusión al tiempo que hacía que no estaban en contacto. Lo había oído suficientes veces por parte de Pau, incluso por parte de la madre de su único hijo varón, que ya era decir.

—Supongo que tu enfermedad habrá empeorado con el tema de Sonia, y lo lamento.

Anna asintió a modo de agradecimiento ante aquellas palabras, a pesar de que, como la mayoría que le había oído pronunciar a su padre, no acababa de entenderlas. Su capacidad de síntesis, sin embargo, la recordaba igual de poderosa que siempre. Había que ser muy bueno resumiendo para reducir el dolor por la pérdida de un hijo en una frase tan aséptica como la que había usado: "el tema de Sonia". Por otro lado, si había dolor en él, no era evidente, de modo que tampoco estaba claro qué era lo que lamentaba: si que la enfermedad de Anna hubiera empeorado o que su hija mayor hubiera muerto.

—Estás aquí —continuó él— y creo que tu vida es ya bastante desastrosa como para añadir más carnaza al espectáculo público cruzando de acera cada vez que nos topemos el uno con el otro. Pero en lo que a mí respecta, nada ha cambiado. Por más que Pau se empeñe, y vive Dios que lleva porfiando con este tema desde que tiene uso de razón, lo que se ha roto, roto está.

Francesc no encontró en Anna la reacción que esperaba y eso no le gustó. Esperaba a alguien arrepentido de los tremendos errores cometidos, alguien que volvía al hogar que había abandonado hacía años, consciente de que ahora los necesitaba y deseosa de compensar todo el daño que había hecho. Qué menos. Pero la mujer que miraba no mostraba arrepentimiento alguno. Tampoco rencor.

—Te lo agradezco —replicó Anna con serenidad—. De otra forma, sería muy incómodo para todos.

Francesc asintió con la cabeza, pero no era un gesto de acuerdo. Más bien al contrario.

—Situación muy incómoda… Tienes cincuenta años, una enfermedad que te está tragando viva, dos hijos que educar y una recién nacida mitad nieta mitad hija o lo que sea, y no tienes dónde caerte muerta… Pero a ti, lo que te preocupa es que no dirigirnos la palabra pueda dar lugar a situaciones incómodas… Supongo que hay que ser mujer para poder entenderlo.

Anna respiró hondo e intentó acomodar sus doloridos huesos en una postura más cómoda. Estaba agotada y lo último que le apetecía era tener que vérselas con la soberbia de su padre, pero en aquel momento le pareció imprescindible. Aclarar su posición de una vez por todas.

—Era una forma de decir…. Mira, hay muchos temas encima de la mesa y me iré ocupando de ellos a su debido tiempo, pero me alivia saber que asuntos que solo nos conciernen a ti y a mí, no van a convertirse en comidilla de todo el mundo. Que no van a hacerles las cosas más difíciles a mis hijos, que no tienen culpa de nada. Ni a mis hermanos, que ya bastante han sufrido todos estos años… —volvió a respirar hondo—. Te he perdonado hace mucho, papá y me haría feliz disfrutar de tu compañía el tiempo que me quede de vida. Pero si no es así, tengo bastante con saber que cuando ya no esté, mis hijos tendrán el apoyo de la gran familia a la que pertenecen. No te guardo rencor. Ni a ti ni a nadie.

—Tus hijos —repitió el patriarca dolido, sin molestarse en ocultarlo—. Por eso has vuelto, por ellos.

Anna asintió.

—Son la razón de todas las decisiones que he tomado los últimos veintisiete años de mi vida, papá.

Francesc Estellés miró a su hija, altivo.

—Muy bien —se limitó a decir.

Y a continuación, abandonó la vivienda.

En Niza…

Dylan palpó la mesilla a ciegas, torpemente, hasta que con el tercer manotazo consiguió hacerse con el móvil. Estaba sonando, y aunque lo oía lejano, como entre algodones, era una llamada. No era el timbre de la puerta, ni el repetitivo sonido de la alarma del reloj. Estaba bastante seguro de que era el móvil.

Aunque con la tremenda resaca que tenía tampoco pondría las manos en el fuego por ello.

Atendió la llamada y cuando el aparato dejó de sonar, lo que tomó su lugar fue un bullicio que venía de la casa. De *su* casa.

—¿Hola…? Dame un minuto —dijo a quien quiera que hubiera llamado.

Avanzó con el móvil pegado a la oreja y solo tomó conciencia de su desnudez cuando fue a cerrar las puertas que aislaban el salón de la terraza donde estaba la piscina, y un coro femenino de voces exaltadas le dio la bienvenida.

Las saludó con un gesto del brazo y otra andanada de gritos femeninos se ocupó de informarle que su culo también era muy apreciado entre sus invitadas.

—Disculpa, ya estoy. ¿Quién eres?

La carcajada del socio capitalista del MidWay hizo innecesarias más aclaraciones.

—*¡Tío, ¿qué pasa en tu casa? ¿Has montado una orgía?!* —preguntó Evel riendo.

—Empezó como una fiesta de cumpleaños de no sé quién —explicó Dylan al tiempo que rebobinaba mentalmente la película intentando aclararse—. Pero vete a saber… A los franchutes les das una piscina y barra libre y todo es posible… ¿Qué hora es?

—*Las seis y diez de la tarde. Y si acabo de despertarte, entonces quiere decir que has tenido una de tus noches agitadas* —dijo Evel, riendo.

Probablemente, pensó Dylan, aunque la verdad era que recordaba muy poco.

—¿Qué me cuentas?

—*No te lo vas a creer* —advirtió, despertando a Dylan y a su curiosidad casi completamente—. *¡Dakota se casa, tío!*

El irlandés soltó un silbido.

—No jodas... ¡Esto es una epidemia! ¿Dónde hay que vacunarse? —replicó alegre porque en el fondo pensaba que era una buena noticia. Dakota y Tess eran una pareja desconjuntada, pero evidentemente feliz.

—*¿A estas alturas? Tú eres inmune, chaval, tranquilo* —festejó Evel el comentario de su amigo—. *Por eso te llamo... Es que el banquete lo celebraremos en la casa de campo de mi familia... Los galeses vendrán a tocar así que necesitaré que me eches una mano con el sonido y las luces... ¿podrás ocuparte?*

Banquete. ¿Habría un banquete? Porque en tal caso, habría invitados.

—No sé —bromeó—. ¿Estoy invitado?

—*No he visto la lista, pero seguro que sí* —rió Evel—. *¿Qué dices, podrás? Es que voy fatal de tiempo y como lo del banquete lo han decidido tan de sopetón, tampoco es que tengamos mucho margen. Es el 7 de noviembre. Y sería genial que pudieras venir un par de días antes... ¿Cómo lo ves?*

Dylan tardó en responder. Su mente se había quedado detenida en la lista que Evel decía no haber visto, pero que evidentemente existía. Una lista que incluiría amigos y conocidos del Midway. Y ex-camareras.

—*¿Holaaaa, sigues ahí?*

—Perdona, sí... Te lo confirmaré en la semana, necesito ver la agenda, pero a priori, sí, cuenta conmigo. No sé si llegaré el miércoles o el jueves, pero estaré allí antes. Seguro.

—*Genial. Te lo agradezco mucho, Dylan* —sonrió—. *Y si no me cobras, te lo agradeceré más todavía.*

Dylan soltó una risa irónica.

—Como si alguna vez te cobrara... Oye... —y ya que preguntar directamente por Andy le pareció demasiado fuerte, lo dijo de forma diferente— ¿tienes idea de quiénes irán?

—Supongo que, aparte de las familias, los que estamos siempre, ya sabes… Los colegas del bar. No sé, estoy hablando por hablar porque la verdad no tengo ni idea… Creo que esta semana salían las invitaciones, así que sabrás si estás invitado dentro de poco —añadió riendo.

Cortaron poco después y Dylan siguió dándole vueltas al tema. Quizás invitaran a Andy y quizás, con mucha suerte, ella podría asistir… Y al fin se enteraría de qué puñetas había sido de su vida.

Le parecía que había transcurrido un siglo desde la última vez que la había visto, en el portal de su casa, cuando fue a llevarle la moto. La última conversación que habían mantenido cara a cara regresó a su mente, tan delirante como la primera vez.

Soltó una carcajada. Trasteros y ratas muerde-pollas; solo con Andy podía mantener una conversación así.

Viernes 16 de octubre de 2009
Restaurante Sa Badia
Puerto de Ciudadela, Menorca.

Sa Badia era la niña bonita de los Estellés por mérito propio. Ubicado en pleno corazón de puerto, junto al puente que conectaba con la parte antigua de la ciudad, era el restaurante más famoso de Menorca no solo por su imponente terraza de vistas panorámicas y la cuidada decoración interior de sus distintos comedores, también porque llevaba años ofreciendo una de las mejores cartas gastronómicas de la isla.

Ahora, además, sumaba el prestigio del chef con dos estrellas Michelin, Ciro Montaner y la eficacia de la flamante incorporación a la plantilla, Andy Avery quien, en aquel preciso momento, se despidió de su amiga Tina y volvió a guardar el móvil en su elegante chaqueta de jefa de sala.

Todavía continuaba sonriendo a cuenta de la conversación que habían mantenido que, básicamente, había consistido en intentar sonsacarle qué tal iban las cosas con su príncipe "rastafari". Tina seguía convencida de que había un futuro romántico para la pareja, que los mil quinientos kilómetros que los separaban no constituían un obstáculo en estos tiempos de internet y vuelos *lowcost* y que, pensara lo que pensara al respecto, Conor había dejado muy claro cuáles eran sus sentimientos presentándose en Barcelona exclusivamente para verla. Su madre la deleitaba con una canción muy parecida a menudo. Parecía que se hubieran puesto de acuerdo y, conociéndolas, probablemente lo hubieran hecho. Hablaban por teléfono a menudo y llevaban años empeñadas en arreglar su vida sentimental.

Tenía gracia que las dos continuaran en un capítulo de su vida que ella ya había cerrado. Siempre les respondía que "eso era agua pasada", pero a su madre y a su amiga parecía darles igual. Cambiarían de opinión si supieran la verdad… Pero no les había hablado de Dylan en su momento y no tenía sentido hacerlo ahora que, valga la redundancia, el asunto tenía cada vez menos sentido. No dejaba de asombrarla la facilidad con que Conor había salido de sus pensamientos, así sin más, como si alguien hubiera borrado ese sector de su cerebro. La misma facilidad con la que los momentos compartidos con Dylan regresaban una y otra vez.

Constantemente…

Ocho semanas atrás, en Londres.

Por lo visto, había más cosas en las que necesitaba que le echara las dos manos, aparte de para ayudarla a poner en marcha su moto.

Por lo visto, sí. El irlandés había conseguido no solo resucitar su precaria vida sexual, también quitarle el freno a su sentido común. No había otra explicación posible al desmelene que ya inauguraba su segundo día sin visos de parar.

Pero tenían que parar.

—Tiempo —pidió ella mientras se desembarazaba de Dylan con suavidad, pero con firmeza.

Él apartó sus brazos del cuerpo femenino de forma ostensible y se incorporó parcialmente en el sofá, recostándose sobre un codo. Sostuvo la cabeza con la mano y la siguió con la mirada. La vio cubrir su desnudez poniéndose la camiseta y desaparecer de la sala. Poco después, reapareció con dos latas de bebida isotónica, una de las cuales le tendió, tras lo cual fue a sentarse en el sofá de enfrente.

Dylan miró el bote que le había dado, luego a Andy.

—¿Tengo cara de deportista?

Estaba sudado y cansado después de un ejercicio intenso, pero, desde luego, no tenía pinta de amante del deporte. Bien visto, con aquella brillante bola de billar por cabeza, su imponente corpachón y sus doscientos tatuajes tenía pinta de pertenecer al grupo de los que zurran por deporte.

—No mucha —concedió ella con una sonrisa divertida.

—Entonces, ¿por qué me das esto? ¿Quieres que me oxide?

Ella echó a reír.

—¿No te gusta? —le preguntó.

Dylan hizo un gesto de asco.

¿Y entonces por qué tenía la nevera llena?, pensó Andy. De pronto, tuvo la sensación de que aquello que hasta el momento parecía haber surgido de manera imprevista entre los dos, ya no le resultaba tan imprevista. ¿Las tenía por ella, porque sabía que era lo que siempre bebía? Aquel pensamiento la hizo sentir tan desconcertada, tan incómoda, que apartó la vista y concentró su atención en beber.

Naturalmente, el irlandés detectó aquel súbito cambio en su lenguaje corporal. Tenía una idea bastante aproximada de lo que estaría pensando, un pensamiento típicamente femenino, en su experiencia, y no se molestó en hacer la menor aclaración al respecto. No le aclaró que las tenía por él, porque aliviaban la resaca y era prácticamente lo único que bebía hasta que se le pasaba el malestar. En cambio, se levantó del sofá y se fue a por algo decente que beber. Tampoco se molestó en cubrir su desnudez, lo cual propició que los ojos femeninos también se fueran con él a la cocina, pegados a su trasero, y que otra escabechina hormonal se pusiera en marcha.

Andy maldijo para sus adentros. Incómoda un segundo, caliente el siguiente. Todo aquello no tenía el menor sentido.

Dylan regresó, tan desnudo como antes, con un bote de cerveza de importación en una mano y el móvil en la otra, revisando si tenía mensajes o llamadas. Como era de esperar, los ojos de la joven lo siguieron, esta vez con disimulo, mientras él atravesaba la habitación y volvía a sentarse en el sofá, frente a ella.

Lo vio mantener una conversación breve no relacionada con trabajo, que tampoco le pareció la típica charla entre amigos. Era una mujer -la llamó "Angela"-, y él parecía relajado, pero su tono le resultó más formal de lo habitual. Después de colgar, él envío un par de mensajes, tras lo cual dejó su carísimo móvil a un lado y bebió un sorbo generoso de cerveza.

—Trabajar en el bar de moteros más cañero de Londres y llevar ese trasto del año de la pera tiene que ser delito en alguna parte. Seguro —comentó él, picándola—. ¿No has pensado en… —sonrió— cambiarla por un patinete?

Andy echó a reír. Desde luego, lo había pensado muchas veces. Especialmente, cuando se empacaba y no quería arrancar. Pero solo era la rabia del momento.

—Pobrecilla… —puso morritos en broma—. Después de lo que tocó aguantar… No, señor. Para mí no es un trasto del año de la pera —y al ver la cara del irlandés, volvió a reír—. *Vaaale*, sí, está viejita, lo admito, pero no pienso cambiarla… — Aquella frase que había empezado a decir riendo, la acabó con un talante sombrío, como si hubiera ido perdiendo fuelle con cada nueva palabra.

El irlandés escudriñó aquel rostro que había adquirido súbita seriedad.

—Pues que sepas que uno de estos días, tu sentimentalismo te va a costar un leñazo. Ese trasto se está cayendo a cachos —volvió a pincharla.

La sonrisa regresó al rostro de la joven. Siempre le causaba gracia su desparpajo y, además, le aliviaba comprobar que no hacía preguntas. Probablemente, por falta de interés, pero a ella le valía. No esperaba interés de su parte. En realidad, no esperaba nada. Ni siquiera entendía realmente por qué estaba allí. Sabía lo que hacía en casa de Dylan -tener sexo con él, y del bueno-, pero seguía sin entender el porqué.

Vio que él le tendía una mano y ella meneó la cabeza asombrada ante su propia disposición, pero la tomó. Dylan tiró de Andy, hizo que se sentara a horcajadas sobre sus piernas.

—No es ningún trasto. Es una moto Honda. Antigua, sí, pero preciosa —aclaró ella.

Él volvió a quitarle la camiseta de dos movimientos, ignorando los intentos femeninos por que no lo hiciera.

—Vale. Tu Honda se está cayendo a cachos —repitió él y no la dejó responder. En cambio, se adueñó de su boca en un beso provocativo. Acomodó la pelvis femenina de forma de hacerle sentir su creciente erección cerca, muy cerca. Y por si a ella le quedaba alguna duda de lo que sucedía donde sus cuerpos se fusionaban, él se lo aclaró—: Se me está poniendo dura.

Y tan dura, pensó ella. Tomó el rostro masculino entre sus manos para evitar que siguiera intentando besarla.

—Me tengo que ir, Dylan.

—Vale.

Sin embargo, ninguno de los dos hizo el menor ademán de apartarse. Al contrario, él le acarició los pechos, apretándoselos, jugando con sus pezones, haciendo que se le pusieran tan duros que empezaron a doler. Ella volvió a buscar sus besos con locura.

—Uno rápido y te juro que te dejo ir… —murmuró él entre beso y beso, en un tono suplicante. Para entonces, ya la había elevado por las nalgas.

Entró en ella hasta el fondo, duro y sin protección, arrancándole un gemido.

Andy reaccionó al instante.

—Joderrrrrrr…. —gruñó Dylan cuando ella se retiró de golpe, poniéndose de pie. Él buscó la mirada femenina.

—Sin goma, no…—dijo ella—. Oye, mira, mejor me voy. —Y manoteó su camiseta.

Tenía que largarse. Tenían que parar de enredarse en maratones sexuales cada vez que se veían. ¿Se habían vuelto locos o qué?

Dylan, que no estaba por la labor de dejarla ir, volvió a rodearla con sus brazos y se adueñó de su boca, como lo hacía siempre. Ferozmente. Apasionadamente. Abrazados y besándose sin parar, Dylan guió el camino a trompicones hasta el baño. Las caricias eran intensas, abrasadoras. Él la buscaba con cada poro de su piel y ella, incapaz de oponer resistencia, respondía cada vez más encendida.

Sin dejar de robarle besos, Dylan se las arregló para sacar un condón de la caja, que dejó caer al suelo. Rasgó el envoltorio con los dientes. Se puso el preservativo a ciegas, con premura, casi con desesperación, y se hundió dentro de Andy sin mediar palabra. Así, tal como estaban, de pie, frente a frente, él doblado para amoldarse a su estatura y sujetándola por las nalgas; ella rodeándole la cadera con una pierna. Siguió embistiéndola. Lo hizo con un ritmo cada vez más frenético que ella recibía con gritos ahogados, de la clase que a él lo encendía, retroalimentando aquella locura cada vez más fuera de control.

Sin embargo, la falta de control era solo aparente. Dylan y Andy controlaban lo que se cocía entre sus dos cuerpos sudorosos lo bastante como para variar el ritmo y las posturas, procurándose aún mayor placer. Como si conocieran sus preferencias desde siempre, como si ejecutaran con presteza una danza de la que se sabían cada quiebro y cada pausa al dedillo.

Para Andy era una experiencia nueva y tan placentera que, en el fondo, no le extrañaba volverse loca por repetirla una y otra vez. Había tenido más orgasmos junto al irlandés en dos días, que los que había tenido en toda su vida, sola o acompañada.

Para Dylan, en cambio, no era algo nuevo. Él era de encendido fácil. Lo que sí era nuevo era la intensidad, lo que sí le resultaba novedoso era no ser capaz de llegar a enfriarse del todo. Con Andy estaba como en un permanente estado de deseo latente que se disparaba en cuanto veía la menor ocasión.

El último cartucho que les quedaba, lo quemaron sobre la tapa del váter. Como todos los anteriores, dio lugar a fuegos artificiales que vinieron acompañados de un gran estruendo, tras el cual sobrevino el silencio. Dylan se dejó caer contra la pared a su espalda, sus brazos exánimes a cada lado del inodoro. Andy se arrebujó contra el pecho tatuado, cubierto de sudor del motero. Los dos callados, los dos intentando normalizar el ritmo respiratorio, los dos con el corazón martilleando tan fuerte, que el pecho se sacudía de forma perceptible con cada latido.

Esta vez, sus cuerpos se tomaron un buen rato para recuperar la normalidad, pero al fin, todo volvió a su ser.

O casi.

—Me tengo que ir. Qué pereza… —murmuró ella, una especie de quejido somnoliento. En vez de hacer el ademán de incorporarse, se acomodó mejor sobre el pecho de Dylan y le pasó un brazo alrededor de la cintura.

Él, totalmente envuelto en la flojera post sexo, con cada una de sus promiscuas células todavía vibrando de placer, sonrió, pero ni abrió los ojos ni movió otros músculos de su cuerpo.

—Pereza, claro. Ahora le llaman así.

Ella también sonrió.

—No te des tanta coba que estás hecho polvo —alzó el mentón para espiarlo mientras hablaban. Vio que él seguía sonriendo con los ojos cerrados—. Se te ha acabado la cuerda por hoy, calvorotas. *Yo* te la he acabado —añadió con picardía.

—Si fuera tú, no apostaría por eso. —Abrió los párpados, la miró…

Y aquel familiar escalofrío que lo ponía todo en pie de guerra volvió a recorrerla entera, solo que esta vez Andy no se dejó llevar. Por más emocionante que fuera la sensación de perder la cabeza sin más, de olvidarse de todas sus responsabilidades y de sus problemas por un rato y vibrar de emoción junto a un hombre, empezaba a asustarla el aparente poder que Dylan ejercía sobre sus sentidos. Empezaba a preocuparle la facilidad con que el proceso se ponía en marcha, como quien pulsa un mando, sin que ella pudiera evitar que sucediera. Y le preocupaba mucho más que quien tuviera el mando fuera Dylan.

Se incorporó, alejándose bruscamente de él y de su herramienta para el placer que hasta entonces continuaba dentro de ella. Dispuesta a poner coto como fuera a esa locura que empezaba a embriagarla nuevamente. Dispuesta a echar a correr si hacía falta.

Dylan se sobresaltó por la brusca retirada e instintivamente se protegió el pene con una mano. La miró algo desconcertado.

—Esto se tiene que acabar —dijo ella.

Habría sonado a advertencia aunque no lo estuviera señalando con un dedo mientras lo decía. Acto seguido, abandonó el baño.

Él exhaló un suspiro resignado. Por lo visto, se había acabado lo bueno y por la vía drástica. Se incorporó, consciente del montón de agujetas que lo castigaban a placer por todas partes y de que estaba empapado en sudor por el ejercicio físico intenso que había compartido con la que ahora llamaba a retirada por la vía urgente, cortándole el rollo en lo mejor. Odiaba que las tías hicieran eso…

Retiró el condón y lo arrojó a la papelera. Metió la cara bajo el chorro de agua fría con la esperanza de que eso lo enfriara. Y le bajara su incipiente *nueva* erección. De verdad, cómo odiaba que las tías hicieran eso.

Cuando regresó al salón, ella prácticamente había acabado de vestirse. Se estaba poniendo sus inseparables tacones, unas sandalias negras altísimas de gran plataforma, hechas de un entramado de tiras de cuero cruzadas formando una red que le cubría el empeine. Siempre que la había visto, ella llevaba unos tacones imposibles. No entendía cómo podía caminar sobre ellos.

Andy alzó la vista brevemente cuando sintió que ya no estaba sola. Allí estaba él con su gloriosa masculinidad, tentando sus sentidos nuevamente. Y por más breve que fue el vistazo, no pudo evitar reparar en la flacidez parcial de su herramienta. O en su erección parcial, que también podía llamarse así. Joder con el irlandés, pensó, el tío era una máquina.

—No te acerques —volvió a advertirle. Esta vez, sin mirarlo. Se apresuró a acabar de atarse las sandalias y se puso de pie casi de un salto.

Dylan rió con sorna. Tenía gracia que creyera que un par de metros más o menos podían modificar lo que sentía. Lo que sentían los dos.

—Vale. Lo que tú digas.

Ella acusó recibo del tono condescendiente y le fastidió por lo que implicaba, pero si era una táctica, y seguramente lo era, Dylan se quedaría con las ganas de verla funcionar. Se colocó la mochila y enfiló para la puerta.

—Exacto —enfatizó ella—. Y yo digo que me largo.

Él hizo un gesto de "así sea" y permaneció donde estaba sin hacer el menor intento de decir o hacer algo para detenerla. Andy sacudió la cabeza. No era que quisiera que él hiciera algo al respecto. Realmente, no lo quería, pero le costaba encajar que ella estuviera inmersa en ese tipo de relación con alguien, una en la que diera igual una cosa u otra. Y más aún le costaba encajar que la otra parte de la extraña pareja fuera él. Cuando la pasión se serenaba y el corazón recuperaba su ritmo normal, le costaba verlos a él y a ella en el mismo contexto. Pero luego, Dylan no tenía la culpa de su desconcierto.

—Perdona… Todo esto me ha tomado por sorpresa y desde que he visto que no puedo echarle la culpa a un par de cervezas —lo miró contrariada—, estoy bastante confusa…

Dylan que nunca había sido especialmente bueno en aguantar los comecocos femeninos -ni le importaban, por cierto-, se encogió de hombros.

—Solo es sexo, Andy.

Los vivaces ojos de la camarera se llenaron de ironía. Toda ella, en realidad. Habían pasado de bromear barra mediante en el MidWay a engancharse en un bucle sexual sin fin. Sin que hubiera mediado la menor insinuación, la menor sugerencia. Nada. Y el sexo no era cualquier sexo. Era del tipo "sigue sigue sigue, no pares no pares no pares". Y eso hacían; no parar. No había un hombre que hacía su trabajo de hormiga para seducir a la mujer que deseaba. No había preliminares, ni llamadas, ni citas, ni conversaciones con doble sentido, ni insinuaciones. Era como un rescoldo que seguía ardiendo oculto entre las cenizas y que la menor brisa convertía en un incendio voraz. Aquello no tenía nada que ver con un inofensivo "solo sexo", y en el hipotético caso de que pudiera funcionar así entre dos personas con el corazón vacante, el suyo no lo estaba. Para su desgracia, Conor le seguía importando. Él era quien llevaba meses en sus planes, no el tío cubierto de tatuajes que desnudo (y parcialmente erecto) la miraba con sus increíbles ojos color cielo.

—Decir eso es ser muy simplista.

—Es que es simple. Por eso es tan bueno —antes de acabar la frase, ya había empezado a sonreír—. O se me levanta, o no se me levanta. Más simple imposible.

Andy lo miró aún más desconcertada.

—Corrígeme si me equivoco, pero tengo la impresión de que a ti se te levanta siempre.

Él volvió a encogerse de hombros. "Levantarse" era una de sus dos funciones, así que en lo que a él concernía, seguía siendo simple. Y si lo hacía "siempre", mejor. Pero no era tan "siempre" como pensaba, aunque con ella, desde luego, sí que era "siempre". Siempre, sin fallar una. Sexualmente hablando, Andy le iba a tope y le constaba que era mutuo, así que el asunto seguía siendo lar mar de simple.

—Vale, me empalmo que da gusto y nos lo pasamos de miedo. ¿Dónde está el problema?

Andy abrió los brazos en un gesto de incredulidad.

—El problema está en que esto no es normal, Dylan —le dijo con vehemencia—. Mi vagina y mi cabeza no van cada cual por su lado —dijo refiriéndose a su famosa frase—. Yo no funciono así. Y puede que nunca le vaya a perdonar a Conor que sea tan gilipollas, y que nunca superemos esta fase, pero me importa. Joder, él me importa. Lo lógico sería que el que estaba allí conmigo —señaló en dirección al baño— fuera él, que fuera él con quien me revolqué anoche. Conor, no tú.

Dylan presenció la indignación de la joven con su habitual tranquilidad y cuando ella dejó momentáneamente de resoplar, su lógica descarnada volvió a hacer acto de presencia.

—Conor no está aquí. Ni estará hasta que lo perdones. Y no es tan anormal que necesites estar con otro hombre, aunque a ti te lo parezca. En momentos en los que te sientes puteado por cosas sobre las que no tienes ningún control, es de lo más normal que intentes compensar la frustración con otras que sí puedas controlar. Como el sexo sin implicaciones. Admito que fue bastante sorpresivo que me eligieras a mí, pero no me importa ser ese hombre y, como has podido comprobar, te ayudo a quemar frustración a base de bien. O sea; estás viendo problemas donde no los hay.

¿En serio? ¿Como cuando era niña y veía monstruos bajo la cama? Genial. Ahora los monstruos los tenía *sobre* la cama. Y en el baño. Y joder, en el alféizar de la ventana. Y se enganchaba en sesiones de sexo maratonianos con ellos.

Andy apretó los párpados. No sabía si reírse o llorar.

—Mierda —exhaló un suspiro cabreado y abrió la puerta de calle—. Me voy.

Y dos meses después de aquel día seguía sin saber si reírse o llorar.

Andy sacudió la cabeza.

La pista que Conor ocupaba en su disco duro mental se había borrado por completo, quien ocupaba ese espacio ahora, en realidad *todo* su espacio mental, era Dylan…

Y ella continuaba sola.

Muriéndose por volver a perderse en los apasionados abrazos del irlandés.

Por enésima vez en la última semana, sacó el móvil y abrió su agenda de contactos. Con el corazón latiendo cada vez más rápido, avanzó despacio hasta la "D". Cuando el nombre de Dylan quedó visible en la pantalla, los latidos retumbaban en el interior de sus oídos y se le había secado la boca.

Una llamada. ¿Qué iba a pasar por hacerle una llamada? ¿Una hecatombe mundial?

No, para nada. El mundo seguiría igual de loco que de costumbre, la hecatombe tendría lugar en su corazón, ese que no paraba de darle martillazos en el pecho. Vivían vidas completamente diferentes, en países diferentes. ¿Qué parte no acababa de entender de la frase "esto no tiene ningún sentido"?

Andy se mordió el labio de pura desesperación. Su dedo, helado como el resto de su cuerpo, estaba a punto de sucumbir a la tentación cuando alguien habló.

—Uy, qué cara de novia en pena tienes, prima... Menorquín no puede ser... ¡no te puede haber dado tiempo! Así que... ¿será por cierto inglés de rastas que me ha contado un pajarito?

La voz de Ciro devolvió a Andy al planeta Tierra de manera abrupta. Pero consiguió guardar el móvil y recuperarse a tiempo de responder:

—¿De qué pajarito hablas? ¿Lo conozco? Estaría bien saberlo para decirle que le de un toque a sus fuentes, que le están dando información *muuuuy* antigua. Prehistórica, vamos —dijo mientras reanudaba la tarea de colocar en su sitio la mantelería que acababa de llegar de la lavandería.

—Bueno, pajarito lo que se dice pajarito... Más bien pajarraca —reconoció el chef—. ¿En serio, tan antiguo es el dato? Pues la cara de novia en pena la tienes, así que... —se acercó a hablarle en confidencia—. ¿Has cambiado de marca? Cuenta, cuenta... Te juro que soy una tumba...

—¡A ti te lo voy a contar! —exclamó Andy.

¿Que si había cambiado? Ja. Y tanto que había cambiado. *Ella* había cambiado; por lo visto, ahora lo que le iban eran los calvos tatuados. Y si eran mujeriegos empedernidos, súper independientes y anti-familiares, mucho mejor.

Andy meneó la cabeza.

"Maldita sea mi sombra".

15

Miércoles 21 de octubre de 2009.
Casa familiar de los Estellés.
Ciudadela, Menorca.

Desde que Luz había estrenado su primera sonrisa auténtica, no había parado de hacerlo. Era una gozada estar a su lado las horas que permanecía despierta, porque desde que abría los ojos hasta que se le volvían a cerrar tras beberse todo el biberón con su voracidad característica, no hacía sino regalar sonrisas a todo el que aparecía en su campo visual. Andy trabajaba turnos partidos, pero siempre procuraba estar en casa cuando a la niña le tocaba alguna de sus tomas, para poder presenciar el espectáculo.

En eso, precisamente, estaba ahora. Sentada al fresco en el patio, con la niña en su regazo, jugando con ella y disfrutando de cómo su preciosa carita se convertía en un sol redondo y brillante bajo el influjo de sus sonrisas mientras esperaba que llegara Anna para irse a trabajar.

Pero aunque en apariencia Andy estuviera cien por cien cautivada por la pequeña, su mente no dejaba de darle vueltas a un mismo asunto: la invitación de boda de Dakota y Tess. La había traído su tía Neus, que había llegado de Barcelona con Ciro, aquella misma mañana.

Pau Estellés mantenía una enconada lucha contra su ex por la tutela de la única hija del matrimonio y el juez los había citado para el día siguiente, por lo que el relevo sabatino de gerentes entre los restaurantes de Barcelona y de Menorca se había adelantado a hoy.

La primera sorpresa para Andy había sido ver los nombres de los contrayentes. ¡Y menuda sorpresa! De sus dos jefes del MidWay, solo a uno lo imaginaba dando el "sí, quiero" públicamente, y por más grande que hubiera sido el enfado de Abby a cuenta de la reacción familiar ante su casamiento en secreto, sabía que era cuestión de tiempo que Evel consiguiera convencerla de celebrar una boda pública y multitudinaria. Después de todo, ¿qué mujer romántica no sueña con una boda de cuento de hadas? La segunda sorpresa no había tenido que ver con la boda, ni con los contrayentes, sino con ella.

Y con Dylan.

Habían sido como dos pensamientos conectados. Primero, verse allí, radiante, vestida para la ocasión. Luego, verlo a él, el hombre que ocupaba sus pensamientos cada día desde hacía semanas; con su cabeza rapada y sus ojos color cielo y su porte de gigante... Dudaba que los contrayentes fueran a optar por algo tradicional que exigiera el uso de chaqué o sombreros de gala, así que quizás el irlandés se pusiera aquel traje gris marengo que había visto en su casa, colgado de una percha, y que estaba segura de que lo convertiría en el tío más mirable del universo...

Y un instante después, sentir que el corazón volvía a latir con la fuerza de la adolescencia, trayendo consigo todas esas emociones que creía haber dejado atrás a los dieciséis; los nervios, la ansiedad, las mariposas en el estómago...

Y el miedo a estrellarse.

La llegada de su madre puso un fin temporal a sus ensoñaciones. Anna cada vez llegaba más agotada de los paseos que le había prescrito el médico. Cabezota como buena Avery, se negaba a reducir la distancia, pero su enfermedad avanzaba sin tregua, haciendo que cada vez necesitara más tiempo para recorrerla, con el consiguiente cansancio.

Andy saltó de su asiento, puso a Luz en su carrito y corrió a ayudar a su madre. Le pasó un brazo alrededor de la cintura, haciendo que se apoyara contra su cuerpo, y la ayudó a tomar asiento en una de las sillas de jardín.

—Gracias, cariño —dijo la mujer, casi sin resuello. Retiró con mano temblorosa el sudor que perlaba su frente.

Andy le sirvió un vaso de agua fresca y le ayudó a sostenerlo mientras bebía. Sus músculos se atrofiaban inexorablemente y en momentos de gran cansancio, como ahora, sus manos no respondían bien.

Anna exhaló un suspiro aliviado.

—Mucho mejor, gracias... ¿Y mi otra niña preciosa, ya está despierta? —La pequeña se dio por aludida regalándole una gran sonrisa que hizo las delicias de Anna—. Ay, qué bonita es mi niña... ¿Tienes hambre? Seguro que sí —volvió a mirar a Andy—, ¿y tú, has almorzado[11]? Ya sabes que no me gusta que empieces el turno sin comer, que luego te lías a trabajar y te olvidas...

---

[11] Almuerzo: En España, tentempié que se toma a media mañana.

Andy se puso de cuclillas frente a Anna. Sus ojos picarones se posaron sobre aquel rostro que envejecía a pasos agigantados. Anna supo que estaba a punto de tener lugar otro de sus combates dialécticos bilingües; mitad en la lengua nativa de su hija, mitad en la suya.

—Soy inglesa, querida mamá. Yo no almuerzo —le dijo en inglés al tiempo que ponía un dedo sobre los labios de Anna para impedir una nueva perorata acerca de que estaba en España, los días eran más largos, el clima era diferente y que debía adaptarse a las costumbres regionales—. Y tú deberías dejar de forzar la marcha. Agotarte no es bueno, mamá. A partir de mañana, iremos juntas.

—Ni hablar —replicó taxativa. De ninguna manera iba a permitir que la interminable lista de quehaceres familiares/laborales de su hija aumentara.

—No te estoy pidiendo permiso, guapa —replicó Andy, esta vez en menorquín, tomando a Luz en brazos e ignorando la mirada de su madre—. ¿Vamos a por el *bibi*[12], Luz?

Cuando regresó unos minutos más tarde, Anna la miraba risueña mientras sostenía la invitación de boda con dos dedos como si fuera un calcetín.

—¿Irás, no? ¡Tienes que ir, cariño! —le dijo, tan ilusionada como una niña pequeña.

—¿Ir adónde?

Las dos mujeres se volvieron al oír la voz de Pau.

—¿Ya te marchas para Barcelona? —lo saludó Anna cuando él se inclinó a besar sus dos mejillas—. Uno de sus antiguos jefes se casa y la han invitado a la boda.

Pau se entretuvo haciendo carantoñas a la más pequeña de la familia mientras ganaba tiempo para decidir cómo encarar

---

[12] Abreviatura coloquial de biberón.

aquel asunto. Por más animada que estuviera la madre de la criatura, a él le parecía una pésima idea.

—Un fin de semana en Londres y después el resto del año aquí, soñando con regresar. Suspirando por volver a abrir el paraguas cada diez minutos y con comer patatas congeladas. Nunca entenderé qué tiene ese país que os vuelve tan locas.

—¿Desde cuándo abres la correspondencia ajena? —replicó a su vez Andy, haciendo oídos sordos al comentario de Pau. Lo conocía de sobra y hacía mucho tiempo que había aprendido que él jamás lo entendería por dos poderosas razones: la primera porque era español, la segunda porque era un Estellés.

—Estaba abierta —se defendió Anna sonriendo—. Y estaba sobre la mesa, a la vista de todos.

Ya. A la vista de todos los cotillas de la familia, pensó Andy. Le quitó la invitación de las manos, que dobló y guardó en el bolsillo trasero de sus vaqueros. Y, en su lugar, le entregó a la pequeña Luz. A continuación, enfiló hacia la cocina.

—Voy a preparar tu almuerzo, querida mamá —dijo con recochineo—, que tú sí que eres española y los españoles almuerzan.

No pensaba desaprovechar la ocasión de poner fin a un tema que no le interesaba que se convirtiera en debate público.

Pau, por supuesto, no pensaba dejarlo estar. Fue tras su sobrina, dispuesto a invertir en evitar males mayores los últimos cinco minutos que le quedaban antes de tener que salir corriendo para el aeropuerto.

Intercambiaron miradas, pero Andy siguió a lo que estaba, sin darle pie a hablar del tema. Había abierto una barra pequeña de pan a la mitad y tras frotarlas con tomate y echarles un poco de aceite de oliva, disponía encima lonchas de jamón.

—¿No te veremos hasta el otro sábado? —dijo por romper el silencio más que otra cosa. Sabía de sobra la respuesta.

Que las Avery se instalaran en Menorca había sido solo una parte del plan de reunificación familiar emprendido por Pau tras la muerte de Sonia. Después de años esperando el momento, el nuevo hombre a la cabeza del grupo empresarial había logrado capitalizar aquel episodio dramático y, por iniciativa suya, Ciro Montaner se había convertido también en el chef de la joya de los Estellés, el Restaurante Sa Badia de Menorca, consolidando aún más los negocios de las dos familias. Mientras sus hermanos menores, Sílvia y Quim, permanecían en Gerona, ocupándose de los viñedos y de la bodega Montaner, Ciro se turnaba con Pau semanalmente para dirigir los restaurantes. El resto del emporio familiar estaba bajo el control exclusivo del único hijo varón de Francesc Estellés, pero, a diferencia de lo que sucedía en los tiempos del patriarca, sus hermanas tenían voz y voto.

Pau asintió y fue directo al grano.

—Oye, me ha costado muchos años y muchos cabreos reunir a la familia y entiendo que tu madre te anime. Sabe que echas de menos todo aquello, se siente culpable por haberte arrancado de tus raíces y, lógicamente, quiere que vayas y lo pases bien. Pero tú y yo sabemos que allí has dejado personas que te importan mucho —Andy apartó la vista en un intento de ocultar el rasgo más expresivo de su rostro y que él no pudiera corroborar cuánto había acertado— y que si decides volver, ella te seguirá porque no sabe vivir sin sus hijos. Y si por uno de esos milagros de la vida no lo hace, si se queda aquí, se morirá de tristeza.

Andy permaneció con la mirada clavada en el bocadillo que ahora cortó en tres porciones idénticas. Odiaba las intromisiones en su vida privada.

—No puedo impedir que tomes tus decisiones, Andrea —concluyó Pau—, pero te pido que, por favor, lo pienses bien. Hay cosas muy importantes en juego.

Odiaba las intromisiones con todas sus fuerzas, sí. Igual o más, que la llamara por su nombre de pila. Pau no lo sabía, claro, pero así la llamaba su padre cuando estaba enfadado. O eso era lo que ella creía entonces. Con el tiempo, había comprendido que las razones de su enfado no tenían que ver con lo que ella hiciera, sino con su nivel de alcohol en sangre.

Lo odiaba, sí. Tanto como reconocer que Pau tenía razón.

—Gracias por recordarme lo que ya sé, tío. —Lo miró, esta vez sí—. Todavía no he decidido lo que haré.

Neus y Roser se cruzaron con su hermano en la puerta y cuando llegaron al patio, Andy disponía un plato con un bocadillo y una taza de té sobre un mantel encima de la mesa pequeña del juego de jardín. Los ojos de ambas, como siempre, cobraron vida propia en cuanto detectaron a la pequeña Luz prendida a su biberón como si fuera la única comida en días.

—¡Me encanta verla comer! —dijo la primera.

—Es que ¡le pone una ganas, ¿habéis visto?! —apuntó Roser.

Se acercó a besar a su hermana y de paso, le hizo unas cuantas carantoñas al bebé que, como siempre sucedía en tales circunstancias, no tenía ojos ni manos para algo distinto que el biberón decorado con una oveja con bufanda rosa que agarraba firmemente entre sus manos regordetas. Y atrás de ella, llegó Neus a prodigarse en carantoñas.

—Y verla dormir, y verla reír y bañarse y jugar… En resumidas cuentas, Luz te encanta —dijo Anna con una sonrisa.

Andy meneó la cabeza.

—Las mujeres de esta familia sois un caso perdido. ¿No habéis pensado en poner una escuela infantil en vez de perder el tiempo en la hostelería?

Neus le dio un cachete en el trasero.

—Mira quién fue a hablar, la llevas hasta de fondo en el móvil. Calla, anda.

Andy sacó su teléfono.

—Es que no me digáis que no está para comérsela —dijo, enseñándolo con cara de tía orgullosa.

—Bueno, ¿qué os contáis de nuevo? —Neus se sentó a la mesa, entre sus dos hermanas—. ¿Qué me he perdido esta semana?

Sondeaba con la intención de averiguar si había habido algún cambio en la relación entre padre e hija. Algún acercamiento aparte del "hola y adiós" que constituía el único tipo de comunicación existente entre ellos desde aquel memorable día que el patriarca se dignara volver a dirigirle la palabra a su hija, la traidora que había emigrado a tierras inglesas.

No la había habido y Anna, francamente, dudaba que alguna vez fuera a haberla, pero ni deseaba dedicar tiempo a pensar en ello ni, desde luego, lo quería como tema de conversación delante de su hija. En cambio, había otro tema que le parecía mucho más apropiado para aquel momento.

—¿Sabes ese sobre que le trajiste de Barcelona? Pues ese sí que tiene novedades; su jefe se casa y ha invitado a Andy a su boda.

—¡No! —exclamó Neus súper animada.

Andy tuvo la impresión de que su imaginación, que se caracterizaba por ser hiperactiva, ya la estaba imaginando a ella vestida de blanco en su propia boda.

Roser, en cambio, mantuvo su entusiasmo bajo mínimos. Al igual que Pau, no era partidaria de que sus sobrinos ingleses continuaran en contacto con sus antiguos amigos. Ahora vivían en España.

—*Séeeeeee*, como lo oyes. Pero aquí, mi preciosa hija, se lo está pensando. ¿Cómo va a dedicar un fin de semana a divertirse, como cualquier chica de su edad? ¡Eso está prohibido!

Andy continuó mostrando su sonrisa de "señoras, no pienso hablar del tema", ignorando completamente la alusión de su madre y la lluvia de comentarios que siguieron a continuación, principalmente por parte de Neus. Roser había tomado en brazos a Luz, que había acabado de comer, y la había puesto sobre su hombro para ayudarla a expulsar el aire que siempre tragaba a borbotones por la ansiedad con que devoraba su comida.

—Venga, Andy… ¿se va a acabar el mundo porque un mísero fin de semana dejes las responsabilidades de lado y te diviertas? —Anna le apretó una mano cariñosamente—. Estoy segura de que tienes unas ganas locas de volver a ver a tu príncipe de las rastas… Vete a Londres, cariño, y pásalo bien.

—¡A mí me da igual si es el príncipe de las rastas o el rey del mambo! —exclamó Neus, eufórica—. ¡Lo que quiero es que te diviertas! ¡Que tienes veintidós años, niña!

Andy sonrió armándose de paciencia.

—¿Tengo veintidós años? Gracias por decírmelo, no me había enterado —repitió risueña—. Y ahora, con vuestro permiso, me voy a trabajar.

Anna la retuvo por la mano.

—Te hará bien volver a estar con tus amigos, cariño. Créeme, soy tu madre y te conozco muy bien y sé que necesitas volver a tus raíces, a tu gente. No digo que estés mal aquí, pero aquello siempre será tu tierra y siempre lo echarás de menos. Solo tienes que aprender a vivir con ese sentimiento, nada más. Porque no te abandonará. Estés donde estés, siempre anhelarás volver. Así que vuelve, olvídate de España y de todo durante un fin de semana y disfruta. Date un respiro, Andy. Lo necesito, de verdad. Hazlo por mi, por favor.

Durante un instante reinó el silencio en el patio de la gran casona familiar. Al fin, la sonrisa regresó al rostro de Andy.

—Buen intento, mamá —hizo adiós con una mano—. A más ver, señoras. Si me necesitáis, ya sabéis dónde encontrarme.

—Jopé, Andy, pero qué cabezota eres, niña —se quejó Neus mientras Anna sacudía la cabeza.

La joven ni siquiera se volvió. Salió del patio y a continuación, abandonó la casa.

Las hermanas se miraron.

—Vete a saber lo que le habrá dicho Pau… Si es que, lo adoro, pero a veces te juro que lo mataría por bocazas…

Detrás de sus gafas con montura estilo Marilyn Monroe, Roser le echó una mirada reprobatoria a su hermana mayor.

—Da igual lo que diga —y al ver la que, a su vez, le dedicaba Neus, se apresuró a matizar—. Me refiero a que él no tiene influencia sobre Andy. Diga lo que diga, hará lo que ella quiera.

Neus y Anna entrecruzaron miradas. Pau no tenía influencia sobre Andy, pero había alguien que sí la tenía.

—¿Estás pensando lo mismo que yo? —dijo Neus con una sonrisa cómplice.

Anna se estiró hacia atrás para sacar el móvil del bolsillo de su vestido.

—Creo que sí.

Neus se cruzó de brazos, pensando satisfecha que quizás consiguieran salirse con la suya, y al encontrarse con la mirada interrogante de Roser…

—Tú, como los monos sabios —le advirtió haciendo la representación gestual de lo que lo que decía—: no oyes, no hablas y no ves. ¿Está claro, guapa?

16

Viernes, 6 de noviembre de 2009.
Casa de campo de los Rowley.
Southend On Sea,
Essex, Inglaterra.

Dylan apenas había dormido por la noche; se había acostado a las tres tirando cables y poniendo luces led, y a las siete ya estaba otra vez en pie. En realidad, el panorama no era muy diferente del miércoles, ni del martes. Ni del lunes. Llevaba desde el principio de la semana corriendo para todo: para dejar a punto la vivienda que tenían que entregar, para adelantar el trabajo de los dos días que estaría fuera, para no perder el avión... ¡Hasta para dejar el traje en el tinte antes de que cerraran había tenido que correr! Joder.

La casa de campo de los Rowley donde Dakota y Tess celebrarían la ceremonia y el banquete estaba situado en Southend On Sea, una pequeña localidad del condado de Essex, a setenta kilómetros de Londres. Dylan había estado allí un par de veces antes, pero nunca había prestado mayor atención a los jardines que rodeaban la propiedad. Según tenía entendido, los Rowley organizaban fiestas y otros eventos menores con mucha frecuencia en su mansión londinense de Chelsea. La casa, que en realidad la madre de Evel había heredado de su madre, Angela, la habían relegado para reuniones con las amistades más allegadas a la familia durante el verano, de ahí que la iluminación de los jardines fuera básica.

Básica y prehistórica, pensó Dylan cuando se quedó con un trozo del portalámparas en la mano. Mierda. De momento, era el único puñetero farol sano que había en la linde posterior de la propiedad. Se rascó la calva de pura desesperación; si la iluminación básica le ponía las cosas así de complicadas, la parejita tendría a sus hijos en la universidad para cuando acabara de montar el verdadero espectáculo de luces que había preparado para Dakota y Tess.

Joder.

Soltó una carcajada al imaginar la situación. Él, en la cima de la escalera, con las gafas de culo de botella caladas a tope, intentando atinar con el destornillador y fallando tres de cuatro intentos mientras un Dakota, tan calvo como una bola de billar y haciendo gala de su habitual mal humor, le decía: "joder, tío, ¿todavía sigues ahí? A ver si acabas de una puta vez".

Dylan dejó el destornillador sobre el último escalón, casi a punto de ponerse a lagrimear de tanto reír.

Menos mal que le había dado por troncharse (y no por liarse a patadas con la linde ja,ja,ja). Estaba claro que era un desestresante pistonudo, pensó.

"Y encima, gratis, te lo recomiendo". El recuerdo del momento en que había oído aquella frase regresó a la mente del irlandés, que empezó a desternillarse otra vez.

Dos meses y medio antes, en casa de Andy...

Al final no había sido el hermano de la camarera quién llegó treinta minutos más tarde sino su llamada para avisar que estaba de camino y no venía solo; su amigo Jonas venía con él y se quedaría a dormir. Con diferencia de segundos, Andy recibió la llamada de la madre del muchacho para cerciorarse de que todo estaba en orden. Para entonces, ella se había puesto a hacer la cena y entre lavado de hojas de lechuga y picado de cebolla, mantenía una especie de monólogo que Dylan seguía con aparente interés desde la pequeña barra que separaba la mini cocina del salón.

La primera intención del motero había sido marcharse, pero al ver que ella no hacía la menor sugerencia al respecto, decidió esperar un poco. Había quedado, pero todavía disponía de unos minutos.

—La pobre está tan desesperada como yo, y eso que Jonas es el tercero. Tiene otros dos hijos —la oyó comentar, refiriéndose a la madre del amigo de Danny que se quedaría a dormir—. Pues, menos mal que ayer compré un pollo entero, si no hoy me las vería para alimentar a esas dos fieras...

Ahora se refería al pollo al que estaba destrozando a mansalva, pensó él al tiempo que pasaba al otro lado de la barra, donde estaba Andy, para ocuparse del pobre pollo. Menos mal que ya estaba muerto y no se enteraba de nada, porque menudo estropicio estaba haciendo con la intención de trocearlo.

—Trae —le dijo, quitándole el cuchillo de las manos—. Si el pobre estuviera vivo, te acusaría de maltrato animal.

Andy echó a reír.

—¿Te lo imaginas dando vueltas por la mesa con una pancarta? "¡Andy, el terror de los pollos! ¡Quítenle el cuchillo a esa maltratadora!"

Dylan dejó lo que estaba haciendo para mirar a la camarera, que muerta de la risa daba vueltas en el sitio, batiendo los brazos -¡y las rodillas!-, imitando a lo que se suponía venía a ser un pollo.

Pero vete tú a saber qué era realmente, pensó él. Además de una chavala a la que se le habían perdido unos cuantos tornillos.

—¿Qué? —dijo ella al ver cómo la miraba.

Él sonrió.

—Tía, tú estás fatal —sentenció, con su lógica que de tan… lógica, daba gracia.

¿Y por qué iba a 'estar fatal'? Si su vida era perfecta. Aparte de estar enamorada de un imbécil (que seguía "bastante pillado" de su única novia conocida), lo cual no le había impedido enrollarse en una maratón de sexo con un cliente del bar que parecía miembro de la Hermandad Aria y que ahora, justamente, estaba aterrorizando al pollo que después cenaría, su único problema era que no le alcanzaba el dinero. Tenía que mantener la casa, a su hermano pequeño, a su madre enferma, a su hermana mayor que estaba en Barcelona sufriendo las consecuencias de haberse enamorado de un mal hombre, algo, por cierto, bastante común a las mujeres Avery, y no le alcanzaba el dinero. Ni las horas del día para trabajar. Pero aparte de eso, estaba perfectamente. No fatal.

—Se llama sentido del humor, calvorotas. —Dylan, que había vuelto a ocuparse del pollo, no hizo comentarios. Andy continuó—: Por suerte, me río mucho. Es una medicina estupenda y encima, gratis. Te la recomiendo. Y el cabreo que queda después de las risas, lo quemo entrenando.

Dylan la miró interesado.

—¿Entrenas para quemar cabreo?

Andy asintió.

—Así empecé, hace tres años. Al principio, quedaba tan hecha polvo que solo podía pensar en darme una ducha y acostarme a dormir, pero al menos, conseguía no pensar durante unas cuantas horas. Después empecé a hacer boxeo y *kick boxing* y eso fue el complemento perfecto; entras cabreada como un babuino hembra y sales como nueva —sonrió con simplicidad—. No hay nada como liarte a puñetazos con un saco de boxeo.

Dylan partió el último cuarto trasero del ave.

—¿Está bien así o quieres piezas más pequeñas?

Andy recuperó el cuchillo y le cedió un trapo para que se secara las manos.

—Así está muy bien. Gracias, calvorotas.

—¿Y qué pasó hace tres años, si no es mucho preguntar? —dijo él después de un rato en silencio mientras se lavaba las manos.

Andy se tomó su tiempo para responder. No era una persona muy proclive a hablar de sus cuitas con extraños. Pero dado que Dylan la ayudaba siempre que se le presentaba la ocasión... Y que se había acostado varias veces con él, estrictamente hablando, no era lo que se llamaba un extraño.

—Mi madre llevaba bastante tiempo con problemas de salud y no daban con lo que tenía. Para algunos era fibromialgia, para otros... bah, todas palabras rarísimas. La cuestión es que cada vez iba a peor y hace tres años tuvo que dejar de trabajar... Ya no podía ni con su alma.

No era lo único que le había sucedido a los Avery hacía tres años. También estaba lo de Sonia. Estudiaba arquitectura, era una alumna brillante y aquel sería su último año de carrera, pero se fue a España de vacaciones y en la Costa Brava conoció a un inglés de las colonias, nacido en Sudáfrica, del que se enamoró perdidamente. Lo dejó todo por estar con él: casa, familia, estudios y se quedó en España. El tío resultó ser un hijo de puta que le destrozó la vida... Era un camello y un drogadicto, que la hizo adicta a ella también. Dos años después, cuando las cosas se les torcieron, empezaron a robar para mantener el vicio y en uno de esos robos, a primeros de año, los persiguió la policía. Tuvieron un accidente. Él murió en el acto, pero ella acabó en la cárcel. Estando allí, Sonia se enteró de que estaba embarazada...

Pero Andy esto no estaba preparada para contárselo a Dylan. En realidad, ni a él ni a nadie.

—Y para rematarnos del todo —continuó—, hace unos meses a la pobre le diagnosticaron esclerosis lateral amiotrófica, más conocida como ELA.

Dylan asintió. Menuda historia.

—¿Hay tratamiento para eso?

Andy respiró hondo. Negó con la cabeza.

—De momento, no —para sorpresa de Dylan, una sonrisa volvió a brillar en aquel rostro juvenil cuando dijo—: El cabreo ya lo tengo controlado. Ahora solo me hace falta encontrar la forma de superar la fase estúpida de mi hermano, sin estrangularlo. Si sabes de algún deporte o brebaje, me avisas.

Su talante natural le impedía mantenerse seria durante mucho tiempo. Aunque también era cuestión de supervivencia, la necesidad de creer que las cosas acabarían resolviéndose de un modo u otro. Para Dylan, que la observaba con total atención, supuso la constatación de que tras aquella chica menuda de rostro juvenil se escondía una mujer tremendamente fuerte y su respeto por ella volvió a crecer.

En aquel momento, sonó el móvil de la dueña de casa al mismo tiempo que sonaba el timbre exterior.

—Se ha vuelto a dejar las llaves —apuntó el irlandés, al reconocer el peculiar estilo de anunciar su presencia que tenía el hermano menor de Andy.

Ella sacudió la cabeza con resignación.

—Siempre. Siempre se las deja —respondió, dirigiéndose a la puerta al tiempo que contestaba el móvil—. ¿Ya estás aquí, pesado? Tus medias horas son muy raras, ¿sabes? Duran el doble que las mías.

Andy colgó el móvil y descolgó el portero. Desde abajo las carcajadas de Danny (y de su amigo) se oyeron alto y claro en el diminuto hall de la casa.

—*¡Es que yo soy el doble de grande! ¡No te enfades conmigo. Venga, Andy, si soy bueno…!* —respondió el chaval, haciendo reír a su hermana.

—¿Bueno? Un trasto, eso es lo que eres… Anda, sube —respondió ella riendo. Y le abrió la puerta exterior del edificio.

Dylan dejó el trapo que aún conservaba en las manos y cogió su cazadora del respaldo de una silla donde la había dejado al llegar.

—Bueno, guapa, me voy yendo… —comentó mientras se la ponía.

Ella sonrió con picardía.

—Hoy no estás desnudo. No hace falta que salgas corriendo a esconderte. ¡Qué pena que no hay cámaras en este edificio, te juro que habría pagado por verte!

Él le obsequió una de sus miradas de refilón y empezó a ensayar un estriptis con movimientos exagerados, haciendo que ella se doblara de la risa.

—A buen puerto has ido por leña… Mira que eso lo resuelvo en un santiamén…

—¡Qué exhibicionista eres, calvorotas! —replicó ella, agarrándolo por los brazos para impedir que se quitara la ropa.

Dylan la estrechó contra su cuerpo en un abrazo torpe que pretendía ser en broma y acabó quedándose a mitad de camino entre el juego y el deseo de que no fuera tal.

—Te quejas pero te encanta —comentó él, sin soltarla.

Ella sonrió, expectante. Los dos lo hicieron.

—Me encanta —concedió ella y añadió justo cuando se oía el timbre del piso—. Y no es una queja.

Nada como una buena sesión de risas para ponerte las pilas, pensó Dylan. Miró alrededor, los metros y metros de linde que le quedaban por revisar.

—¿Faroles rotos a mí? Ja. No sabéis con quién os estáis metiendo. ¡Soy el terror de los faroles!

Angela sonrió ante la escena que se abría ante sus ojos. El sujeto corpulento que estaba encaramado a la escalera contra la linde posterior de la propiedad, con sus brazos cubiertos de tatuajes y aquellos pantalones medio caídos, tan manchados de tierra seca como su camiseta, parecía cualquier cosa menos un ingeniero informático especializado en domótica. Cualquiera, empezando por un caco revienta-lunas.

—Como deduzco que el café te lo has tomado de madrugada, te traigo una cerveza fresca.

Dylan miró a la mujer desde la cima de la escalera. Sabía por Evel que la anciana tenía el sueño ligero, de modo que había procurado no hacer ruido. Y como siempre que alguien se propone no hacerlo… ¡No había despertado a los gallos porque ya estaban despiertos!

—Siento el follón. Tropecé con algo en la escalera…

Angela esbozó una sonrisa amable. Por supuesto, no le dijo que ese algo con lo que había tropezado era un jarrón antiguo de cobre repujado. No se había roto, pero restaurar las abolladuras costaría un buen pellizco.

—Ah, no te preocupes. No tiene importancia. Ven, descansa un rato y cuéntame cosas.

Dylan también esbozó una sonrisa (más o menos) amable. Y, por supuesto, tampoco le dijo que prefería que le clavaran astillas debajo de las uñas a bajar y "contarle cosas". Aún así, lo hizo. Bajó de la escalera, le agradeció a la mujer el detalle de traerle una cerveza, y empinó el codo con evidente gusto. Estaba fresca y para variar era cerveza inglesa. Dios, qué mono de una buena cerveza nacional tenía.

—He visto que no has confirmado si traes acompañante a la boda —empezó a decir Angela—. ¿Acaso quieres poner un poco de intriga? Dudo mucho que un hombre como tú vaya a asistir solo…

—No he confirmado acompañante porque no me acompaña nadie —dijo con su lógica habitual.

—¿Y Amy?

El tono de sorpresa era equiparable al asombro que dominó el rostro de la anciana, pero no engañó a Dylan.

—No tengo la menor idea.

—¿No has hablado con ella? —insistió la anciana.

—*Nop.* —Dio un buen sorbo a su cerveza. Hacia casi dos meses de la última vez que se habían visto y aunque ella lo había llamado un par de veces, Dylan no le había devuelto las llamadas. La comunicación entre los dos se había cortado de una vez. Al fin.

—¿Pero lo has intentado?

—*Nop* —repitió él, sin inmutarse.

Angela sacudió la cabeza ligeramente.

—¿Por qué todos creen que hay algo entre Amy y tú? Has estado en Londres el tiempo suficiente para llamarla, incluso para quedar con ella… Tienes mucho trabajo por hacer aquí, es cierto, pero media hora más o menos no marcará una gran diferencia.

—Pues no sabría decirte —apuntó Dylan. Le pareció la mejor respuesta; era sincera (no tenía ni la más remota idea de por qué "todos" pensaban eso) y, al mismo tiempo, daba a entender que no tenía ningún interés en "contarle cosas".

Notó que la mujer lo escrutaba. Estudiaba sus reacciones intentando cuadrar lo que decían otros con la idea que se había formado de él.

Su nieto insistía en que la indiferencia era fingida, producto del orgullo herido de Dylan que se resistía a claudicar ante lo que sentía por Amy. Una opinión idéntica tenía Abby y le constaba que varias de sus amistades -moteros todos- opinaban lo mismo. Los había oído la tarde de su despedida en el MidWay. Sin embargo, la actitud de Dylan al respecto siempre había sido la misma. No había enfado, ni fingido ni de ninguna clase. Ni siquiera un ligero toque de rencor.

—No lo entiendo —fue su conclusión tras unos instantes de reflexión—. A mí me pareces de la clase de personas que se implican a fondo en los asuntos que son de su interés. Al menos, eso es lo que te he visto hacer desde que te conozco.

Dylan asintió enfáticamente. Desde luego, ni él lo habría expresado mejor.

A Angela le pareció que al fin diría algo más, pero no fue así.

El irlandés se limitó a sonreír y volvió a dar un buen lingotazo a su botella.

Mientras tanto, en el MidWay…

—Nos estamos quedando sin *ginger ale* —se quejó Dakota cuando pasó por detrás de Maverick portando una bandeja cargada de pintas—. Y sin jarras limpias… —soltó un bufido—. Y sin canapés de pimiento… Joder, vamos de culo y contra el viento.

Y sin paciencia, pensó el socio capitalista del MidWay.

Evel que, precisamente en aquel momento, estaba quitando el envoltorio a una bandeja de canapés de pimiento miró a Maverick que retiraba del lavavajillas una cesta hasta arriba de jarras limpias. Los dos menearon la cabeza y siguieron a lo que estaban antes de que el vendaval Dakota les recordara lo que tenían que hacer. Llevaba toda la semana igual, atacado de los nervios, pero aquella tarde, la víspera de su boda, estaba lisa y llanamente insoportable incluso para alguien tan paciente y que lo conocía tan bien como su socio.

Se suponía que aquel día libraba del bar, que estaría ayudando a la cuadrilla de trabajadores -los mismos *chapuzas* que se ocupaban de las reparaciones del bar y habían reformado su buhardilla- con la preparación del espacio donde se celebraría la ceremonia y el banquete. Pero a primera hora de la tarde, había reaparecido en el bar. Según él, para recoger a Tess y llevarla a la casa de campo de los Rowley donde pasarían la noche. Según Evel porque sí, porque la ansiedad se lo estaba comiendo vivo y no se podía estar quieto en ninguna parte.

Era cierto que Tess tenía una última reunión de trabajo con la editora a quien había sustituido durante su baja por maternidad. Aunque hacía más de quince días desde que finalizara su relación contractual, la reunión estaba acordada con anterioridad, con la finalidad de que la editora pudiera despejar las dudas y consultas que surgieran después de su regreso al puesto de trabajo. Pero dado que las dos familias -los Taylor y los Baldini/Gibb-, además de los anfitriones -los Rowley-, pasarían la noche en la casa de campo, había suficientes vehículos disponibles para llevar a la novia. Algo que Dakota, por descontado, sabía.

Para colmo de males, había recibido una llamada de su suegra. La primera que recibía y en su móvil. Evel se dio cuenta de que sucedía algo en cuanto vio la cara de su socio, pero no fue hasta que él colgó y una retahíla de improperios salió de su boca, que averiguó lo que sucedía. O más bien, *parte de lo que sucedía*, ya que Dakota nunca se había caracterizado por hablar de sus asuntos y tampoco en esta ocasión dijo más que: "esta mujer está como una puta cabra. Deberían llevarla con correa y bozal".

—¿Quién? —preguntó Evel.

Rayos y centellas salieron de los ojos del motero pelilargo cuando miró a su socio… y una legión de sapos y culebras antecedió a las únicas dos palabras que pronunció: "tu suegra".

Evel reprimió la carcajada hasta que Dakota se alejó lo bastante de la barra como para no poder oírlo. Era tan capaz de pagarla con él, que no quería arriesgarse a que decidiera practicar el tiro al plato con su cabeza, usando las jarras del MidWay a modo de munición. Pero Maverick estaba demasiado cerca y demasiado atento, y detectó al instante que Evel se estaba tronchando de risa.

—Que también es la suya, si no estoy mal informado — apuntó el barman en voz baja controlando con la vista los movimientos de Dakota—. ¿Para tanto es la cosa?

¿Que si era para tanto? Amelia Gibb era todo un personaje y sí, como suegra era para tanto y más. Desde que Evel había descendido del top de sus favoritos, tras casarse en secreto con su hija menor y desatar poco menos que una guerra nuclear, no pasaba día sin verificar lo difícil que le ponía las cosas a todo el mundo. Pero no era asunto de nadie ajeno a la familia, así que se limitó a negar con la cabeza, quitando importancia al tema, y continuó trabajando sin hacer comentarios.

Poco después llegó Tess, que con su traje de ejecutiva y sus modos femeninos, se ganó varios halagos en forma de silbidos y comentarios por parte de la clientela. Halagos que la editora recibió de buen grado aunque se ruborizara y que a su joven enamorado, para variar, no le hicieron ninguna gracia.

Sonriente y algo acalorada, Tess fue directamente al encuentro de Dakota. Él, en cuanto la tuvo a tiro, la rodeó con sus brazos y la elevó un metro del suelo.

—Sufrid, cabrones —le dijo con malicia al grupo de zalameros que seguían sin quitarle los ojos de encima a la editora y después de plantarle un soberbio beso en la boca, murmuró en su oído—: Tus trajes me dan un morbo… Creo que hoy jugaremos a que tú eres la señora del castillo y yo, tu ayuda de cámara, ¿cómo lo ves?

Tess echó a reír y a pesar de saber que nadie excepto ella podían haberlo oído, sus mejillas acusaron recibo como si Dakota lo hubiera dicho en una radio que emitía a toda la ciudad de Londres y sus alrededores.

Dakota la estrechó aún más fuerte, disfrutando del momento y de la risa que le hacía tanta falta, y luego volvió a dejarla en el suelo.

—Pensé que no te vería hasta tarde hoy —Tess apartó el cabello de los hombros de Dakota y a continuación tomó su rostro entre las manos—. Gracias por venir a buscarme.

Él volvió a besarla y los silbidos arreciaron, pero la pareja, que estaba sumergida en su propio mundo, ni siquiera se dio cuenta.

—De nada.

—¿Qué tal todo por Southend On Sea?

La palabra que mejor definía el estado de las cosas era caos. Los chapuzas eran efectivos pero caóticos y presenciar el proceso ponía de los nervios a cualquiera. A él, que llevaba histérico desde hacía semanas, el ir y venir de aquellos tipos, desperdigando mesas y sillas por doquier, preguntándose unos a otros (en un lenguaje extraño mezcla de su idioma nativo y un inglés barriobajero) por el paradero de cosas que tenían justo delante de sus narices, lo irritaba. Y cuando las ganas de liarse a patadas con todo lo que encontraba a su paso sobrepasó el nivel tolerable, Dakota cogió carretera y manta. La situación que encontró en el bar no mejoró su estado de ánimo y Amelia Gibb se ocupó de rematar la faena.

—Desastroso, pero controlado. Creo.

Tess frunció el ceño y Dakota hizo los honores

—¿Te acuerdas de la reforma de la buhardilla? Esto es igual. Alguien normal pone la mesa en su sitio, pone las sillas y va a por la siguiente mesa. Estos tipos, no. ¡Qué va! Ellos primero pasean cada puñetera mesa por todo el jardín, así que aquello es un follón de sillas desperdigadas, pilas de cajas con los adornos por todos lados y mesas a medio montar... Pero, tranquila, que con suerte, no acabaremos comiendo sobre las rodillas. —Echó a reír de pura incredulidad.

—Tú te ocupas así que no estoy preocupada en absoluto —murmuró Tess, en plan terrón de azúcar al tiempo que dejaba una caricia sobre el rostro masculino antes de poner rumbo a la buhardilla.

No lo hacía solo por ternura, también porque sabía que era una técnica infalible cuando Dakota estaba estresado. Y sin duda, lo estaba.

—Espera, que hay más —dijo él, cortándole la retirada—. Ha llamado tu madre.

Tess se dio la vuelta con la sorpresa escrita en la cara con rotulador fluorescente.

—¿Ah, sí…? ¿A ti?

Dakota asintió con la cabeza varias veces. Sí, a él. De todas las personas del mundo, él había resultado ser el desgraciado elegido para tolerar la memez galopante de una mujer que estaba loca de remate.

—Vaya… ¿Y qué quería? —preguntó la editora con cautela.

Dakota soltó un bufido. A pesar del influjo benéfico que ejercía Tess sobre él, era incapaz de pensar en Amelia Gibb sin cabrearse. Incapaz de recordar sus memeces y sus salidas de tono sin que se le calentara la sangre…

—Que pases la noche en la casa paterna, como hace toda novia la noche antes de su boda —replicó casi sin separar las mandíbulas para hablar. No solo porque no deseaba que semejante gilipollez fuera de dominio público, es que estaba seguro que como abriera más la boca, las palabrotas que le inspiraba aquella mujer saldrían cual ráfaga de metralleta haciendo un estruendo fenomenal.

Tess sacudió la cabeza. Aquello era aún mas sorprendente que hubiera elegido marcar el número de su novio. Volvió a tomar el rostro del motero entre sus manos.

—¿La has mandado a paseo?

A Dakota su voz volvió a saberle a miel.

—Un poquito más lejos.

—Bien hecho, amor —dijo la editora.

Se puso de puntillas y depositó un beso sobre los labios de Dakota. Él lo convirtió en un morreo en toda regla.

—¿Subes, a hacer de ayuda de cámara? —añadió, insinuante.

—Ya. Tú sígueme tentando y nos perderemos la boda, guapa.

Dakota la hizo girar de espaldas a él y la empujó con suavidad indicándole que se marchara antes de que las cosas pasaran a mayores.

—No podemos. Es la nuestra, amor, tenemos que asistir —dijo ella, alejándose al tiempo que le tiraba un beso con la mano.

El motero la siguió con la mirada mientras ella pasaba detrás de la barra, hacia el final de las escaleras que conducían a la buhardilla. Como siempre que Tess aparecía en escena, la atención del motero cambiaba de foco completamente.

—¿No quieres llevártelo un ratito? —intervino Evel en parte bromeando y en parte intentando a ver si caía la breva.

—Por favor —añadió Maverick, entrelazando las manos como si fuera a pronunciar una plegaria.

Dakota los miró con ironía.

—Cortaos un poco, tíos, que estoy aquí.

Tess echó a reír, sus ojos acariciaron al amor de su vida como solo ella sabía hacerlo.

—Tenedle paciencia, pobrecito. Es la primera vez que se casa.

A pesar de que Dakota y Tess ya habían salido para Southend On Sea, el ambiente festivo continuaba sobre las siete, cuando Dylan llegó al MidWay. Casi todos estaban allí; los clientes habituales del bar, la mayoría de los miembros del club de moteros *The MidWay Riders* y del taller de customizados Rowley Customs y su dueño, por supuesto, Evel. Hasta Niilo, el ingeniero de diseño de Evel, que Dylan había visto en contadas ocasiones fuera del taller, estaba allí aquella tarde, celebrando como el que más.

La mayoría de los allí presentes no habían vuelto a ver al irlandés desde que había abandonado Londres y no escatimaron muestras de camaradería al verlo reaparecer por allí. De haber bebido la mitad de las cervezas a las que le invitaron, habría sufrido un coma etílico.

Estaba siendo una tarde de reencuentros y muchas risas a cuenta de los nervios del novio, noticia que había corrido como reguero de pólvora y había dado lugar a bromas de todo tipo. Además, Maverick siempre le había parecido un tipo gracioso y aunque ya se había enterado por Evel de que lo estaba haciendo bien en el MidWay, le gustó verlo detrás de la barra, tan *showman* y tan eficaz. Después de todo, el ex-*boy* trabajaba allí por recomendación suya.

La sorpresa de la tarde vino de la mano del presidente de los MidWay Riders y, dado que nadie más compartió su sorpresa al verlo entrar con su exnovia Nikki, le quedó claro que él era el único que quedaba por enterarse.

Aún y así, le seguía pareciendo asombroso. Estaban acaramelados, como si nunca se hubieran separado. Conor debió notar el asombro en su rostro porque, aparte de saludarlo con un gesto de la cabeza, no hizo el menor ademán de acercarse a conversar. Más bien al contrario, se digirió con su chica al otro extremo de la barra donde continuó conversando con ella como si el resto del mundo no existiera.

Dylan volvió a su bebida y mientras sus ojos seguían ausentes los movimientos de la cerveza en el interior de la jarra que él movía, reproduciendo círculos sobre la barra, su mente volvió a desbocarse en aquel aluvión de datos inconexos. ¿Conor con Nikki? ¿Pero no estaba colado hasta los huesos por Andy? Joder, había viajado a Barcelona para verla, ¿o acaso le habían informado mal? ¿De qué iba todo aquello?

—Claro, no lo sabías y ahora alucinas, ¿eh? —oyó que Niilo le decía. Se había puesto a su lado, pero Dylan, envuelto en sus pensamientos no se había dado cuenta.

El motero calvo hizo un gesto indiferente con la boca. Conor no estaba entre sus temas de interés y aunque el hecho de que ya no tuviera ningún tipo de relación con Andy sí que lo estaba -más de lo recomendable, de hecho-, no pensaba hablar al respecto. Ni con Niilo ni con nadie.

—Me dijo que Andy no quiso saber nada de él. Que fue amable y nada más —continuó el ingeniero de diseño de Rowley Customs.

Dylan permaneció en silencio, totalmente consciente de que su interés por lo que decía Niilo no dejaba de crecer. Esto sí le interesaba y le habría hecho un millón de preguntas, pero también era consciente de que no se suponía que aquello debiera interesarle. Estaba en Londres, en el MidWay, y para aquella gente, entre Andy y él no había nada. Para aquella gente, él no era más que uno de los tantos clientes del bar a los que la excamarera le ofrecía una sonrisa.

Pero algo tenía que decir.

—¿Y eso lo dejó tan mal que volvió a liarse con su ex, eso quieres decir? —Dylan sonrió con desdén—. No sé... Es un tío muy raro.

—Al lado tuyo, todos somos raros, Dylan. Hasta yo. —Niilo acompañó sus palabras con una palmada en la espalda de su colega.

No fue hasta un rato más tarde, cuando Nikki fue al baño, que Conor se le acercó. Intercambiaron miradas dubitativas y el motero de las rastas fue el primero en romper el silencio.

—Sigues en forma. Está claro que las francesas te tratan bien —le dijo, a modo de apertura.

Dylan podía haber continuado con el tono informal de intercambio de halagos masculinos, pero no le dio la gana. Después de la brasa que le había dado, llorando por los rincones porque Andy lo ignoraba, después de toda la ñoñería que había soportado cada vez que la cerveza se le subía a la cabeza… Después de las veces que había tenido que meterlo en la cama, borracho perdido tras una pinta y media de cerveza… Durante meses, había tenido el interés de una mujer increíble como Andy, lo había echado todo a perder y jugado al chico enamorado ¿para qué? ¿Para acabar volviendo con su ex novia, esa que no se cansaba de decir a todo el mundo que lo tenía asfixiado? Se merecía una buena hostia, no un halago.

—Y tú sigues colgándote de una tía distinta cada fin de semana.

—Mira quién fue a hablar…

Dylan lo apartó de su lado poniéndole una mano en el pecho, un movimiento que no solo cambió el tono de la conversación entre los dos, sino que atrajo las miradas de todo el mundo.

—No se te ocurra compararte conmigo, chaval. Yo no voy por ahí, cagándola como un crío indeciso y calentón.

Conor controló visualmente el área de lavabos. Nikki seguía en el baño, aunque estaba claro que no tardaría mucho más en regresar al bar. Se quitó la mano de Dylan de encima con brusquedad y lo miró airado.

—Fui a verla. A Barcelona, nada menos. Volví a disculparme y le pedí salir, salir de verdad. Y pasó de mí. ¿Qué se supone que tenía que hacer? ¿Ordenarme sacerdote?

Una hostia no, una docena. Como muy mínimo. Menudo gilipollas.

Dylan soltó el aire por la nariz.

—¿No has pensando en hacerte una lobotomía, capullo? —escupió. Sus ojos centelleaban de rabia.

A continuación, dejó un billete de diez libra sobre la barra, dio media vuelta y abandonó el bar.

Un buen baño había conseguido disipar parcialmente el enfado que lo había acompañado todo el trayecto desde el bar hasta su piso en Piccadilly. Dylan era consciente de que no había sido una jugada muy inteligente por su parte, ya que ahora todos se estarían preguntando qué bicho le había picado para reaccionar de un modo tan contundente. Pero no había podido evitarlo.

"Pasó de mí. ¿Qué se supone que tenía que hacer? ¿Ordenarme sacerdote?" Ahora estaba claro que Andy le importaba un carajo, que nunca le había importado, y saber que él había estado mediando, intentando que acercaran posiciones, lo hacía sentir el rey de los gilipollas.

Joder, ya volvía a tener ganas de liarse a hostias con él.

Dylan salió del baño con una toalla alrededor de la cintura. Fue directamente a la nevera y sacó la única cerveza que quedaba. Bebió un buen sorbo e intentó calmarse.

Dejó el botellín sobre la mesa. Tomó el paquete que había traído del tinte, lo extendió sobre el sofá y abrió la cremallera de la funda. En este caso, era un traje de lana virgen color gris oscuro, compuesto de americana de tres botones, pantalón de corte recto y chaleco. Era nuevo, apenas lo había usado una vez hacía unos meses, pero había preferido mandarlo limpiar.

La boda había supuesto un cambio en su rutina. Un cambio bastante inesperado. De pronto, estaba sobre la mesa la alternativa de saber cómo se encontraba Andy, qué era de su vida. De pronto, Conor, la variante que desde el principio había creído que formaba parte de la ecuación, ya no estaba en el horizonte de Andy. Más aún, en realidad, nunca había llegado a estar en él.

De pronto, era como si las semanas que cada uno había seguido caminos diferentes, hubieran sido solo un paréntesis, tras el cual los tres volvían a reunirse en el mismo lugar donde estaban la última vez; en Inglaterra, rodeados de los moteros del MidWay.

Solo que ahora Conor ya no buscaba el perdón de Andy, ni ella estaba interesada en tener una relación con él…

Y Dylan…

El irlandés solo sabía que la ansiedad por que amaneciera, por que ya fuera sábado, se había calzado la botas de siete leguas y avanzaba imparable.

Y solo eso, que no tenía la menor idea de lo que significaba, lo mantenía en vilo, como si estuviera subido a un delgado cable bajo el cual se abría un precipicio inmenso.

17

Sábado 7 de noviembre de 2009.
Boda de Dakota y Tess.
Southend On Sea,
Essex, Inglaterra.

El día había comenzado con emociones fuertes gracias a la sorpresa que Dakota le había preparado a su chica. Si la llegada de un día tan especial para una mujer no fuera lo bastante emocionante, al entrar en la cocina de la casa de campo de los Rowley, donde se celebraría el evento, Tess se encontró con un inesperado comensal esperándola sentado junto a Dakota, a la mesa de desayuno: su amigo Terry. El moreno, hijo de padre americano y madre jamaicana, había atravesado literalmente medio mundo para asistir a la boda de su mejor amiga; desde la Patagonia argentina, donde realizaba un reportaje fotográfico.

Y mientras las mujeres de la familia se afanaban en el arreglo de la novia, los *chapuzas* daban los últimos toques a la decoración y los camareros contratados al efecto, capitaneados por Maverick con la ayuda de los camareros fijos del MidWay, Cheryl y Frank, que aquel día cambiaban el bar de moteros por una boda, disponían los servicios para los cerca de cien invitados al banquete.

La casa lucía realmente diferente aquel día. Se trataba de un chalet de dos plantas con diez habitaciones, situada en una gran parcela de cinco mil metros cuadrados. La casa estaba rodeada por amplias zonas ajardinadas, todas especialmente engalanadas para la ceremonia, aunque las instalaciones destinadas al efecto se habían montado en la parte posterior. Eran dos, un recinto cubierto situado próximo a la piscina, donde tendría lugar la ceremonia, y otro, también cubierto, dispuesto inmediatamente frente la salida posterior de la casa, donde se celebraría el banquete.

Los novios no habían querido una boda religiosa y como era de esperar, tampoco una celebración tradicional. De hecho, se habían saltado varias de las tradiciones más habituales en eventos del estilo. Tess había escogido un vestido largo de satén color gris perla con transparencias en la espalda y los brazos y zapatos a juego, y un sencillo recogido del que se había encargado Abby. Un ramo de violetas y gardenias, su flor favorita, completaba el atuendo. Dakota había cosechado tantas alabanzas como la novia con su traje negro. Debajo, vestía una camisa blanca de seda, ninguna corbata, y, por pedido expreso de su chica, llevaba suelta su larga cabellera rubia.

Pasaban diez minutos de las doce cuando después de que lo hicieran sus damas de honor, Tess empezó a recorrer el pasillo nupcial. Los ocupantes de las cinco hileras de diez sillas situadas sobre el césped, a cada lado del pasillo, se pusieron de pie.

Estaban todos los miembros de la familia de Tess, incluso los que no vivían en Londres, y la familia del novio casi al completo. Los anfitriones, por supuesto, y los amigos de la pareja. Incluido el fotógrafo amigo de Tess, una torre de ébano de dos metros que llevaba la cabeza rapada, como él. Conor y su acaramelada novia, Nikki, todos los moteros con sus respectivas acompañantes, y para disgusto de Dakota, Ike acompañado por Chelsea. Prácticamente, parecía una sucursal del MidWay, pensó Dylan que desde la tercera fila contemplaba el panorama. Estaban todos allí…

Todos, excepto Andy que, hasta el momento, no había llegado.

Había una evidente alegría entre los asistentes. Para muchos, se trataba de un momento por el que no habrían apostado que alguna vez llegaría. A la diferencia de edad entre Dakota y Tess, se sumaba la gran oposición que la familia de la novia había mostrado desde el principio. La verdad, a Dylan le seguía pareciendo muy raro pensar en Dakota casado. No daba el perfil para nada. Se alegraba por él, claro, pero le resultaba la mar de raro.

El mensaje de la oficiante había sido ligero, al grano, con pinceladas humorísticas sobre cómo había nacido el amor entre los contrayentes, que habían sido del agrado de los asistentes. Incluso había habido una intervención por parte de Terry, el amigo de la novia, hablando sobre la pareja, que había provocado sonrisas y alguna que otra lágrima.

A pesar de los nervios y la emoción, la ceremonia se había desarrollado según lo previsto…

Hasta que llegó el momento de los anillos. Entonces, Dakota se volvió hacia su *best man*[13]. Evel, que ya los tenía preparados, tomó la heladísima mano de su socio, depositó las alianzas sobre ella, y las cubrió con su otra mano.

---

[13] Best man: figura parecida al padrino en las bodas inglesas.

Dakota lo miró con desconfianza y Evel, incapaz de aguantarse un segundo más, le hizo un guiño y retiró su mano.

Algo desconcertado, el novio bajó la vista y al ver las dos hermosas bandas de oro blanco, una más fina, decorada con una delgada línea de brillantes y la otra, más ancha, con el anagrama de Harley Davidson, reaccionó con un apasionamiento que dejó a todo el mundo de una pieza; a su chica, la primera.

Se giró hacia Tess, que lo miraba con ternura y expectación, le rodeó la cintura con un brazo y sin mediar palabra le plantó un beso de tornillo que duró… duró… y siguió durando. Un beso al que la novia respondió con el mismo apasionamiento.

—Te adoro, bollito… Te amo con locura —murmuró Dakota, dejando de besarla solo el tiempo necesario para pronunciar aquellas palabras.

—Y yo a ti, amor… Gracias por este día inolvidable —se las arregló para responder Tess, entre beso y beso.

Y mientras los más allegados los contemplaban con toda la ternura que inspiran las escenas románticas, a su alrededor, la ganas de fiesta de los asistentes habían comenzado a dispararse. Se oían aplausos, gritos, risas…

La oficiante tuvo claro que tendría que dar por terminada la ceremonia sin la colaboración de los novios, así que volvió a acercarse el micro a los labios y anunció:

—¡Y los declaro marido y mujer!

El novio había sorprendido a la novia trayéndole a su amigo del alma desde el otro lado del mundo. Luego, la novia lo había sorprendido a él encargando unas alianzas de diseño a su fabricante de motos favorito. Y por eso de que no hay dos sin tres...

Todo el mundo quería acercarse al altar a felicitar a los novios y sumado a que el fotógrafo, regalo de Evel y Abby, tenía instrucciones de sacar fotos de todo, dio por resultado que la pareja permaneció de pie, sobre la tarima alfombrada en rojo durante más veinte minutos. Los familiares directos, que debían salir en las fotos, también se habían mantenido allí, acompañando a la pareja. Tess lo llevaba con su buen talante de siempre. Dakota, algo menos. Por eso, cuando acabaron con el último de la cola y él ya tiraba de la mano de su chica para salir de allí cuanto antes, y se encontró de frente con Abby, interceptándole el paso, ni siquiera se molestó en disimular su impaciencia.

—Lo que sea que quieras, tendrá que esperar —dijo.

Pero ella lo detuvo.

—No, no puede esperar. Y como quiero que estés presente, también tendrás que quedarte.

Evel ya había empezado a sonreír cuando vio a su mujer acercarse a Tess y tomarle las manos. Dakota, escéptico por naturaleza, y más cuando se trataba de Morticia, decidió esperar a ver de qué iba todo aquello.

—Te debo algo, Tess.

La editora, que intuía lo que su hermana se proponía, negó suavemente con la cabeza. La miró con cariño.

—No me debes nada, Abby. De verdad que no. Todo está en orden.

El padre de las hermanas no pudo evitar lagrimear. Tampoco su esposa, que apretó las manos de su hermana Stella, provocando que la emoción pasara de una a otra y acabara contagiando a todos los miembros más allegados de la familia. Angela Swynton, siempre una anfitriona excepcional, apareció de la nada y se puso a repartir pañuelos de papel con una sonrisa.

Abby respiró hondo y al fin lo dijo:

—Perdóname, por favor. Tú no tenías culpa de nada y me porté tan mal contigo, fui tan cruel, tan… —Se le quebró la voz. Tess igual de emocionada que su hermana, le cubrió los labios suavemente con sus dedos para evitar que continuara.

—Perdóname tú a mí, por no haber tenido el valor de decírtelo cuando todavía estaba a tiempo… Lo último que quería era hacerte daño y sé que te lo hice.

Abby se abrazó a Tess, incapaz de dejar de llorar.

—He querido decirte esto tanto tiempo… Y no me atrevía… Tess, lo siento mucho…

—Y yo, cariño…

Las hermanas dieron rienda suelta a su emoción y continuaron abrazadas, diciéndose cosas que solo ellas dos oían, mientras sus padres y sus tías daban gracias porque, al fin, las hermanas hubieran resuelto sus diferencias.

El orgullo en el rostro de Evel era evidente y a nadie sorprendía. Admiraba a la mujer de la que se había enamorado, la tenía por una buena persona y lo que presenciaba suponía una confirmación de su grandeza de corazón.

Las cosas con Dakota eran diferentes. Todos sabían que no soportaba a su cuñada. Era de dominio público y él nunca se había molestado siquiera en disimular lo que su sola presencia le hacía sentir.

Por eso, la reacción del motero sorprendió a todo el mundo.

—Vaya. Parece que te estás haciendo mayor, Abby —concedió Dakota, al tiempo que asentía con la cabeza.

Y a ninguno le pasó desapercibido el hecho de que era la primera vez que la llamaba por su nombre.

Había corrido la comida y la bebida en cantidad. Tanto, que incluso un grupo de invitados no se había resistido a la tentación de bajar a la playa y hacer locuras con sus motos. Por suerte, todavía nadie se había caído a la piscina. La alegría y las ganas de diversión se palpaban en el ambiente. El grupo galés, que tanto éxito había cosechado en sus actuaciones en el MidWay, eran los encargados de amenizar la boda y lo estaban haciendo fenomenalmente bien.

Pero llegaba el momento de hincarle el diente al pastel de boda, tras lo cual los novios desaparecerían sin anunciarlo con destino a su luna miel, y Angela Swyton, que llevaba tan mal como su nieto eso de ocultar sorpresas, se dispuso más que gustosa a revelar lo que llevaba tres días callando. Se dirigió a la mesa de los novios, micrófono en mano, y con su talante alegre dijo:

—Amigos, antes de proceder con el pastel de boda, hay otro punto en el orden del día —y mirando a Dylan con una sonrisa de oreja a oreja, pronunció las palabras mágicas—: ¡Fuera luces, por favor!

A su orden, el predio cubierto donde se estaba celebrando el banquete, quedó solo iluminado por las velas que decoraban el centro de las veinticinco mesas de los asistentes y la de los novios, provocando un ambiente íntimo y a la vez, lleno de expectación.

Cheryl accionó el mando que le habían entregado, como estaba planeado. Pero nada sucedió.

—Ohhh..., ¿le has dado bien? Vuelve a intentarlo, por favor, querida —pidió Angela.

La camarera obedeció. Otra vez nada.

Dylan se levantó de la mesa que ocupaba junto a Clinton Rowley, su esposa, Sylvia, y la propia Angela, y se encaminó hacia el control de las luces situado a la entrada del recinto, cerca de la mesa de los novios. Lo único que le faltaba para completar el día era que el puñetero juego de luces no funcionara.

Se oían comentarios y bromas que ignoró porque, por norma, nunca tenía en cuenta los comentarios que hacía la gente después de haberse bebido la segunda pinta de cerveza. Y entre todos los moteros que estaban allí, habían consumido suficiente alcohol como para que los empresarios cerveceros se retiraran a vivir de las rentas.

Movió uno de los cables. Ajustó la conexión de otro y se disponía a verificar el cable principal cuando un motero pasado de vueltas, que aunque no se giró a comprobarlo estaba bastante seguro que se trataba de Ike, gritó:

—¡Tranquilo, Dylan, que si se te jode el espectáculo, Maverick siempre puede hacer un estriptis!

El nuevo barman del MidWay dio una vuelta sobre sí mismo, en plan vedette, sin molestarse en dejar la bandeja que sostenía en una mano. Las oscilaciones de sus caderas arrancaron ovaciones entre el público femenino y el ambiente empezó a llenarse de comentarios subidos de tono y carcajadas.

Entonces, Dakota se acercó a Dylan y…

—Hermano, como no vaya ese mando y este tipo se ponga a bailar en gallumbos, acabamos en el hospital. Fijo que a mi suegra y a mi señora madre, que deben llevar años sin comerse un rabo, se les funde el marcapasos —y con esas, echó a reír festejando su propia broma.

Dylan le ofreció un sucedáneo de sonrisa. Pensó que dado que acababa de casarse, el pobre, y a que también había contribuido lo suyo al retiro de los empresarios cerveceros, no se lo tendría en cuenta.

Al final, ni Maverick tuvo bailar para los asistentes ni fue necesario socorrer desmayos. Cheryl volvió a pulsar el mando y esta vez, el recinto se llenó de color.

La estructura eléctrica de un metro de ancho, que atravesaba el recinto de lado a lado, empezó a mostrar una sucesión de figuras que se formaban a medida que las luces led se encendían. Primero, apareció la silueta que representaba a Dakota desplazándose hacia un extremo. Luego, apareció la silueta que representaba a Tess con un vestido de novia de cola muy larga, desplazándose en sentido contrario. La pareja se encontró a mitad de camino y tras un romántico beso, que arrancó aplausos entre los asistentes, las luces formaron la silueta de Princesa.

Un "ohhhhhh, qué pasada" empezó a oírse a medida que las luces iban representando otra escena; a la pareja alejándose a bordo de la moto, y cuando tras la explosión de luces multicolores, éstas volvieron a ordenarse y formaron la frase "¡Muchas felicidades, tortolitos!", el recinto al completó estalló en aplausos.

Dakota, Evel, todos los moteros, incluido el mismísimo Conor, se acercaron hasta donde estaba Dylan y lo felicitaron efusivamente.

Entonces, Tess fue hacia él y lo estrechó, cariñosamente.

—Qué regalo más bonito nos has hecho, Dylan… Precioso e inolvidable. Muchísimas gracias —le dijo.

El irlandés respondió a su amabilidad con una sonrisa. La primera auténtica sonrisa desde que había acabado la ceremonia, hacía horas.

Dylan nunca había agradecido tanto que un cortocircuito lo obligara a tener que arremangarse la camisa en plena fiesta. Por suerte, en el recinto principal las velas que decoraban las mesas ofrecían suficiente iluminación para andar sin peligro de tropezar. No suficiente, sin embargo, para los camareros que estaban sirviendo el pastel de boda en el momento en que se había ido la luz, y que no solo tuvieron que interrumpir la labor, sino evitar que algunos invitados, más achispados de lo normal, intentaran "autoservirse" con el consiguiente riesgo de caer, cuan borrachos estaban, sobre la llamativa tarta.

Nunca había agradecido tanto poder desaparecer de la multitud de gente feliz y/o borracha, y poder estar a su aire un rato. Tener la ocasión de darle algo que hacer a su mente y que ella le ofreciera una tregua a semanas de ansiedad. A horas de desazón, de vacío, de sentirse como un extraño en su propio cuerpo.

A horas de nada.

Descansado o muerto tras un día de trabajo, sobrio o borracho como una cuba, acompañado o a solas… Daba igual. Esa sensación de no saber qué hacer consigo mismo, de no estar a gusto en ninguna parte, solo se aliviaba un poco cuando alguna tarea infrecuente, que lo obligaba a concentrarse, requería su atención.

Y hoy ni con eso.

Mierda.

Dylan se pasó la lengua por la herida. Solo le faltaba dejarse la camisa a pintitas rojas para completar un día que mejor olvidar. Se las arregló para sacar con la punta de dos dedos el pañuelo que guardaba en el bolsillo trasero de sus elegantes pantalones de lanilla gris oscuro y lo enrolló en torno a la mano en la que acababa de hacerse una brecha con la punta del destornillador.

A continuación, bajó de la escalera para recoger la herramienta que se le había caído, y siguió a lo que estaba.

O lo intentó.

Tres casquillos antediluvianos, del sistema de luces original de los jardines, habían sido los responsables de que la propiedad se quedara a oscuras y sin música. Pero ya había aislado ese tramo y se había vuelto a hacer la luz en la boda…

Y él seguía allí, empeñado en restituir la iluminación a un sector del jardín en el que no había un alma, solo para evitar que alguien se diera cuenta de su malhumor y empezaran las preguntas. Empeñado, a sabiendas de que no tenía forma de lograrlo. Ni devolver la iluminación. Ni evitar las preguntas. Los casquillos se habían fundido, literalmente, con el portalámparas; habría que reemplazar el farol completo. Y los tres pelotazos de whisky que se había metido por el gaznate solo habían servido para aumentar su impaciencia, con lo cuál, lo más seguro era que al primero que se le ocurriera preguntarle "¿qué te pasa, Dylan?", acabara por mandarlo a la mierda sin más.

El irlandés soltó un bufido y lo dejó por imposible. Descendió, sacó el tabaco y el mechero del bolsillo interior de la chaqueta del traje. Volvió a dejarla con cuidado sobre el brazo metálico que mantenía abierta la escalera y usó uno de los peldaños a modo de asiento.

Encendió un cigarrillo y le dio una calada larga. Estaría bien saber qué coño le pasaba, pensó. Estaría bien tener una explicación racional a la desazón que parecía haberse instalado en su vida hacía semanas. Era un tipo muy ambicioso que había alcanzado sus aspiraciones profesionales y lo había hecho cuatro años antes de lo previsto. Tenía la clase de existencia que provocaba envidia en los de su género y acaparaba el interés del sexo opuesto. Tenía buena salud, buenos amigos, éxito en su profesión, mucho más dinero del que necesitaría en siete vidas, compañía femenina cuando le apetecía y soledad cuando lo que quería era un poco de aislamiento. Por tener, hasta tenía una familia que no le ocupaba más tiempo que el que tomaba escribir una felicitación por Navidad. ¿Por qué cojones se levantaba y se acostaba con esa misma desazón desde que había puesto un pie en Niza? No era por Niza, eso estaba claro, ya que llevaba tres días en Londres y la situación no había mejorado.

Le dio otra calada al cigarrillo.

El sol, que casi no había aparecido en todo el día, se había puesto bajo una espesa capa de nubes. Era noviembre y anochecía pronto. Las sombras empezaban a ocultar parte del sendero de canto rodado que, serpenteando entre arbustivas y rosales, conducía al acceso lateral de la casa. Pronto sería noche cerrada. La noche de un día que Dylan había esperado con mucha más ansiedad de lo que estaba dispuesto a reconocer.

Y si de paso encontraba otra explicación para el tremendo bajón que le había provocado que ella no hubiera aparecido, pensó, mucho mejor.

Entonces, su mente paró en seco y, como si acabara de detectar una nota discordante, retrocedió cinco palabras.

¿Ella?

Ese fue el momento en que el universo de Dylan se iluminó como si un sol gigante refulgiera sobre su cabeza. Cuando aquel pensamiento inesperado, sorprendió a la parte más racional de su cerebro, aportando el elemento que faltaba en la ecuación. En la ecuación que explicaba tantos porqués.

Ella, la persona de la que no había vuelto a saber desde que estaba en Niza. Y en quien no había dejado de pensar, aunque lo hiciera con recuerdos graciosos, aparentemente inofensivos. De forma encubierta, para no darse cuenta.

Ella, la causa de tres semanas de una ansiedad desesperante.

Y de horas de bajón.

Y de aquella angustiosa necesidad que lo estaba volviendo loco.

Una sonrisa irónica le puso el punto patético al momento.

No tenía experiencia anterior propia, pero reconocía el proceso. Lo había visto en Dakota, en Evel y en muchos otros. Había visto esa desquiciante necesidad por alguien que los llevaba a hacer locura tras locura. Locuras de las que él se había burlado tantas veces.

Tenía gracia, pensó.

"Ella" era Andy.

El irlandés sacudió la cabeza. ¿Dylan Mitchell enamorado?

Tenía un montón de gracia.

18

Mientras tanto, en un pub centenario a orillas del Támesis…

Habían tenido suerte. No solo habían conseguido lugar para sentarse, sino que la mesa que ocupaban estaba situada al fondo, junto a uno de los ventanales desde el que se veía discurrir el río. Poco después de llegar había empezado a llover fuerte y el pub se había llenado en cuestión de minutos.

—Dios, qué ganas tenía de volver a verla… Londres está preciosa. Y tío Pau tenía razón, todavía estoy aquí y ya estoy sufriendo por tener que irme… —dijo Andy poniendo carita de pena.

La nariz de su amiga ya mostraba las aletas ominosamente abiertas antes de decir una palabra. Se le había puesto cara de toro a punto de embestir.

—Chorradas. ¿Qué otra cosa iba a decir él, Andy? Si fuera por tu tío, no volverías a poner un pie fuera de Menorca en tu puñetera vida.

Era mentar a Pau Estellés y a su amiga le empezaba a brotar el malhumor por todos los poros. Tina era una mujer muy independiente y haber quedado huérfana de madre siendo muy pequeña, sin duda, había tenido un peso importante en la formación de su carácter. Aunque intuía que no era la única razón, lo cierto era que toleraba muy mal el estilo autoritario de los hombres Estellés. Aún y así, se trataba de su tío, alguien a quien las Avery tenían muchísimo que agradecer, así que prefirió no hacer más comentarios al respecto.

Andy volvió a mirar por la ventana. Además, tenía otras cosas en qué pensar.

Tina no tomó a mal la reacción de su amiga. Hablar de Pau Estellés no era lo que más le interesaba en aquel momento, precisamente.

El día estaba dando para todo. Dos horas de entrenamiento en el gimnasio, paseo por Saint James Park, comer en un asiático de la zona, pegar las narices a los lujosos escaparates de la calle Bond (y no comprar nada, por supuesto), más paseo por el Puente de la Torre y ahora, una pausa para descansar los pies en aquella antigua fábrica que desde hacía un siglo albergaba uno de los *pubs* más conocidos de la ciudad… Habían hecho de todo, excepto lo que estaba previsto hacer: asistir a una boda.

Tina volvió a mirar a su amiga con disimulo. Andy, que nunca bebía, tenía media pinta sin tocar sobre la mesa. ¿Tan fuerte era lo que *no* le decía que necesitaba echar mano del alcohol para soltarlo? Por cierto, también tenía una cara de melancolía que espantaba, de modo que quizás volviera a sonreírle la suerte y pudiera averiguar de una bendita vez por qué estaban allí, a setenta kilómetros de donde deberían estar. La verdad, y no aquella excusa más que escueta con la que Andy había pretendido zanjar el tema: "me lo he pensado mejor y no tiene sentido que vaya". Estaba completamente vestida, peinada y maquillada para ir a la boda cuando apareció en la pequeña cocina donde Tina se estaba preparando el mismo batido energético con el que comenzaba cada día. ¿En qué momento se lo había pensado mejor?, ¿mientras se ponía la máscara de pestañas?

Andy detectó la mirada de su amiga. Sabía que Tina no la presionaría, no era su estilo, pero también sabía que no era justo seguir callando algo que en circunstancias normales le habría confiado desde el primer momento. No podía presentarse en Londres para ir a una boda a la que se había dejado convencer (por ella) de asistir y, en el último momento, cambiar de idea y no darle más explicaciones.

La cuestión era que no sabía por dónde empezar. Y suponiendo que fuera capaz de encontrarle la punta al ovillo, tampoco estaba segura de que lo que sentía tuviera sentido. Y estaría bien que lo tuviera. Al menos, sentido, ya que futuro, claramente no tenía.

—Me acobardé —admitió ante la expresión incrédula de su amiga. Asintió varias veces con la cabeza—. Sí, yo. Me acobardé.

—Claro, ir a la boda era muy peligroso. ¿Y si a tu príncipe de las rastas se le daba por matarte de un morreo… —la miró— o de un polvo? *Peligrosísimo*.

—No estoy bromeando, Tina.

—Vale, a ver… —y con esas, se estiró hacia su amiga—. Si quieres me lo dices y si no me aguantaré como hago siempre. Pero si vas a dignarte a hablar, no me vengas con memeces. Tú no te achicas. No tienes un pelo de cobarde. Tú lo sabes y yo lo sé. Así no. Empieza otra vez.

Andy apartó la media pinta que continuaba intacta.

—Estuve con alguien —respiró hondo—. Alguien que no es Conor.

—¿Te refieres a…"estar" de sexo?

La camarera movió la cabeza afirmativamente varias veces.

Notó que los ojos de su amiga mostraban exactamente lo que ella imaginaba que mostrarían: que no entendía una palabra.

—¿Te acuerdas de la última vez que quedamos en esa cafetería cerca de tu gimnasio? Ese día que Danny tenía tal diarrea que no paraba de ir al baño, ¿recuerdas?

Tina asintió. Aquel había sido el penúltimo fin de semana de Andy y Danny en Inglaterra. Una semana más tarde, le avisaban que su madre estaba en el hospital y los dos hermanos ponían rumbo a Barcelona. Ella había ido a despedirlos al aeropuerto. Entonces, ninguno sabía que se trataba de un viaje sin retorno.

—Al día siguiente hubo una fiesta en el bar… Uno de mis jefes, el de los ojos verdes que lleva el flequillo en cresta, ¿sabes? —Tina volvió a asentir—. Bueno, pues ese. Se fue de fin de semana con su novia y cuando volvieron al bar el lunes por la tarde, se habían casado en secreto. Total, que empezaron las celebraciones, empezó a correr el alcohol en plan grifo abierto… Todos bebimos —reconoció con creciente incomodidad— y en una de mis idas al baño de señoras…

Andy continuó relatando los sucesos de aquel día que, aún en el recuerdo, traían consigo emociones tan fuertes. Le habló de las acusaciones de Conor, de la violenta pelea que habían mantenido… Y de Dylan. De cómo lo que había empezado como el "desfogue" de una noche de cabreo y alcohol había llevado a una sesión intensiva de sexo, que había continuado repitiéndose un día tras otro durante su última semana en Inglaterra. Le habló de la tremenda química que había entre los dos y de lo alucinante que era el sexo con él. Y de los momentos de risa y de silencio compartidos, que no tenían nada que envidiarle a los momentos de sexo.

—Así que mientras yo sudaba tinta china, trabajando dos mil horas por día, tú… —una sonrisa sorprendida apareció en el rostro de Tina—. Estoy alucinando, te lo juro.

Llevaba siglos intentando que Andy saliera a divertirse, que se "desmelenara" aunque fuera una noche como cualquier chica de su edad, y se olvidara de los problemas por un rato, y cuando al fin sucede, va y se pierde la exclusiva porque la que está agobiada con el trabajo es ella. Increíble.

A Andy, en cambio, aquello no le hizo ninguna gracia. Porque no la tenía. Para ella, no. Había sido la mejor semana de su vida, no solo porque entonces aún no había comenzado la hecatombe; también porque tenía a Dylan y sus días estaban repletos de emoción, de expectativa, de vida… Y no como ahora, que solo había recuerdos y un vacío inmenso, imposible llenar.

Se removió algo incómoda y aquel sutil movimiento propició que su amiga dejara de reír y volviera a ponerse seria.

—No puedo volver a verlo, Tina. Es una pésima idea. Hay demasiada química entre los dos y si antes me era casi imposible resistirse, ahora…

—Venga ya, nena. ¿Y por qué tienes que resistirte a lo primero verdaderamente memorable que te pasa en años?

¿Qué por qué…? Porque ahora, caería rendida en sus brazos dos segundos después de verlo, harían el amor como posesos hasta una hora antes de que saliera el avión que la devolvía al mundo real. Dylan regresaría a Niza, y ella se hundiría en el infierno de los días eternos sin él, volviéndose loca esperando llamadas que cada vez se espaciarían más, muriéndose de celos al imaginarlo en los brazos de otra. Y odiándolo por eso.

—Ya, ¿y después qué? ¿Cada cuál a lo suyo y Dios en lo de todos hasta que otra boda o bautizo o funeral vuelva a reunirnos? Olvídalo.

Tina frunció el ceño, miró a su amiga sin ocultar lo confuso que le resultaba lo que acababa de oír. Estaban en el siglo XXI: había alternativas para seguir en contacto. Algunas, de hecho, gratuitas.

—¿Y eso por qué? Que yo sepa, no vives en un planeta sin cobertura, Andy. Imagino que él tampoco.

—Tenemos cobertura —O eso creía, aunque ninguno de los dos la hubiera usado hasta ahora. Ni siquiera para probar si funcionaba bien—. La cuestión es que vivimos en distintos planetas, ¿lo pillas?

—Si tenéis cobertura, seguro que tenéis aviones, trenes, barcos… ¿lo pillas? —replicó Tina.Y solo le faltó añadir "listilla" al final de la frase. Su expresión hizo las veces a la perfección. Le mostró, sin lugar a dudas, que ya estaba bien de excusas.

Andy esbozó una sonrisa irónica. Empujó el cabello hacia atrás con las dos manos y no las retiró. Continuó sujetándose la cabeza como si, de pronto, pesara cien kilos y no pudiera con ella.

Y así era. Empezaba a sentirse emocionalmente agotada.

—Una relación a distancia, ya. Paso, gracias. Mi situación no es la de una mujer normal de mi edad. Yo no soy *yo sola*, Tina; el pack incluye una madre enferma, un hermano adolescente y un bebé de meses. Quienquiera que desee estar conmigo, tendrá que aceptarlos a ellos también. Y eso es mucho pedirle a cualquier hombre. Es una auténtica putada, pero es así.

—Lo que me parece una putada es que tú solita decidas sobre el tema sin darte una oportunidad a ti misma, ni dársela al chico de los tatuajes. ¿Has hablado con él?

Andy respiró hondo.

—No.

—No, ¿qué? —insistió Tina, demostrándole una vez más que la conocía como si la hubiera parido—. ¿No habéis hablado pero lo has intentado, o ni siquiera lo has intentado?

Andy apoyó los codos sobre la mesa y miró algo ausente al barco que atravesaba el río en aquel momento. Era de los que hacían recorridos turísticos por el Támesis e iba cargado de pasajeros.

Había estado a punto de llamar a Dylan un millón de veces. Casi cada día tenía la loca tentación de hacerlo. Pero solo lo había hecho una vez. Una. No era para tirar cohetes, pero, en cualquier caso, era una marca mejor que la de Dylan, que no lo había intentado nunca. Decía mucho de ella, de sus emociones y también de su determinación, que solo hubiera cedido a la tentación en una ocasión. Mierda. Decía mucho de ella que estuviera allí y no a setenta kilómetros, pegada al hombre del que se había enamorado como una loca… Y del que, sin embargo, se mantenía alejada como si fuera el mismísimo demonio. Desde luego, el miedo no era tonto.

—La respuesta es no. No he vuelto a intentar ponerme en contacto con él desde que me fui de Londres. Para que conste, él tampoco. ¿Qué más da? Esto no va de intentar, Tina. Yo no quiero a un hombre que *intente* acoplarse a mi desastre de vida y si no funciona, mala suerte. Las cosas son mucho más complicadas que eso.

Tina la miró con toda la dulzura que aquella criatura valiente que tenía por amiga le inspiraba.

—Ya lo sé, *cari*, ya sé cómo es la situación en tu casa, pero toda relación tiene un comienzo y sí, en los comienzos va de intentar… De intentar conocer al otro, de intentar descubrir qué le gusta y qué no, qué tenéis en común… Deberías intentarlo y darle la oportunidad de que él haga lo mismo. Igual os sorprendéis mutuamente.

Sí, desde luego. Y menuda sería la sorpresa del irlandés cuando se enterara de cuánto habían cambiado las circunstancias de la veinteañera que tan alegremente se pasaba por la piedra en Londres. Ahora era un auténtico chollo de mujer por el que se pegaban todos los hombres de la isla. Nótese la ironía.

—Hay un pequeño detalle, ¿sabes? Dylan no es como Conor. No se parecen ni en lo blanco del ojo. Tiene treinta y seis años —al ver la expresión de sorpresa en la cara de su amiga, asintió—: Espera que hay más. Es súper independiente y súper anti-familiar, de los que ni siquiera ven a la familia una vez al año —y obvió hablar de su afición al alcohol y a cambiar de pareja, porque saberlo era ya bastante difícil de digerir. Meneó la cabeza—. ¿Intentarlo, dices? Sería esperar un milagro. Ha sido una estupidez venir.

—¿Ah, sí? ¿Verme es una estupidez? —replicó Tina, desviando el tema e intentando poner un poco de distensión al momento. Era evidente que Andy lo estaba pasando fatal.

—No, eso no —concedió ella con una ligera sonrisa—. Me encanta estar contigo, charlar contigo… Haces que mi vida me parezca más normal. Te echo muchísimo de menos y mi madre también… Hasta Danny me pregunta por ti.

Tina extendió la mano y la apoyó sobre el brazo de su amiga.

—Vale, reconozco que tu señor tatuado lo tiene difícil, pero ¿y si el milagro sucediera? Y si tú lo intentas y él también lo intenta y todas las piezas acaban encajando como en un rompecabezas. —Sonrió llena de ilusión—. ¿Lo has pensado?

Andy bajó la vista. Lo había pensado, sí. Muy detenidamente. Por eso, había cambiado de opinión sobre asistir a la boda.

—Los bebés crecen y los adolescentes se hacen adultos. En unos años, las cosas serán diferentes y yo habré tenido tiempo de recuperarme —no aclaró que se refería a la pérdida de sus seres más queridos porque las dos lo sabían—. Entonces, quizás me lance a la aventura y con la ilusión intacta, quizás él y yo tengamos nuestra oportunidad… Ahora, no. Mi situación actual espanta al más pintado, lo sé, pero si lo espantara a él… Si Dylan no diera la talla…

Cuando alzó la vista tenía los ojos vidriosos y una expresión extraña en su rostro.

—Puta suerte la mía que ni siquiera puedo permitirme morir de pena… —murmuró.

Tina se quedó cortada. Momentáneamente bloqueada por aquella confesión de amor cargada de tristeza.

—Ay, *cari*… —Tomó las manos de su amiga y las apretó con fuerza, deseando trasmitirle toda su fuerza, su valor, su esperanza…

Lamentablemente, a Andy le harían mucha falta.

Con el mal cuerpo a cuestas después de un descubrimiento de naturaleza sentimental que no resultaba nada alentador, Dylan regresó al área poblada de la propiedad que los Rowley tenían en Southend On Sea. La mano seguía sangrando a ratos, cada vez que intentaba hacer algo con ella.

Decidió que lo mejor sería desinfectar la herida y protegerla con algo más adecuado que un pañuelo. El baño de invitados que le quedaba de camino estaba ocupado, así que probaría suerte con el que estaba frente al saloncito de estar, al otro lado del pasillo.

En aquel momento, Clinton Rowley salió del salón con el móvil todavía pegado a la oreja.

—Hombre, justo contigo quería hablar —le dijo al tiempo que volvía a guardar el aparato en el bolsillo superior de una impecable chaqueta estilo esmoquin color habano, que realzaba su porte de dandi.

Los dos hombres se pusieron a conversar en medio del pasillo.

—He aislado el tramo que produjo el corto, pero esa zona seguirá a oscuras. Otros tres faroles han muerto de viejos.

—Ah, no te preocupes. Son anteriores a Angela, así que imagínate… —bromeó el padre de Evel, lanzando una nueva pulla sobre su suegra a quién toleraba tan mal como ella a él—. Tengo que contarte una gran noticia. El jueves estuve en Bruselas, en una reunión con unos árabes que están interesados en llevar nuestro proyecto a Dubái. Se enteraron a través de ese coleccionista francés que nos encargó la domótica de todas sus casas, ¿recuerdas? Por supuesto, te quieren a ti en la dirección del proyecto. Me acaban de confirmar que mañana estarán unas horas en Barcelona, de camino a Nueva York, y quieren conocerte y que les expliques personalmente esas maravillas que haces con un teclado de ordenador. ¿Qué te parece? —Le puso un brazo en el hombro, satisfecho—. Tu fama crece y al mismo ritmo lo hacen el saldo en tu cuenta bancaria y el valor de mis acciones. Es fantástico.

Dylan no ocultó su sorpresa. No solo porque, en efecto, se trataba de una gran noticia; también porque lo último que había esperado de aquel franchute quisquilloso que a punto había estado de acabar con su paciencia en un par de ocasiones, era una recomendación. Menos una valorada en miles de dólares.

—¿Y dices que quieren llevarse el proyecto a Dubái?

Clinton Rowley asintió repetidas veces con la cabeza.

—Así es, amigo mío.

El irlandés emitió un silbido. El empresario volvió a palmearle el hombro y empezó a alejarse por el pasillo.

—Mi asistente se ocupa de todo. No trasnoches demasiado, que te quiero agudo como un lince para la reunión de mañana, ¿de acuerdo? —Se volvió a mirarlo con una sonrisa —. Y enhorabuena, Dylan. Magnífico trabajo.

El padre de Evel ya no estaba a la vista y él continuaba allí, de pie en medio del amplio corredor de suelo de madera, con el cerebro bullendo y una sensación extraña en el cuerpo.

Últimamente, no dejaban de presentársele oportunidades únicas que, al mismo tiempo, no hacían sino alejarlo de las personas y de las cosas que le importaban.

¿Dubái, nada menos? Era como irse al fin del mundo.

Para variar, también encontró el segundo baño ocupado, de modo que Dylan torció a la izquierda y siguió por el pasillo que lo conducía al jardín posterior donde estaba el epicentro de la fiesta. Se quedó junto a la puerta que comunicaba con la casa, a esperar que alguno de los baños de la planta baja quedara libre. Estaba seguro de que como subiera a utilizar el de su habitación, haría una parada de ocho horas en su mullida cama del cuarto de invitados, y tampoco era plan de desaparecer tan descaradamente.

Minutos después, cuando vio a la rubia platino de labios súper rojos que se dirigía hacia él, se arrepintió de no haberlo hecho. Una conversación con Amy era justamente lo que le faltaba para acabar de joder el día. Se ocupó de comunicárselo con la mirada con la mayor elocuencia de que fue capaz. Quizás, con un poco de suerte, lo entendiera a la primera, pasara de largo y él se ahorrara tener que decírselo con palabras.

Pero para desgracia del irlandés, no cayó esa breva.

Amy no estaba por la labor de dejarlo correr. Conocía a Dylan lo bastante como para no contar con que le diera un ataque de alegría al volver a verla después de tantas semanas, pero de ahí a poner semejante cara de culo y no quitársela en toda la noche, había un trecho. Estaba consiguiendo que todos los moteros, que conocían la tempestuosa relación que habían tenido, se lo estuvieran pasando bomba a su costa. Y por ahí no pasaba.

En un último intento de evitarla, Dylan puso rumbo hacia una de las improvisadas barras del evento. Así, en el peor de los casos, al menos no la aguantaría a palo seco.

Pero no consiguió llegar hasta allí. Amy lo interceptó a mitad de camino y se encaró con él.

—Toda esta mierda sobra y lo sabes.

—¿Disculpa?

—Oye, no me tomes por tonta, ¿vale? No he venido a la boda por estar contigo. Así que cambia esa cara de culo que llevas desde que me has visto entrar. No te comportes como si yo fuera una "ex" que no deja de darte el coñazo porque los dos sabemos muy bien de qué va cada cuál.

Hablando de ironías de la vida, que constara en acta que también tenía muchísima gracia que la rubia pensara que "la cara de culo" que llevaba podía deberse a algo que estuviera remotamente relacionado con ella.

Se reiría. Si no estuviera de tan pésimo humor.

—Vale, tomo nota —replicó.

No tenía el menor interés en Amy ni en su perorata. Ni siquiera en aclararle que, técnicamente hablando, no podía ser una "ex". Por la simple y llana razón de que él nunca había mantenido una relación con nadie. Los revolcones no contaban como relación. Quería desinfectarse la mano. Sentarse a que le diera el aire con una botella de whisky y beber hasta que se le pasara el mal humor o se cayera redondo al suelo a causa de la borrachera, lo que ocurriera primero.

Intentó esquivarla y seguir su camino. Pero Amy lo detuvo tomándolo por el brazo, diciéndole un "ya vale, Dylan" que a él le sonó más alto y más imperativo de lo aconsejable y…

—¿Pero qué coño quieres, se puede saber? —Esta vez fue él quien la enfrentó—. Primero, es mi cara y si hoy parece un culo en vez de una cara, no es asunto tuyo. Segundo, ¿qué te hace pensar que me importa la razón de que estés aquí? —Vio aquellos ojos cargados de maquillaje brillar peligrosamente, pero le dio igual—. Paso de ti, Amy. Llevo meses pasando. ¿Cuántas llamadas más necesitas que *no* te devuelva para darte cuenta? Quédate tranquila, lo que sea que me pase, no tiene nada que ver contigo, ¿de acuerdo?

No habían sido tantas, apenas dos llamadas. Y que no se la diera de tío indiferente porque los dos sabían muy bien que ella no le era *del todo* indiferente.

—Pero bien que no me rechazaste aquel día, en tu piso —replicó Amy desafiante.

Dylan alzó una ceja. La miró lleno de asombro y de ironía porque aquello le parecía alucinante. Alucinante, de verdad. Qué él recordara, la tía se había presentado en *su* casa sin invitación y se había metido solita en *su* cama.

—¿Esperabas que te dijera que no? —repuso, a su vez. ¿En serio, lo esperaba?

Amy no respondió inmediatamente. En cambio, mantuvo su mirada brillante sobre él. No era de las que se avergonzaban de sus acciones y cuanto más le gustaba un hombre, menos propensa era a lamentar sus avances. Muy a su pesar, Dylan le seguía gustando. Y de sus palabras se desprendían dos cosas: que algo le sucedía y que no tenía que ver con ella. Si ya resultaba raro que a un tipo tan apático como él *algo* le importara lo bastante como para afectarlo, ¿quién era el culpable de su malhumor? O *la* culpable, porque su disgusto era demasiado evidente y demasiado grande. De la clase que provocan las mujeres, no los hombres.

—No, si yo estoy muy tranquila, Dylan —continuó la amiga de Abby en un tono relajado. Incluso se había permitido hasta una ligera sonrisa—. Lógicamente, entiendo el mensaje encerrado en el hecho de que alguien con quien has tenido un sexo de película, desaparezca del mapa y ni siquiera te devuelva las llamadas.

Desde luego, el mensaje era cristalino, pensó Dylan. Apartó la mirada. Él también conocía a alguien que se había largado después de un sexo épico y pasaba hasta de devolverle las llamadas.

—Fueron dos, solamente —aclaró la rubia platino esbozando una sonrisa sexy— y te llamaba para ver qué tal te adaptabas a vivir en un lugar tan distinto. Nada más. Ya sabes que yo no busco ningún príncipe azul. Y ahora que me has quitado un peso de encima, diciéndome que no tengo que ver con tu malestar…

Tras lanzar el órdago, permaneció mirándolo. En cierto modo, estaba disfrutando del momento. Cualquiera fuera su respuesta, sería muy reveladora.

Dylan, por supuesto, también lo sabía.

Tenía la cabeza a kilómetros del metro cuadrado que ocupaban. Pero no solo su mente estaba ausente, todo él lo estaba. Porque lo único que le importaba, la única persona que tenía toda su atención, la única mujer del universo que deseaba… No estaba allí.

De hecho, en aquel preciso momento, ni siquiera sabía a ciencia cierta dónde estaba.

Hablando de ironías…

"Tocado y hundido", pensó el irlandés.

Y después de hacer un gesto vago con su mano herida, se alejó de regreso a la casa.

Desde la barra, alguien seguía con tanto disimulo como interés la interacción entre el irlandés y la mejor amiga de Abby. Vio cómo la joven regresaba al borde de la pista de baile y Dylan entraba en la casa.

Y no lo dudó: le pidió a Maverick que preparara un *Manhattan* y cuando lo tuvo, puso rumbo hacia la pista.

Amy no habría podido ocultar su asombro ni aunque se lo hubiera propuesto. Había visto a aquel tipo varias veces; algunas sobrio, otras no tanto. Siempre le había dado la impresión de alguien que sabía divertirse y socializar, pero, por alguna razón, con ella siempre se mostraba escueto, incluso distante. Al fin, Amy había acabado por pensar que quizás no le cayera bien. Pero ahora estaba allí, con su buena percha y lo que parecía un cóctel.

—Trae mala suerte estar sin pareja en una boda —dijo él, a modo de explicación y le entregó su *Manhattan*.

Durante un instante, se miraron, estudiándose sin decir nada.

Tan serio, tan escueto. Tan guapo, con aquel increíble parecido al actor que interpretaba a *Anakin Skywalker* en la Saga de la Guerra de las Galaxias...

Amy fue la primera en sonreír.

—Ah, cierto... Es un dicho muy conocido del refranero popular finlandés —apuntó aguantando la risa.

Niilo se atoró con su cerveza. Apartó la pinta del cuerpo y se limpió la barbilla con una mano. Y mientras alzaba la vista, pensó que era un buen comienzo que ella se hubiera fijado lo bastante en él como para conocer su ascendencia foránea.

La miró sonriente:

—Qué va —dijo—. Me lo acabo de inventar.

En la pista de baile, Abby tomó la barbilla de Evel y la giró graciosamente, haciendo que se fijara en la pareja que conversaba a la luz de la farola.

—Me parece que a tu ingeniero le gusta mi amiga —le dijo al oído en plan confidencia.

La reacción de Evel hizo que su mujer se desternillara; abrió la boca bien grande, totalmente asombrado.

Por dentro, en cambio, no había la menor sorpresa.

"Ya era hora, chaval", pensó.

Tan pronto vio que Dylan se dirigía hacia la casa, Angela tomó un plato con canapés variados de la mesa de los novios y fue tras él.

La conversación que había mantenido con la amiga de Abby no le había parecido especialmente cordial, pero estaba bastante segura de que el malestar del atractivo ingeniero informático amigo de su nieto, no estaba relacionado con ella.

Algo le había sucedido a aquel muchacho por la noche, que la llegada del nuevo día había empeorado, y estaba preocupada. Lo último que deseaba era incomodarlo con preguntas, sabía perfectamente que en ese aspecto Dylan era incluso más hermético que su propio nieto, pero la situación empezaba a alarmarla.

Así que estaba decidida a intentar sondear el asunto con sutileza, ayudada por una bandeja de sus canapés favoritos.

Dylan se volvió al oír que lo llamaban y se quedó donde estaba, esperando a la anciana que se acercaba con pasos rápidos por el pasillo. Sabía que era bastante mayor, pero había que reconocer que la mujer se conservaba estupendamente. Era de gran estatura, como todos los miembros de la familia, y aquel sobrio traje de chaqueta y falda color azul francia realzaba su estilizada figura. Y luego estaba lo que sabía de ella a través de Evel, su saber estar, su alegría, su gran personalidad implícita en detalles tan simples como una prominente nariz que, a diferencia de su hija y para disgusto de toda su familia, jamás había querido operarse. La mujer era todo un carácter.

—Ahora que no nos ve nadie, vamos a darnos un capricho —y con esas Angela le puso delante de los ojos la bandeja cargada de delicias que traía. Hizo un movimiento gracioso con las cejas mientras lo miraba con picardía.

Dylan no pudo evitar reír.

—Cuidado con lo que dices, que si alguien nos oye, tú y yo vamos a tener un problema —dijo, sorprendiendo a la anciana con otra posible interpretación de sus palabras en la que ella no había caído.

Angela también echó a reír.

—Ay, cariño mío, a estas alturas de la vida, los caprichos se reducen a cosas que te prohíbe el médico —En ese momento, cuando él se decidió por un canapé de caviar, la anciana reparó en su mano vendada—. ¿Qué le ha pasado a tu mano?

Dylan saboreó el manjar que tenía en la boca y cuando acabó…

—Se peleó con el destornillador. Ganó él —añadió, cómicamente—. Llevo un cuarto de hora intentando lavarme, pero hoy los baños están muy solicitados y no hay manera…

—Ah, sígueme, que la desinfectamos en un momento.

Él acompañó a la anciana hasta un cuarto que había cerca de la cocina de la planta baja. Parecía una alacena, con armarios y estanterías en las paredes, pero también había electrodomésticos; lavadora, secadora y un mueble con lavadero donde Dylan limpió a conciencia la herida usando agua y jabón.

—Si tú te ocupas de la bandeja, yo me ocupo de desinfectar tu mano —ofreció la anciana.

Y mientras Dylan degustaba canapés y volovanes después de haber situado la bandeja estratégicamente sobre un estante, Angela se dedicó a las curas mientras efectuaba sondeos en busca de datos que explicaran el porqué de su ánimo decaído.

—¿Has hablado con mi yerno?

—Ajá.

Así que ya sabía lo de Dubái.

—¿Solo "ajá"? Perdona que te diga, pero no es una noticia de "ajá", cariño. Más bien una de "¡Gracias Señor por oír mis plegarias!".

Era cierto. Dylan rara vez mentaba a Dios, ni siquiera como una forma de hablar, y nunca pensaba en él -su familia ya lo hacía bastante-, pero que los árabes estuvieran interesados en llevarse el proyecto a Dubái cualificaba perfectamente como regalo divino.

—Me reservo los cohetes para cuando hayan firmado el contrato. Por eso de que a las palabras se las lleva el viento, ¿sabes?

Buen intento, pero no lo bastante bueno.

—Dios sabe cuánto me cuesta admitirlo, pero si mi yerno desplaza su carísimo avión privado para asistir a una reunión que se celebra en una ciudad que detesta, a la hora de su partida de cartas semanal, puedes tener la certeza de que no hay viento que valga —alzó la vista para mirarlo—: Ya puedes empezar a alegrarte.

Se alegraba. A su manera… Era halagador que sus propuestas despertaran tanto interés, que tanta gente con contactos y recursos apostara por él, vivir tan bien haciendo lo que le encantaba en un mundo donde estadísticamente las personas que disfrutaban de tales circunstancias estaban en clara minoría… Se alegraba, sí.

¿O no?

—Podría estar muy bien, sí. De esta igual me retiro y todo —respondió forzando una sonrisa. Sabía que si no lo hacía, daría lugar a preguntas y el día ya era bastante malo tal como era.

Notó que aquellos grandes ojos lo estudiaban y supo que lo habían descubierto.

Y así era. La anciana ya no tenía la menor duda de que algo verdaderamente importante estaba sucediendo en la vida de aquel muchacho por el que sentía tanto cariño. Algo que, evidentemente, no tenía que ver con cuestiones laborales. Lo que se abría ante sus ojos era como ganar la lotería; algo excepcional. Sin embargo, Dylan le parecía cualquier cosa excepto alguien que acababa de ganar un premio millonario. No se alegraba en absoluto. ¿Por qué?

Angela también sonrió.

—Fantástico. Si te retiras, podré disfrutar de tu agradable compañía más a menudo. ¡Por Dubái! —dijo animada, haciendo que chocaba su canapé con el de Dylan.

—Por Dubái —replicó el irlandés.

Y volvió a concentrarse en la bandeja, consciente de que su desazón estaba a punto de salir disparada camino de Júpiter.

TERCERA PARTE

19

Sábado 21 de noviembre de 2009.
Restaurante Sa Badia.
Puerto de Ciudadela,
Menorca.

Andy continuó en silencio, haciendo acopio de paciencia, mientras oía a su querida amiga despacharse a gusto sobre el mismo tema *otra vez*.

Se había ido a atender la llamada al vestuario que era el sitio más tranquilo del restaurante a aquellas horas. En la cocina, había un ir y venir de ayudantes y cocineros estresados por el ritmo trepidante que imponía el chef con dos estrellas Michelin, Ciro Montaner. En la sala, había un ir y venir de camareros estresados por puro contagio, ya que era ella misma quien los dirigía y que supiera, no era precisamente una jefa impaciente.

Pero la cosa se estaba alargando demasiado... Tina estaba enfadada. Con ella.

—*Que sepas que si no se lo dices tú, lo haré yo. La pobre mujer ya tiene bastante con lo que tiene para estar comiéndose el coco imaginando lo peor. Está preocupada por ti, Andy. Me llama todos los días.*

—Eso no es de ahora. Hablas más con ella que conmigo. Y es así de toda la vida —dijo Andy, restándole importancia.

—*Ya, pero es ahora cuando dice que casi no comes, que te ve triste, que te pasas las noches dando vueltas... Que desde que has vuelto de la boda, no levantas cabeza y no pasa día sin que me haga preguntas, intentando sonsacarme. Joder, Andy, llevo quince días mintiéndole como una bellaca. Ya está bien.*

—Si se lo digo a mi madre, seréis dos cantándome la misma canción de la que estoy hasta el moño y no tengo claro que mis nervios lo resistan —respiró hondo. No estaba bien hablarle así a alguien que no hacía más que intentar ayudar—. Perdona, *cari*... Me he pasado. Estoy un pelín *depre*, pero ya se me pasará... No es nada, en serio. Es solo que... Supongo que lo llevaba mejor antes de admitir en voz alta lo que siento por él —dijo con un punto de ironía—. Qué estupidez, ¿no? Como si eso cambiara algo...

Tina no había dejado de intentarlo en ningún momento y esta vez, tampoco lo hizo. Estaba entre la espada y la pared; eso no podía evitarlo, pero esto sí.

—*Estarías menos depre si marcaras el número que hay en ese papel que guardas como oro en polvo y le dijeras "hola, Dylan. Soy Andy, ¿qué tal te va la vida?". Te prometo que no será el fin del mundo, que ningún cataclismo destruirá la Tierra y seguiremos todos vivitos y coleando. Y, mira, quizás hasta tengas suerte y acabes sorprendida con su respuesta* —Tina hizo una pausa esperando que dijera algo, y como no hubo más que silencio, decidió rematar la faena, bien rematada—: *Por si no te has dado cuenta todavía, es el miedo lo que te está machacando. Es saber que estás dejando que controle tu vida. Eso es algo que las personas como tú y como yo llevamos fatal. Plántale cara, Andy. No hay otra manera de romper el círculo.*

Combativa y echada para adelante, como siempre. Ojalá todo se redujera a eso… Ojalá hacerlo fuera igual de fácil que decirlo.

Andy echó un vistazo a la hora.

—Tengo que dejarte, Tina; el trabajo me espera. Ya hablaremos luego, ¿vale?

Después de colgar con su amiga, Andy se volvió de frente al espejo. Inspeccionó que su uniforme estuviera en orden. Era un favorecedor conjunto de falda y chaqueta azul marino. La blusa era blanca. El cabello nunca le había dado problemas. Corto, teñido de un caoba intenso y moldeado con gel para dar un efecto mojado y algo despeinado. Con lo demás, poco podía hacer: no tenía buena cara desde hacía días y no había maquillaje capaz de esconder la tristeza, así que…

Venga, Andy, ánimo.

Andy venía de cantar las primeras comandas del día en la cocina cuando vio a su madre poniéndose cómoda en su taburete favorito de la barra, el que estaba más cerca de la cocina y era paso obligado de todos los camareros. Decía que así podía "arañar" minutos extra de conversación con su hija entre comanda y comanda.

—Pero ¿de dónde sales tú tan temprano, mami? ¿Qué pasa? ¿Luz se ha puesto a gatear y has venido corriendo a mostrármelo? —Se estiró por encima de la barra para dar dos besos a su madre y de paso, espió a ver qué hacía la niña en el carrito. Luz dormía a pierna suelta.

—No, esta preciosidad todavía no gatea —respondió Anna—. Me apetecía ver a mi niña grande. ¿Has almorzado algo, cariño?

Por suerte, esta vez no tendría que mentirle. Le había tocado hacer de catadora oficial de algunos de los platos de la carta de invierno que ensayaba el chef.

—Ciro me ha puesto hasta arriba de *carpaccio* de carabineros y de caldereta de langosta —sonrió cómicamente, moviendo los dedos como si fueran pinzas—. En cualquier momento, me convierto en un crustáceo.

Ya, pensó Anna, como si ella no se diera cuenta de que bromeaba a propósito. Para no preocuparla.

—Por una langosta no sé, pero por una gamba podrías pasar perfectamente. Estás traslúcida.

—Pero qué exagerada eres, mamá… —volvió a estirarse por encima de la barra para ver a la niña (y tambіén para cambiar el tema de conversación que no le gustaba nada) y al ver que ella se había despertado, exclamó—: ¡Ohhhhh, Luz, ¿has visto lo que me ha dicho?! ¿Lo has visto? ¡Tu abuela me ha llamado gamba! ¿A que no estoy traslúcida, eh, Luz?

La niña, a quien no le hacían falta razones para sonreír, respondió con una risita que hizo las delicias no solo de las dos mujeres, también de los camareros que pasaban junto a ellas, camino de la cocina. Pronto, un corrillo de voces aniñadas festejaban las gracias de la pequeña.

Hasta que, de pronto, desde los fogones se oyó la voz del miembro más *friki* de la familia, gritando entre risas de desesperación:

"¡Chef al borde de un ataque de nervios llamando a camareros fugados. ¿Hay alguien ahí? ¡Corto y cambio!" seguido de un "¡coño, ¿dónde os habéis metido todos?!".

El corrillo empezó a disolverse con rapidez entre risas y comentarios mientras Anna se tronchaba ante las ocurrencias de su sobrino mayor, que desde niño había mostrado una marcada vena humorística.

Fue en aquel momento, cuando todavía riendo y haciendo comentarios, Andy se disponía a acudir en auxilio del "chef al borde de un ataque de nervios", que alzó la vista hasta la puerta de entrada del restaurante…

Y se quedó muda.

Anna miró el rostro extasiado de su hija y siguió la dirección de su mirada hasta el hombretón cubierto de tatuajes que avanzaba por el salón, acaparando atención.

Lucía un suave tostado mediterráneo y vestía como un turista; camiseta estampada, bermudas vaqueras y alpargatas. No pudo evitar pensar que se tenía que haber perdido parte de la historia, ya que la última vez que había visto una expresión parecida en el rostro de su hija, el motivo era un veinteañero con el pelo plagado de rastas multicolores. Este, en cambio, hacía mucho que había dejado atrás los veinte y no tenía un solo pelo en la cabeza.

Dado que la expresión de aquel rostro anguloso y tremendamente masculino era igual de intensa que la de su hija, Anna decidió que había llegado la hora de llevarse a Luz a dar *otro* paseo.

—Me voy, cariño —dijo con una sonrisa que no le entraba en la cara. Sin esperar respuesta, bajó del taburete lo más rápido que le permitieron sus doloridos músculos, y se encaminó a la salida empujando el carrito.

Pronto, ella y el hombre de los tatuajes se encontraron por el camino. Pensó que no tenía sentido pasar de largo, además, quería saber quién era, así que se detuvo.

—Soy Anna, la madre de Andy —le ofreció la mano.

—Dylan, señora. Dylan Mitchell —dijo él, respondiendo al saludo. Miró brevemente a la niña del carrito. Era una princesa regordeta, muy rubia y con los ojos muy claros, que no se parecía ni a Andy ni a su madre.

—Encantada de conocerte, Dylan, y bienvenido a Menorca.

Y con esas, Anna siguió su camino hacia la calle.

El irlandés ignoró los mazazos que daba su corazón, que parecían a punto de partirle el pecho en dos, y continuó avanzando hacia la barra.

Habían transcurrido tres meses desde el día que había visto esos hermosos ojos por última vez. Tres meses que le habían sabido a una eternidad. Esos mismos ojos que recordaba chispeantes y que ahora, a medida que se acercaba y podía verlos con más claridad, parecían cubiertos por una pátina de tristeza. Como si hubieran envejecido diez años en tres meses.

Andy inspiró profundamente cuando se dio cuenta de que estaba respirando con la mitad de los pulmones.

Quería dejar de mirarlo, pero no podía. Porque si apartaba toda su atención del metro noventa de hombre que acaparaba miradas con su porte de gigante y sus brazos cubiertos de tatuajes y esa actitud descarada con que lo hacía todo, incluso algo tan sencillo y natural como caminar... Si dejaba de admirarlo como hombre, de sentir aquella atracción brutal por el halo de superioridad que exhalaba por cada poro de la piel, de asombrarse por la inmensa facilidad que tenía para hacerla sentir la mujer más deseada del universo sin siquiera tocarle un pelo...

Si dejaba de mantener su atención en él, empezaría a hacerse preguntas.

Y a ilusionarse con las posibles respuestas.

Y a sufrir cuando descubriera las verdaderas.

Y a odiarse por tener tan mala estrella con las cosas del corazón…

Dylan se detuvo justo frente a ella. Traía un discurso preparado, pero había sido verla y quedarse en blanco. Y Andy, que ni en el mejor de sus sueños habría esperado verlo allí, dijo lo primero que le vino a la mente.

—¿Qué haces aquí, Dylan?

Toda una pregunta, sí, señor. Daría para un debate existencial en toda regla. Si fuera dado a los debates, claro. Pero *no* lo era.

Él se encogió de hombros e hizo lo más sensato que podía hacer en aquel momento.

—Pasaba por aquí y vi el cartel de *Guiness* en la puerta…

Sonrió… Y no acabó la frase.

Ambos permanecieron mirándose. Sus ojos parecían competir a ver cuáles brillaban más.

Andy meneó la cabeza. Estaba alucinando. Lisa y llanamente. Tanto que, por momentos, dudaba de si aquello sucedía en realidad o se lo estaba imaginando.

—Entonces, —dijo al fin, esbozando una sonrisa— marchando una *Guiness* para el motero más tatuado del MidWay.

Que recordara, nunca se había sentido tan nerviosa antes de quedar con un chico. Aunque, pensándolo mejor, llamarle "chico" al irlandés era relativizar demasiado las cosas. Quizás allí estuviera el quid de la cuestión, en que sus nervios eran total y absolutamente conscientes de que, esta vez, no se trataba de ningún "chico". No había memeces de adolescente en él, ni preocupación por el qué dirán, ni dudas existenciales. Dylan era un hombre. Andy exhaló un suspiro. Un hombre del que estaba colada hasta los huesos. Dios, si no se calmaba le iba a dar un infarto…

Lo que sucedía era que estaba muy falta de entrenamiento en esas lides, pensó intentando quitarle hierro al asunto. Además, la presencia del motero en la isla, su aparición tan de sopetón, había disparando su ansiedad a niveles estratosféricos. No había más que verlo. Le había tomado cerca de media hora prepararse porque nada de lo que se ponía le parecía adecuado durante más de cinco minutos. Al final, lo había dejado por imposible decantándose por unos vaqueros, una camiseta roja de mangas tres cuartos y unas botas negras cortas. Cinco minutos para retocar el maquillaje y la máscara de pestañas. El cabello siempre estaba bien, ventajas de llevarlo corto no necesitaba más que aplicar un poco de fijador, moldearlo con efecto despeinado y *voilà*. Tenía que volver al trabajo para el turno de cenas y lo último que quería era perder el tiempo cambiando de vestuario delante de un espejo.

Después de atravesar como un bólido la casa, se detuvo en el patio para depositar un beso en la mejillas regordetas de Luz, que dormía a pierna suelta en su carrito, y otro en la frente de su madre y de su tía Neus, que ya se había enterado de las noticias y no dejaba de lanzarle miradas pícaras cada vez que se cruzaban.

—Dale saludos de mi parte —dijo Anna, rebosando picardía.

Y sin solución de continuidad…

—¡Guapa! ¡Más que guapa! —exclamó Neus y pensaba continuar jaleando a su sobrina porque se lo merecía, pero un chistido de su hermana la llamó al orden.

—*Shhh…* No grites, que vas a despertar a la niña…

Los comentarios pícaros de su madre y de su tía, que por supuesto ignoró, se ocuparon de acompañarla hasta la salida. Cuando estaba cerrando la puerta aún podía oírlas soltándole piropos y cuchicheando como quinceañeras.

Andy sonrió. Eran el mejor club de fans que alguien podía tener.

La pareja había quedado en una bahía natural situada al norte de la isla, a poco más de seis kilómetros de casa de Andy. Una pequeña playa de arena, un fondo marino famoso por la limpieza de sus aguas que podía apreciarse desde los acantilados, una cueva submarina a la que era posible acceder buceando, un conjunto de cuevas prehistóricas cavadas en el barranco y, en la parte superior, un extenso pinar jalonado de casas blancas de estilo ibicenco eran algunas de las razones que convertían a Cala Morell en uno de los rincones más especiales de la isla. Ese había sido el lugar escogido por Dylan para la cita.

El trayecto, de escasos quince minutos, se le había hecho eterno a Andy y cuando aparcó en la explanada de entrada del bar donde habían quedado, estaba helada de los nervios. Consultó el reloj. Mierda. Llegaba veinte minutos tarde. No quiso echarse un último vistazo en el retrovisor porque tan segura como de que se llamaba Andy, que su rostro habría devorado la base de maquillaje y ahora luciría su "tonalidad de persona agotada" natural. En cambio, sí que echó un vistazo alrededor en busca de Dylan. Sus ojos no tardaron en hallarlo junto al muro de piedra, de espaldas al camino. Miraba hacia la bahía que se abría más abajo. Notó que él también se había cambiado, las bermudas por unos pantalones negros que ocultaban los tatuajes de sus piernas, y una camiseta sin mangas a juego que realzaba los de sus brazos. Por la mañana era un turista más, en bermudas y alpargatas; por la tarde, un motero de viste y rasga, y en ninguno de los dos casos pasaba inadvertido. No solo por su cráneo rasurado, su piel cubierta de *tattoos* o su gran envergadura. Dylan era… Dylan. Resultaba imposible no mirarlo. Y después de tanto tiempo sin verlo…

Pero él no le concedió demasiado margen para la contemplación. Enseguida se volvió por enésima vez en los últimos quince minutos, tan nervioso y necesitado de verla como ella. Aunque, todo había que decirlo, disimulándolo mucho mejor. En cuanto la divisó, cruzó la calzada y fue a su encuentro. Andy salió del vehículo y se encontraron a mitad de camino.

—Se me ha hecho tardísimo, lo siento… ¿Hace mucho que esperas?

—Tranquila, no empiezo a echar raíces hasta pasada la media hora —y acompañó su sonrisa matadora con un guiño.

—Uf, qué alivio. Y que conste que no me creo que lo hayas comprobado.

—Comprobar, ¿qué?

Ella ya estaba riendo antes de responder.

—Que te crecen raíces. Dudo que alguna vez hayas esperado a alguien tanto tiempo, pero si esa persona existe, me encantaría conocerla.

Qué sutil, pensó Dylan. Por "alguien" se refería a una mujer y en cuanto a la última frase…

Aj.Tenía que parar. Desde que había vuelto a verla hacía unas horas, no dejaba de analizar cada una de sus palabras, cada uno de sus gestos, buscando indicios que le confirmaran que todo aquello no era la locura que le parecía que era cuando lo pensaba en frío y se daba cuenta de lo que había hecho. Por suerte (¿o por desgracia?), uno de sus descubrimientos más recientes era que "pensar en frío" y Andy eran opuestos irreconciliables. Cuando se trataba de ella, la frialdad le duraba un segundo y medio; exactamente lo que demoraba el recuerdo de su sonrisa en convertirle el coco en un charco pringoso de materia gris.

—Así que te gustaría conocerla… Vale, si te portas bien, igual uno de estos días te la presento.

Intercambiaron miradas y sonrisas. Ahora era ella quien lo analizaba a él, intentando acertar si estaba bromeando o marcándose un farol, *y eso le encantaba*. Joder, cómo le gustaba. +

Pero más le gustaba dejarla con la intriga así que tocaba cambio de tema.

—¿Prefieres tomar algo en el bar o…?

Andy movió la cabeza ligeramente a un lado y al otro considerando las opciones que no eran tantas ya que su turno empezaba a las ocho. Muy poco tiempo para el millón de cosas que necesitaba saber. Para el trillón de preguntas que quería hacerle.

—Si no me da un poco el aire se me quedará cara de barra —bromeó. Señaló el muro donde antes estaba Dylan y añadió mientras se encaminaban hacia allí—. ¿Estás alojado por la zona?

Lo miró directamente e hizo una pausa lo bastante larga para dejarlo explayarse. Dylan, en cambio, se limitó a asentir.

Mierda. Estaba desesperada por saber por qué estaba allí, cuánto tiempo se quedaría y un etcétera tan largo que daría para circunvalar el globo tres veces y aún sobraría. Desesperadísima. Pero no quería parecer que lo estaba, así que no le quedaba más remedio que llenar el silencio con algo.

—Buena elección. Es uno de los rincones más pintorescos de Menorca. —Le miró sonriente, dándole un repaso como si no lo hubiera hecho antes, cuando todavía estaba en el coche—. Estás genial, Dylan. Se nota que el aire francés te sienta bien.

—Gracias. Tú también estás genial… —Más preciosa que antes, mucho más mujer… Y era mejor no entrar en "temas excitantes", de modo que calló.

Pero ella se dio cuenta de que la frase había quedado como flotando en el aire.

—¿Qué?

—No sé si es lo más apropiado para decirle a una mujer… Estás mayor. O quizás debería decir menos niña —sonrió—. La primera vez que te vi en el MidWay pensé que te habías escapado del colegio…

—¡Qué tiempos aquellos! Dakota no me creía que tenía los veintiuno… Sí, supongo que voy perdiendo parte de mi inconsciencia juvenil, y eso siempre se nota.

Lo que había perdido era alegría. Su mirada, que seguía siendo hermosa, por cierto, tenía una pátina opaca. Había sido lo segundo que le había entrado por la retina al volver a verla. Lo primero, claro, lo preciosa que estaba. Y no porque antes no lo estuviera, sino porque era la primera vez que la miraba siendo consciente de sus sentimientos por ella.

—Bah, la inconsciencia juvenil está sobrevalorada. La mitad de lo que viví cuando era joven e inconsciente no lo recuerdo y lo que recuerdo… —Dylan sacudió la cabeza—. Hacía locuras estando sobrio, imagínate cómo era cuando estaba en pedo.

—¿"Hacías"? ¿Cuándo te has convertido en un tipo cuerdo?

Dylan echó a reír.

—Pensé que ibas a decir en un tipo sobrio —y como no quiso dejar que su antigua afición al alcohol se convirtiera en un tema de conversación, continuó—: No sé exactamente desde cuándo, pero ahora estoy bastante cuerdo… Lo que no quiere decir que a veces haga cosas que muchos calificarían de locuras. Pero no son como las de antes. Son locuras a medias porque controlo el resultado.

O eso esperaba. Estar en Menorca era precisamente de esa clase de locuras, y aunque de boca para fuera quisiera convencerse de que tenía las cosas bajo control, sabía que no era tan así.

Andy asintió. Volvió enfocar en la playa donde un par de bañistas disfrutaban del agua a pesar de que el día había amanecido desapacible. Sabía que al irlandés no le gustaban demasiado las preguntas, especialmente si tenían que ver con su vida privada, pero esto necesitaba saberlo. La ilusión por volver a verlo cedía su lugar a otra emoción aún más grande; la esperanza de que quizás él no se fuera pronto y pudiera seguir viéndolo unos días más. Algo que solo con pensarlo le hacía palpitar el corazón de emoción y la aterrorizaba al mismo tiempo. Menuda mezcla.

—¿Te refieres a locuras del tipo de abandonar el paraíso de los millonarios *chick* para tomarte unas vacaciones en esta pequeña isla bonita en pleno noviembre? Espero que hayas traído chubasquero. Y ancla, para no volarte cuando sopla el viento del norte —consiguió decir en voz alta. Pero no pudo mirarlo mientras lo hacía.

Dylan sonrió para sus adentros. Así que el pueblo quería saber. Bien, bien.

—Más pequeña que bonita —precisó él—. Diminuta, diría. Ahora entras a un *sex-shop* en Mahón y dos minutos después lo sabe todo Menorca.

Estaba tirando balones fuera, por supuesto. Apenas había tenido tiempo de ver nada, pero había viajado mucho y sabía reconocer ese algo particular que tenían algunos rincones del mundo, que te atrapaban en cuanto ponías un pie en ellos. La isla le parecía uno de los lugares más especiales del mundo. Y además, la mujer más especial de todas vivía allí. En lo que a Dylan concernía, no había otros setecientos kilómetros cuadrados más perfectos que aquellos en toda la galaxia. Sin embargo, después de semanas de silencio, su vanidad masculina -que seguía allí, aguantando como podía el varapalo de su renovada cordura- necesitaba ver más emoción, más interés por parte de Andy. Más implicación.

Ella volvió el rostro para mirarlo.

—Seguro que lo sabías antes de venir. Además, eres foráneo aquí. Te aseguro que a nadie le sorprenderá dónde te metas ni lo que hagas lo bastante como para hablar de ello.

Dylan también volvió el rostro para mirarla. Los dos sonrieron cuando él respondió:

—Dependerá de si voy solo o acompañado, ¿no? Si me acompaña una local seguro que la noticia vuela. Y ya no hablemos si ella pertenece a una familia notable del lugar. Entonces, igual salimos en los periódicos y todo.

De no haber estado tan emocionada, tan ansiosa, Andy habría reparado en aquel comentario sobre su familia y se habría hecho preguntas. Preguntas acerca de cómo Dylan podía saber que su familia por parte materna eran notables del lugar. Ella no llevaba su apellido y nunca le había hablado de ellos.

Pero estaba demasiado emocionada, demasiado ilusionada… Y demasiado nerviosa.

—Cierto —dijo Andy, sus ojos de mirada pícara parecían dar saltitos de tanto que brillaban—. Aunque imagino que no la llevarías contigo… Lo que fuera que planearas comprar en un *sex-shop*, sería el secreto mejor guardado del mundo hasta que le dieras la sorpresa…

—Podría ser… Y también podría ser que la sorpresa fuera averiguar qué la sorprende… Para lo cual tendría que llevarla conmigo, ¿no te parece?

Andy meneó la cabeza. Una sonrisa inmensa dominaba su rostro y a Dylan eso le gustó. Le gustó comprobar que no había perdido pulso, que seguía siendo capaz de hacerla reír.

—¿Cómo hemos acabado hablando de esto? —dijo ella genuinamente divertida—. ¡Eres un caso, calvorotas!

Era un tío loco por una mujer. Por primera vez en toda su vida. Eso era lo que era.

Dylan esperó a que Andy dejara de reír para continuar.

—¿Por qué no pruebas a preguntarme lo que realmente quieres saber? Igual tienes suerte y consigues una respuesta que no tiene que ver con el turismo menorquín. Ni con sus *sex-shops* —volvió a mirarla y le hizo un guiño.

Certero y directo, como siempre. Era ella la que había aprendido a dar rodeos: para evitar preguntas que hacían daño, para esconder sus verdaderos sentimientos, para evadirse de penas que continuaban cerradas a cal y canto en el rincón más profundo de su corazón. Rodeos para todo.

Andy asintió con un esbozo de sonrisa y volvió a mirarlo. Sus ojos parecían un cielo estrellado cuando dijo:

—¿Por qué has venido a Menorca, Dylan?

Él se puso cómodo para disfrutar del momento.

—¿Te intriga, eh?

—Mucho.

—Así que te intriga mucho… No está nada mal —para una mujer que no había hecho el menor intento de mantenerse en contacto con él, pensó.

—¿La verdad? Es más que intriga. Necesito saberlo —se las arregló para admitir al tiempo que sentía que un calor espantoso la envolvía. Era como si acabara de entrar en un baño turco.

Dylan, que estaba apoyado con los codos sobre el muro, se volvió de frente a ella con tal expresión de gusto que Andy no pudo más que sonreír.

—Bueno, bueno, bueno… Oye, esto está *muuucho* mejor. Necesitar es una palabra muy potente, ¿sabes? Aunque —quizás decirlo no fuera la mejor de las ideas, pero su segundo nombre era "riesgo" y, ¡qué coño!, también necesitaba hacerlo— cuando la pongo en la ecuación junto a setenta y ocho días, veinte horas y —echó un vistazo a su reloj— algo más de treinta minutos sin noticias tuyas, las cuentas no me salen… —tras una pausa que tuvo por finalidad mantener la boca cerrada para evitar que el corazón saliera por ella dando tumbos, añadió—: Claro que puede haber variables que se me escapen, que seguro que tú te ocuparás de poner en su sitio… A su debido tiempo.

Andy se tragó el suspiro que amenazó con delatarla. La emoción de descubrir que el tiempo separados había transcurrido con la suficiente lentitud para que Dylan lo hubiera contado, se había adueñado de ella, alimentando su esperanza. Permaneció inmóvil mirándolo, esperando una respuesta.

Dylan sintió el impulso de acariciar aquel rostro que había palidecido en un instante de puro nerviosismo. Estaba seguro de que si la tocaba su piel estaría helada. Pero también sabía que si la tocaba…

Esta vez era importante. Esta vez, no solo tenía que ver con la atracción sexual. Por más bestial que fuera la que había entre ellos.

Esta vez era diferente.

—¿Cuánta sinceridad eres capaz de asimilar, Andy?

Había habido un tiempo, no muy lejano, en la que ella se sentía capaz de lo que hiciera falta. De lo que fuera. Ya no. La muerte de Sonia la había dejado sin resto y aún no se había recuperado. Seguía tirando del carro y mantenía las apariencias, pero la procesión iba por dentro y estaba bastante segura de que no soportaría otra pérdida, otra desilusión. Menos una que tuviera que ver con él. Estaba lo bastante segura como para haberse mantenido alejada todo ese tiempo.

Ella no respondió, pero aquel extraño centellear de su mirada, tan parecido a la antesala del llanto, le ofreció a Dylan toda la información que necesitaba conocer en aquel momento.

—Lo has pasado mal, ¿eh? —murmuró él—. De acuerdo. Entonces, digamos que creía que suspirabas por Conor… De hecho, pensé que estabas con él. Y en la boda me enteré que no.

Lo que dijera a continuación lo dejaría expuesto y cambiaría las reglas del juego para siempre, pensó. Un instante después tuvo que sonreír ante los subterfugios de su mente para evitar llamar a las cosas por su nombre: ¿expuesto?, ¿reglas del juego? Venga ya. Se había enamorado por primera vez en su vida y estaba acojonado. Era tan simple como eso.

Y si Dylan estaba asustado ante la perspectiva de mostrar sus cartas, Andy no se quedaba atrás. Después de semanas a merced de una tempestad de emociones, todo se había detenido como una película a la que pones en pausa. Sin darse cuenta, contenía el aliento y lo miraba completamente atenta.

El irlandés se encomendó a un Dios en el que no creía y lo soltó.

—Hay una probabilidad entre cien millones de que la razón de que ya no suspires por él… Sea yo. Ya sé que es una probabilidad muy baja, pero… Soy un tipo de acción y, ya sabes, el que no arriesga, no gana — los ojos de Dylan volvieron a posarse sobre ella—. ¿Te vale como respuesta por ahora?

Andy respiró profundamente y mientras el oxígeno volvía a inundar sus células, el color regresó a su rostro. Y la ilusión a su corazón.

¿Había venido por ella? Dios, todo daba vueltas a su alrededor. Vertiginosamente. No podía parar de temblar.

—Me vale. Gracias —murmuró todo lo compuesta que pudo.

Dylan meneó la cabeza divertido. Por dentro, en cambio, las cosas eran todo menos jocosas; la necesidad que sentía de ella, esa que jamás había sentido por nadie, se revolvía con violencia, amenazando con salir disparada como un caballo desbocado y arrasarlo todo. Sus ojos regresaron a Andy cargados de algo nuevo que a ella le supo tremendamente dulce.

—Anda, respira hondo un par de veces, ¿quieres? —le dijo —. Que ya me veo cargándote al hombro otra vez.

20

Después de que Dylan le ofreciera una visión parcial de su jugada, la pareja paseó por los alrededores, conversando principalmente de las atracciones turísticas de la isla. Era evidente que Andy prefería conducir la conversación por derroteros alejados de su familia y de las razones que la retenían allí, lejos de su tierra. Tan evidente como que intentaba asimilar la aparición del motero en el último lugar donde habría esperado encontrarlo, la inesperada confesión de que ella tenía que ver con su presencia allí, todo… Se preguntaba hasta dónde llegaba el interés de Dylan por ella, qué le había dicho Conor de su encuentro en Barcelona, qué había sucedido con Amy… Se hacía mil preguntas por segundo, pero el miedo a sufrir, ahora agudizaba su cautela, consciente de que, en el fondo, las verdaderas razones, las que rara vez se había permitido decir en voz alta, continuaban allí: era un hombre excesivamente independiente, anti-familiar y mujeriego. Que ella se hubiera enamorado no cambiaba la naturaleza del irlandés y sí, en cambio, podía cambiar su vida. Para mucho peor.

En aquel momento, Dylan entró en el terreno ajardinado que había frente a una de las viviendas, una enorme.

—Ven, que te muestro la casa.

Ya se había alejado unos cuantos pasos cuando se dio cuenta de que Andy no lo seguía. Se volvió a mirarla y lo que encontró fue una mujer con la expresión muy seria y unos ojos muy grandes de mirada desafiante que anticiparon el mensaje de la única palabra que pronunció.

—No.

—No, ¿qué?

Ella apartó la mirada. Parecía molesta, incómoda.

Y lo estaba. Desde luego que lo estaba. La breve relación que habían mantenido a espaldas del mundo, cuando los dos estaban aún en Londres, había sido sexual exclusivamente, cierto, pero lo último que Andy esperaba era que él dejara claro cuáles eran sus intensiones nada más llegar a la isla.

—Que no voy a entrar ahí.

—¿Y por qué no?

—Porque no creo que sea una buena idea, Dylan —respondió cáustica.

Aquello había sido como una seguidilla de puñetazos en la mandíbula, no una respuesta, y cumplieron su cometido a las mil maravillas.

—No puedo creer que estés pensando en lo que estás pensando, guapa. Joder, ¿en serio? ¿Tantas ganas crees que tengo… o es porque la que se muere de ganas y no se fía eres tú? —y echó a reír ante una Andy cuyas mejillas habían pasado por toda la gama de rojos.

Al fin ella, de mala gana, también claudicó.

—Eres terrible…

Dylan celebró la ironía con una risotada.

—¿Yo? Estoy siendo tan bueno que de esta me crecen alitas, ya verás.

—¿Alitas a ti? —rió de buena gana ante la visión del primer ángel con pintas de miembro de la Hermandad Aria—. ¡Menuda imagen!

Dylan se creció. Seguía logrando convertir en risa incluso situaciones que le eran adversas. Seguía haciéndola reír y como la conocía mejor de lo que la propia Andy pensaba, sabía que le estaba comiendo terreno a su desconfianza, a sus dudas. Motivado por aquel positivo cambio de tornas, volvió sobre sus pasos y se detuvo frente a ella, muy cerca.

—No creas que te lo voy a poner tan a huevo esta vez —le dijo al oído. Y se retiró antes de que el chispazo, ese que siempre se producía cada vez sus campos energéticos entraban en contacto, los dejara secos en el sitio.

A continuación, le ofreció su mano invitándola a seguirlo. Andy pasó a su lado con las mejillas arreboladas, ignorando aquella mano que no tenía la menor intención de tocar. Los contactos entre los dos eran demasiado peligrosos.

Él abrió la puerta, se hizo a un lado para permitir que ella pasara y cuando lo hizo, la miró con una gran sonrisa desafiante al tiempo que voceaba:

—¡Ya estoy aquí!

Andy lo miró extrañada. Dylan notó que su expresión había cambiado en un instante. Aquel brillo ilusionado de sus ojos le resultó tremendamente inspirador.

Y mejor que dejara de sentirse inspirado tan pronto, pensó. Porque, como la preciosa mujer que le tenía sorbido el seso estaba a punto de comprobar, decididamente, no era el momento adecuado.

—*¡Qué bien! ¿Viene esa preciosa criatura contigo, cariño?* —respondió una voz femenina desde el otro extremo de la casa.

A Andy le resultó familiar, pero no llegó a reconocerla en ese momento. Instantes después, cuando todavía no se había recuperado de la sorpresa, la dueña de la voz apareció ante sus ojos.

Andy corrió a dar la bienvenida a una mujer que aunque había visto en contadas ocasiones, le había caído bien desde el minuto cero.

—¡Andy, cuánto me alegro de verte, muchacha!

—¡Señora Swynton... pero qué sorpresa! —dijo fundiéndose en un abrazo con la abuela de Evel —. No sé qué decir...

—Yo sí —intervino Dylan con todo el doble sentido del mundo. Mirando a Andy añadió—: Des. Con. Fiada.

La vibración del móvil sacó a Dylan de su abstracción contemplativa, cosa que lamentó porque era todo un espectáculo ver cómo a Andy le había cambiado la expresión de la cara al darse cuenta de que "ven que te enseño la casa" no solo *no* era una invitación encubierta a llevársela al huerto, sino que dentro de la vivienda estaba la abuela de su ex-jefe. Se había ablandado toda, pensó con enorme placer. De tanto en tanto, incluso le lanzaba miradas que, si sus sensores no enviaban señales erróneas, indicaban que acababa de abrir una consistente brecha en las defensas enemigas.

Las dos mujeres lo miraron cuando Dylan se puso de pie. Pronto continuaron con su incesante cháchara al ver que llevaba el móvil en la mano.

Mientras abandonaba el salón donde conversaban, echó un vistazo a la pantalla. El número no estaba en su registro ni le resultaba familiar, pero por la ausencia de prefijo sabía que la llamada se originaba en España.

Decidió que lo mejor era abandonar también la casa.

—Pero, míralo, ¡qué hombre más adorable! —dijo Angela al ver entrar a Dylan portando una bandeja con café, té y pastas.

Andy siguió la mirada de la anciana. ¿Solo adorable? Siempre le había resultado llamativo y no solo por sus pintas que, decididamente, no pasaban inadvertidas a nadie. Era divertido, osado y muy inteligente, todos atributos que valoraba en un hombre. Pero no sabía exactamente desde cuándo, él había pasado de ser un "hombre llamativo" a un "hombre alucinante" para ella.

Él acusó recibo de la intensidad de la mirada de Andy con un guiño al que sucedió una pulla al mejor estilo Dylan:

—Angela, ya te he dicho que no me tires los tejos en público —soltó él, haciendo desternillar a las dos mujeres.

Continuó sirviendo ceremoniosamente un café para Andy y un té para Angela y después, ocupó su asiento, equidistante de las dos mujeres.

Andy, en cambio, continuó atenta a él, a sus gestos, haciéndose un millón de preguntas. Incapaz de dejar de mirarlo durante más de dos segundos. Sus ojos, como si tuvieran voluntad propia, volvían a él una y otra vez. Con disimulo, pero lo hacían.

Y Angela continuó disfrutando muchísimo. Su yo casamentero estaba más feliz que unas pascuas.

—¿Todo este tiempo hablando por teléfono? —se interesó la anciana tras dar un sorbo a su té.

Dylan sabía que era una forma de averiguar si habían surgido problemas o todo continuaba en orden.

—Qué va. Se ha levantado viento y con tanta lluvia se cortaba cada dos por tres. Además, el té no se hizo solo, ¿sabes? Tenía varias llamadas perdidas, parece que algunos no han caído en que los sábados no trabajo. Por cierto, también ha llamado tu nieto.

Los ojos del irlandés buscaron los de Andy de camino hacia la abuela de Evel. Sabía que ella lo estaba mirando, sin necesidad de comprobarlo. Lo sentía en la piel. Era como un cosquilleo efervescente que se desplazaba de sitio cuando la mirada femenina modificaba su foco.

—¡Ah, mi móvil! ¿Dónde lo he dejado? —exclamó la anciana—. Caramba, qué cabeza la mía… Seguro que Brian me ha llamado a mí también.

No hacía falta que lo jurara. Según Evel, Angela siempre había sido propensa a los despistes, pero la edad había agravado el asunto. No perdía la cabeza porque la tenía pegada al cuerpo.

—Dejarlo, lo dejaste en el muro de la entrada, junto a tu bolso. Ahora se está cargando en tu habitación.

La mujer le envío un beso agradecido.

—¿Ves a lo que me refiero? —le dijo a Andy. Ella volvió la cara para mirarla como un resorte, pero notó que la anciana la había pillado dándose un festín visual del motero—. Es adorable. ¡Tendrías que haber visto el juego de luces más bonitas que preparó para Dakota y Tess! Una sorpresa preciosa para dos amigos en un día tan especial, con la que acabó sorprendiéndonos a todos —sonrió ante la evidente incomodidad de Dylan y decidió darle un respiro—. Qué pena que no pudieras asistir, Andy…

Hubo una pausa que tanto Angela como Dylan, por distintas razones, esperaban que la joven llenara con algo, una explicación, una excusa. La anciana, porque sabía, aunque no se lo hubiera dicho a Dylan, que Andy había confirmado su asistencia. Él, porque la razón de su no asistencia era otra más de la lista interminable de cosas que necesitaba saber.

Pero no hubo tal explicación. Tampoco una excusa. Andy ya no quería seguir mintiendo sobre el tema, pero no estaba preparada para decir la verdad. Menos aún para decirla en aquel momento, frente a él. Un gesto ambiguo hizo las veces de respuesta, seguido de otra pausa que dejó claro que eso sería todo.

Dylan apartó la vista. Para alivio de Andy, que empezaba a sentirse realmente incómoda, la abuela de Evel salvó el bache con su saber estar habitual.

—Fue una ceremonia preciosa y, ahora que lo pienso, extraño tratándose de una boda, todo salió fantástico. Te habría encantado. Ellos y ellas estaban tan elegantes… —volvió a mirar a Dylan con una sonrisa pícara—. Y no sabes lo bien que le sentaba el traje a este señor…

—¿Era el gris marengo de la percha?

Dylan se mostró sorprendido del súbito regreso a la vida de la camarera. Lo miraba y sonreía con aquella sonrisa pícara que hacía que a él le asaltaran unas ganas locas de comérsela.

Él negó con la cabeza. Los ojitos de la joven brillaron de interés.

—¿Uno nuevo? —Al ver que Dylan asentía, insistió, curiosa—. ¿De qué color?

Él se repantigó en su asiento, disfrutando de la pequeña venganza que se le servía en bandeja.

—Así que te interesa mi traje…

Andy asintió varias veces con la cabeza. De pronto, el tiempo había retrocedido y estaban en Londres, sumergidos en uno de sus típicos tête-a-tête.

—¿Mucho?

—Bueno, a ver, tampoco te pases, que hablamos de un traje no de David Gandy…

Dylan abrió desmesuradamente los ojos y las dos mujeres empezaron a reír.

—Así que David Gandy… —comentó, asombrado.

—¡Muy bien, calvorotas! No has dicho "¿y ese quién es?" como hace la mayoría de los tíos.

—Es que no soy como la mayoría de los tíos, guapa.

—Eres un creído.

—Seguro de mí mismo, más bien. Sé quién es el guaperas ese —Le obsequió una mirada desafiante—. Y también sé qué no es tu tipo.

—Porque tú lo digas… Ese hombre es el tipo de las tres mil millones de mujeres que habitamos el mundo, calvorotas. Y de unos cuantos hombres, también.

Faroles. Un montón de faroles multicolores, tamaño elefante, con los que no engañaba a nadie, y menos a él. Dylan negó con la cabeza sin perder su sonrisa desafiante.

—Te van los rubios de ojos claros y piel tatuada —se pasó una mano por el cráneo y añadió con picardía—: El pelo largo no es un requisito indispensable.

Las carcajadas retumbaron en el salón haciendo que la vanidad del motero creciera aún más. Angela se lo estaba pasando en grande y Andy… Dios, le encantaba verla reír. Y le encantaba mucho más saber que era quién conseguía que sus preciosos ojos recobraran el brillo de antaño.

—Mira que eres creído… —se quejó Andy, riendo, pero a juzgar por la expresión risueña de su rostro le estaba siguiendo el juego.

—Es simple observación; los morenos no te hacen tilín —afirmó en un tono que no dejaba el menor resquicio a la duda, y al ver la cara de alucine de Andy, se encogió de hombros—: Es lo que hay. Los morenos no te van.

Hablaba de ella con una certeza que no dejaba de sorprenderla y tenía que reconocer que le agradaba la idea de que fuera así. Era una señal de que le prestaba atención, lo cual era, a su vez, señal de interés. Ciertamente, el famoso modelo británico no era su tipo. Lo había dicho por decir. Pero teniendo en cuenta la suerte que la acompañaba en el plano sentimental, no estaba dispuesta a dejarse llevar por la emoción tan fácilmente. Además, echaba tanto de menos las risas, aquellas locas conversaciones suyas que encontraba tan refrescantes…

—Tranquilo, creo que podré hacer una excepción tratándose de él —afirmó. Y para cuando acabó la frase, Andy se estaba desternillando solo con ver la cara que se le había quedado al motero.

—Creo que yo también —terció Angela, divertida por la interacción de la pareja, asombrando a Dylan todavía más. Tanto, que pronto hizo las aclaraciones oportunas—: Es broma, cariño. Adónde voy yo con alguien tan joven… Tengo suficiente con ver sus fotografías en las revistas. Pero tendrás que admitir que el muchacho representa muy bien el producto nacional.

El irlandés miró consecutivamente a las dos mujeres con un punto de incredulidad y un montón de asombro en sus grandes ojos del color del cielo.

—¿Qué le ponen al agua embotellada de esta isla? ¿Un alucinógeno o algo así? —La expresión de su rostro y el tono de su voz no hicieron sino provocar que ellas se desternillaran aún más—. Que os quede claro que el próximo café lo hago con cerveza…

En aquel momento, sonó el móvil de Andy, quien todavía riendo se dispuso atender.

Dylan la vio ponerse de pie al tiempo que su rostro se tornaba serio. Él mismo, sin darse cuenta, también se puso de pie, alarmado.

—¿Qué ha pasado? —preguntó la joven. Su rostro adquirió aún más gravedad a medida que su tía Neus le avanzaba las malas nuevas—. Ya mismo voy.

Andy volvió a guardar el móvil.

—Es mi madre. Está en el hospital. Tengo que irme —explicó. Y enfiló para la puerta sin demora.

Dylan salió aprisa detrás de Andy.

—Espera, espera que te llevo.

—Voy con vosotros —dijo Angela, resuelta.

Instantes después, los tres subieron al monovolumen de Dylan que estaba aparcado un poco más arriba en la calle, y se pusieron en marcha hacia a el hospital.

21

Continuaba diluviando. Llovía como si fuera la última vez y los limpiaparabrisas no daban abasto, por lo que seguir las indicaciones de tráfico de una Andy extremadamente nerviosa en semejantes condiciones, no facilitaba las cosas a alguien que prácticamente acababa de poner un pie en la isla y conducía un vehículo que tenía el volante al lado contrario del tráfico que venía de frente. Aparte de hacer de GPS y de llamar a su hermano que estaba en casa de un amigo, Andy dijo muy poco. Prácticamente no habló. Cuando al fin Dylan se detuvo frente al edificio de paredes color ocre, la vio bajarse rápidamente y correr bajo el aguacero hacia la entrada, sin esperar a nadie.

Andy no estaba para cortesías. Había sido oír la palabra hospital y retroceder en el tiempo a la madrugada en que una llamada de Pau había vuelto su mundo del revés. De la risa al terror puro y duro en una milésima de segundo. Avanzó serpenteando entre la gente, volando sobre sus tacones, empapada y con el corazón latiendo en la garganta. Y empezó a alarmarse seriamente cuando no vio a sus tías por ningún lado.

Corrió hasta el mostrador de información, y sin respetar su turno, preguntó por su madre, organizando un altercado entre los que esperaban.

Cuando al fin localizó a Neus y Roser en un extremo de la sala, conversando con una enfermera, no habían transcurrido más de un par de minutos desde que había llegado. A Andy, en cambio, le parecieron un siglo y reaccionó como solía hacerlo cuando la ansiedad se adueñaba de ella. Dejó a la recepcionista con la palabra en la boca, otro tanto hizo con los quejosos de la fila, y fue al encuentro de sus tías. Una de ellas, Roser, acababa de tomar en brazos a Luz, que hasta ese momento estaba en su carrito de paseo.

—¿Se puede saber dónde puñetas estabais? —y mirando a la enfermera que ya se alejaba, inquirió—: ¿Qué ha dicho?, ¿cómo está mi madre? Quiero verla.

Neus detuvo a su sobrina por el brazo.

—Tranquila, tranquila. A tu madre la van atender ahora, eso nos dijo. Pero no te preocupes, que seguro que no es nada. Dice que Anna ya está intentando bajarse de la camilla para irse a casa, así que estará bien.

Andy se apartó el cabello mojado de la cara con un movimiento brusco. Del flequillo caían pequeñas gotas que se le metían en los ojos y dejaban huellas sobre el maquillaje convirtiendo su rostro en una caricatura.

—¿Cómo que estará bien? Si la habéis traído al hospital, bien no puede estar —y al ver la reacción de sus tías, frunció el ceño.

Roser, por lo visto, había sentido la súbita necesidad de acunar a la niña que estaba tan tranquila mirándolo todo a su alrededor con sus inmensos y precios ojos azules y no tenía intenciones ni necesidad de seguir durmiendo, y Neus miraba a otra parte, como si la cosa no fuera con ella.

—¿Se puede saber qué sucede aquí, que le pasó a mi madre? —exigió la joven.

—Nada —respondió Neus, tras soltar un suspiro malhumorado—. Se enfadó, empezó con problemas para respirar y con dolores en el estómago, y como no se calmaba, decidimos que lo mejor era traerla a que la vieran. Por si acaso.

Andy miró a sus tías.

—¿Y por qué se enfadó mi madre?

El intento de responder de Roser acabó por la vía abrupta en cuanto un pellizco en la cintura le hizo ver las estrellas. El rostro de Andy se endureció. Qué puñetas había sucedido.

—Como no empecéis a hablar ya mismo, este hospital va a tener una sobrecarga de trabajo —advirtió.

Neus soltó el aire por la nariz, empezaba a estar tan furibunda como su sobrina. Tenía unas ganas cada vez más insoportables de estrangular a cierta hermana solterona que, a pesar de todos sus esfuerzos, seguía militando en las filas del patriarca, consintiendo sus métodos neandertales. Pero no quería darle más disgustos a aquella niña que amaba como si fuera su propia hija. Ignoraba cuánto tiempo más las compuertas del dique aguantarían en su sitio, pero no deseaba ser quien propiciara la explosión, y, preferentemente, tampoco deseaba estar presente cuando volaran por los aires.

Porque de que volarían, no le cabía la menor duda.

—Somos hermanas, cielo. Y, como bien sabes, las hermanas discuten —respondió en un intento de evadir el meollo de la cuestión.

Justo en ese momento Dylan entró en la sala acompañado de Angela. Escrutó el lugar buscándola y cuando la halló fue a su encuentro.

Se encontró con una Andy muy diferente de la camarera que despachaba cervezas alegremente tras la barra del MidWay.

Hablaba en algo que se parecía un poco al castellano, pero no lo era, por lo que no entendía más que alguna palabra suelta de lo que decía. Lo cual no evitaba que entendiera que los ánimos estaban muy revueltos.

En efecto, la joven había cogido a su sobrina en brazos, pero parecía tan alterada y tan concentrada en la conversación con una de sus tías, que ni siquiera se había percatado de la presencia de los recién llegados.

—Sabéis que no está bien. Ese rollo de que discutís porque sois hermanas no me vale. *No me vale.* Me da igual quién tiene la razón, no discutáis con ella. No la hagáis enfadar. ¡Parece mentira que siendo dos cincuentonas os comportéis como quinceañeras en cuanto me doy la vuelta!

—Cálmate o harás llorar a la niña —se quejó Roser que llevaba fatal el caracter contestario de sus sobrinos más jóvenes. Todos habían heredado el genio de su madre, pero Andy era la peor con mucho. Qué difícil resultaba razonar con aquella muchacha.

—Me calmaré cuando me de la gana —escupió Andy mirando fijamente a su interlocutora.

Sin entender ni una palabra de lo que había dicho, Dylan y Angela cruzaron miradas de asombro. La abuela de Evel solo conocía la versión risueña de Andy y aquello le resultaba inédito. En cuanto al motero, no era la primera vez que la veía encararse con alguien de aquella manera, pero entonces Andy estaba bajo los efectos de un par de pintas de cerveza, lo cual era de por sí una situación excepcional. Y, por la cuenta que le traía, decidió tomar buena nota de cómo las gastaba aquella preciosidad cuando se enfadaba *sin* ayuda del alcohol. A la mujer, con la que guardaba un cierto parecido que denotaba que eran familia, le había cambiado la cara. Como la contraofensiva fuera del mismo tenor, el follón estaba servido.

Pero la sangre no llegó al río. De momento. Un segundo pellizco por parte de Neus, más fuerte que el anterior, silenció a Roser que miró a otra parte, apretando los dientes. Fue entonces, cuando reparó en las dos personas que estaban cerca. No las conocía personalmente, pero sabía perfectamente quién era una de ellas: la causa del problema. Carraspeó en tono lo bastante alto para llamar la atención de Andy, pensando que igual con un poco de suerte, la aparición de aquel estrambótico Romeo servía para algo: poner fin a la bochornosa bronca que estaban recibiendo de parte de una joven a la que doblaban la edad.

En efecto, la llegada de Dylan tuvo un efecto positivo sobre Andy. A pesar de la preocupación, su gesto y su voz se endulzaron al detectar su presencia. Y para alivio del motero, el inglés se convirtió en la lengua de comunicación.

—Ah, ya estáis aquí… Siento haber salido corriendo… No conoces a mis tías… Él es Dylan y ellas son Neus y Roser —La primera estrechó su mano amablemente. La mirada de pocos amigos que le dedicó la segunda, hizo que él se limitara a saludarla con un ligero movimiento de cabeza seguro de que si la tocaba recibiría una descarga fulminante o cualquier otro castigo letal—. Y esta encantadora mujer es Angela, la abuela de uno de mis jefes del MidWay.

Angela, mucho más comedida, les ofreció su mano. Las dos menorquinas respondieron al saludo. Neus lo hizo con gentileza, Roser no. Nadie que viniera a sembrar la discordia en la familia era bienvenido. Si Romeo no había venido a intentar enredar a Andy para llevarla de nuevo a Inglaterra, ¿a santo de qué se había traído a la abuela de uno de sus antiguos jefes con él? Hasta ella, que nunca había tenido una comunicación fluida con su sobrina, sabía que ella sentía debilidad por uno de los dos moteros que regentaban aquel bar londinense del que vivía hablando como si se tratara de un lugar idílico. Concretamente, por el nieto de la mujer que estaba allí. Si aquello no era una encerrona, que bajara Dios y lo viera.

—¿Cómo está tu madre?, ¿se sabe algo? —preguntó Dylan.

—La están atendiendo. En teoría, solo fue un disgusto. —Los ojos de Andy sobrevolaron a las causantes del mismo, comunicándoles que tan solo se trataba de una tregua y que las cosas no quedarían así—. Pero cuando se tiene la ELA, nada es tan simple.

—¿Pero aparte de este incidente puntual, cómo se encuentra? —se interesó Angela al tiempo que acariciaba una manita que Luz había extendido hacia ella—. Brian me comentó que estabas contenta porque se estaba recuperando bien del pre-infarto.

Andy no recordaba bien la conversación que había tenido con su nieto, aunque lo más probable era que su alegría se debiera no tanto a la recuperación de su madre, sino a que hubiera sobrevivido a la muerte de su hija mayor estando en un momento tan delicado. Aquellos días nefastos conformaban una gran nebulosa en sus recuerdos.

—Tiene días buenos y de los otros, limitaciones, dolores… pero se nota que el clima de aquí le sienta bien y eso ayuda mucho.

—Estar en casa le hace bien —dijo Neus, mirándola con cariño.

Angela acarició el rostro de Andy, le apartó un mechón mojado de la frente.

—Seguro que no fue más que un disgusto, querida. Ten confianza.

Andy asintió levemente con la cabeza y volvió su atención hacia Luz. Sentía los ojos acuosos y una incómoda presión en la garganta.

Dylan lo captó al instante. Y no solo porque no le quitaba los ojos de encima. Tenía la sensación de que cuanto más tiempo pasaba con ella, más claras se volvían las reacciones de Andy a sus ojos. No era así cuando estaban en Londres. Entonces, lo que averiguaba era resultado del análisis, de la observación. Ahora era diferente. Desde que había puesto un pie en Menorca, desde que la había visto otra vez, el proceso era diferente. Instantáneo. La caricia de Angela, precedida de la intervención de su tía, la había emocionado. Aquellas palabras dichas por alguien que la adoraba, que incluso en otro idioma dejaban sentir la tremenda carga de cariño que portaban, habían conseguido que se le llenaran los ojos de lágrimas… Más allá de la rabieta, podía leer preocupación y ansiedad en el rostro de Andy. Y a pesar de su innegable fortaleza y de la cercanía de la familia materna, se sentía sola. Sola en el medio de la tormenta. Por momentos, le temblaba la barbilla y en cuanto se daba cuenta, apretaba la mordida e intentaba concentrarse en otra cosa. Como las carantoñas que le hacía a la beba regordeta que sostenía en brazos.

Joder, qué ganas de abrazarte…

La voz de Dylan sonó tan dulce como la mirada que Andy le obsequió cuando él dijo:

—¿Quieres un café? Te lo dejaste a medias…

Dudaba que algo le pasara por la garganta, pero si venía de Dylan la respuesta era sí. Sí, sin más. Andy asintió varias veces con la cabeza y una sonrisa agradecida en el rostro que agravaron las ganas de abrazarla que sentía Dylan.

Pero en cuanto él consultó a las damas presentes si alguien más se apuntaba al café…

—Hay un problema.

Dylan se volvió a mirar a Andy.

—Me muero por un café, pero… no quiero que te vayas —admitió, aguantando el tipo.

Toma ya. Y se lo soltaba así, tal cual, sin preámbulos, pensó él.

—Así que quieres que me quede…

Andy volvió a asentir, más y más incómoda cada segundo que él continuaba en silencio, atravesándola de parte a parte con sus preciosos ojos del color del cielo.

Dylan, en cambio, se crecía cada minuto que pasaba a su lado. Ahora sabía que se crecería mucho más. Era de *esa* clase de hombre, de los que apostaban fuerte, y "no quiero que te vayas" no era lo mismo que "quiero que te quedes". Lo primero sabía a deseo; lo segundo a declaración de intenciones. Parecía lo mismo, pero no lo era. No para él, que se había presentado en la isla a ciegas. Sin saber si Andy seguía pensando en él, aunque fuera de tanto en tanto, o si ya formaba parte del lote de recuerdos que había dejado definitivamente atrás al marcharse de Londres.

También sabía, por cierto, que si no hacía algo por cambiar el tono de aquel momento, acabaría empotrándola contra la pared más próxima y comiéndole esa boca preciosa hasta saciarse, sin importarle nada más.

Lo cual, dadas las circunstancias, sería una GRAN estupidez.

El irlandés respiró hondo, sacudió su cráneo rasurado y volvió a mirarla, esta vez con una sonrisa.

—¿En serio? —le dijo con toda la picardía del mundo—. Vaya, vaya. Las cosas que uno descubre un sábado cualquiera por la tarde…

Andy no pudo evitar esbozar una ligera sonrisa, algo incómoda, al ver aquel punto entre desafiante y divertido en su expresión.

Y mientras Neus y Angela intercambiaban miradas cómplices, Roser puso los ojos en blanco.

—Voy yo —masculló la solterona al tiempo que se alejaba.

Andy no pudo evitar soltar un suspiro de alivio cuando más de una hora más tarde, el sexagenario de barriga prominente le confirmó que su madre estaba bien. El Dr. Grau era el médico de cabecera de la familia, a la que conocía desde hacía años, y aunque a Anna la atendía un especialista, conocía su historia médica en detalle.

—¿De verdad que está bien, doctor?

—Sí, quédate tranquila. Solo fue una reacción al estrés —respondió el hombre, restándole importancia—. Por lo visto, tuvo una discusión con tus tías y se puso nerviosa. Ya le he dicho que si piensa reaccionar igual cada vez que se disguste por algo, yo me retiro. Tu madre es una señora muy interesante y todo eso, pero yo ya tengo una mujer a la que veo muy poco por motivos laborales. No sé si me entiendes…

En aquel momento, un Danny pálido y con la respiración alterada, apareció de repente.

—¡¿Y mamá, cómo está?!

Era la viva imagen del miedo, estaba a punto de echarse a llorar. A Andy le partió corazón.

—Está bien, está bien… —le dijo al tiempo que le rodeaba el cuello con un brazo y lo atraía hacia ella—. Tranquilo, Danny, que mamá está bien…

—Joder... —murmuró el muchacho, con el llanto en la garganta, rodeando con sus brazos a su hermana mayor y a la niña que sostenía en brazos—. Joder, qué susto...

El Dr. Grau frotó cariñosamente la cabeza del adolescente.

—Venga, id a verla. Está esperando a que la enfermera le traiga los volantes para la analítica que he pedido. Después ya os la podéis llevar a casa, ¿vale?

Andy le entregó la niña a Neus para que se quedara con ella. A continuación, se volvió hacia Dylan y le indicó con una seña, que hizo extensiva a Angela, que iría a ver a su madre. Fue entonces cuando Danny, algo más calmado, se percató de la presencia del robusto motero lleno de tatuajes amigo de su hermana.

—Hola, Dylan... ¿De vacaciones en la isla? —lo saludó mientras se alejaba, siguiendo a su hermana.

El irlandés necesitó unos instantes para procesarlo. Que recordara, el chaval jamás se había prodigado en palabras con él, precisamente. Ahora, acababa de soltar un puñado de golpe y sonaba... ¿agradablemente sorprendido de verlo? Ver para creer.

Se limitó a devolverle el saludo con un nada comprometedor guiño, consciente de que las tías de Andy no le perdían pisada. Al fin, Roser se llevó al médico aparte y se puso a conversar con él. Neus la siguió con la niña en sus brazos. En un principio, se enfrascó en la conversación que su hermana mantenía con aquel viejo amigo de la familia, pero pronto volvió a mirar a Dylan, pensativa.

Hasta aquella misma mañana, Anna no sabía quién era él, pero Danny, evidentemente, lo tenía muy visto. No solo lo conocía, le caía bien. Neus sonrío para sus adentros.

¿Qué había habido, realmente, entre aquel mozo y su sobrina cuando aún vivía en Londres?

La curiosidad la estaba matando.

Hacía un buen rato que Andy y Danny habían ido a ver a su madre. Los que estaban en la sala de espera habían tomado asiento y conversaban entre ellos. Normalmente, el centro de atención era Luz. La niña, que había devorado su biberón, volvía a interesarse por todo lo que sucedía a su alrededor con ojos sumamente atentos. Las mujeres comentaban que era una niña muy tranquila, que era el vivo retrato de su madre: con su pelito rubio y sus ojos claros no se parecía a sus tíos, excepto en la sonrisa fácil. Desde luego, hablar de la niña era un recurso social cómodo para todos; evitaba rozar siquiera el inconveniente asunto de la presencia de Dylan en la isla.

El irlandés, en cambio, no le prestaba demasiada atención a la conversación. Su cerebro, que no había parado de analizarlo todo desde que había puesto un pie Menorca, ahora actualizaba sus estadísticas a la luz de los nuevos datos incorporados. Aquella deseada pero totalmente inesperada declaración de intenciones por parte de Andy había aumentado no sólo sus posibilidades de éxito, también su ansiedad. Raro en él, se sentía como si tuviera hormigas en el cuerpo.

—Creo que si ahora te pidiera que me traigas un té, te haría el hombre más feliz de la tierra —murmuró Angela, sacándolo de su abstracción con una sonrisa—. ¿Me equivoco?

Dylan sacudió su cráneo rasurado en un gesto negativo.

—En lo más mínimo —admitió—. Es más, creo que te lo traeré por tandas: primero voy a por el té, luego a por el azúcar. Así duro más tiempo ocupado haciendo algo. Con suerte, igual mi coco se lo traga y me deja en paz un rato.

Angela rió de buena gana.

—En tal caso, te pediré que añadas alguna galleta para mojar. Tres tandas. ¿Qué te parece?

Dylan se puso de pie más que dispuesto a ocupar su energía en algo distinto de comerse el coco, pero entonces, cuando vio la silueta que entraba por la puerta principal comprendió que el té y las galletas tendrían que esperar.

—Joder. Como éramos pocos… —masculló él.

La abuela de Evel siguió la mirada de Dylan hasta el hombre alto y delgado que se dirigía hacia ellos.

—¿Es el tío de Andy? —Le preguntó en voz baja para no alertar a Neus y Roser que, atentas a Luz, todavía no se habían apercibido de su presencia.

Dylan asintió ligeramente con la cabeza.

Pues no traía cara de buenos amigos, pensó la anciana. Quiso atribuirlo a la preocupación por el estado de su hermana, aunque al tanto de los antecedentes, sabía que la presencia de Dylan en Menorca también tenía que ver. La cuestión era cuánto. Lo último que deseaba era que tuviera lugar otro suceso que lamentar aquel día; con la hospitalización de la madre de Andy era más que suficiente, incluso aunque hubiera acabado en un simple susto.

En efecto, la preocupación por el estado de Anna ocupaba en aquel momento el primer lugar en la lista de preocupaciones de Pau Estellés, pero no era la razón que lo había traído a Menorca. Se había enterado de que su hermana estaba en el hospital al llegar. Y como tal prioridad, lo trató.

—¿Cómo está Anna? —preguntó a sus hermanas antes siquiera del beso de rigor con que siempre se saludaban entre ellos.

Ellas se mostraron sorprendidas. Neus más que Roser, y sorprendida en el mal sentido de la palabra. Ella solo había avisado a las personas que era imprescindible que lo supieran, a saber: Ciro, para que se ocupara de reprogramar las tareas del turno de cenas en el restaurante por si acaso no podía contar con Andy, y Andy quien se ocupó de avisar a Danny. Dudaba mucho que Roser lo hubiera hecho. Después del rapapolvo que se había llevado, y el consecuente susto al ver cómo lo tomaba Anna, no le habrían quedado ganas de verse involucrada en otro follón. Y que Pau se presentara en la isla, sin duda, daría lugar a varios.

—Pau… ¿qué haces aquí?

—¿Cómo está Anna? —repitió con tono de "te he hecho una pregunta".

—Está bien. En un rato, podremos llevarla a casa… Por favor, no preguntes qué le sucedió. —Señaló con un gesto de los ojos la presencia de la abuela de Evel.

Pau elevó el mentón, un signo característico que no requirió traducción para las hermanas, y resuelta su primera preocupación, fue a por la segunda sin molestarse en responder a su hermana. Se encaró con Dylan de forma tan enérgica que Angela se puso de pie de un salto. La tensión del ambiente se disparó haciendo que el irlandés se pusiera en guardia. Ya no tenía ninguna duda; el tío de Andy iba a por él.

—Llevo media vida lidiando con impresentables, pero como tú, ninguno —empezó a decir en inglés.

El tono había ido *in crescendo* y al llegar al final de la frase, su mano estaba sobre el pecho de Dylan.

—¡¿Creías que con colgarme el teléfono y no volver a cogerlo resolverías algo, eh? No tienes ni puta idea de con quién estás tratando!

—¡Pau! ¡¿Pero qué haces, te has vuelto loco?! —exclamaron sus dos hermanas casi al unísono, tomando a su hermano del brazo. De puro nervio, hablaban en menorquín, dando lugar a una escena de lo más curiosa.

—Tranquilidad, caballeros, por favor. Un poco de tranquilidad —rogó Angela, intentando situarse entre los dos, algo que solo consiguió a medias.

Dylan se quitó la mano de encima de forma brusca. Sentía la sangre hirviendo en sus venas, pero una vez más, abogó por que las cosas no se salieran de madre.

—Te colgué porque no dejabas de vociferar. Y te advertí de que lo haría si no te calmabas, así que déjate de gilipolleces. Además, ya nos hemos dicho lo que teníamos que decir, ¿o no? —replicó Dylan, manteniéndole la mirada.

—Y una mierda —Pau dio un paso al frente, invadiendo el espacio vital del motero—. Puede que Andy se trague tus mentiras, pero yo sé de qué vas y te juro por mi madre que…

Él lo interrumpió, tajante y retrocedió un paso, poniendo una distancia de seguridad entre los dos.

—No tengo la menor idea de lo que estás hablando. Qué mentiras ni hostias en vinagre… Tú alucinas, chaval.

—*Cuidado con lo que dices.* —El tono de voz del español fue el equivalente a un revólver apuntándole a la cabeza.

Dylan soltó una risotada. Ahora resultaba que el que tenía que cuidar sus palabras era él…

—A ver si nos entendemos… Acabo de llegar. Apenas nos ha dado tiempo a charlar un rato, que como imaginarás no tenía previsto malgastar hablando de ti o de tus amenazas, porque a) me importan un carajo y b) solo servirían para que se cabree, tío. ¿O piensas que la va a alegrar saber lo capullo que puedes llegar a ser cuando te lo propones? Ya te lo he dicho: Andy no sabe nada de eso y si de mi depende, no lo sabrá. N-A-D-A, ¿te enteras?

—¡Cabrón oportunista…! —Y con esas, se le fue al humo otra vez.

Neus apartó a su hermano de Dylan de un empujón que apenas consiguió moverlo del sitio.

—¡Pau, ya está bien! ¿De qué amenazas habla? ¿Pero qué te pasa a ti, muchacho? —voceó Neus en menorquín.

—¡No te metas en esto, Neus! —replicó él.

Lo que le pasaba era que ese tipo lo ponía enfermo. Para él las mujeres eran de usar y tirar, objetos con los que saciar sus necesidades. En Andy había encontrado un chollo; joven, inexperta y con una familia adinerada. Menudo braguetazo. Imaginarlo tocándole un pelo a su sobrina le resultaba insoportable y la idea de verla sufrir por él… Pau resopló, cada vez más caliente, y volvió a cargar.

O eso intentó…

Hasta que una mano sobre su pecho lo detuvo. Una mano que no pertenecía al impresentable al que deseaba partirle la cara.

Los dos miraron a la dueña de la mano.

—¡¿Pero qué…?! —Andy, alarmada, miró a los dos hombres—. ¿Alguien puede explicarme qué coño está pasando aquí?

Dylan soltó un bufido acompañado de un rosario de palabrotas.

Miró al español con ganas de matarlo y al fin, enfilando para la salida, respondió:

—Yo, desde luego, que no.

Los ojos de Andy, llenos de asombro y perplejidad, siguieron a Dylan hasta que desapareció de la sala seguido por Angela Swynton. Todo su lenguaje corporal decía que iba al límite y, conociéndolo, sabía que la razón de que no se hubiera liado a puñetazos allí mismo, solo podía ser que supiera que Pau era familia. Lo que disparaba un millón de preguntas en ella. Preguntas como ¿qué hacía peleando con Dylan?, ¿y por qué peleaban? ¿de qué se conocían? Que recordara, no los había presentado. Aquel día que Pau había estado en el MidWay, Dylan se había marchado antes de que él llegara.

La mirada de Andy regresó a su tío. Lo miró fijamente y disparó a discreción.

—¿De qué va todo esto, tío Pau? ¿De qué conoces a Dylan?

—Da igual de qué lo conozco. La cuestión es que sé quién es y cómo las gasta, y de eso precisamente estábamos hablando.

Andy puso los brazos en jarra.

—¿Y quién es, según tú?

—Un oportunista que intenta aprovecharse de ti.

La risotada de Andy sonó tan fuerte que algunas personas próximas se volvieron a mirar.

—Tienes que estar de broma… Aprovecharse ¿de qué? ¡Es un amigo!

—Amigo con beneficios —precisó Pau, tan indignado como su sobrina, que se puso roja, no tenía claro de si por rabia, por incomodidad o por las dos cosas—. Tiene mi edad, Andy. Y es un borracho que se acuesta con una fulana distinta cada semana, ¿qué crees que busca estando contigo?

Ella se lo quedó mirando fijamente, perpleja, mientras intentaba asimilar lo que oía (que la estaba dejando alucinada), atar cabos y, en especial, no perder los nervios. Mucho para una sola cabeza, estaba claro, pero había que intentarlo. Porque como dedicara un segundo a considerar el hecho de que su tío estaba metiendo las narices en su vida, dejaría de pensar y pasaría a la acción. ¡Cómo la cabreaba que se creyera con derecho a opinar sobre sus asuntos! ¡Y cómo escocía que hablara así de Dylan! ¿Por qué el irlandés era tema de conversación entre los Estellés? Nadie excepto Danny lo conocía de antes. Ni siquiera Tina.

—*Eso no es asunto tuyo* —fue lo primero que le vino a la boca—. Y además, ¿qué sabes tú de Dylan para hablar así, de qué lo conoces?

Tío y sobrina estaban frente a frente, los dos igual de rabiosos. Él, altísimo, inclinado ligeramente hacia adelante y ella, apenas ciento sesenta y tres centímetros de mujer, casi de puntillas.

—Pues, mira… Lo conocí en junio, en el local de un amigo en Barcelona. Él estaba borracho como una cuba y se dedicaba a destrozar el bar. Cerca de siete mil euros en daños, ¿qué te parece? Y sé lo que hay entre vosotros porque te vi con él en el MidWay aquel día. Yo estaba fuera atendiendo una llamada y os vi a través del cristal —Andy elevó una ceja desafiante, algo que a su tío le calentó la sangre y lo llevó a añadir—: Por el juego de manos que os traías, deduje que él era algo más que un cliente.

—Y te quedas tan ancho —replicó la joven, su tono fue tan lamentable, tan cargado de desilusión que esta vez fueron las mejillas del menorquín las que mostraron un marcado arrebol.

Roser se dio la vuelta cuando Andy no lo negó. El motero tatuado le provocaba tal rechazo que no conseguía imaginarlo retozando con su sobrina sin que la invadieran unas tremendas ganas de vomitar. Puso toda su atención en Luz a quien sostenía en brazos.

A Neus, en cambio, lo que le provocaba náuseas era la actitud de su hermano. Ya era malo lo que había estado haciendo a espaldas de Andy, ¿qué pretendía enfrentándose a ella, hablando de sus asuntos privados delante de todo el mundo? Le indicó con una seña que no continuara. Que no agravara las cosas. Pero Pau estaba demasiado embalado y ya no podía parar. Demasiado cabreado por todo aquel asunto, por la osadía de que había hecho gala aquel individuo, presentándose en la isla a pesar de haberle exigido, con todas las letras, que se mantuviera alejado de su sobrina.

Andy, en cambio, se percató del gesto. No era sorpresa lo que había en el rostro de su tía Neus, sino indignación. Probablemente porque lo que oía no era nuevo para ella. Sin embargo, del suceso "intercambio de caricias" habían transcurrido meses y dudaba muy mucho que Pau se hubiera dedicado a hablar de ello con sus hermanas. Pero, evidentemente, todas estaban al tanto de la existencia de Dylan, así que...

—¿Y vosotras, de qué le conocíais? ¿También lo visteis destrozando un bar?

Notó que Roser apartaba la mirada, sumamente incómoda. Y que Neus soltaba un bufido.

La mayor de las hermanas había intentado proteger la gran metedura de pata del único hijo varón de Francesc Estellés porque no deseaba que la relación tío-sobrina se enrareciera. También porque sabía que las intenciones que movían a Pau era buenas. Era un buen hombre, adoraba a Anna y a sus hijos, y haría cualquier cosa por protegerlos. Pero este asunto lo estaba llevando demasiado lejos, y lo peor era que él no parecía darse cuenta. Había que ponerle coto y había que hacerlo ya.

—Lo vi saliendo del restaurante hace dos semanas y lo reconocí de una noche que os vi desde el balcón cuando él te trajo a casa en moto. Cuando entré, me enteré de que no era la primera vez que llamaba preguntando por ti. No te daban sus recados —Andy abrió sus ojos desmesuradamente. Neus asintió—. Ni a él le daban información sobre ti. Y como te imaginarás, tomé cartas en el asunto. —Aparte de enfrentarse a su hermano y ponerlo verde, se había encargado de que Dylan recibiera la información que llevaban semanas negándole.

Andy gesticuló con las manos pidiendo silencio.

—Un momento… ¿Quieres decir que cuando preguntaba por mí le decían que me había ido a Marte o algo así? —Miró alternativamente a sus tías y a Pau. Sus ojos reflejaban cómo se sentía: estaba flipando. La falta de respuesta fue suficiente respuesta—. *Pero ¿por quéeeee…?*

—Porque tu tío aquí presente no cree que seas lo bastante madura para saber lo que te conviene —replicó Neus.

—Qué exagerada —terció Roser—. Solamente intenta protegerla.

—Acabas de perder a tu hermana, de quedarte a cargo de una madre enferma, un hermano adolescente y un bebé recién nacido —se defendió Pau—. Lo último que te hace falta es un desengaño amoroso, Andy. He hecho lo que debía, ni más ni menos; intentar evitar que te estrelles con un tío que no te merece como han hecho tu madre y tu hermana.

Andy rió con ironía.

—Ah, ya entiendo, mi opinión sobre el tema no importa una mierda. Tú has decidido que Dylan no me conviene y ya está, no hay más que hablar —dijo mientras asentía con la cabeza cada vez más indignada—. Y digo yo, si no es mucha molestia, claro… ¿cómo averiguaste que él estaba aquí? ¿Tienes a algún chivato en nómina o algo parecido?

—Chivata —precisó Neus, deseando acabar con aquel asunto de una vez—. Roser creyó conveniente decirle a tu tío que Dylan estaba en la isla y convertir una noticia feliz en un disgusto para tu madre, que la oyó hablando con él a escondidas —le echó una mirada furibunda a Pau y otra a su hermana Roser—. Lo siento, pero os habéis pasado siete pueblos. Los dos. Andy tiene derecho a saberlo.

La joven abrió la boca. Fue un gesto reflejo.

—Pero… pero… pero… ¡Esto es el colmo! Que os quede bien clara una cosa: estaré con quien quiera, donde quiera y vosotros no volveréis a meter las narices en nada que tenga que ver con los Avery. Da igual si se trata de mi madre, de mi hermano o de Luz. O, por supuesto, de mí. —Señaló a Roser y a Pau con un dedo amenazador—: Una intromisión más, y nos volvemos a Inglaterra.

Acto seguido, se alejó en dirección a la puerta de salida.

A Dylan le había tomado un bote de cerveza y un pitillo volver a ser persona. Persona cabreada, pero bajo control. Además, la compañía de Angela actuaba como un elemento moderador; su actitud amable y conciliadora, y su talante optimista siempre conseguía modificar el entorno para mejor.

Había dejado de llover y los dos estaban en la acera, a unos diez metros de la entrada del edificio. Lo bastante cerca para ver a Andy cuando saliera, lo bastante lejos para evitar encuentros desagradables.

—Mira, tu preciosa criatura ya está aquí —le dijo Angela al motero, al tiempo que le hacía señas a Andy para que los viera.

Dylan dirigió la vista hacia las grandes puertas de cristal y ya no pudo apartarlos de la mujer que se acercaba con pasos rápidos y enérgicos. A pesar del chaparrón que le había estropeado aquel moldeado con gomina que le quedaba tan bien, a pesar del mal rato pasado, del que quedaban claros signos en su rostro… A pesar de todo, era… Preciosa. Estaba en forma, mucho más en forma que la última vez que se habían visto en Londres, lo cual quería decir que había tenido motivos y ocasión para quemar mala leche ensañándose con el saco de boxeo en el gimnasio. Pero además, había una especie de halo a su alrededor, propio de las personas con gran belleza interior, que la hacía tremendamente atractiva.

Angela continuó atenta al amigo de su nieto con total interés y una sonrisa cómplice en los labios que no podía ni quería evitar. Le gustaba la transformación que había sufrido aquel muchacho y, en cierto modo, se sentía orgullosa de él al igual que lo estaba de su nieto. En el caso de Dylan el camino recorrido era mucho más notable; del hombre solitario y excesivamente independiente que había instalado el sistema de seguridad en la galería de arte de Sylvia Swynton, hacía más de dos años, a este, que aceptaba su compañía y sus consejos sin aparente conflicto, había un mundo de diferencia. Y la razón, no tenía la menor duda, era la simpática joven de la que se había enamorado. Aunque ni ella ni él hubieran llegado aún al estadio de reconocerlo.

—Qué bien te sienta el amor —fue como un pensamiento en voz alta que los sorprendió a los dos.

A Dylan, además, le disparó el lado irónico.

—Sé de algo que me sentaría mucho mejor —comentó mientras Angela se desternillaba. Encontraba divertido hasta su doble sentido en según qué ocasiones.

Ya, mucha risa, mucha risa…, pensó el motero. Las cosas no estaban tan "risueñas" para él. Por si no era lo bastante malo ir a ciegas con la "preciosa criatura", pisaba terreno desconocido y no dejaba de encontrar minas antipersona por el camino. Su mente, acostumbrada a la lógica y a valorar alternativas, funcionaba bien bajo presión, pero la preocupación de hacer o decir algo que perjudicara a Andy, que la hiciera sufrir, añadía unos niveles de ansiedad, rayanos en lo insoportable... *Súmale una acuciante necesidad de comérsela entera, cachito a cachito...* Y el panorama estaba completo.

En aquel momento, una pareja mayor interceptó a Andy y se pusieron a conversar.

—¿Más miembros hostiles del clan? —preguntó Angela.

Él era un setentón de cejas frondosas y aspecto altanero. Ella, bastante más joven, llamaba la atención no solo por su belleza serena, también por su elegancia. La conversación que mantenían con Andy parecía seria, pero no tensa.

Poco después, la pareja siguió su camino hacia el interior del edificio y Andy se encaminó hacia donde estaban Dylan y Angela. Pero, de pronto, la pareja cambió el rumbo y también se encaminó hacia ellos.

—Mierda —murmuró Dylan. Andy no estaba lo bastante cerca para haberlo oído, pero algo debió detectar ya que se volvió a mirar qué sucedía.

El irlandés notó interés en el hombre y tensión en su mujer. Aún así, mantuvo la mirada. Andy se disponía a hacer las presentaciones, cuando el hombre se le adelantó.

—Usted debe ser Dylan Mitchell.

Aún siento foráneo y desconociendo la historia de la familia de Andy, el parecido de aquel hombre con Pau Estellés era evidente. Y si era quien sospechaba que era, Dylan no pensaba andarse con remilgos.

—Eso depende... ¿Quién lo pregunta? Porque si es un Estellés, entonces soy Homer Simpson —replicó. Y se quedó tan tranquilo.

Andy bajó la cabeza para que su abuelo no detectara su sonrisa. Le encantaban las salidas socarronas de Dylan, y le gustaba todavía más que los grandes hombres de la familia le trajeran al pairo.

Y mientras Angela lo celebraba con una carcajada y el hombre asentía con la cabeza, indicando que la broma no le había parecido mal, el gesto de su mujer dejó claro que ni aquel hombre ni sus bromas eran de su agrado.

—Soy Frascesc Estellés, el abuelo de Andy —se presentó en un inglés inesperadamente bueno.

—Ella es Angela, la abuela de mi ex jefe de Londres —intervino Andy.

El patriarca la saludó con un ligero movimiento de la cabeza.

—¿De vacaciones en el paraíso?

Angela le obsequió al patriarca un sonrisa.

—Podría decirse que sí.

—Esta es mi mujer, Lucía —continuó Estellés—. Los hombres de la familia somos un poco territoriales, pero no pasa de ahí —explicó el menorquín, obviamente intentando justificar las acciones de su hijo—. Es amigo de Andy y nos interesa. Eso es todo.

¿En serio?

—Pues yo creo que se están pasando de interés —replicó Dylan, cáustico.

Los que conocían el temperamento del patriarca se prepararon para la contraofensiva; Andy con preocupación y Lucía con cierto no reconocido placer oculto, ya que, al igual que a su marido, a ella tampoco le caían bien las personas que iban de rebeldes por la vida. Este en cuestión, ya le había causado graves problemas antes siquiera de conocerlo en persona. Y ahora que lo conocía... Era una provocación andante. No había más que verlo.

Normalmente, habría sucedido tal como esperaban su nieta y su esposa, pero, en este caso, Francesc no perdía de vista que no se trataba de un rebelde cualquiera, del típico transgresor por deporte. Estaba ante un hombre que se había hecho a sí mismo, que había sabido labrarse contactos poderosos y cuyo trabajo en ingeniería domótica era lo bastante valorado para tener a importantes inversores árabes apostando fuerte por llevárselo a Dubái. Sin embargo, allí estaba él, después de dejar con el culo al aire al mismísimo Pau Estellés, permitiéndose decir lo que le daba la gana ante quien le daba la gana. En lo que a él concernía, se había ganado con creces su interés.

—Bien lo merece. Ha organizado usted un buen jaleo, señor Simpson... —replicó el patriarca, ante la perplejidad de su esposa, la sorpresa de su nieta y la cautela del motero, que seguía sin fiarse de los hombres de esa familia—. En fin... Nos vamos a ver a tu madre, Andy.

Andy asintió con una sonrisa. Qué ironía que fuera justamente aquel ajetreado día, el elegido por su abuelo para mostrar el primer síntoma de interés por su hija Anna desde que esta había llegado a la isla.

—Se alegrará de verte, abuelo. —El hombre se limitó a asentir ligeramente con la cabeza.

—Los acompaño —intervino Angela, satisfecha de cómo estaban saliendo las cosas después de todo, y deseosa de que la pareja pudiera estar a solas y arreglar sus asuntos.

Durante los primeros instantes ninguno dijo nada. Dylan porque ignoraba cuánto había soltado por su bocaza el tío de Andy y no quería arriesgarse a meter la pata. Y Andy...

Ella, porque no sabía por dónde empezar a disculparse. Todavía tenía la sensación de que lo sucedido era demasiado delirante para ser real. Además, saber que Dylan la había llamado, que incluso había ido a verla al restaurante, avivaba su ilusión. Una ilusión que no quería tener. No tan pronto.

Pero algo tenía que decir...

—No puedo creer que mi tío no me diera tus recados, que no te dieran información sobre mí... Me parece tan fuerte... Te juro que no sé si reírme o llorar... —lo miró con el bochorno impreso en la cara—. Estoy tan enfadada con él y tan avergonzada...

Dylan podía entender que se sintiera así, pero no pensaba consolarla. Por lo visto, el bocazas había logrado contener su diarrea verbal a tiempo y como había tenido suficiente dosis de gilipollez Estellés para los restos, no quería a Pau como tema de conversación. Ni un minuto malgastado en hacer algo diferente que acercar posiciones con Andy, en hacerla reír, en seducirla.

—¿Mucho, mucho, mucho? —dijo con todo el doble sentido del mundo.

La primera sonrisa hizo acto de presencia en el rostro femenino.

—Eres imposible.

—Estoy siempre dispuesto, que es diferente —matizó él y a pesar de que reía, sus ojos de cazador no pasaron inadvertidos a la joven.

Y tanto que sí. Un millón de recuerdos se agolparon en la mente de Andy. Escenas ardientes entre los dos que habían empezado justamente así, con Dylan tirando el anzuelo y ella picando. Y volviendo a picar en un bucle sin fin. A su lado se sentía como la mujer fuerte que era, no como una joven con demasiados problemas, intentando desconectar. A su lado, no había prejuicios ni preguntas ni imposiciones ni lisonjas pretendiendo disfrazar la naturaleza sexual de lo que los unía. Ella era libre de quedarse o irse y él también… Pero eso había sido mientras estaban en Londres. Ahora era diferente. Porque su vida había cambiado y ya no vivía en Londres.

Y porque estaba enamorada de él.

La aparición de Ciro, que se dirigía hacia ellos con su andar desenfadado y su pinta de *friki*, interrumpió el momento.

Andy respiró hondo, harta de que todo en su vida fuera un jaleo.

—Bienvenido a mi mundo, Dylan —meneó la cabeza—. Es así *tooodo* el tiempo.

El irlandés la miró con ternura, pero no dijo nada.

22

Después de que la madre de Andy saliera del hospital, toda la familia había marchado con ella, a casa.

Todos menos Pau y Ciro. El último había regresado al restaurante, a dirigir la cocina. El tío de Andy, en cambio, había abandonado el hospital acompañado de sus padres, en lo que a Andy le había parecido una conversación nada amistosa con su madre. Todos decían que Lucía Oriol Martí escondía un genio terrible tras su fachada de empresaria moderna, y tuvo la impresión de que había escogido precisamente aquel día para sacarlo a tomar el aire. Resultaba raro ver a Pau tan callado. Mucho más raro aún resultaba que fuera ella, una mujer, la única en el uso de la palabra estando en compañía de los "varones" de la familia. Aquella imagen tan inusual la había hecho caer en la cuenta de que tenía que haber una razón de peso para que su tío hubiera regresado a la isla un día después de haberse marchado y esa razón no podía ser la hospitalización de Anna; para llegar cuando había llegado, él ya debía estar en camino antes de que le avisaran. Eso, suponiendo que alguna de sus tías lo hubiera hecho, cosa que dudaba. Habían llevado a Anna al hospital "por las dudas", ellas mismas se lo habían dicho. No harían venir a su hermano de Barcelona para eso. Algo había sucedido, estaba claro, porque aquel monólogo extenso de la segunda esposa del patriarca le había sonado a rapapolvo en toda regla. Ya había notado antes las miradas nada amistosas que ella le dedicaba a Dylan y ahora esto…

Como Andy esperaba, su madre no había querido saber nada de acostarse a descansar un rato. Había insistido en que se encontraba perfectamente y toda la familia se había puesto cómoda en el patio de la casa familiar donde conversaban animadamente con los invitados, Dylan y Angela.

También como era de esperar, Luz se había convertido en el centro de atención en cuanto le llegó la hora de comer. En brazos de Danny, que había desarrollado una especie de debilidad por la pequeña y siempre que estaba en casa la monopolizaba, la niña tomaba su biberón con voracidad.

A Andy los nervios del mal rato en el hospital y la ansiedad por la reaparición de Dylan en su vida le estaban pasando factura. De pronto, se sentía como si algún púgil extremadamente motivado la hubiera usado a ella a modo de saco de boxeo. Echó un vistazo al reloj; pronto le tocaban medicinas a su madre.

Sus ojos se encontraron con los de Dylan cuando se puso de pie. Le obsequió una ligera sonrisa al pasar a su lado y continuó camino a la cocina.

Dylan, por supuesto, la siguió. Preguntó por el baño y no fue un farol, pero en cuanto acabó, él mismo se ocupó de buscar a Andy. La encontró en la cocina, con los ingredientes necesarios para preparar un sandwich.

Parecía absorta en lo que hacía, pero sus movimientos no eran como los recordaba del MidWay. Les faltaba energía, vitalidad. Se había llevado un buen susto aquella tarde. Y antes de eso, una gran sorpresa. Claramente, demasiado para un solo día.

—¿Qué haces? —le preguntó.

Fue entonces cuando Andy se dio cuenta de que ya no estaba sola. Lo miró brevemente.

—Un tentempié para mi madre, las medicinas son fuertes para tomarlas con el estómago vacío.

Dylan se incorporó del marco de la puerta desde donde veía el panorama y se acercó a ella. Ante su sorpresa, la tomó por la cintura y la sentó sobre la mesada.

El contacto físico, el primero en meses, fue como un chisporroteo efervescente que les recordó que la atracción continuaba allí, a flor de piel, exactamente igual que entonces. Algo de lo que ambos tomaron conciencia y decidieron ignorar. No era el momento ni el lugar para dejarse llevar.

—Y tú, ¿qué haces? —dijo ella a su vez, en un intento de apartar el torrente de sensaciones que inundaron su cuerpo en un instante.

Con aquel hormigueo extraño recorriéndolo a sus anchas, Dylan abrió la nevera y sacó una bebida energética que destapó y le entregó a Andy. A continuación, abrió una cerveza para él, le dio un buen lingotazo y al fin respondió:

—Un tentempié para tu madre mientras tú te quedas sentadita ahí, mirándome —le hizo un guiño—. Me concentro mejor con público.

Andy lo intentó. De verdad, que lo intentó. Hacía tanto esfuerzo por no apartar los ojos de las rebanadas de pan sobre las que él aplicaba una generosa capa de mantequilla, que hasta empezaron a dolerle los ojos. Ni siquiera pestañeaba por miedo a que su mente aprovechara la ocasión para retozar en recuerdos placenteros que no le convenían en absoluto. O peor aún, en encontrar excusas para ilusionarse. Desde que Dylan había puesto un pie en el restaurante, su mente era un hervidero de preguntas. Preguntas que no se atrevía a formular. Maldita cobarde de mierda.

Él la miró brevemente al oírla bufar. Ella hizo un gesto con la mano, restándole importancia, y vio con alivio que el irlandés volvía a ocuparse del sandwich.

Puede que no tuviera el valor de hacer preguntas, pero algo tenía que decir ahora que quedaba claro que Dylan había intentado ponerse en contacto con ella todo ese tiempo.

Había evitado sistemáticamente cualquier comunicación con él, no solo porque pensara que su vida era un follón en la que no había lugar para romances, también porque creía que él tampoco había intentado restablecer el contacto con ella. Estaba segura de que había vuelto con Amy. Y, en cambio, él no había dejado de intentarlo. Y ahora estaba allí…

Pero se resistía. Andy seguía resistiéndose a pensar siquiera en el significado de que Dylan, de entre todos los hombres del mundo, estuviera en Menorca. Porque además de haberlo dejado entrever, hasta para un ciego era evidente que la razón era ella. No quería pensar en las implicaciones. Porque no quería ilusionarse. No quería tener expectativas.

—¿Pensabas decírmelo alguna vez?

Dylan sonrió para sus adentros. ¿Acaso no decían que la mejor defensa era otro ataque? Pues eso.

Ni siquiera la miró cuando respondió:

—¿Decirte qué, que tu tío es un controlador? Ya lo sabes de sobra.

Lo que llenó el ambiente a continuación fue el silencio. Un silencio más que expresivo que comunicaba a las mil maravillas que no, eso no le valía como respuesta.

Dylan volvió a intentarlo.

—No me traga. ¿Y qué? Mientras tú no tengas problemas con —sus ojos desafiantes acariciaron a Andy de arriba a abajo — tragarme…

Aunque él, en realidad, pensaba más bien en el proceso anterior, el que comenzaba con estimular los sentidos y probar y oler y lamer… Dylan volvió la vista al sandwich antes de que tanta estimulación se le fuera de las manos. El silencio por parte de Andy le dejó claro que andarse por las ramas *tampoco* era una alternativa.

—Seguramente no —acabó admitiendo él.

—¡¿Seguramente no?! ¡Si no es por mi tía que te vio saliendo del restaurante nunca me habría enterado de que el muy capullo se ha atribuido el poder de decidir quién me conviene y quién no!

Ya. Mucho ladrar por los recados que no le habían dado, pero ¿y sus llamadas? ¿Cuántas veces había hecho ella el intento consciente de ponerse en contacto con él? Una. Una en meses, y tampoco tenía la certeza de que fuera suya porque ni había dejado mensaje en el contestador ni había conseguido hablar con ella las tropecientas veces que la había llamado. Cierto que en eso había tenido que ver su querido tío, pero no colaba como excusa. Ni siquiera le había dado su nuevo número de móvil, joder.

—Lo intentó y obviamente, no le funcionó. Ahora ya sabe que insistir es perder el tiempo y arriesgarse a que le cortes las pelotas. Asunto resuelto.

—Qué práctico.

Sus ojos la miraron con firmeza.

—Sí, mucho.

Era algo que Andy había advertido desde el principio. Dylan era un tipo tan sumamente práctico que ni siquiera hacía preguntas; tomaba las cosas como venían, sin más. Era un especialista en desdramatizar las situaciones. Lo había visto un millón de veces en el MidWay. Nunca había querido pensar en que la vida volviera a reunirlos, quizás por eso hasta ahora no se había preocupado de cómo explicaría casi tres meses de silencio si llegara el momento de tener que hacerlo. Ahora, sentía que por lo menos le debía eso. Y no sabía por dónde empezar.

¿Ah, no? Prueba a empezar por el principio, a ver qué tal, se dijo con socarronería.

—Cuando me fui de Londres, sabía que las cosas se pondrían difíciles. Aunque mi madre se repusiera del pre-infarto, aunque lo hiciera en tiempo récord, tenía claro que pasaría tiempo antes de que la dejaran viajar. Y también sabía que mi familia española intentaría por todos los medios retenernos aquí…

Dylan continuó atento a ella.

—Pero al llegar a Barcelona, me encontré con que por eso de que las desgracias nunca vienen solas, mientras mi madre se debatía en un hospital, mi hermana se debatía en otro. Ingresó de urgencias con preeclampsia, en las últimas. Salvaron al bebé por los pelos… —miró a Dylan con una pátina de dolor en los ojos—. Estaba en la cárcel, le faltaban dos meses para salir de cuentas, y año y medio para cumplir condena —hizo una pausa para serenarse y continuó—. No lo consiguió. Se fue en cuatro días y en un abrir y cerrar de ojos, me encontré en un país extraño, con mi madre hospitalizada y mi sobrina en la UCI neonatal, luchando por su vida, Danny aterrorizado y Sonia muerta… Fue una pesadilla —volvió a mirar a Dylan—. Es una pesadilla. La enfermedad de mi madre empeora a pasos agigantados. Cada día pierde algo, tono muscular, movilidad… Y cuando deje de valerse por sí misma…

Andy bebió un sorbo de su bebida isotónica y permaneció en silencio. No soportaba la idea de perder a su madre. Menos aún saber que mucho antes de que eso sucediera, la tutela legal de Luz pasaría a ella… junto con la de Danny.

Dylan, que gracias al bocazas de Pau conocía con bastante detalle la situación de Andy, deseó poder abrazarla, consolarla, algo. Nunca imaginó que sería tan duro escuchar el relato en primera persona y presenciar la enorme entereza con la que hacía frente a un dolor que, evidentemente, continuaba doblándola. Cuánto coraje, pensó el irlandés.

—Estos meses habrás sido el terror de los sacos de boxeo —comentó con sencillez.

La vio fruncir el ceño un instante y al siguiente sonreír.

—No lo sabes tú bien…

Dylan le echó un soberbio repaso al cuerpo femenino. Si antes estaba para comérsela, ahora…

—Pero me hago una idea —apuntó.

Sin embargo, el doble sentido no fue a la par con la expresión de su rostro, y su mirada de cazador se había transformado cuando sus ojos se encontraron. Se había transformado en algo diferente que hizo estremecer a Andy.

Ella asintió, agradecida de que una vez más él escogiera facilitarle las cosas.

Dylan regresó al sandwich, que partió en cuatro triángulos y colocó de pie sobre un platillo, simulando la cola de un cohete. A continuación, volvió a tomar a Andy por la cintura.

Ninguno apartó la mirada durante todo el tiempo que él demoró en volver a dejarla en el suelo.

—Su sandwich, señorita —susurró él, sin apartarse más que lo imprescindible, al tiempo que le entregaba el plato.

Andy tragó saliva. Habló en un murmullo.

—Gracias…

Ninguno de los dos hizo el menor intento de poner fin a aquel momento, conscientes de que estaban atrapados en él y de que no deseaban que acabara.

Fue Roser quien lo hizo. De manera cortante e intrusiva, como solía proceder cuando algo no le parecía bien.

—Se pasa la hora del remedio, Andy —dijo, pero su dura mirada no se apartó en ningún momento de Dylan.

Él, que estaba parcialmente de espaldas a la puerta, respiró hondo. Su gesto fue más que explícito, tanto que obligó a Andy a bajar la cabeza para ocultar la sonrisa. Se apartó de la mujer que se moría por besar y se volvió hacia la que tenía más ganas de estrangular cada minuto que pasaba.

La mirada que le dedicó también fue más que explícita.

—Se pasa la hora del remedio, nena —repitió al tiempo que le hacía una reverencia a Andy, y le indicaba gentilmente el camino.

La joven se puso en marcha conteniendo la risa. Roser había encontrado un buen complemento a su aridez verbal en la socarronería descarada de Dylan. Las batallas entre esos dos tendrían mucha miga.

Él, que no tenía el menor interés en el ala disidente de los Estellés, no demoró en abandonar la cocina detrás de Andy.

Pasó junto a Roser sin hacer ningún comentario y regresó al patio, donde la familia estaba reunida.

Pero a Andy todavía le quedaba otra sorpresa a la que hacer frente aquella tarde. Y, en este caso, también lo fue para el propio Dylan.

Anna ya había tomado su medicina y degustado el sandwich que había calificado de "riquísimo" y Luz se había quedado dormida en los brazos de Danny, cuando el chef del Restaurante Sa Badia asomó la cabeza por el pórtico abovedado que conectaba el pasillo de entrada con el patio de la familia Avery.

—Traigo compañía, ¿puedo pasar? Solo un minuto y me voy corriendo a cocinar...

Anna extendió sus brazos abiertos hacia él.

—Vaya una pregunta. Tú siempre eres bienvenido en la casa de tu tía, Ciro, y quien quiera que te acompañe también.

El chef se hizo a un lado para dejar pasar a sus acompañantes mientras explicaba que habían ido al restaurante preguntando por la señora Swynton. Habían llegado hasta allí por indicación de una vecina, que la había visto marcharse a prisa con Andy y les había dado la dirección del restaurante de su familia, donde la joven trabajaba.

—¡Por Dios Bendito! ¿Qué hacéis aquí? —exclamó Angela y fue al encuentro de los recién llegados.

—Bueno, querida madre, tendrás que admitir que regresar de vacaciones y enterarme por tu vecina, a la que has dejado a cargo de tu adorada mascota, de que te habías ido "unos días" a un lugar al que en diez años no hemos conseguido convencerte de que volvieras, no es la noticia más tranquilizadora del mundo. Añádele que llevo horas sin conseguir dar contigo en el móvil y tendrás una buena respuesta a tu pregunta —explicó Sylvia Swynton. Su tono denotó que si bien estaba aliviada de encontrar a su madre a salvo, no le agradaba la idea de haber tenido que desplazarse hasta la isla para averiguarlo.

—Ay, cariño... ¿os he preocupado? ¡Cuánto lo siento! Como veis estoy perfectamente y rodeada de gente estupenda

—dijo la anciana la mar de animada—. Dejadme que haga los honores, por favor. ¡Qué bien que estéis aquí!

Y con esas empezó a presentar a los recién llegados -su hija, su yerno, y su nieto Brian acompañado de su flamante esposa, Abby-, sintiéndose como pez en el agua.

Dylan contemplaba la escena asombrado. ¿Qué hacía Clinton Rowley en Menorca? Mejor dicho, en casa de los Avery. Por no mencionar a Evel y a su bomboncito... No entendía absolutamente nada de lo que estaba sucediendo.

Andy también saltó de la silla en cuanto la minicresta de su ex jefe apareció en el patio.

—¿Participamos en un reality show y yo no me he enterado? —exclamó al tiempo que se fundía en un abrazo con Evel, contenta como unas pascuas—. ¡Bienvenido, jefe! ¡Cuánto me alegro de volver a verte!

Emociones aparte, los siguientes cincuenta minutos fueron muy esclarecedores para Andy. Se enteró, por ejemplo, de que la casa en la que había estado aquella mañana pertenecía a Angela Swynton. Ella y su marido la habían comprado en los años cincuenta y Menorca había sido su lugar favorito de vacaciones hasta la muerte de su compañero de toda la vida. Desde entonces, no había querido regresar, pero al enterarse de que Dylan "había planeado pasar un tiempo allí", le había parecido el momento ideal de hacerlo. Y como prefería el avión al ferry, habían viajado cada uno por su lado. No había precisado más al respecto, pero la cara de sorpresa del irlandés le había comunicado a Andy que él tampoco conocía ese dato.

Efectivamente, Dylan lo desconocía. Se había despedido de la anciana en Londres, sin saber que ella planeaba acompañarlo; se había enterado cuando el ferry atracó en el puerto de la capital menorquina y recibió su llamada diciéndole que lo estaba esperando a la salida. Tras convencerlo de que dispusiera de su casa el tiempo que deseara, que no tenía sentido alojarse en otra parte, había cancelado la reserva de hotel que tenía hecha desde hacía más de una semana.

La referencia al ferry también propició que Andy cayera en la cuenta de un detalle que con el susto de la hospitalización de su madre, le había pasado totalmente inadvertido; Dylan había traído su todoterreno. De hecho, abordo de él habían ido al hospital. De ahí, que hubiera viajado en ferry y no en avión. Una nueva oleada de esperanza se adueñó de ella al pensar que si se había tomado la molestia de traer su propio vehículo, entonces, quizás su estancia en la isla no fuera tan corta.

Que Evel se hubiera sumado a la expedición no extrañó a Andy ni a Dylan. El socio capitalista del MidWay sentía auténtica devoción por su abuela materna y seguramente estaba tan preocupado por la escapada de la anciana a Menorca como lo estaba su propia hija. Y donde iba Evel iba Abby, de modo que su compañía la daban por hecho antes incluso de que él entrara en el patio de su mano.

Clinton Rowley, en cambio, era otro cantar. Andy no conocía demasiado al ejecutivo con pinta de dandi, pero por lo que sabía de él, era un empresario de éxito con una agenda muy apretada y dudaba que su suegra le preocupara tanto como para fletar un avión privado para averiguarlo. Porque sí, los Rowley habían llegado a Menorca en un vuelo no comercial. Dylan, que lo conocía bastante bien, sabía que la razón de su presencia allí solo podía ser una; negocios. Negocios que tenían que ver con él y aquí era donde empezaba a sentirse realmente perdido.

La llegada de aquellas visitas tan inesperadas había provocado reacciones diferentes entre las hermanas Estellés. Neus, que siempre había añorado formar parte de la vida de su "familia inglesa", tenerlos más cerca, saber de las personas que formaban su mundo y ser parte de él, demoró menos de un segundo en sumergirse de cabeza en la historia que contaba la anciana acerca de su marido, el ViceAlmirante Thomas Swynton, de sus frecuentes viajes y de cómo se habían enamorado de la isla tan pronto recalaron en sus costas, unas vacaciones de hacía cincuenta años.

Roser seguía pensando que la vida de las Avery estaría mucho mejor dejando el pasado atrás, y por más que su orgullo menorquín estuviera de enhorabuena al oír a foráneos hablar tan bien de su tierra, ellos -los foráneos- seguían siendo ingleses y ella… Seguía teniendo la misma aversión de siempre hacia los súbditos de Su Majestad Elizabeth II.

Anna, en cambio, estaba encantada. Seguía cada reacción de Dylan y de su hija, con sumo interés y un inocultable orgullo. Sabía de la misa la media, claro estaba. Nadie la había puesto al corriente aún del encuentro de Dylan con Pau en el hospital ni de la discusión entre tío y sobrina, pero le había bastado ver a Dylan entrando por la puerta del restaurante aquella mañana, para intuir que él era hombre de apuestas fuertes. Ahora estaba allí, en su casa, seguro de sí mismo, aparentemente relajado a pesar de saberse el centro de atención, y, a la vez, pendiente de Andy a quien no le perdía pisada. Ni ella a él… ¿Por qué su hija, siendo tan compinches como eran, le había dejado creer que seguía enamorada de Conor cuando era evidente que quien le importaba de verdad era aquel hombretón que no lucía rastas en la cabeza?

—Los vecinos se llevaron una sorpresa doble al volver a verme por aquí; pensaron que Dylan eras tú, que venías a acompañar a tu querida abuela —le dijo Angela a Evel, celebrando el malentendido con sus contagiosas carcajadas.

—Tranquilo, que ya me he ocupado de aclararles que no soy tú —intervino el aludido al ver la expresión en la cara de su amigo (de la expresión de Abby, mejor no comentar)—. Ni cuando me dejaba el pelo largo, se me habría ocurrido llevar una cresta como esa. Nunca. Ni en sueños.

Todos siguieron con una sonrisa la interacción entre los dos amigos. O bueno, casi todos; Roser seguía mostrándose cauta y cada vez que Dylan tomaba la palabra, su expresión se endurecía irremediablemente.

Evel se estiró a palmearle la rodilla a su amigo. Abby, en cambio, no pudo evitar reírse a carcajadas.

—¿Cresta, tú? —dijo, desternillándose. En su opinión, a Dylan solo le falta una cresta para convertirse en una caricatura —. Que me da la risa tonta…

Él asintió sonriendo. Pues si ella pensaba que estar en casa ajena iba a evitar que respondiera exactamente lo que pensaba, lo llevaba claro.

—Es todo un cambio que, por una vez, mi presencia no te provoque instintos asesinos —dijo él sin pelos en la lengua.

Andy y Evel intercambiaron miradas cómplices. La primera intuía que Dylan nunca había sido santo de la devoción de Abby. El segundo podía dar fe de ello; había experimentado en carne propia la rapidez con que a su chica le agriaba el carácter la sola visión del irlandés. No lo soportaba. Nunca lo había soportado. Así que, en cierto modo, su reacción también le resultaba novedosa.

—Tú no te fíes tanto —apuntó Abby, todavía riendo.

La verdad era que llevaba varias horas de sorpresa en sorpresa. Primero, con la escapada de Angela a Menorca, luego, con la noticia de que Dylan también estaba en la isla y, para acabar, encontrarlos a los dos en casa de Andy había puesto sobre la mesa una realidad que no le pegaba nada con aquel tipo cubierto de tatuajes que desde el primer momento le había caído fatal. ¿Andy y Dylan? Todavía no salía de su asombro. Y no tanto por ella, (aunque en cierto modo también porque, que recordara, la camarera tenía cierta debilidad por los tíos de rastas multicolores), sino por él. Su interés por la veinteañera tenía que ser muy grande para tomarse tantas molestias...

Dylan que detectó la mirada, sonrió para sus adentros, celebrando lo que estaba a punto de decir.

—Menos mal que no apostaste tu llamativa cabellera, ¿eh? Porque no creo que la cabeza rapada te quedara tan bien como a mí.

Mantuvo su mirada sobre Abby, desafiante, y no aclaró a qué se refería porque sabía que a ella no le hacía falta: Abby, como todos, estaba convencida de que su amiga Amy era tan irresistible que él no pasaba de ella por las razones normales por las que un hombre pasa de una mujer, léase falta de interés, sino por celos.

Pero no fue Abby quien se dio por aludida primero. Andy, que captó la indirecta al instante, reaccionó con su simpatía característica:

—Pues anda que yo... —miró a Dylan con picardía—. Aunque supongo que en mi caso sería posible renegociar el pago, ¿no? Tampoco creo que la cabeza rapada me quede tan bien como a ti.

"Vaya, vaya... Esto mejora por segundos", pensó él comiéndosela con los ojos al tiempo que, consciente de dónde estaban y de las miradas que como flechas, sentía clavadas en él, consideraba su siguiente movimiento.

Todos echaron a reír, empezando por la propia Andy que se tronchaba con las miradas explícitas de Dylan.

—¿Renegociar? —dijo el irlandés, al fin—. Menos mal que está tu madre presente, que si no….

Lo dijo con tal cara de cazador, que a Andy se le subieron todos los colores al recordarse colgada de la barra de elevaciones de su piso de Londres mientras él la devoraba entera. Así habían acabado las cosas la última vez que la palabra "renegociar" había estado entre los dos.

Evel soltó un silbido de asombro.

—¿Yo? —intervino Anna, encantada—. Qué va. Soy una aparición. De verdad, que no estoy aquí.

Cuando el patio estalló en carcajadas, Andy se puso de pie, roja como un tomate.

—Voy a cambiarme para ir a trabajar… —dijo.

Sus ojos rozaron los de Dylan quien asintió enfáticamente.

—Buena decisión, sí —concedió él.

Y las carcajadas volvieron a arreciar en el patio.

Su mirada no se apartó de la figura femenina que con paso ágil se alejó hasta que desapareció tras la puerta. Hacía tiempo que se había dado cuenta de que no podía dejar de mirarla, así que ya ni siquiera lo intentaba. Y también sabía que era cuestión de tiempo que sus manos empezaran a buscarla con tanta avidez como lo hacían sus ojos. La necesitaba desesperadamente, aunque ni el verbo ni el adverbio casaran con alguien como él. Era una necesidad distinta a la que conocía, a la sexual, pero igual de acuciante. Tocarla, tomarla de la mano. *Abrazarla muy, muy fuerte…*

Dylan respiró hondo y se obligó a cambiar el hilo de sus pensamientos.

—Creo que es hora de salir a fumar un cigarrillo —anunció al tiempo que se ponía de pie sin prestar atención a los presentes, especialmente a un señor de minicresta y su señora esposa que, tan seguro como que llevaba la cabeza lisa como una bola de billar, se lo estarían pasando bomba a su costa.

—Secundo la idea —se apresuró a decir Clinton Rowley.

La familia del empresario, que sabía que sus motivos no tenían que ver con el tabaco ya que él no fumaba, no hizo ningún comentario.

Pronto, la conversación se reanudó en el patio.

Una vez en la calle, los hombres se detuvieron junto a uno de los árboles que sombreaban la acera, próximo a la entrada de la casa familiar de los Estellés...

—Cuando me hablaste de motivos personales, no imaginé que te referías a motivos de esta clase... —dijo Clinton Rowley para romper el hielo.

Dylan era consciente de que no vendía el perfil de tipo que hacía esa clase de cosas. Aunque en el fondo para él todo se redujera a una simple cuestión de querer algo e ir a por todas (o no quererlo y erradicarlo de su vida), podía entender que el resto del mundo mirara el "asunto Menorca" con recelo o incredulidad. Sin embargo, por el bien de todos, esperaba que los motivos que habían traído al empresario a la isla, y que, obviamente, no tenían que ver con la escapada de su suegra, no estuvieran relacionados con intentar convencerlo de que cambiara de idea. No solo porque era un asunto privado, sino porque si había algo que detestaba era que otros intentaran negociar con él decisiones que ya había tomado. Pensó que mejor era dejarlo claro desde el principio.

—Siguen siendo motivos personales sobre los que no voy debatir, Clinton.

El empresario asintió cordialmente.

—Por supuesto. Sin embargo, tengo una pregunta que hacerte y me gustaría una respuesta sincera.

Dylan encendió el cigarrillo. Aspiró el humo y lo soltó en una expiración que se pareció mucho a un bufido. No dijo ni que sí ni que no a la propuesta de Clinton Rowley. La verdad fuera dicha, no le apetecía que le hicieran preguntas, menos de la clase que requirieran una respuesta sincera, pero tenía claro que aquel hombre no se habría subido a un avión sin una razón de peso, así que sabía que, lo quisiera o no, no se libraría.

Clinton Rowley tomó su falta de comentarios como un sí.

—Me sorprendió tu decisión. Eres un activo muy valioso para el proyecto y lo sabes. Hoy por hoy, estás en posición de negociar las condiciones que prefieras y esto también lo sabes. Sin embargo, ni siquiera lo has intentado. Tu decisión fue abandonarlo, sin más. Cuanto más lo pensaba, menos sentido le encontraba, de modo que le pedí a mis abogados que hicieran algunas indagaciones sobre el tema. Son ellas las que me han traído hasta aquí. Primero, para hablar contigo y dependiendo de lo que respondas, no descarto mantener una reunión con nuestros socios españoles. Me gustaría que respondieras con sinceridad a lo siguiente: ¿tu decisión tiene que ver con la visita que te hizo en Niza cierto familiar suyo, de nuestros socios españoles?

"Tierra, trágame", pensó Dylan. Aquello no podía estar pasando. Llevaba todo el puñetero día intentando evitar que prendiera la mecha y todo volara por los aires y, visto lo visto, todavía seguía teniendo frentes abiertos.

Y menudo frente.

Le dio una nueva calada al cigarrillo y lo arrojó al suelo con rabia, una que ni siquiera se molestó en ocultar.

—Tu respuesta sincera es no. No tiene absolutamente nada que ver y quiero que este asunto acabe aquí.

—Bueno, no es tan sencillo. Personalmente, doy por bueno lo que dices y te agradezco que hayas sido sincero en esto. Profesionalmente, he presentado una queja al Consejo. Hay muchos intereses en juego y, francamente, no pienso tolerar actuaciones de este tipo.

¿Se había quejado al Consejo? Joder, ahora, sería imparable… Un momento, pensó mientras su cerebro hacía las asociaciones pertinentes; ya había corrido como reguero de pólvora. Por eso Pau Estellés lo había llamado más temprano, cuando estaban en casa de Angela, y entre el montón de gilipolleces que había soltado a voz en grito (razón por la cual había acabado colgándole el teléfono) lo había acusado de "haberlo vendido". De ahí su viaje a la isla. A eso se refería su padre cuando se acercó a saludarlo en la puerta del hospital y le habló del "jaleo que había organizado". Joder. Ahora, evitar que Andy se enterara iba a requerir un milagro.

—Necesito que lo dejes estar, Clinton. De verdad.

El tono de su voz, la expresión de su rostro… Parecía un ruego más que una petición y extraño como le resultaba viniendo de un hombre como él, tenía que admitir que había conseguido trasmitirle que se trataba de algo verdaderamente importante.

—No quieres que trascienda, ¿es eso?

No quería que Andy lo supiera, que no era exactamente lo mismo, pero pasaba de seguir hablando del tema. Dylan asintió.

—Solo puedo prometerte que no removeré el asunto, solo eso —explicó el empresario—. La queja ya está presentada y seguirá su curso porque así debe ser. Ignoro qué razones tenía para hacer lo que hizo, pero entró en una zona de acceso restringido utilizando sus apellidos a modo de salvoconducto, haciendo creer al personal que era quien no era y no contento con eso, se encaró con el ingeniero jefe del proyecto delante de todos. Es inaceptable por donde se mire.

Ya. Menudo momento. El español había entrado en las instalaciones donde el equipo estaba trabajando como un jabalí cabreado, y aprovechando los primeros instantes de sorpresa, se había acercado a él apuntándolo con un dedo al tiempo que soltaba las primeras perlas por su enorme bocaza. Habían sido esas perlas, dichas en un inglés que denotaba con claridad de dónde era oriundo, aquel conocido timbre de voz y aquellas cejas pobladas que recordaba haber visto antes en alguna parte, los que le habían dado a Dylan las primeras pistas de qué iba todo aquello. Previendo que la conversación no sería agradable, se lo había llevado a la bodega donde habían aclarado sus posiciones a puerta cerrada. Lo que, probablemente, explicara por qué Clinton Rowley ignoraba "qué razones tenía para hacer lo que hizo".

Bueno, aclarar lo que se decía aclarar…

Pau Estellés había acabado su brillante discurso con una amenaza:

"Me ocupé de que el voto de mi familia te diera este chollo de trabajo porque te quería lejos de mi sobrina y también puedo ocuparme de que dejes de tenerlo con la misma facilidad. Si quieres conservarlo, olvídate de Andy. Quedas advertido".

A lo que el irlandés, tras mostrarle la salida, había respondido con un sumamente explícito "vete a la mierda, tío, haz el favor". Y con mucho gusto, además. Le había tocado la moral que el tipo lo tomara por un mindundi. Era posible que Pau Estellés hubiera tenido que ver en que, finalmente, él se hubiera quedado con el contrato y no otro de los tantos "enchufados" que crecían como champiñones en ese tipo de proyectos multinacionales. Hasta ahí bien. Pero que lo conservara, desde luego, no dependía del español. Era mérito suyo. Y decisión suya. De modo que sí, lo había mandando a la mierda con enorme gusto.

Así de cordial había sido su primer encuentro cara a cara con el tío de la mujer que le tenía sorbido el coco.

Ahora, pensándolo en frío, había algo positivo en la "visita" del español y era que en la calentura del momento, al tipo se le había escapado la palabra "Menorca" y aunque se había dado cuenta, ya era tarde. Dylan ya lo sabía: tenía el teléfono del nuevo trabajo de Andy. Alguien del restaurante barcelonés lo había llamado un par de días antes para dárselo, en respuesta a la tarjeta de visita que él había dejado. El domingo -al día siguiente de la boda de Dakota y Tess-, tras la reunión con los inversores árabes en el hotel donde se hospedaban en Barcelona, la desesperación por verla lo había llevado al restaurante al que pertenecía el número donde hasta el momento había dejado recados, sin éxito. En esta ocasión, el recado había sido presencial ya que, para variar, ni había encontrado a Andy allí ni habían sabido darle razón de su paradero. Pero el gesto del español después de pronunciar el nombre de la isla, dejaba claro que se le había escapado, lo cual indicaba que no estaba al tanto de que él ya conocía ese dato. Era un detalle en el que acababa de caer y quizás no tuviera mayor importancia, pero con individuos como aquel había que hilar muy fino y hasta el detalle más insignificante contaba.

De haberse tratado de cualquier otra persona, Dylan no habría tenido contemplaciones de ninguna clase. No soportaba a los que se las daban de señoritos y luego funcionaban como los mafiosos de tres al cuarto que en realidad eran. Habría ido a por él con todos los recursos de que disponía. Eso, por supuesto, *además* de partirle la cara allí mismo. Pero no era otra persona, era quien era…

—Es el tío de Andy —Clinton Rowley arqueó las cejas, asombrado—. Ya te puedes imaginar sus motivos y también te puedes imaginar que me importan un carajo. Pero si ella se entera…

Si ella se enteraba, se desencadenaría una guerra nuclear y, la verdad, aunque le estaría bien empleado al capullo de Pau, *por capullo integral*, unas pocas horas en aquella isla habían bastado y sobrado a Dylan para confirmar lo importante que era su familia para Andy y que, mal que a ella le pesara, necesitaba a los Estellés. En realidad, necesitaba todo el apoyo que pudiera reunir para hacer frente a lo que se le venía encima. Lo último que quería era convertirse en parte del problema y estaba dispuesto a hacer lo que fuera necesario para evitarlo. Incluido un milagro.

—Parece que no has empezado con buen pie con la familia de tu novia —comentó el empresario en un inusual gesto cordial.

Una sensación extraña se apoderó de Dylan al oír aquel sustantivo con el que había definido a Andy. Doblemente extraña, ya que hasta el momento seguía invicto en ese tipo de relaciones aunque, evidentemente, Clinton Rowley lo estaba dando por hecho. Estaba dando por hecho algo que todavía no había sucedido. Tenía gracia. De hecho, seguía sin saber siquiera si Andy estaba por la labor de mantener algún tipo de relación con él, de la naturaleza que fuera. *Tenía mucha gracia.*

—Necesito que retires la queja.

El padre de su amigo se removió incómodo. No era un hombre romántico pero, desde luego, entendía el lenguaje de la conveniencia. ¿Abandonar un proyecto millonario por una mujer? Ya tenía que ser importante para él.

—Te aprecio mucho y lo sabes, pero, como he dicho, no es tan sencillo. Represento los intereses comerciales de mucha gente que ha confiado en el proyecto solo porque yo estoy en él.

Ya, ya. A otro perro con ese hueso.

—Eres un hombre de negocios, Clinton. Haz tu oferta.

—¿Lo dices en serio?

Dylan asintió. Lo que fuera con tal de acabar con aquel asunto de una vez por todas.

El empresario no necesitaba pensar en la oferta, la sabía de sobra.

—Quédate hasta completar la fase dos. Con suerte, para entonces, habremos sido capaces de encontrar a otro ingeniero que sea la mitad de bueno que tú.

Siete meses. Joder. Solo con pensarlo se ponía malo.

—Hasta la mitad de la fase dos. A finales de marzo estoy fuera, y yo me ocupo de buscar al sustituto —fue la contraoferta de Dylan.

Al empresario solo le faltó ponerse a bailar para celebrarlo.

—Hecho.

Dylan esbozó una sonrisa de mala gana. Cuatro meses eran mejor que siete, pensó con resignación.

—Pero haz esa llamada ahora, ¿vale?

Clinton Rowley se apartó unos pasos al tiempo que extraía el teléfono móvil del bolsillo de su elegante americana. Dylan se recostó contra el árbol y exhaló un suspiro.

Encendió otro pitillo.

A ver si conseguía acabar de fumarlo antes de que se declarara un nuevo incendio.

Andy volvió a asomarse por el costado del hombro de Dylan para mirar con una sonrisa a los Rowley que esperaban dentro del todoterreno. Ellos estaban en la puerta de casa, despidiéndose, pero lo último que la camarera deseaba era que aquel momento acabara.

—No puedo creer que ellos estén aquí —dijo. Sus ojos brillaban de alegría.

¿Ellos? ¿Y qué hay de mí? Dylan ya estaba sonriendo cuando respondió:

—Si quieres les digo que vuelvan y yo los espero en el coche mientras conversáis…

Andy lo miró con picardía.

—No todos tenemos un cerebro tan analítico como el tuyo, calvorotas. El mío es incapaz de captarlo todo de una tacada, especialmente cuando me emociono.

—Así que estás emocionada… —comentó él, de guasa total.

Andy asintió graciosamente con la cabeza.

—Mucho. Y cuando me emociono, la sorpresa me viene en oleadas… A medida que voy tomando conciencia de las cosas…

—Y acabas de tomar conciencia de que los Rowley están aquí, en la isla… Pues no está mal para… ¿una hora hace que invadieron el patio de tu casa?

—Ja, ja, ja. Listillo. No es lo único de lo que he tomado conciencia, para que lo sepas. También me he dado cuenta de que ese todoterreno es el tuyo —dijo señalando el imponente vehículo negro en el que los Rowley esperaban pacientemente a que su conductor acabara con el cortejo.

—Vaya… Eso sí que era difícil. —El vehículo era lo bastante llamativo como para no pasar desapercibido -igual que su dueño-, llevaba matrícula de Gran Bretaña y en él habían ido al hospital.

Andy le sacó la lengua, un gesto desdeñoso en broma que él no tomó precisamente de aquel modo. De pronto, su concentración se desconectó de todo excepto aquella lengua que disparó toda clase de recuerdos calientes. Ella volvió a hablar consciente de que los ojos del irlandés le estaban devorando la boca.

—Y que lo hayas traído me ha hecho pensar que quizás tus vacaciones menorquinas no sean tan cortas —dejó de hablar, esperando que él hiciera algún comentario al respecto y aliviara la agonía que llevaba en el cuerpo desde que él había aparecido ante sus ojos, pero comprobó que Dylan seguía más atento a su boca que a las palabras que salían de ella. Así que, continuó—: También podría ser que estas semanas entre ricachos te haya contagiado su extravagancia y ahora vayas con tu coche a todas partes. Ellos se llevan al caniche, tú a tu *fantabuloso* todoterreno…

Entre aquella lengua, cuya imagen continuaba clavada en el medio de su mente, alterando sus sentidos, y aquellos modos casuales, coquetos, que encontraba cada vez más excitantes, de sondear el terreno en busca de respuestas, lo estaba poniendo a punto de caramelo. Imaginar cómo sería el agradecimiento de aquella hermosa mujer si él se avenía a jugar a ese juego era…. Muy estimulante. Mucho, muchísimo…

Pero no, medias tintas, no. Él no hacía nada a medias.

—Buen proceso deductivo —concedió. Sus ojos de cazador al acecho se regodearon en los labios femeninos durante un instante rabiosamente intenso, luego regresaron a sus ojos—. Será interesante ver qué otros efectos tiene la emoción en ti.

Permanecieron mirándose unos instantes, los dos igual de sumergidos en su propio universo, uno que empezaba y acababa en el metro cuadrado que ocupaban; los dos igual de incapaces de desengancharse del momento.

Roser lo hizo al salir. La puerta de calle se abrió y volvió a cerrarse ruidosamente, devolviendo a la pareja a la realidad sin paracaídas. La mujer se alejó por la acera después de hacer un gesto extraño con la cabeza que Andy tomó con un "hasta luego" y al que ninguno de los dos respondió.

La joven respiró hondo y volvió a mirar a Dylan.

—Tengo que ir a trabajar…

—Sí, y yo tengo que ocuparme de esta gente… A ver si cenamos algo…

—Este es el lado malo de no saber que veníais, ¿ves? En Sa Badia es imposible comer o cenar sin reserva… Y menos, tantas personas.

A Dylan no se le había cruzado por la imaginación cenar allí y no fue hasta que ella lo mencionó, que él cayó en la cuenta. También se dio cuenta entonces de que la razón no tenía que ver con aguantar comentarios bromistas acerca del romance y demás pamplinas por parte de su amigo "el caballero Evel" o su familia. La mayor parte del tiempo que habían pasado juntos públicamente había transcurrido en el MidWay, donde ella se ocupaba de servirle lo que fuera que pidiera y donde las conversaciones que mantenían estaban limitadas por las necesidades del trabajo. Las frecuentes interrupciones imponían muchas veces cortes definitivos y los temas quedaban en el aire. Ya no le apetecía que Andy lo sirviera, ni que las conversaciones se quedaran a medias. Ni tener su atención a ratos. Si estaban juntos, quería toda su atención. Toda.

—¿Alguna recomendación?

—Sí, Café Balear. —Sonrió traviesa—. Si me oye Ciro me mata, pero es que los ingleses estamos acostumbrados a otras cosas… Toma tiempo aprender a apreciar la fabulosa cocina de autor que hay en la isla.

—Muy bien. A ver qué tal se come allí —dio un paso atrás, alejándose—. Bueno, me marcho… Ya nos veremos…

Andy asintió enfáticamente. Se verían, por supuesto. Porque mientras Dylan estuviera en la isla, cada minuto que no estuviera trabajando, cada minuto que tuviera libre de responsabilidades, sería suyo.

Suyo y de nadie más.

23

Después de dejar a Dylan, Andy regresó al patio donde su hermano estaba solo, mirando la televisión mientras acunaba el carrito de Luz empujándolo suavemente con un pie. Había apagado la mayoría de las luces, dejando la estancia en penumbras.

—Tienes llamadas perdidas —le comentó cuando ella se inclinaba a besar la frente de la pequeña que estaba dormida como un tronco.

—¿Y cómo lo sabes? ¿No habrás estado jugando con mi móvil, no?

El adolescente torció el gesto.

—*Nooo*, pesada. Ha estado sonando, por eso lo sé.

Andy tomó el aparato del lugar donde lo había dejado ya no recordaba cuándo. Debía hacer más de una hora. Y antes de eso, tampoco era que le hubiera prestado mucha atención… Entre la aparición de Dylan y el susto de su madre lo último que había pensado era en atender el bendito aparato… Comprobó que tenía por lo menos una docena de llamadas perdidas, la mayoría de Tina. Apenas le había dado tiempo a decirle, en medio de un ataque de excitación, que Dylan estaba en Menorca, que se había visto obligada a interrumpir la conversación. Estaba aún en el trabajo y había quedado en devolverle la llamada tan pronto acabara el turno de comidas… ¿Tan pronto acabara? Ja. Ilusa. Ya entonces estaba atacada de los nervios por su cita con el irlandés a primera hora de la tarde, era de cajón que se le olvidaría llamarla. ¡Pobre Tina!

—¿Y tía Neus?

—Haciendo la cena —respondió el joven y miró a su hermana—. Ha dicho que se queda a dormir aquí. ¿Puedo ir a la bolera un rato?

Andy extendió una mano y le acarició el cabello con suavidad.

—¿Con Patrick y su primo? —Dos buenísimos chavales con los que, para alivio de Andy y de su madre, Danny había hecho buenas migas. Él asintió—. Claro, ve. Pero no vuelvas más tarde de las once, que mamá no se duerme hasta que no llegas, ¿vale?

—Vale, a las once —respondió satisfecho y añadió con segundas—: Así que el señor de los tatuajes se ha venido de vacaciones a la isla… ¿Vacaciones en noviembre? Raro, ¿no?

Andy se quedó mirando al joven, disfrutando del momento y sin saber muy bien qué hacer primero; si seguir con la broma o comérselo a besos. Después de su tormentoso aterrizaje en Menorca, que había sucedido a tres años cargados de neblina durante los cuales el chaval había ido cuesta abajo emocionalmente hablando, su hermano resurgía entre las cenizas. Su talante bromista empezaba a asomar las orejas otra vez. ¡Dios, cuánto lo había echado de menos y qué alivio saber que el chico se estaba recuperando!

—Te quiero, Danny. Te quiero un montón —le dijo, con una sonrisa feliz al tiempo que tomaba su rostro entre las manos.

Como era de esperar, el muchacho intentó liberarse del ataque de amor de su hermana. O al menos, hizo parecer que lo intentaba. En realidad, tomó las manos que sostenían su rostro por las muñecas, pero no las apartó. Tampoco su mirada, que continuó sobre su hermana mayor con un punto de diversión y tanto amor como el que había en los ojos de Andy.

—Pero…

—*Peeeeeero*… El señor de los tatuajes se llama Dylan y si decide irse de vacaciones a Laponia, a dar de comer a los renos, no es asunto tuyo, guapete.

—Renos.

—Renos —confirmó Andy, frotando la nariz de su hermano con la suya.

—Ya —concedió Danny, rezumando picardía por los cuatro costados—. Lo que tú digas.

Andy echó a reír y tras despeinar cariñosamente el pelo del chico, se encaminó al dormitorio de su madre al tiempo que le devolvía a Tina la llamada.

Andy ya estaba junto a la puerta del dormitorio de Anna, cuando su amiga respondió, dejándola con la palabra en la boca.

—*¡Tooooooodo el día mordiéndome las uñas me has tenido, cabrona! ¡Ya te vale!*

—Perdón, perdón, perdón, perdón —respondió Andy entre carcajadas. Anna, que acababa de ponerse el camisón y estaba a punto de meterse en la cama, se volvió hacia la puerta con una sonrisa.

Andy le indicó con mímica que hablaba con Tina. Entró en la habitación y cerró la puerta tras de sí.

—*De verdad, qué ganas de matarte me dan cuando haces estas cosas… Mira que tener que llamar a Neus porque no respondías y enterarme que tu madre ha pasado la tarde en el hospital… ¡Esto no se hace, Andy!*

—Tienes razón, *cari*, toda la razón. Lo siento muchísimo… El día ha sido una locura y no creas, todavía sigo en la brecha, a punto de irme para el turno de cenas, que como todos los fines de semana va a ser otra locura…

—*Vaaaale, te perdono* —concedió Tina, a quien los enfados con su amiga del alma le duraban menos que un paquete de caramelos a la puerta de un colegio. Sonrió imaginando cómo estaría Andy teniendo al hombre de sus sueños en la isla—, *¡pero solo porque volver a tener a tu súper máquina sexual al alcance de la mano tiene que haber sido muuuuuy fuerte! ¡Una experiencia religiosa que quiero que me cuentes YA!*

Andy se puso roja. Tenía que estarlo porque sentía las mejillas abrasadas y un calor de mil demonios. A esas alturas, no tenía claro si se debía a la presencia de su madre o al desaguisado hormonal que le provocaba el irlandés con su solo recuerdo. Y ahora, lo tenía de cuerpo presente en la isla, al alcance de la mano, como bien había dicho Tina. La ansiedad había empezado a devorarla viva tan pronto volvió a ver sus preciosos ojos del color del cielo. Horas después, la necesidad de él -emocional y de la otra- se había sumado a la cruzada.

Sin embargo, su madre no sabía una sola palabra del tema y lo último que deseaba era que se enterara porque Tina se fuera de la lengua. O porque ella se pusiera roja, pensó con sorna.

—Pues va a ser que no, bonita. Ahora, no tengo tiempo. Me tengo que ir a trabajar. Y antes de que empieces a quejarte —dijo alzando la voz para silenciar a su amiga, que efectivamente había empezado a refunfuñar—, voy a poner la llamada en manos libres para que saludes a mi madre, ¿de acuerdo?

Desde Londres, le llegó un ruidoso bufido que definió con claridad qué pensaba su amiga al respecto.

—*Vaaaaaaaaaaaaaaale y que conste que lo hago por esa mujer que adoro y que sé que no podría vivir sin ti, sino te juro que te mato, Andy* —respondió Tina, y sabiendo que ella estaría oyéndola, su tono denotó cualquier cosa menos enfado—. *¿Qué es eso de pasar la tarde del sábado en el hospital, Anna? ¿No tenías otra cosa mejor que hacer? Pues vente para aquí y me pones a raya a los novatos ¡que me están volviendo loca!*

La madre de Andy miró a su hija de reojo.

—Eso dije yo, pero ya conoces a mis hermanas... Las pobres se preocuparon y bueno, nos fuimos a dar *otro* paseo al hospital. Pero lo importante es que estoy bien. ¿Y tú qué tal?

Sus hermanas no eran tan "pobres", al menos no las dos, pero dado que su madre también ignoraba el rifirrafe que había tenido lugar en la sala espera del hospital entre tío y sobrina, y no estaba por la labor de que lo supiera, Andy se aseguró de poner cara de póquer.

—*Agobiada, como siempre, pero cuenta, cuenta... ¿qué te ha parecido el motero tatuado? Me ha dicho un pajarito que no lo conocías...*

Andy y su madre cruzaron miradas.

—No lo conocía, no. Fíjate que ni siquiera había oído hablar de él —la mirada de Anna regresó sobre su hija cuando dijo—: Empiezo a encontrar preocupante que no me dijera nada porque ¿qué llevaría a mi querida hija a ocultar la existencia de un hombre tan singular? Me da que pensar…

Andy meneó la cabeza y continuó mirando al techo con una especie de sonrisa en la cara. Estaba claro que esas dos cotillas se pondrían las botas a su costa.

—*Si te sirve de consuelo, yo tampoco sabía nada hasta hace poco. Y eso que según ella soy su mejor amiga, pero ya ves…* —dijo Tina, añadiendo leña al fuego.

Andy miró el aparato que estaba sobre la cama como si se tratara de su amiga.

—Oye, guapa, que estoy aquí, ¿recuerdas?

Desde Londres le llegaron sus carcajadas de "Maléfica".

—*Pues verás cuando te cuente, Anna* —insistió Tina, partiéndose de risa al imaginar la cara de Andy.

Su rostro no podía verlo, pero el llamado de atención por parte de ella no tardó en llegar.

—¡Oye!

Anna se estiró a acariciar el rostro de su hija al tiempo que decía:

—No creas que no me tienta pedirte que me lo cuentes tú, Tina, pero resistiré. Cuando Andy quiera contármelo, ya lo hará, ¿verdad, cariño?

—*¿Ves por qué adoro a tu madre, eh? Tienes un pedazo de madre que no te mereces…* —hizo una pausa tras la cual rectificó —. *No, disculpa… Claro que te la mereces, tú te lo mereces todo, pequeña… Pero que te quede claro que de esta noche no pasa. Cuando salgas de trabajar, me llamas, ¿vale? ¡Y me lo cuentas todo! Diosssss, ¡me voy a morir de un ataque de ansiedad!*

—Te llamo, Tina. Te lo prometo, ¿vale?

—*Vaaale* —soltó un suspiro—. *Me alegro mucho de que lo tuyo no haya sido nada, Anna y te mando un abrazo bien grande… A ti no, pequeña, hasta que no hagas los deberes conmigo, ni agua* —las dos mujeres sonrieron ante la espontaneidad de Tina, que continuó—. *Y ahora os dejo, voy a ver si como algo, que ni tiempo me ha dado a tomar un sandwich… ¡Estos novatos van a acabar conmigo! Adiós, adiós…*

Tras despedirse de Tina, Andy volvió a guardar el móvil. Miró a su madre con cara de culpable de todos los cargos. Anna la rodeó con sus brazos, cariñosamente.

—Ay, mi niña bonita… No te sientas mal, cariño. Estos meses han sido muy duros… Me basta con saber que sabes que puedes contar conmigo. Cuando tú quieras, cuando te apetezca hablarme de Dylan… Aquí estaré. Como siempre.

Andy asintió. Anna empezó a reír, haciendo reír a su hija que intuía lo que vendría después y no se equivocaba.

—¡Pero no tardes mucho, que la curiosidad me está matando!

La camarera echó un vistazo a la hora. Aún disponía de unos minutos. Se acomodó mejor en la cama de frente a su madre y sonrió al ver que ella hacía lo mismo; acomodarse para cotillear.

Soltó un suspiro. A ver por dónde empezaba, porque en este caso, la conocida regla de hacerlo por el principio sería… En fin, un poco fuerte.

—Dylan no estaba en mis planes —se encogió de hombros—. Un día suspiraba por Conor, al siguiente hubo algo entre Dylan y yo… —miró a su madre y al ver su sonrisa, meneó la cabeza— y sucedió.

—¿Algo?

Andy volvió a mirar a su madre con una ceja enarcada. Por más cómplices que fueran, no tenía la menor intención de ser más precisa al respecto.

—La cuestión es que no estaba en mis planes, mamá. La cuestión es que me enamoré de él y no sé cómo sucedió —

sacudió la cabeza nuevamente—. No tengo la menor idea de cómo alguien puede pasarte completamente desapercibido durante meses y un buen día descubrirse ante tus ojos como el hombre ideal para ti... Ni cómo alguien tan anti-familiar y súper independiente y... —Mujeriego. La palabra que pensó y no dijo era mujeriego— puede siquiera apuntar maneras para "hombre ideal" de ninguna mujer, ya no hablemos de mí... Pero es lo que hay —admitió, completamente roja del apuro—; me enamoré. Locamente.

—¿Y...? —preguntó Anna, ilusionada e interesada a partes iguales, animándola a continuar.

Andy se tomó su tiempo. Sus ojos siguieron el movimiento ausente de uno de sus dedos sobre la colcha, dibujando formas aleatorias y pensando que lo que vendría a continuación era aún más increíble que lo dicho hasta ahora.

—Y nada, mamá. Con el prontuario de las mujeres Avery y mis actuales circunstancias, decidí que lo mejor era dejarlo estar.

—¿Qué quieres decir?

Andy se encogió de hombros.

—Que lo he dejado estar. No había vuelto a verlo ni a hablar con él desde que Sonia estaba en el hospital.

—Andy... —dijo Anna asombrada—, ¿pero cómo es eso? ¿No os visteis en la boda de tu jefe? —extendió una mano y le acarició el rostro—. Claro, por eso estabas tan triste...

Andy volvió a sacudir la cabeza.

—No fui a la boda, mamá.

—¡¿Por qué?!

—Por miedo —exhaló un suspiro, derrotada—. Por miedo. Lo que siento es tan... tan intenso, tan loco... Tan mágico. Me da miedo perder la cabeza porque una parte de mí sabe perfectamente cómo es Dylan... Y no lo juzgo, es libre y tiene todo el derecho del mundo a vivir su vida como le plazca, pero mi vida es esta. Tengo una familia que me necesita y a la que necesito, y mi lugar siempre estará junto a vosotros. Dondequiera que vayamos, iremos juntos. Y sé que es difícil… No es justo esperar que alguien acepte que así son las cosas y lo dé por bueno, que lo deje todo por estar junto a mí sabiendo que nunca seré yo sola, que seré yo más mi familia. Lo sé. No es nada justo…

Andy respiró hondo. De pronto, sus ojos ardían, las lágrimas pugnaban por salir y ella no deseaba que su madre la viera llorar, así que se tomó unos instantes, ocultado su mirada, mientras se recuperaba.

—Pero prefiero vivir el resto de mi vida queriéndolo en silencio, a arriesgarme y que él no de la talla.

Anna tomó las manos de su hija.

—¿No sabe lo que sientes por él?

Andy negó con la cabeza y no llegó a decir nada porque Anna la rodeó con sus brazos.

—Eres tan fuerte, tan madura, hija mía… —buscó su mirada y, contrariamente a lo que Andy esperaba, no encontró en ella más que ilusión y alegría—. Si la intuición no me falla no va a ser necesario que te arriesgues. ¿A qué crees que ha venido a Menorca en pleno noviembre? De vacaciones, seguro que no.

Aquella frase, que no dejaba de escuchar desde que ella misma la había pronunciado hacía veinticuatro horas, cada vez cobraba más y más sentido. Cada vez, le resultaba más probable, más real.

Los ojos de la joven brillaron de esperanza, de ilusión. Suspiró. Una parte de ella, sin embargo, seguía sin estar por la labor de echar las campanas al vuelo. Seguía igual de aterrada… Y de enamorada.

Dios.

—¿Tú crees?

Andy se acurrucó en el abrazo materno y Anna la estrechó más fuerte.

—Sí, cariño. Creo que tu motero tatuado tiene las cosas muy claras.

Mientras tanto, en el Café Balear…

Dylan esperó a que el camarero les hubiera tomado nota para hacer algo a lo que venía dándole vueltas desde que habían abandonado la casa de Andy. Se excusó y salió a la calle ante la mirada divertida de la pareja de tortolitos que pensaban que buscaba un rincón tranquilo para llamar a Andy, y la mirada tierna de las mujeres Swynton que, por lo visto, estaban disfrutando a pares de lo bien que, según ellas, "le sentaba el amor".

En realidad, era cierto que buscaba un lugar tranquilo para hacer una llamada privada, pero no se trataba de Andy. Y no era por falta de ganas, sino porque no le tocaba mover ficha a él. Le tocaba a ella. Saltarse el turno era un último recurso desesperado al que, valga la redundancia, estaba desesperado por acudir ya que la ansiedad se lo estaba comiendo vivo. Pero no, no venía a llamar a la "hermosa criatura", venía a prevenir un incendio. O, al menos, a intentarlo.

A pesar de que el día había estado desapacible desde la mañana, la calle estaba concurrida. Muchos turistas, fácilmente reconocibles por su indumentaria típica de la costa en junio aunque el invierno estuviera a la vuelta de la esquina, paseaban, ajenos a la fina lluvia que caía desde hacia un rato. Dylan tampoco se había dado cuenta hasta que un hilo de agua se deslizó por su brillante cráneo rasurado, mejilla abajo. En aquel momento, buscó refugio bajo el saliente del edificio de viviendas que había junto al restaurante. Una vez allí, extrajo su móvil con número británico y buscó en el registro hasta que dio con el que le interesaba. Mientras esperaba que atendieran la llamada, se encomendó al Señor de la Paciencia, cruzando los dedos para que intentando prevenir un fuego, no acabara desatando un terremoto. Él seguía siendo un tipo con muy malas pulgas -aunque "el amor le sentara tan bien"- y Pau Estellés era la horma perfecta de cualquier tío cabreado. De semejante mezcla podía, perfectamente, salir una bomba de neutrones.

—No te sulfures y déjame hablar —pidió Dylan, adelantándose a su interlocutor.

Pau, que estaba junto a sus padres en casa de sus tíos maternos, los socios españoles del proyecto, donde había sido convocado a una reunión urgente, aguantando una señora lectura de cartilla tras un señor interrogatorio, permaneció en silencio. También se excusó y fue en busca de un lugar tranquilo.

—Me he enterado de lo que ha pasado —continuó Dylan— y lo primero es decirte que no tuve nada que ver…

—*Sí, claro* —lo interrumpió Pau—. *Se ha montado un follón de cojones por una conversación que tú y yo mantuvimos sin testigos, encerrados en una bodega, pero tú no has tenido nada que ver. ¡Noooo, qué va!*

—Oye, tío, tú no te quieres enterar de qué voy, ¿no? Porque a poco que uses lo que tienes debajo de ese corte de pelo tan molón, cae por su propio peso que no pude tener nada que ver. No me fui del proyecto por tus amenazas que, dicho sea de paso, me importan un carajo como habrás podido comprobar, sino…

—*Espera, espera, espera…* —lo interrumpió Pau—, *¿te has largado del proyecto?*

—¿Te estás quedando conmigo, tío? Claro que me he ido…

De hecho, Dylan había notificado a Clinton Rowley y a la empresa su decisión de no continuar trabajando en el proyecto en 2010, el día anterior a que Pau Estellés se presentara en Niza dando voces.

Los dos hombres hicieron silencio, cada cual barajando los hechos e intentando entender qué sucedía.

—Pero… ¿qué coño…? —continuó Dylan. Soltó un bufido—. Mira, no sé qué te han contado y a estas alturas me da igual. Estoy hasta las pelotas de este asunto. Llamé para decirte que he pedido a quien presentó la queja sobre ti que la retire, y lo ha hecho. No me salió gratis, como te imaginarás, pero si consigo que este asunto se archive de una puta vez, me doy por satisfecho. Andy no sabe nada y quiero que siga así. ¿Nos entendemos?

—*Por la cuenta que me trae…* —respondió el varón de los Estellés, altivo y resabiado ante la sola idea de que quien le estuviera salvado el trasero fuera precisamente aquel tipo que no podía ver ni en pinturas.

—Genial. Entonces, aprovecho para confirmarte que, como ves, me he pasado por el forro tu advertencia de no acercarme a Andy. Que sepas que seguiré acercándome, con lo cual queda claro que también me he pasado por el forro tu amenaza de que me olvidara de tu sobrina. Creo que a estas alturas es evidente, pero por las dudas, también te lo confirmo: no voy a olvidarme de Andy, ¿lo entiendes? Así que si no te gusta mi cara, acostúmbrate, porque la verás a menudo.

Entonces, se las verían mutuamente porque Pau no pensaba bajar la guardia. Le daba completamente igual la opinión de su padre. Le daban completamente igual las pérdidas económicas y que sus tíos lo consideraran el Dios de la domótica. Para él, Dylan Mitchell era lo que era; el cabrón que intentaba aprovecharse de una Estellés. Y dado que la familia siempre le había importado infinitamente más que los negocios...

—*Muy bien* —replicó Pau y sin cortarse, formuló una nueva advertencia—. *Ya que la cosa está así, entonces apunta: mira bien lo que haces, porque como la cagues no voy a tener compasión. Una sola lágrima de Andy, una sola, tío, y te juro que hago sobrasada con tu polla.*

Dylan apretó los párpados. Soltó el aire en una exhalación larga.

—Lo que tú digas, chaval.

Acto seguido, cortó la llamada y regresó al restaurante.

Era cerca de la medianoche y Dylan y los Rowley ya no estaban en el restaurante sino en un pub, inglés, cómo no. Y Andy seguía sin mover ficha; ni mensajes ni llamadas. Nada. El irlandés volvió a dejar su nuevo móvil local sobre la pequeña mesa de metacrilato y tomó su vaso de whisky. Bebió un sorbo. Volvió a comprobar por enésima vez que cuando Evel no estaba acaramelado con su bomboncita, lo miraba. A él, sí, y con una expresión que tenía muchísima miga. Una mezcla de "mira cómo me río a tu costa" y "por más que te miro no acabo de creer que hayas caído como un chorlito". Dylan sabía que era cuestión de oportunidad que pasara de las miradas a las preguntas y, la verdad, cruzó los dedos para que la ocasión no se le presentara. Estaba hasta los *mismísimos* de explicar, de saciar la enfermiza curiosidad de la gente por los asuntos ajenos, de tener que dar razones para evitar males mayores. Hasta los mismísimos cojones.

Pero por más que cruzó dedos de manos y pies, no cayó la breva. Clinton recibió una llamada y salió del ruidoso local para poder hablar sin tener que dar voces. Las mujeres Swynton anunciaron que iban al baño, la bomboncita dijo "yo también" y Dylan alzó la vista al cielo, rogando clemencia.

Una clemencia que no recibió.

Miró de reojo a Evel que le obsequió otra de sus sonrisas "por más que te miro no acabo de creer que hayas caído como un chorlito" y Dylan exhaló un suspiro de aburrimiento.

—Suéltalo de una vez —le dijo.

Como era de esperar, Evel no se lo hizo repetir dos veces.

—Ya me resultó raro enterarme de que estabas aquí, pero al ver cómo os mirabais Andy y tú cuando estábamos en el patio de su casa, la cosa empezó a tener sentido... —Evel dejó de hablar y cambió de sitio, sentándose junto a su amigo. Se acercó y le dijo al oído— *hasta que os despedisteis.* Ni un beso en la mejilla, tío. Ni un roce. Te largaste sin siquiera tocarla. Nada menos que tú, que eres una bestia parda con las mujeres. Alucino, te lo aseguro —buscó su mirada, a punto de soltar una carcajada—. Así que, por favor, dímelo: ¿salís juntos o todavía estás haciendo méritos?

Dylan odiaba hablar de sus asuntos. Lo odiaba. Y odiaba más todavía que un tipo tan reservado para sus historias como Evel, demostrara serlo tan poco cuando se trataba de las historias de otros. Pero sabía que evadir el tema solo serviría para que le siguieran dando la brasa con miraditas y comentarios.

—Ninguna de las dos cosas —replicó.

El cerebro de Evel comenzó, raudo, a trazar las asociaciones pertinentes. Su rostro lucía cada vez más asombrado con lo que deducía.

—Así que no ha sucedido *todavía*. Pero sucederá, por eso estás aquí —Dylan permaneció mirándolo sin conceder ni negar, lo cual propició más deducciones por parte de Evel que remató la faena diciendo—: Y no estás haciendo mérito porque ya lo has hecho y no te hace falta, lo que me lleva a pensar que entonces, los celos de Conor de aquella noche, no eran producto de la ñoñería, ¿eh?

Para Evel fue decirlo y presenciar como al tío más pasota del planeta Tierra se le cambiaba la expresión de la cara.

—Pues si descartamos la ñoñería, entonces solo queda una opción, tío; su absoluta falta de confianza en la mujer de la que juraba y perjuraba estar metido hasta las trancas —sentenció el irlandés.

Y volvió la vista al frente.

Evel asintió varias veces con la cabeza, sorprendido y a la vez impresionado por una reacción que no había esperado de un tipo como Dylan. El mismo tipo que le había sacado los colores a su puntillosa caballerosidad una y otra vez los últimos tres años y que ahora saltaba al ruedo a proteger el honor de su dama. Verlo para creerlo. Asombro era poco.

—Claro, disculpa —concedió—. He dicho una soberana estupidez.

Y para Dylan, fue oírlo y sentir que rompía a sudar. Era demasiado racional para atribuirlo al cabreo que todavía seguía sintiendo por Conor. Demasiado realista para no darse cuenta de que estaba protegiendo a Andy, llevaba haciéndolo desde que había puesto un pie en la isla… De hecho, desde mucho antes. Llevaba meses omitiendo, que era una forma de faltar a la verdad, o, directamente, mintiendo para protegerla. Justamente él y justamente a ella, pensó. Como si Andy no fuera capaz de cuidar de sí misma, ahí estaba él, el alfa de la manada protegiendo a su hembra. Una hembra que había demostrado tener cuatro ovarios, no dos, y que no necesitaba que ningún macho le cuidara las espaldas. Para que luego las dulces señoras Swynton dijeran que "el amor le sentaba bien". ¿Bien? Estaba fatal. Cada día peor.

Qué ganas de borrarme del mapa, joder.

Por suerte, esta vez sus ruegos hallaron satisfacción. Y por partida doble: su móvil local empezó a sonar y el nombre que parpadeaba en la pantalla anticipó que se trataba de Andy, moviendo ficha.

—Pero fíjate, si es la jefa de sala del restaurante más cañero de la isla probando a ver si funciona mi nuevo número local... —dijo Dylan, al tiempo que se abría camino entre la gente que abarrotaba el local, hacia la calle.

De pronto, había pasado de estar fatal a estar fantástico.

A poco menos de un kilómetro de donde estaba él, Andy, que también había salido a la calle a respirar aire fresco tras un turno de cenas mortífero, sonrió.

—Ya sé que funciona, te llamé esta mañana para quedar ¿o ya no te acuerdas?

Aquella voz tierna le acarició los oídos y siguió camino a lo largo y ancho de todas sus terminaciones nerviosas. Detrás de la caricia vino el escalofrío, y luego una sucesión de ellos y luego...

Céntrate, Dylan. Céntrate, tío.

—Es que de eso hace un siglo. Fue ayer, no hoy. —Sonrió ante lo que estaba a punto de decir y lo que diría la criatura preciosa cuando lo oyera—. Hoy todavía no me habías llamado, nena.

La escuchó reír y a continuación reír un poco más al tiempo que respondía:

—*¡Pero si son recién las doce y cuarto de la noche! Si no lo dices ni siquiera me había dado cuenta de que ya es otro día... Eres un caso... Dime ¿qué tal lo llevas?*

Dylan se alejó varios metros de la puerta de entrada del local, donde un grupo de siete u ocho treintañeros de ambos sexos conversaba animadamente acerca de un concierto o una actuación en vivo a la que habían asistido. Lo hacían tan alto que habría podido seguir la conversación con todos sus detalles desde donde estaba. Se alejó lo suficiente para poder oír lo que le interesaba, o sea a Andy, y se recostó contra la pared, dispuesto a disfrutar del momento ahora que, al fin, había llegado.

Y a seguir apostando fuerte, a ver cuántas fichas hacía caer de una tacada.

—Bueno, ya sabes, se me ocurre una manera mejor de pasar la noche, pero no me quejo.

El silencio que ocupó los siguientes instantes le confirmó que había hecho diana.

En aquel momento, dos chicas se detuvieron frente a él. Las dos le obsequiaron una sonrisa, hablaron algo entre ellas, y al fin una se le acercó. Súper maquillada, con el cabello de color violeta y tatuajes en las grandes porciones de piel que exhibía. No podía tener más de dieciocho o diecinueve.

La muchacha le dijo algo en menorquín que Dylan ni entendió ni mostró el menor interés por que se lo explicaran, tras lo cual le entregó un trozo de papel y le hizo el gesto internacionalmente conocido de "llámame"… justo en el momento en que la voz de Andy volvía a acariciarle los oídos.

Y menuda caricia.

—*¿Te refieres a mí? Uy, qué galante, calvorotas…*

—¿A ti? Qué dices. Me refiero a la sirena del pelo violeta que no puede tener más de veinte y me acaba de dar su número por todo el morro… —dijo con guasa—. Solo el número, nada de nombres. Qué práctica, ¿no?

A la pobre se le habría olvidado hasta cómo se llamaba al verlo, ¿qué esperaba? Semejante tiarrón que estaba más bueno que el pan, pensó Andy. Y que a estas alturas debía tener en su poder todo el puñetero listín telefónico de Baleares…

Qué mierda.

—*Sé de alguien que tiene más de treinta y es igual de práctico a la hora de facilitar su número de móvil —replicó con segundas.*

Y yo sé de una que pica que da gusto… No te pongas celosa, nena.

—Y mejor no hablamos de cómo lo sabes, ¿no?

Andy meneó la cabeza sonriendo. Ahí estaba él, desempolvando recuerdos del pasado. Concretamente del día que Amy le había invitado a una cerveza y él se lo había agradecido flirteando con el mensajero. Mejor dicho *mensajera*; ella.

—*De eso, nada. No estaba cotilleando asuntos ajenos y reconozco que al principio tuve mis dudas, pero ese mensaje era para mí, Dylan. Tú lo sabes y yo también.*

Por supuesto que era para ella.

—Una jugada maestra, ¿eh? —concedió él.

—*Qué cabrito eres…*

Dylan sonrió para sus adentros. Las cosas, al fin, empezaban a situarse como él quería. En línea, una junto a otra para lanzar la bola y hacer *strike*.

—Ingenioso, más bien —matizó—. Puedo ser súper creativo cuando voy tras algo… Y súper determinado. Un *bulldozer* en toda regla.

—*¿Ese algo… soy yo?* —Se las arregló Andy para decir.

La respuesta no se hizo esperar. Llegó en un tono grave, súper masculino. Deliberadamente sensual.

—¿No es evidente?

Andy se mordió el labio de pura desesperación. Aquellas palabras habían tenido el mismo efecto que la mano del irlandés deslizándose suavemente por su espalda. Era como si estuviera allí, contemplándola mientras su mano la ponía al límite. Se le había erizado todo el vello del cuerpo. Todo.

—¿No lo es? —insistió él. Su voz fue apenas un murmullo.

Andy permaneció en silencio. El corazón latía tan fuerte que por momentos tenía la sensación de que conseguía que el pecho le temblara. Saludó con un gesto a uno de los pinches que salía a tirar la basura. Pronto, saldrían los demás a fumar un cigarrillo antes de encarar la limpieza de la cocina. Tenía que acabar la llamada, recuperar su corazón de donde fuera que estuviera después de haber botado fuera de su cuerpo, y regresar a preparar las mesas para el día siguiente.

—*¿Me dejas que te responda mañana… hoy?*

Otra vez aquella voz dulce, acariciándolo entero. Otra vez esas ganas demenciales de encerrarse con ella donde fuera y tirar la llave.

Aishhhh… Cómo me matas, preciosa…

Dylan respiró hondo.

—Así que nos veremos hoy… ¿Has hablado con mi asistente? —preguntó haciéndose el interesante.

La sonrisa regresó al rostro de la joven.

—*Verás, había pensado que si me vienes a buscar al gimnasio, podríamos desayunar juntos…*

—Ya. O sea que otra vez me toca hacer de chófer…

Su risa divertida volvió a ponerlo al límite por enésima vez.

—*Sí, lo siento, calvorotas… Pero es que acabo de acordarme de que mi coche sigue aparcado donde quedamos ayer…*

Tenía razón. Él tampoco había caído en eso.

—Ay, esa memoria… Cualquiera diría que tienes la cabeza en otras cosas… —le dijo con segundas.

Segundas que ella volvió a ignorar.

—*Salgo a las ocho y media. ¿Vendrás a buscarme?*

—¡¿A las ocho y media de un domingo?! —Ella rió y él fue a por todas—. Que te quede claro que pienso cobrármelo con intereses. Y el premio tendrá que ser la hostia de bueno, ¿entendido?

—*Entendido. Ocho y media. Ahora, vuelvo al trabajo, ¿vale?*

Dylan apretó los párpados.

Cortos, cortísimos, le resultaban los momentos que pasaban juntos. Exhaló un suspiro.

—Qué remedio.

Andy volvió a regalarle su risa y cortó la comunicación.

Sin embargo, Dylan y Andy todavía estarían en contacto una vez más antes de irse a dormir.

Fue dos horas más tarde cuando el irlandés al fin pudo disfrutar de un rato de estar a su aire, un rato de soledad que el cuerpo le llevaba pidiendo a gritos todos el día.

Los Rowley se habían ido a acostar. Evel y su mujer estaban haciendo turismo nocturno por la isla. El elegante caserón de tres plantas se hallaba en silencio, enteramente a su disposición.

Dylan no se lo pensó dos veces. Tomó una bata nueva del baño de invitados y se encaminó al jardín trasero de la casa. Era tan grande como la vivienda, tenía incluso una piscina, y tanto el césped como los parterres lucían espectaculares a pesar de que la casa llevaba años desocupada. Angela había contratado una agencia para mantener las instalaciones en condiciones y sus serviciales vecinas isleñas se ocupaban de verificar que el trabajo se hiciera bien. Desde la terraza trasera, separada del jardín por tres escalones, el paisaje se tornaba imponente; a tan solo cincuenta metros, las olas rompían contra las rocas. Una inmensidad negra y silenciosa, apenas iluminada por la luz de la luna y solo interrumpida por el rítmico sonido de las olas rompiendo contra las rocas.

Dylan se deshizo de sus ropas, que dejó sobre uno de los sillones junto a la bata, pero volvió a calzarse. Atravesó el jardín hacia la pequeña valla posterior que limitaba la propiedad y saltó por encima de ella. Avanzó entre las piedras con cuidado hasta el borde rocoso. Alumbraba el camino con la linterna de su móvil a través de la senda más segura que había encontrado aquella misma mañana, cuando paseaba por el jardín. Si lograba llegar sin percances hasta el final, solo necesitaba sentarse sobre la roca y deslizarse dentro del agua.

Lo logró y el contacto de la piedra con sus nalgas desnudas le sirvió para hacerse una idea de que el agua estaría más que fresca. Tirando a fría. O sea, exquisita. El primer chapuzón fue duro, pero pronto braceaba a sus anchas en el Mediterráneo.

Diez minutos habían bastado para recargar sus sistemas y dejarlo a punto para un buen sueño, a falta de algo que necesitaba más que el aire, pensó al tiempo que se estiraba a sacar el móvil de sus pantalones.

Tecleó:

"Te chiflaría estar aquí". Y le envió el mensaje a Andy.

Repantigado en el amplio sillón, el motero miraba la pantalla con una sonrisa de la que no era consciente mientras se secaba el pecho con la punta de la bata y su ansiedad por averiguar si podría tener otro poquito de la "preciosa criatura" antes de rendirse al llamado de Morfeo, subía imparable.

Tras lo que le pareció una eternidad, obtuvo su respuesta:

"¿Te refieres al lugar o a la compañía? ;)".

Dylan rió de buena gana, en parte de alegría y en parte porque siempre disfrutaba muchísimo del lado cómico de Andy. Sus ocurrencias le resultaban súper frescas, tenían un punto de picardía juvenil, casi inocente, que suponían un cambio radical al tipo de intercambios hombre-mujer a los que estaba acostumbrado después de toda una vida de soltería.

Él, sin embargo, no sería tan inocente:

"Acabo de bañarme en el mar y estoy en pelotas. Tu verás qué te chifla más".

A Andy por poco se le cae el móvil de las manos. Acababa de dar de comer a Luz que había vuelto a quedarse dormida. Sus neuronas habían pasado en milisegundos de la fase "niñera" a la de "mujer loca por un hombre". Por ese hombre. El del chapuzón en pelota picada.

Diossssss… La imagen que acababa de clavarse en el medio de su mente era capaz de resucitar a un muerto.

Todavía vestida con el uniforme de trabajo, se sentó sobre la cama, se apoyó en el espaldar y volvió a leer el mensaje. Comprobó que seguía disparando imágenes igual de calientes que la primera.

"¿Sigues ahí o te has desmayado?", fue el siguiente mensaje que recibió de Dylan y que le hizo caer en la cuenta de que seguía en Babia. Meneó la cabeza alucinada ante la seguridad en sí mismo de ese hombre por el que estaba loca de remate, aunque ni siquiera se lo hubiera comunicado al interesado todavía.

Ahora verás, pensó Andy. Tecleó:

"¿Me has despertado para fardar de tu pronunciada tendencia al exhibicionismo, Dylan? Espero que no".

El irlandés se quedó mirando la pantalla con el ceño fruncido unos instantes. Al fin, una sonrisa iluminó su rostro.

"No, no te despertaría para recordarte lo que te estás perdiendo. Lo sabes de sobra, nena. ¿Dónde queda tu gimnasio?"

Serás cabrito…
Los dedos femeninos volvieron a volar sobre el teclado:

"¿Y tenías que despertarme para eso? ¿No podías preguntármelo por la mañana? Vale, ahí van las señas".

Y a continuación, recibió otro mensaje con la dirección del lugar donde Andy entrenaba. E inmediatamente después, otro que decía:

"¿Algo más?".

Dylan volvió a reír. Tan seguro como de que estaba allí, "fardando de su pronunciada tendencia al exhibicionismo", que ella estaba soltando globos sonda. Ni la había despertado ni estaba enfadada.

"No estabas dormida".

¿En serio? Menudo engreído.

"¿Y tú cómo lo sabes? No sabía que tuvieras el don de la ubicuidad".

Vale, tocaba apostar fuerte otra vez. Dylan no se lo pensó dos veces.

"Lo sé porque a mí me pasa igual. La ansiedad por tenerte un rato, aunque sea así, me estaba matando… No iba a poder pegar ojo. Y tú tampoco".

Andy apretó los párpados y se deshizo en un suspiro enamorado, sabiendo que él no podía oírla. Dios, entre lo asertivo que era aquel hombre en todos sus avances y las ganas desesperadas que le estaban entrando de montarse en un taxi y plantarse en su casa en plena noche, estaba apañada.

La respuesta demoró en llegar, pero cuando lo hizo, Dylan lanzó un puñetazo victorioso al aire.

"Al final va resultar que sí tienes el don de la ubicuidad… Qué peligro, de verdad", decía el mensaje.

"No lo sabes tú bien", respondió él, a quien la sonrisa de ganador se le estaba tragando la cara. Pensaba hacer uso y abuso de ello.

Pero no ahora. Tenía claro que no podría mantenerla en aquel revelador intercambio de mensajes por más tiempo, que Andy no se dejaría. Y así lo manifestó el nuevo mensaje que iluminó su pantalla.

"Buenas noches, Dylan".

Esta vez fue él quién suspiró.

"Buenas noches, nena".

24

Domingo, 22 de noviembre de 2009
Menorca.

Dylan llevaba allí más de diez minutos cuando Andy salió del gimnasio. A pesar del baño de mar y el posterior intercambio de mensajes, le había costado conciliar el sueño y sobre las seis, cuando se había despertado por última vez, ya no había podido volver a dormirse.

Para colmo de males, al levantarse comprobó que Angela ya estaba dando vueltas por la casa, preparando la mesa de desayuno para su hija y su yerno que tampoco tardaron en hacer acto de presencia, luciendo más frescos que una lechuga después de una buena noche de sueño. Y de pronto, le resultó tan obvio que la única razón por la que un dormilón como él estaba de pie a esas horas de un domingo era la ansiedad que se lo estaba comiendo vivo, que se inventó una excusa para quitarse de en medio antes de que las miradas y los comentarios pícaros volvieran a empezar. Otro tanto que apuntarle a la

A juzgar por la cantidad de testosterona que se respiraba en el ambiente, aquel local vistoso y agradable era el punto de reunión de los alumnos del gimnasio. Todas las mesas estaban ocupadas excepto una, ubicada al fondo, hacia la cual Andy guió el camino, saludando a unos y a otros sin detenerse a conversar. La *pin-up* de carne y hueso, una morena de curvas pronunciadas que Dylan calculó rondaría la treintena, no tardó en acercarse y después de saludar a Andy con un beso en cada mejilla, se puso a conversar con ella.

El irlandés tenía la sensación de que hablaban de él, pero entendía poco y nada del dialecto local y no acababa de estar seguro de interpretar bien lo poco que creía entender.

En efecto, hablaban de él. O mejor dicho, ella hablaba; Sofía, la dueña de la cafetería.

—Tú siempre tan bien acompañada, chica. ¿Compañero nuevo del gimnasio? Debe tener a las monitoras loquitas con esos tatuajes… ¿Son de cuerpo completo o lo que se ve es todo lo que hay?

Dylan sonrió por hacer algo cuando las dos mujeres lo miraron risueñas.

—Es un amigo y sí, hay más tatuajes de los que se ven —respondió Andy.

—Con lo que me gustan a mí los tíos tatuados —dijo la dueña de la cafetería con tanto sentimiento que Andy volvió a reír. Entonces, la mujer se volvió al oír que la llamaban de una de las mesas y dijo—: ¿Te sirvo lo de siempre? —Andy asintió y Sofía se dirigió a Dylan—: ¿Y a ti, guapo, qué te pongo?

La mirada del motero, claramente pidiendo socorro, se trasladó de la mujer que le hablaba a la que *no* le hablaba y se lo estaba pasando bomba a su costa.

—Pregunta qué quieres desayunar —aclaró Andy, aguantando la risa.

—¿Y encima es inglés? —dijo la mujer en el idioma de Dylan—. Haberlo dicho, Andy. Pensé que era un isleño que yo no tenía controlado. ¿Te recomiendo algo o eres de los que tienen las ideas claras?

Y tan claras, pensó Dylan.

—Soy irlandés —precisó mirando a las dos mujeres—. Y os dejaré que decidáis mi desayuno. Por esta vez.

A Dylan le había tocado en suerte un café de sabor intenso y una rebanada de pan tipo casero rociada con aceite de oliva sobre la que habían extendido varias lonchas de jamón que devoró de cuatro bocados.

Para sorpresa de Andy, él pidió que le trajeran otra que también devoraba con evidente placer mientras ella disfrutaba de su desayuno sano -a lo que Sofía se había referido por "lo de siempre"- consistente en un batido de plátano hecho con leche de soja, y un sandwich vegetal de pan de centeno.

El ambiente era súper distendido y se notaba que los dos estaban disfrutando del primer momento realmente a solas y sin sobresaltos desde que Dylan había llegado a la isla. A Andy le recordó las épocas de sus charlas barra mediante en el MidWay; a Dylan, los pocos pero significativos momentos "post-sexo" que habían pasado juntos, cuando saciado (temporalmente) el deseo y a cubierto de miradas críticas, se mostraban tal cual eran.

—¿Cómo está tu madre?

—Empeñada en que te invite a merendar esta tarde. Eso quiere decir que está bien.

Dylan alzó la vista de su tosta de jamón y miró a Andy, expectante.

—No es broma —afirmó con picardía mientras mordisqueaba un trozo de tomate que asomaba de un extremo de su sandwich, amenazando con lanzarse en plancha justo dentro de su batido—. Dulce y simpática como la ves, puede ser muy insistente cuando se le mete algo entre ceja y ceja.

Él hizo un gesto cómico con la boca que a punto estuvo de conseguir que Andy se atorara con su batido.

—Quién me ha visto y quién me ve haciendo mérito con la madre de la chica... —dejó caer, mientras continuaba devorando su tosta como si no acabara de soltar una bomba de neutrones sobre la primorosa mesa del desayuno.

Y al fin lo consiguió. El gesto de Dylan se quedó en el "a punto", pero sus palabras ocasionaron el desastre. Un sorbo de batido salió disparado, en plan llovizna, sembrando de diminutas gotitas blancas todo lo que se hallaba en un radio de cincuenta centímetros. Al atoramiento, siguió un ataque de risa que el irlandés contempló maravillado.

—¡Mierda... Mira la que he liado! —exclamó Andy, desternillándose.

Y mientras ella todavía riendo y un tanto ruborizada intentaba limpiar el pequeño desastre con ayuda de una servilleta, Dylan no podía pensar en otra cosa que podría pasarse horas así, haciendo tonterías solo por el placer de oírla reír, completamente embrujado.

Hubo un intercambio de miradas cómplices, pero ningún comentario. Y tal como él esperaba, la conversación continuó por otros derroteros.

—Por lo que veo te llevas fenomenal con el jamón —comentó Andy al ver que de la segunda tosta ya no quedaban más que migas—. ¿Te pido otra?

Dylan declinó el ofrecimiento con un gesto de la cabeza.

—Desde que nos conocimos somos íntimos, sí —comentó. Y bromas aparte, era un fan devoto del jamón desde que lo había probado por primera vez en Andalucía, hacía años.

—¿Has hecho las paces ya con el atún? —insistió ella, sonriente—. Porque te diré que te lo vas a encontrar a menudo en estas tierras…

Dylan sonrió al recordar una de sus conversaciones delirantes barra mediante en el MidWay.

—No aguanto a los pesados y el tío es pesado a más no poder.

Andy asintió. Durante unos instantes revolvió su batido con la mente a kilómetros de allí. Al fin, decidió soltarlo.

—¿Y con Amy? ¿Has hecho las paces?

Sus miradas se encontraron. Millones de kilovatios de energía amorosa fluyeron entre los dos, rodeándolos. Cautivos de los que sentían el uno por el otro.

Dylan no se lo pensó.

—¿Quién es Amy? —murmuró. Lo último que deseaba era tener a la amiga de Abby como tema de conversación.

Andy miró a otra parte, contrariada. Le costaba un mundo hacerle según que preguntas y recibir ese tipo de respuestas no contribuía a la comunicación. Debería entender que ella necesitaba saberlo.

—Prefiero que me digas que no quieres hablar del tema, Dylan. No me gustan las evasivas.

—¿Por qué quieres hablar de ella? —le preguntó mirándola a los ojos—. No hay nada que contar.

Esa no era exactamente la clase de respuesta que esperaba, pero teniendo en cuenta la practicidad del irlandés, sin duda, era una respuesta categórica. Andy asintió.

—¿Nada de nada? —insistió con su vocecita dulce.

Dylan respiró hondo y decidió ser magnánimo. Por ella. Por Andy.

—Cuando se trata de follar me da un poco igual si son buena gente o no. Pero para estar en mi vida, sí que cuenta.

Él apartó la mirada considerando cómo seguir. Lo había enfadado mucho no haberse dado cuenta antes de que la rubia platino era una aprovechada. Había creado una situación muy desagradable en Barcelona que podía haber terminado mucho peor de lo que acabó. Pero ya le había dicho a ella, en su cara, lo que pensaba y encima se había quitado el regusto amargo, aceptando su regalo de despedida antes de marcharse de Londres. Su ego se había quedado a gusto. Y no tenía nada más que decir. Ni a Andy ni a nadie, pero menos a Andy. Sin embargo, era evidente que la preciosa criatura necesitaba saber más. Volvió a mirarla.

—Ella no pasó ese filtro. Por eso no hay nada que contar, Andy. ¿Te vale así?

Por supuesto que le valía. Con lo fácil que habría sido contarle las razones que lo habían cabreado tanto que todos, incluida ella misma, lo habían tomado por un ataque de celos. No lo había hecho. De la misma manera que tampoco lo había hecho con Conor en su momento. En siete meses siendo testigo de montones de conversaciones en el MidWay, jamás había escuchado a Dylan hablar mal de nadie. Lo cual, sin duda, decía mucho de él.

Andy esbozó una ligera sonrisa y asintió. Bebió otro sorbo de batido.

Dylan continuó observándola. Estaba bastante seguro de lo que vendría a continuación y esperó con un nivel inusualmente alto de ansiedad.

—Vino a verme a Barcelona… Conor —aclaró.

Como si hiciera falta aclararlo, pensó con incomodidad. Él permanecía en silencio, mirándola con tanta intensidad que no entendía cómo todavía seguía de una pieza.

—Reconozco que me sorprendió. Lo último que me imaginé aquel día era que se me presentaría allí.

Había empezado y tenía que continuar, pero los recuerdos de aquella tarde seguían siendo agridulces y tremendamente reveladores.

Quizás demasiado.

Demasiado reveladores como para compartirlos.

Después de todo, ¿qué sabía de Dylan hasta el momento? Que había venido a verla, a por esa "posibilidad entre cien millones" de que la razón de que Conor ya no pintara nada en su vida, fuera él. Muy bien, ¿y qué más? Porque emocionante como le resultaba que el irlandés estuviera allí, *sus* razones para mantenerse alejada de la tentación también seguían allí. Tan claras y preocupantes como siempre.

—Hay mujeres que dan segundas oportunidades… y terceras —su propia madre, sin ir más lejos—. Pero mis desencantos tienen mal arreglo. Y también supongo que he crecido diez años de golpe. Por las circunstancias —meneó la cabeza con cierta incredulidad—. Cuando se puso a imitar al mimo en las Ramblas haciendo reír al mundo de gente que los rodeaba, de pronto, tuve la sensación de que estaba con Danny y no con el motero que me había hecho suspirar durante meses… Fue un shock —admitió con un gesto tristón.

Toma ya. Tanto devanarse el seso pensando cómo se las había arreglado Conor para volver de Barcelona con las manos vacías, y resultaba que la culpa la había tenido su propensión a hacer el gilipollas. Bien. No había sido una confesión de amor en toda regla, del tipo "y entonces me di cuenta de que eras tú por quien suspiraba", pero le valía.

A Dylan le valía cualquier razón que eliminara a Conor de la ecuación.

—Y yo que pensaba que nuestros polvos épicos habían tenido que ver… —apuntó él con su desparpajo característico.

Andy sonrió. *Había tenido que ver*. No solo la química que existía entre los dos. *Él*. Su forma de ser y de hacer. Sin proponérselo -y sin que ella misma fuera consciente al principio-, le había mostrado qué se sentía, cómo era estar con un hombre hecho y derecho.

Y desde luego, no había color. Dylan era un pedazo de hombre en todos los sentidos de la palabra. En lo que a Andy concernía, nadie le hacía sombra al irlandés.

Que fuera admitirlo, así sin más, era otra cuestión.

—Ya ves que no —mintió la camarera.

La pareja había llegado a la residencia de Cala Morell en vehículos separados después de recoger el utilitario de Andy del lugar donde se había quedado el día anterior. Atravesaron el césped intercambiando miradas pícaras a cuenta de la escena que había tenido lugar en aquel mismo jardín veinticuatro horas antes, y cuando Dylan repitió el gesto de hacerse un lado y dejarla entrar en la vivienda en primer lugar, Andy comentó:

—Sigue sin parecerme una buena idea. Que te quede claro, calvorotas.

Él sonrió para sus adentros y sus ojos del color del cielo mostraron que el cazador que vivía en él ya estaba agazapado, acechando.

—Tranquila, no hay peligro. El alféizar más alto está a noventa centímetros del suelo. Los he medido a todos.

Andy explotó en carcajadas y mientras le daba un codazo de broma en el estómago, sus mejillas viajaban a sus anchas por toda la escala de rojos.

—¡Calla, hombre! ¡Qué memo eres…! —Rió—. La pobre Angela alucinará con nuestras conversaciones…

—Y lo que alucinará cuando vuelva a la isla y se los encuentre veinte centímetros más altos, ¿qué? Va a alucinar pepinillos —apuntó el irlandés y echó a reír también.

La imagen de Angela, tan compuesta y tan políticamente correcta, mirando intrigada la reforma que habían sufrido los arcos de sus ventanas, le resultaba tronchante.

La pareja entró en la vivienda partiéndose de risa para regocijo de la dueña de casa que ponía un ramo de rosas frescas en el florero del recibidor.

—¡Ah, qué maravilla es veros reír, chicos! Venid, pasad, que el café está casi a punto… —los "chicos" entrecruzaron miradas y siguieron a Angela hacia el salón—. ¿Qué tal ha amanecido tu madre hoy, Andy? ¿Está mejor?

—Sí, sí, gracias… Durmió toda la noche como un lirón y hoy ya estaba dándole indicaciones a todo el mundo.

Otro cruce de miradas y otra vez, los recuerdos asociados a punto de desencadenar un nuevo ataque de risa en Andy que un comentario de Angela logró detener en el último instante.

—No creo que le haga falta dar muchas indicaciones, cariño mío. Con dos hijos tan buenos y responsables como tu hermano y tú, no lo creo. Se nota que está orgullosa de vosotros —dijo Angela acariciando el cabello de la joven, a lo que ella respondió con una sonrisa agradecida.

Dylan contempló la escena mientras pensaba que aquella frase que generalmente se decía por decir, en este caso le parecía cierta. Cuando Anna miraba a sus hijos, especialmente a Andy, había orgullo y admiración. Dylan no recordaba haber visto esa mirada en sus padres.

—¿Y la pequeña Luz? —quiso saber Angela—. Será una rompecorazones de mayor ¡con meses ya los tiene embelesados a todos en casa!

—Ya lo creo. Cuando Danny está en casa la monopoliza por completo —y aunque pudiera parecer una queja, el tono de su voz y la expresión de la camarera mostró claramente que no era así.

Estaban llegando al salón cuando empezaron a oírse las voces de Evel y Abby que subían las escaleras que conducían a la planta sótano de la vivienda. Pronto aparecieron en el pasillo y se unieron al grupo. Tras los saludos de rigor, Angela puso tal cara de pícara que hizo reír a Andy cuando les preguntó:

—¿Has acabado de convencer a tu *bomboncito* de que este es el lugar idóneo, Brian, o necesitas mi ayuda?

—¿Idóneo para qué? —intervino Dylan con un interés egoísta en el tema ya que vio peligrar su querida y deseada vida solitaria. Por favor, que no dijera que pensaban quedarse una semana más, a tomarse unas "merecidas vacaciones". Que se las tomaran, sí, pero en otra parte.

—La palabra clave es "boda" —respondió Angela, feliz ante la idea de que al fin volviera a asomar por el horizonte aquella idea tan romántica que una intervención inadecuada de los padres de la novia había echado a perder en agosto.

"Otra boda no, por favor", pensó Dylan con desesperación. ¿Pero qué le pasaba a todo el mundo? ¿Acaso era una enfermedad infecciosa? Ya se veía ocupándose de las luces y el sonido de otro *bodorrio coleguil.* Y antes de que pudiera acabar de quejarse a gusto, una voz, perteneciente a la última persona que habría imaginado, se dejó oír. Sonó tan feliz y dicharachera como la de Angela.

—¡Ay, sí, sí… qué bien! ¡Tenéis que celebrarla aquí! ¡Es un paraíso! Y además, lo tenemos todo: casas de sobra para alojar a los invitados, restaurante para la comilona ¡y qué comilona, porque no sabéis lo bien que cocina mi primo Ciro! Y la boda… ¿La has llevado a Sa Cova d`en Xoroi[14], Evel? —dijo, mirando a su ex jefe y a su mujer alternativamente, súper excitada—. ¡Es un lugar de película! ¡Ideal para una boda!

La respuesta era sí. En las pocas horas que llevaban en Menorca, la habían recorrido de un extremo al otro. Abby se había enamorado de aquella pequeña isla en cuanto había puesto un pie en ella y al ver las legendarias cuevas se había quedado con la boca abierta. Él, lógicamente, no había perdido la ocasión de comentar que era "un lugar ideal para una boda".

—¡Y a ti que te preocupaba que no hubiera suficiente alojamiento, cariño! —exclamó Angela, cada vez más animada — ¡Tenemos hasta un chef con dos estrellas Michelin para deleitarlos a todos con sus delicias!

—¿Tenemos chef para la boda? —preguntó Sylvia, que junto a su esposo, se habían acercado a ver qué era todo aquel bullicio—. ¡Eso es fantástico!

Evel miró a su mujer con los mismos ojos de hombre enamorado que se le ponían cuando ella entraba en su campo visual. Abby, de pronto, parecía haber vuelto a la vida en aquel asunto. Por primera vez desde la tarde de la discusión familiar, no solo no rehuía el tema "boda", sino que se mostraba ilusionada, pensó el motero de la cresta. Dios, al fin.

—Todavía no me ha dado el "sí" —dijo rodeándole la cintura con un brazo mientras ella le regalaba una de sus

---

14

Gruta legendaria ubicada en un acantilado sobre la costa sur de Menorca, que es a la vez mirador y lugar de ocio desde primera hora de la mañana hasta el amanecer.

sonrisas tiernas—, pero tengo esperanzas. Es lo último que se pierde, así que… Igual mi chica me dice que sí.

—¿Te casarías conmigo otra vez, motero? —le preguntó Abby, rezumando dulzura.

Dylan miró alrededor y puso los ojos en blanco. Todo el mundo estaba abstraído en el momento azúcar de la pareja. Hasta Clinton Rowley -que después de él, era el tipo menos dotado románticamente hablando- contemplaba a la pareja con una cara desconocida.

—Decidme que no será este año, por favor. Decidme que no joderéis mi única semana de vacaciones haciéndome montar las luces y el sonido para otra boda.

Evel le rodeó los hombros con un brazo, le dio un apretón cariñoso.

—Tranquilo, chaval. No te joderemos las vacaciones y para que veas lo buenos que somos, también te daremos tiempo a que busques tu propia casa, ¿verdad, Abby? —ella asintió ilusionada y Evel se creció—. Habrá boda en Menorca, pero no será este año.

—Ah, joder, qué peso me has quitado de encima, tío —respondió él, que en un inusual ataque de expresividad, le dio un abrazo agradecido que todos celebraron con risas.

Todos, excepto Andy.

Y no porque no le hicieran gracia las salidas de Dylan, sino porque ella seguía colgada de otra secuencia de la escena. De esa en la que Evel había dicho que le daría tiempo a que se buscara su propia casa. ¿No había venido de vacaciones? Cada segundo que pasaba su corazón latía más fuerte.

Más fuerte y más rápido.

—¿Estás buscando casa en la isla? —se las arregló para preguntar sin que el corazón se le saliera por la boca. Pero la cerró de inmediato. Se mordió los labios y mantuvo la mirada, totalmente consciente de que se estaba sacudiendo por dentro.

Dylan miró de reojo a Evel, enviándole toda clase de maldiciones por la diarrea verbal que parecía afectar a un tipo que siempre había tenido por reservado. Seguramente, sería un efecto secundario del amor, pensó. Antes de enrollarse con Abby, era bastante "potable". Moñas, pero potable.

Angela, que estaba a su lado, le apretó cariñosamente el brazo y fue entonces que Dylan notó que absolutamente todo el mundo estaba pendiente de él. Andy, por supuesto, la que más.

Sin duda, era un momento M, pensó con guasa. *A ver qué tal se te da, chaval.*

Miró a Andy con una pretendida sonrisa irónica que, en realidad, fue tremendamente dulce.

—¿Y cómo esperabas que aprovechara esa posibilidad entre cien millones, chateando por Messenger? —le dijo.

Andy respiró hondo una vez y otra. Sacudió ligeramente la cabeza, confusa y cada minuto más enamorada.

—¿No has venido de vacaciones…?

Dylan se la comió con los ojos. Nunca le había importado especialmente la presencia de público y llegados a este punto, para él, en su mente, solo estaban él y la mujer que había desatado un huracán de nivel siete en su vida.

—¿Menorca?, ¿en noviembre? Alguien me dijo que era una pésima idea.

Andy exhaló un suspiro, pero antes de que pudiera decir o hacer algo, Evel volvió a intervenir. Más asombrado, incluso, que la propia interesada.

—Tío, llevas dos días aquí… ¿De verdad, todavía no le habías dicho nada? No me lo puedo creer —se quejó el motero de la minicresta—. Yo soy Andy y te mato.

Abby miró a la pareja con gusto y a continuación a su marido, que al instante captó sus intenciones y miró a otra parte para no delatarse.

—Pues verás cuando se entere de lo que hay abajo —dijo, señalando graciosamente la planta sótano con un dedo.

Los ojos de Andy se desplazaron de Abby a Dylan, brillantes como estrellas.

Y esta vez no fue Evel quien se fue de la lengua, sino Angela.

—Pero, Dylan, cariño, ¿tampoco le has dicho que le has traído su moto? Muy mal, muy pero que muy mal.

La expresión de la joven cambió en un solo instante. Ilusión, emoción, incredulidad, ansiedad… Todo en conjunto constituyó una visión que embrujó a Dylan mucho más que antes.

Andy ya corría escaleras abajo y sus palabras quedaron flotando en el aire:

—¡¡¿Me has traído a Lola?!!! ¡*Diosssss*, me va a dar un infarto de la alegría!

Cuando dejó de verla, el irlandés volvió a la realidad. Intentó poner cara de disgusto, de trasmitirles cuánto lo cabreaba que se metieran en sus asuntos. Pero después de ver cómo se había transformado aquella cara preciosa…

Dylan salió pitando tras Andy sin decir ni mu.

Tenía cosas muchísimo más importantes de las que ocuparse.

La anciana no se lo pensó dos veces y dirigiéndose a su familia, dijo:

—Propongo un día de turismo en familia. Hace años que no veo mis rincones favoritos de esta isla y estoy segura de que a Dylan no le importará que nos llevemos su coche —una gran sonrisa pícara apareció en su rostro—. Creo que hoy no le hará falta.

Como era de esperar, la propuesta de Angela fue aprobada por unanimidad.

Si había un lugar en el mundo en el que podía reinar el orden a pesar del caos, esa era la planta sótano de la residencia que Angela Swynton tenía en Cala Morell. Estaba conectada con el garaje por un doble portón metálico que permitía el acceso de un vehículo para facilitar el proceso de carga y descarga. Y, a pesar de que estaba destinado al uso de trastero, lucía impoluto. Muebles en desuso, cubertería extra, ropa, herramientas, mantas, sábanas… Todo tenía su sitio en la gran estancia y lo único que parecía fuera de contexto era la pila de ocho cajas perfectamente rotuladas y la vieja motocicleta Honda que Dylan había traído de Londres. Las primeras estaban situadas contra la pared de la izquierda, al otro lado de la vía de acceso; la segunda cerca del portón metálico, sobre un trozo de plástico para evitar manchar el suelo.

Dylan había salido a prisa tras Andy, pero al llegar al sótano y encontrarla en pleno ataque de alegría, decidió tomarse su tiempo. Disfrutar de las vistas, porque si ella le parecía todo un espectáculo sin arreglos ni situaciones especiales, en su actual estado de júbilo era la primera maravilla del mundo, ganándole por goleada a la Gran Pirámide de Giza. Acariciaba el manillar de su viejo trasto como si no lo hubiera visto nunca antes y soltaba grititos de alegría entremezclados con esa risa suya tan contagiosa… Dios, qué ganas de comérsela entera y no dejar ni las migas…

Sin embargo, la abstracción del motero duró muy poco. Hasta que en una de sus vueltas alrededor de la moto para mirarla desde todos los ángulos, Andy se percató de su presencia. Estaba de pie sobre el último peldaño de la escalera, con las manos en los bolsillos de sus pantalones, contemplándola.

—No puedo creer que hayas hecho esto —meneó la cabeza ligeramente y la sonrisa ilusionada no abandonó su rostro en ningún momento—. Estoy alucinando desde que has llegado, porque no has hecho más que sorprenderme a cada momento y cuando menos me lo espero, vuelves a hacerlo.

—Sí, soy una caja de sorpresas —concedió él. Bajó el escalón y empezó a acercarse a ella.

—Así que habías sido tú el comprador… —Frunció el ceño pero siguió sonriendo—. Estaba segura de que Tina… mi amiga me había dicho otro nombre… Markus algo.

—Gillmore, Markus Gillmore —dijo Dylan—. La compró para mí.

Los ojos de Andy mostraban cada vez más asombro.

—¿Pero… por qué?

—Para evitar oír gilipolleces peores de las que me tocó oír cuando le compré la moto a Dakota porque necesitaba pasta —al ver la expresión de puro alucine de la preciosa criatura, añadió con simpleza—. Soy práctico, ya te lo he dicho.

—Ya me lo has dicho, sí… —suspiró y volvió a mirarlo con los ojos muy brillantes—. ¿Por qué compraste a Lola?

Dylan movió la cabeza como si decidiera qué responder. Volvió a optar por la broma. Volvió a hacerlo porque sabía que lo que vendría después de la broma, probablemente no sería tan agradable como hasta ahora.

—No la habría comprado de saber que se llamaba así. ¿De quién fue la idea de bautizar con semejante nombre a una Honda del año del caño?

Nadie rió. Y nadie respondió.

Andy permaneció mirándolo. Sus ojos, cada vez más brillantes, no se apartaron del irlandés.

Dylan respiró hondo.

—¿Qué por qué me tomé tantas molestias por alguien a quien le importaba tan poco que ni siquiera se dignó a darme su nuevo número de móvil cuando lo cambió? ¿Eso es lo que quieres saber? —Andy se puso roja y al verla, Dylan sacudió la cabeza sin ocultar su disgusto—. Supongo que pensé que te gustaría recuperarla... No sé, me dio la impresión de que era algo especial para ti.

—Muy especial. Era de Sonia —concedió ella. Tragó saliva en un intento de empujar la angustia que había empezado a apretarle la garganta—. El traslado a Barcelona nos dejó sin un penique... Traerla a España implicaba papeleo, dinero y discusiones con la vena mercantilista de los Estellés, que insistían en que con esa cantidad podía comprarme una nueva aquí... O sea, disgustos para mi madre que, como siempre, decidí ahorrarle —su mano, temblorosa, acarició el manillar—. Y sobre lo otro... No es cierto que no me importes, Dylan. Me importas mucho más de lo que crees.

—Vaya, es bueno saberlo...

—Lo digo en serio.

Dylan la miró fijamente, ni el más leve rastro de humor en su rostro.

—Yo también.

Dios, estás enfadado. Pues verás cuando sepas que...

Andy exhaló un suspiro.

—Estuve en Londres para la boda de Dakota —confesó. Y al ver su expresión, pasó de estar helada de los nervios a sentir un calor horrible trepando por su rostro.

—Tienes que estar de coña.

—No es ninguna broma, no… Estaba lista: vestida y maquillada, y a diez minutos de salir, cambié de idea.

Andy bajó la cabeza. Tan solo el recuerdo de aquel momento volvía a traer consigo toda la ansiedad, toda su desesperación por volver a verlo… Y todo el miedo a estrellarse.

—Cambiaste de idea —repitió él a ver si diciéndolo en voz alta, su cerebro conseguía asimilarlo.

A ver si conseguía desviar su atención de una realidad que se le había quedado atravesada a mitad de garganta y no bajaba de ahí. O sea, que mientras él se subía por las paredes, presa de la ansiedad, muriéndose por verla, ella estaba en Londres para asistir a la boda, pero había cambiado de idea. Había estado en Londres y se había largado sin hacer el menor intento de verlo. Ni una llamada. Nada.

El silencio que sucedió a aquellas tres palabras fue tan explícito que Andy, de repente, se encontró justificándose.

—Mira mi vida, Dylan, ¿te parece que puedo permitirme la estupidez de jugar al romance? Hay veces que hasta yo saldría corriendo, ¿por qué no ibas a hacerlo tú?

Dylan alzó las dos cejas al mismo tiempo. La cosa mejoraba por segundos.

—¿Lo dices en serio? Francamente, no sé qué me alucina más: si descubrir la gran confianza que tienes en mí —su mirada se endureció— o que eres mortal. Que también la cagas, como todo el mundo.

Qué fácil era hablar de los errores ajenos desde la cómoda perspectiva de quien no tiene nada que perder. No le deseaba a nadie lo que ella había tenido que vivir, pero tampoco estaba dispuesta a tolerar críticas. Lo había hecho lo mejor que había podido. Tenía la conciencia muy tranquila.

—Perdona por no ser perfecta.

La respuesta de Dylan fue igual de cáustica.

—No sé si me da la gana perdonarte, guapa.

Ambos apartaron la mirada y guardaron silencio durante unos instantes. Pero Andy sabía que le tocaba mover a ella. Mover, de verdad.

—¿Puedo ser sincera sin que te enfades?

—Por favor —replicó él, mordaz.

Andy se removió incómoda, sin tener muy claro por dónde empezar. Al fin, se decantó por la verdad sin adornos, estilo Dylan. Diría la verdad pura y dura. Y que cada palo aguantara su vela.

—Me enamoré de ti. —Su mirada ascendió lentamente hasta que al fin encontró la de Dylan. Un escalofrío le recorrió la espina dorsal al descubrir el brillo demencial en aquellos ojos claros que siempre le habían parecido increíblemente hermosos —. Y ahora que estás aquí… Mira, no sé si podría vivir con tu ausencia, pero lo que sí sé es que no soportaría una pérdida más, una decepción más. Ahora no. La muerte de mi hermana me dejó destrozada, estoy hecha polvo…

Hizo una pausa al darse cuenta de que era la primera vez que lo decía en voz alta. La primera vez que lo admitía abiertamente. Ahora, el vacío que Sonia había dejado en su corazón parecía insondable. ¿Dejaría de doler tanto alguna vez?

—Y no puedo permitirme flaquear —lo miró directamente —. Demasiadas cosas dependen de mí, ¿lo entiendes? Así que… Por favor, por lo que más quieras, Dylan… Si no estás seguro de esto… —Andy dejó de hablar cuando la angustia le cerró la garganta y apartó la vista.

Tenía gracia, pensó él, para una vez en toda su vida que se colgaba de una mujer, la candidata no era que perdiera el culo por verlo o estar en contacto con él, precisamente. Y eso que, según ella, "se había enamorado de él", ataja esa. El asunto de la (falta de) confianza, mejor ni mentarlo, claro, porque entonces... Tenía razones de sobra para sentirse cabreado, incluso hasta cierto punto ofendido. Probablemente lo estaría, si no fuera un tipo tan práctico.

Y si no estuviera tan irremediablemente loco por ella.

Pero viendo la entereza con que la preciosa criatura le plantaba cara a la pesada carga que le había tocado en suerte sin soltar una sola lágrima, ni una, el único pensamiento que le venía a la mente era...

Joder, cuánta bravura.

Solo por eso se lo merecía todo. Se lo había ganado a base de coraje.

Dylan avanzó un paso hacia ella y luego otro más. Era el mismo proceso de siempre que volvía con renovados bríos, ese magnetismo que tiraba de él como si ella fuera un imán y él un trozo de metal. Solo que esta vez ya no podría detenerse. Porque no quería detenerse. Quería pegarse a ella para los restos.

—Así que desapareces de la faz de la tierra durante tres meses —dijo al tiempo que avanzaba otro paso—, vas a Londres para la boda, pero te largas sin dar señales de vida porque, según tú, cambiaste de idea —otro paso que la obligó a alzar el mentón para mantenerle la mirada— y ahora exiges seguridad. *Tú* —la señaló con un dedo que casi le rozó la nariz— me pides *a mí* claridad de ideas. ¿Lo dices en serio?

Él hizo el ademán de seguir avanzando pero Andy lo detuvo.

—Para, por favor —suplicó ella. Jugar a desafiarse se les daba muy bien, fenomenalmente bien, pero aquello hacía mucho tiempo que había dejado de ser un juego para ella.

Dylan, sin embargo, no estaba por la labor. Miró la mano que continuaba sobre su pecho, abrasándolo; luego, a su dueña, y la retiró.

Y continuó avanzando. Esta vez, obligándola a retroceder.

—¿Si no estoy seguro de qué, Andy? —murmuró justo cuando ella dio con la espalda contra la pared. Agachó la cabeza, buscando su mirada y volvió a decir—: ¿Si no estoy seguro de qué?

Ella lo tomó por los brazos en un intento de no sabía muy bien qué, ya que lo que realmente le pedía el cuerpo era abrazarlo. La mente en cambio seguía queriendo respuestas. El incendio que se había declarado en Dylan empezó a descontrolarse.

—¿De que esto va a funcionar? —Apoyó las manos contra la pared, a cada lado de Andy, estrechando la distancia que los separaba y haciendo que a los dos un relámpago de deseo los atravesara de la cabeza a los pies— ¿De que estamos hechos el uno para el otro? ¿O de que seremos felices por siempre jamás y demás gilipolleces por el estilo?

Durante un instante permanecieron en silencio, mirándose. Estremeciéndose de deseo. Temblando de amor.

—Sé que sin ti no puedo respirar. Y es todo lo que necesito saber.

Un huracán de emociones lo embargó al decirlo, al poner en palabras una realidad que llevaba tiempo manifestándose en pequeños detalles, como los síntomas difusos de una enfermedad que mata silenciosamente. Ella era el aire, la luz, la vida. Ella lo era todo. Sus labios rozaron la frente de Andy y bajaron inexorablemente hacia aquella boca que llevaba semanas soñando con besar.

El mismo huracán de emociones sacudió a Andy al oír aquella declaración de amor descarnada, demoledora que, sin embargo, viniendo de un hombre como él resultaba tremendamente romántica, conmovedora. Perfecta.

—Ay, Dylan… —murmuró, pegándose a él, dando rienda suelta a todos los sentimientos que mantenía encadenados en su corazón hacía tanto tiempo—. Dios, abrázame fuerte y no me sueltes nunca…

Volvían a estar juntos, volvían a ser ellos, los de siempre, y ahora, todo estaba claro para Andy. Algo en su interior le decía que era así, que las cosas eran exactamente como debían ser.

Dylan se dobló sobre ella y su boca se adueñó de la suya en un arrebato de pasión. Se fundieron en un abrazo, besándose con locura como si no hubiera un mañana. Lloviendo caricias el uno sobre el otro, a cuenta de todas las que no se habían dado en meses y sin las que ya no podían vivir.

Un sonido proveniente de la planta superior hizo que la pareja dejara de besarse y permanecieran quietos, expectantes, a ver qué sucedía. Pero no se oyó nada más y Andy fue la primera en reaccionar. Una sonrisa muy diabla iluminó su rostro cuando avanzó de espaldas, llevándose al irlandés con ella hasta el hueco que formaba el costado de una antiquísima alacena y la pared. No era el refugio perfecto, pero si alguien aparecía de repente, contarían con unos segundos extra para evitar que los pillaran *in fraganti*.

—Así que no puedes respirar sin mí —susurró ella—. Tranquilo que no te voy a dejar morir de asfixia. Se me da de miedo el boca a boca. ¿Quieres probar?

El cazador que vivía en Dylan, que encontraba sumamente inspiradoras esas reacciones en su princesa, para regocijo de ésta, empezó a desmelenarse.

Empujó con fuerza las caderas, aprisionándola contra la pared y cuando la sintió temblar, se frotó contra ella hambriento, desafiante, buscándola.

—Ya sabes lo que pasa cuando te pones a temblar, ¿no?

Una mano femenina se las arregló para colarse entre los dos y rodearle los testículos. Él le mordió el labio inferior, ella inició un apasionado masaje entre las piernas masculinas y él empujó más fuerte. Y mordió más fuerte, arrancándole un gemido que fue el inicio de la locura.

Lo primero que salió volando fue la elegante camiseta gris petróleo de Dylan. Con diferencia de segundos lo hizo la de Andy.

—Dios, cuánto he echado de menos a mi samurai… —Los ojos femeninos se regodearon en aquel torso cubierto por el magnífico tatuaje de un guerrero nipón que blandía una espada en cada mano y como siempre, unas ganas locas de lamerlo entero, trazo por trazo, se adueñaron de Andy. Se puso de puntillas, dispuesta a empezar por la hombrera color rojo sangre de su armadura, que era el trazo más alto al que alcanzaba, cuando Dylan, tan caliente y pasado de revoluciones como ella, le arrancó el sostén.

—Mi turno —reclamó. La elevó por la cintura, ella le rodeó las caderas con sus piernas, y él se puso a ello.

Andy lo dejó hacer y se dedicó a mirarlo. No solo porque era de las visiones más excitantes que una mujer podía contemplar mientras gozaba, también porque no acababa de creer que estuviera sucediendo. Lo había deseado tanto que estaba segura de haberlo soñado, a escondidas de su sentido común, que seguía empeñado en que remover esas aguas no le convenía. Más de una vez había amanecido mojada.

En aquel momento, él torció la cabeza en la dirección contraria ampliando el campo visual de Andy y abrió la boca bien grande sobre su otro pecho. Chupó con fuerza, como si quisiera tragárselo, logrando que una sucesión de estremecimientos la recorrieran y que ahuecara los hombros en un intento de liberar su pezón de la trampa masculina.

Consiguió justo lo contrario. Dylan la empujó más fuerte contra la pared, la sostuvo mejor con un brazo y con la mano libre, le agarró el pecho para evitar que ella se retirara, y chupó a destajo. Andy gimió de placer y empezó a guiar los movimientos masculinos. Él lamió a sus anchas.

—Tengo un mono tremendo de ti —murmuró él. Notó que lo estaba mirando y un ramalazo de placer le atravesó la verga al ver aquel brillo enloquecido en los ojos de la camarera, el rubor en sus mejillas, sus labios enrojecidos—. Tu madre se va a quedar con las ganas porque hoy mi única merienda serás tú.

—¿Te quedas en la isla? —dijo ella, empujando sus pechos contra la cara de Dylan.

Él volvió a dar rienda suelta a su hambre. Le mordió los pezones que estaban dolorosamente erectos, los lamió y jugó con ellos. No podía parar. Junto a ella nunca había podido parar.

Pero Andy quería su respuesta. Quería oírselo decir. Quería saber cómo era hablar de sentimientos con un hombre junto a quien solo había hablado de sexo. Empujó su mentón hacia arriba, obligándolo tácitamente a que la mirara.

—Dime, ¿te quedas en la isla, en serio?

Dylan no respondió. En cambio, se dedicó a mordisquearle los labios y luego, siguió con el cuello, los hombros y nuevamente sus pechos, embriagado por lo que sentía. Totalmente embotado por las emociones.

Andy cedió momentáneamente a la pasión desbordante del irlandés, tan embriagada como él. Pero solo momentáneamente, ya que pronto se apartó del él, apretándose todo lo que pudo contra la pared, y se cubrió los pechos con las manos.

La visión resultó tremendamente erótica para un hombre consumido por el deseo. Fue devastadora. Otro cimbronazo de pura energía sexual atravesó la espalda masculina, siguió camino entre sus testículos y después de recorrerle el miembro, rebotó en el glande arrancándole un gemido.

Dentro del pantalón, la erección de Dylan creció dolorosamente aprisionada por la ropa. Casi al mismo tiempo, se produjo una emisión de líquido seminal que traspasó el tejido y dejó una marca húmeda en el pantalón.

El irlandés empujó sus caderas, instintivamente y sus manos le apretaron el trasero con una torpeza apasionada.

—Me quedo *contigo* —respondió, envuelto en un suspiro —, da igual si es aquí o en el fin del mundo —sus ojos llamearon de deseo, y Andy lo besó en un arrebato de pasión. Fue un beso húmedo y muy caliente tras el cuál Dylan murmuró—: Y como no follemos *ya* me va a dar algo.

No acabó de decirlo que ya estaban desnudándose, locos de ansiedad. Ella le agarró el pene en cuanto él se quitó los pantalones y el miembro quedó al aire, totalmente erecto. Lo frotó con glotonería mientras suspiraba. Él apretó la mano que le estaba dando tantísimo placer en un gesto de aprobación, pero no dejó de tantear los pantalones con la otra, en busca de preservativos.

—¿Llevas condones para ir a desayunar? Qué tío más preparado… —Lo azuzó Andy, cada vez más caliente.

Sin dejar de mirarla, él rasgó la bolsa y se lo puso con movimientos precisos. Acto seguido, la elevó por las nalgas y cuando ella volvió a rodearte las caderas con sus piernas, él se enterró dentro de ella. Entró con fuerza, de una vez, sin casi darle tiempo a nada. Ella soltó un suspiro larguísimo y apretó el cerco de sus piernas buscando más.

Y él se lo dio. La empotró contra la pared y sus caderas empezaron a trabajar a destajo.

—¿Preparado para ti? Siempre. Es que como no me dejas hacértelo sin… —dijo él enredando mordiscos y palabras.

Dylan buscó la mirada de Andy. Auténticas llamaradas de deseo emitían aquellos preciosos ojos castaños, que de tratarse de fuego, lo habrían consumido en un instante, reduciéndolo a cenizas. Hizo que se sintiera tan poderoso y al mismo tiempo tan desesperado por ser el hombre que encendiera sus deseos más íntimos, sus sueños más calientes, sus fantasías más eróticas… Desesperado por ser el hombre de su vida, el que amara hasta la locura. El único que quisiera a su lado siempre.

—Con lo me gusta y no me dejas… Uno de estos días habrá que resolver eso, ¿no? —y volvió a hundirse en ella hasta el fondo, gozando al ver como Andy gemía de placer.

Porque esta vez no era dar satisfacción sexual a una de tantas compañeras de alcoba.

Esta vez se trataba de Andy, la única mujer de la que se había enamorado en treinta y seis años de vida.

Esta vez, era *la* mujer.

¿Quién le habría dicho a Dylan que la joven algo achispada que cargaba cual saco de patatas, escaleras arriba aquella tarde, entraría en su vida de lobo solitario arrasándolo todo y adueñándose de su corazón, lo único que alguien tan propenso al exhibicionismo había logrado mantener a cubierto?

¿Quién le habría dicho a Andy que el tipo con pinta de miembro de la Hermandad Aria que la cargó escaleras arriba, aquella tarde de rabia y desencanto, con el estómago revuelto a cuenta del alcohol y el corazón hecho polvo por culpa de un príncipe azul que le había salido rana, acabaría convertido en el hombre de su vida?

Es que, a veces, el amor llega cuando menos te lo esperas.

25

Domingo, 29 de noviembre de 2009.
Restaurante Sa Badia,
Ciudadela, Menorca.

La semana se les había pasado volando y ninguno de los dos podía creer que aquel fuera el último día de Dylan en Menorca.

Angela y los Rowley habían regresado a Londres el domingo anterior por lo que las reuniones sociales multitudinarias, a las que el irlandés ni estaba acostumbrado ni deseaba acostumbrarse, habían acabado aquel mismo día con una merienda en casa de Andy. Desde entonces, habían podido disfrutar de pasar tiempo juntos y a solas entre los turnos de comida y cena del restaurante.

Y les había cundido: habían puesto al día la documentación de Lola para que Andy pudiera circular con ella, y después de ver más de veinte candidatas a próxima vivienda, Dylan se había decidido por una. Estaba situada muy cerca de la residencia Swynton, en Cala Morell, pero contaba con unas dimensiones mucho más razonables. La casa llevaba un par de años deshabitada por lo que le hacían falta unos arreglos menores y renovar la pintura. Andy se ocuparía de supervisar que éstas se llevaran a cabo mientras Dylan estaba en Niza, y todo indicaba que en un par de semanas, podría abandonar la casa de Angela y trasladarse a una propia.

Aquella mañana, la familia mantenía su reunión mensual en el comedor auxiliar del restaurante, que todavía no había abierto al público, mientras Dylan hacía tiempo tomándose un café en la barra.

El primero en aparecer en el salón principal fue Ciro. Con su bolso para hombres, la cazadora al hombro y sus pintas de *friki*, se dirigió hacia Dylan con los pasos enérgicos propios de alguien que siempre lleva prisa. Tras él, lo hicieron la mayoría de la familia menos Andy. Venían conversando entre ellos. En último lugar, apareció el sucesor del patriarca, quien enfiló directamente hacia la barra. Le dijo algo al camarero que se había quedado a cargo y el joven se marchó a la cocina. A pesar de que Dylan estaba seguro de que lo había visto, Pau se puso a revisar unos papeles, como si no lo hubiera hecho. Era la primera vez que estaban en un mismo lugar desde su último cara a cara en el hospital, hacía una semana, y Dylan decidió tomárselo con calma. Por lo poco que había conseguido sonsacarle a Andy sin parecer demasiado interesado en el asunto, tío y sobrina habían mantenido una conversación muy seria antes de que él regresara a Barcelona, el domingo anterior por la noche. Según ella, habían aclarado las cosas, pero conociendo a Andy, la normalidad entre los dos aún tardaría en llegar.

Dylan puso su atención en el chef que se acercaba. Con lo fatal que se caían mutuamente Pau y él, con Ciro, en cambio, habían congeniado desde el principio. No parecían de la familia.

—¿Qué, poniendo rumbo a tierras francesas? —dijo Ciro deteniéndose brevemente.

—Esta tarde, sí. Ya toca.

—Pero vuelves el finde, ¿no? —Y tanto que sí. Dylan asintió enfáticamente haciendo sonreír al chef—. Ya, me imagino que mi prima te machaca como se te ocurra no venir, ja, ja, ja, menuda es… Oye, ¿por qué no te pasas el sábado? Te muestro cómo preparo la codorniz y así, de paso, le espantas los moscardones a tu chica.

Las dos propuestas le parecían estupendas así que Dylan chocó los cinco con Ciro.

—A más ver, entonces —se despidió el chef—. Me voy corriendo al aeropuerto

Dylan se percató de la mirada de Pau, aunque él se apresuró a retirarla. Estaba claro que no le gustaba que hiciera buenas migas con alguien de la familia, lo cuál era bastante entendible porque los que lo miraban con buenos ojos (a él y a su relación con Andy) empezaban a ser un ejército por lo que se estaba quedando solo en la facción opositora. Al irlandés, sus miraditas y sus opiniones le traían completamente al pairo. Y más en aquel momento, que Andy apareció en su campo visual. Preciosa como siempre, con unos tejanos de tiro bajo metidos dentro de sus botas de tacón altísimo, un llamativo jersey violeta, y Luz en brazos.

Ella y su sonrisa derrite-moteros venían directo hacía él cuando Pau intervino.

—¿A qué hora contaré contigo esta noche?

—Ocho y media o nueve, cuando vuelva del aeropuerto.

Pau movió afirmativamente la cabeza, pero su rostro mostró con claridad que aquello no era de su agrado. De hecho, un instante después lo dijo.

—¿Tienes miedo de que se pierda por el camino? —Miró de refilón a Dylan quien continuó a lo que estaba como si tal cosa.

En realidad, contemplaba la escena con interés. Siempre le había parecido un espectáculo presenciar cómo Andy le ponía los puntos sobre las íes al personal. Lo había visto en alguna que otra ocasión en el MidWay y en sesión continuada desde que había llegado a la isla. Y esta vez, tenía claro que sería un señor espectáculo porque a Andy le había cambiado la expresión de la cara y aquello no podía ser bueno para el heredero del patriarca.

—¿Perderse? —Su voz rezumó ironía—. Si Dylan ha conseguido llegar hasta aquí, dar conmigo, a pesar de todos los pesares —y no hizo más aclaraciones porque no hacían falta— está claro que puede apañárselas solito perfectamente. Voy porque quiero —sentenció, desafiante, y celebró la oportuna risita que soltó la niña que sostenía en brazos, haciéndole una carantoña y repitiendo, esta vez con una vocecita dulce, lo que a la pequeña parecía haberle hecho tanta gracia—: ¡Claro! ¿Voy porque quiero, no, Luz? ¡Claro que sí, mi niña guapa… porque mira que eres guapa…!

—¿Cómo que "guapa"? —dijo Danny, aparecido de la nada, al tiempo que tomaba en brazos a la pequeña y se la quedaba ante la sorpresa de su hermana mayor—. Tú eres guapa, ella es preciosa.

—Oye… —bromeó Andy, haciéndose la enfadada.

Anna y tus hermanas ya estaban allí, metiéndose con él.

—A ver qué dices tú de mi sobrina favorita —terció Neus, rodeando a Andy con un brazo.

—Pero qué malo, Danny, mira que decirle eso a tu hermana… —lo reprendió Anna al tiempo que le despeinaba cariñosamente el cabello al muchacho.

Entonces, se oyó la voz de Dylan. Súper masculina y con aquel acento tan irlandés y su hablar pausado.

—Qué va, Danny. Te aseguro que desde aquí las cosas se ven *muuuy* diferentes —dijo atrayendo la atención de todos, Pau incluido—. Y si fuera tú me lo pensaría dos veces, chaval. Porque si no me han informado mal, de ella dependen tus salidas de fin de semana —le hizo un guiño cómplice al adolescente—. Y de mí que el señor del trineo te traiga la PlayStation 2… Así que, tú verás.

Los ojos del muchacho se iluminaron. Sonrió mirando a su hermana y a su madre súper ilusionado.

—¡¿Me vas a traer la Play?! ¡Tío, cómo te quiero! —exclamó, palmeando el hombro de Dylan.

La mirada de Andy se volvió dulce, dulce, dulce. No podía creer que él se acordara de aquel comentario de cuando todavía vivían en Londres. Había sido más bien una queja de una hermana cabreada por trabajar mil horas y aún y así, no poder siquiera ahorrar un poco para darle un gusto a su hermano pequeño por Navidad. Danny soñaba con la bendita PS2.

—¿Yo? —bromeó él, ajeno a la mirada de su chica—. ¿Tengo pintas de ser el señor del trineo?

—De *yakuza*[15] diría yo —terció Roser, ganándose varias miradas recelosas de los allí presentes.

15

Es una mafia japonesa que data del siglo XVII y continúa hasta nuestros días. El rasgo físico más característico de sus miembros son los tatuajes que, con el tiempo, llegan a cubrirles el cuerpo entero.

A Dylan le quedó claro que lo decía completamente en serio. La animadversión de la única hija soltera de Francesc Estellés era tan real que podía tocarse y casi tan grande como la de su único hijo varón. Pero a Dylan le daba igual. Además, lo último que le apetecía aquel día (y ninguno, a decir verdad) era darle carnaza al enemigo para que siguiera alimentando su odio.

—Tengo influencias en el Polo Norte, pero si cabreas a tu hermana de poco servirán —replicó el irlandés, como si no hubiera oído el comentario de Roser.

Pau torció el gesto. Seguía teniendo serias dudas acerca de la honestidad de aquel tipo que, evidentemente, encandilaba a su sobrina. Y tampoco le gustaba el método que usaba para ganarse a la familia. Mucho menos aún que hubiera monopolizado la conversación. Decidido a recuperar la atención de todos, habló en voz alta.

—Disculpad que vuelva sobre el tema, pero es que vivimos de esto, ¿sabéis? Somos restauradores y bodegueros y esto es lo que pone el plato de comida en nuestra mesa y en la mesa de todos los que trabajan para nosotros —miró brevemente a Dylan y le dijo—: Es lo último que digo en tu idioma. Si vas a quedarte aquí, aprende nuestra lengua.

Las risas acabaron de repente y cuando reinó el silencio, Pau miró directamente a su sobrina.

—Nos dejas solos en el turno de comidas y llegas tarde al de las cenas. Sabes que los fines de semanas vamos a tope de trabajo. Lo siento, pero no me parece bien, Andy.

Como era de esperar, el motero no entendió lo que dijo Pau. Sonaba a rapapolvo, claramente, y a juzgar por la cara de su chica, la cosa no pintaba bien. Para sorpresa de todos, Danny se situó junto a Dylan y se dedicó a hacer de traductor simultáneo.

—¿Qué es lo que no te parece bien? —respondió Andy en inglés, mirándolo directamente a su vez—. ¿Que quiera tener una vida personal además de un trabajo? Pues acostúmbrate porque mientras Dylan esté en la isla solamente los fines de semana, no me veréis el pelo por aquí. Y después, ya veremos.

El menorquín volvió a resonar en el lugar, alto y claro.

—Pues, no, señorita. No se puede ser dueño y desentenderse del negocio cuando interesa. Lo que tú desatiendas, lo tendrá que atender alguien.

Aquello parecía un duelo de titanes y el irlandés lo estaba disfrutando a tope… quizás porque tenía claro que el resultado estaba cantado; ganaba la preciosa criatura. De todas, todas.

—Tú eres el gerente. Ahora que sabes que libraré los fines de semana, estoy segura de que te ocuparás diligentemente como siempre de que alguien cualificado me sustituya. Habéis sobrevivido años sin mí, no va a pasar nada porque los fines de semana no aparezca por aquí.

Dicho lo cual, continuó camino hacia Dylan, dando la conversación por terminada.

Pero Pau todavía tenía algo que decir…

Miró a Dylan con un punto de recelo justo cuando su sobrina se estiraba a besar sus labios, y ver que él le devolvía el beso, y no precisamente de forma recatada, incrementó su mala leche.

—Y tú, callado porque te conviene, ¿no? —Lo dijo en su lengua nativa, provocando comentarios disgustados por parte de sus hermanas a las que se limitó a responder: "esto es Menorca, señoras, y aquí se habla el menorquín".

A modo de gesto desafiante hacia su tío y un poco por calmar a su propio orgullo de súbdito inglés, Danny se apresuró a traducir las palabras de Pau, aumentando la tensión del momento.

Andy pensó que Dylan estaba en todo su derecho de mandarlo a la mierda. Casi mejor, ¿por qué no lo hacía ella y así iban ganando tiempo?

Dylan, en cambio, consideró que aunque probablemente esas no fueran las auténticas razones del español, le convenía que Pau siguiera mostrando cierta animadversión hacia él. Porque tenía sentido. No lo veía con buenos ojos, no lo quería junto a su sobrina y eso no era algo que fuera a cambiar de un día para el otro. Así que a todos les resultaría normal que hubiera cierta resistencia por parte de él. Desagradable, sí, pero normal. Y puestos a elegir, prefería que Andy se cabreara con su tío por tonterías como negarse a hablarle en inglés solo por dar por saco, a que un cambio en su actitud desempolvara los sucesos del fin de semana que tantos interrogantes habían suscitado en ella; la inesperada aparición de Clinton Rowley en la isla, el más que inesperado regreso de su tío apenas un día después de haberse marchado a Barcelona… Lo último que Dylan deseaba era que aquella cabecita preciosa atara cabos.

—Mira, tío —replicó, haciendo gala de su pasotismo supino una vez más—, te voy a dar una pista porque veo que estás más perdido que un pulpo en un garaje. No le digas lo que tiene que hacer. Así, no la vas a llevar a tu terreno nunca —miró a su chica con picardía, quien se derretía por sectores ante aquel hombre que demostraba conocerla tan bien y que seguía escogiendo pasar de las memeces de su familia—. Si eres bueno y no das la brasa, quizás algún día te cuente mi truco.

Para alivio de su familia, Pau recibió el golpe con deportividad. O algo parecido; tomó la carpeta con documentos que había sobre la barra, la puso bajo un brazo y se dirigió a su despacho sin hacer ningún comentario más.

Después del intento fallido de que Andy condujera y Dylan fuera de paquete -y las consecuentes risas cuando los dos casi acaban por los suelos-, la pareja había intercambiado puestos en la moto. Sin viento y con una temperatura bastante cálida a pesar de la época del año, habían disfrutado del paisaje menorquín y de su mutua compañía a bordo de Lola.

Pero el vuelo de Dylan salía en poco más de dos horas y tocaba volver al mundo real.

Entraron por el acceso lateral, bordeando la casa, hasta el jardín trasero donde se detuvieron cerca de la valla posterior. Andy no pudo resistirse al paisaje que se abría ante sus ojos y se acercó al linde de la propiedad donde si por ella fuera se instalaría perpetuamente con un buen sillón y una buena taza de café. Aquel rincón era con lejos lo mejor de la casa de Angela Swynton.

—Recuérdame que no vuelva a montar en este invento hasta que no le haya arreglado la suspensión. Me he quedado sin culo —se quejó el motero dirigiéndose hacia su chica.

Ella se volvió sonriendo y tras darle un buen repaso al macizorro que ocupaba su campo visual, dijo:

—Pues qué quieres que te diga, yo lo sigo viendo igual de tentador que siempre.

Dylan le rodeó la cintura con un brazo y se inclinó a hablarle al oído.

—Ya, tú sigue arrimando leña al fuego y verás lo que pasa…

Ambos rieron ante su insinuación y los dos se dieron cuenta de que, en aquella ocasión, no era más que un intento de quitar tensión al cada vez más inminente momento de separarse.

—Ven —invitó ella, pasando al otro lado de la valla, hacia las rocas que conducían al pequeño acantilado.

Anduvo unos pocos metros y tomó asiento sobre una piedra de superficie menos accidentada que las demás. Él la siguió y se sentó a su lado. Sonrió y ella hizo lo mismo aunque no de la misma manera; había cierto nerviosismo en su rostro y sus ojos brillaban mucho. Al fin, Andy soltó lo que llevaba días dándole vueltas en la cabeza.

—No tienes que dejarlo, Dylan. Me refiero a que no lo hagas por mí, en serio…

"Menos mal que te advertí de que no echaras leña al fuego", pensó él. Andy acababa de echar un bidón de gasolina y él ardía de ganas de besarla hasta que los dos perdieran el sentido.

El plan era estar en Francia de lunes a viernes al mediodía, y el resto del tiempo en Menorca. Se había comprometido a continuar hasta la mitad de la segunda fase, lo cual quería decir que durante los próximos cuatro meses se verían a cuenta gotas. Dylan no tenía la menor idea de cómo se las arreglaría para cumplir con lo pactado sin volverse loco, ¿y la preciosa criatura estaba sugiriendo que no abandonara el proyecto?

—Vence el contrato —mintió—. Y teniendo a mi chica en Menorca, como te imaginarás, no voy a renovarlo. Prefiero trabajar en Menorca y no en el culo del mundo.

—Pero me decías que era tu trabajo ideal, que te encantaba…

Él decidió cortar de cuajo aquella conversación. Se inclinó y la besó en la boca.

—No tanto como tú y si puedo elegir, prefiero tenerte a mano todo el tiempo, que mojar tres días a la semana —volvió a besarla y esta vez el beso fue más largo—. Aunque me pase las setenta y dos horas mojando sin parar y me quede hecho polvo.

De ti nunca tengo bastante y por suerte para mí, tú de mí tampoco.

—Hablo en serio —insistió Andy, reprendiéndolo con su mirada—. Te encanta lo que haces, te encanta ese trabajo y yo no quiero ser la razón de que lo dejes. Nos arreglaremos bien…. Creo —añadió con cara de dolor—. Se nos hará eterno el tiempo que estemos separados y eso, pero no es la muerte.

—¿"Se nos hará eterno"? O sea, que me echarás de menos, pero no tanto. ¿Eso dices? —Andy empezó a reír—. Espera a que llegue el miércoles, hayas conseguido sobrevivir a dos largos días a dieta de mí, sabiendo que todavía te quedan otros dos por delante, y luego me lo cuentas.

La pareja rió con complicidad. Cada uno, a su manera, recordaba perfectamente esa clase de ansiedad. Esa necesidad que los mantenía en vilo todo el tiempo, incapaces de pensar en otra cosa.

—Fuera de bromas, Dylan. Que sepas que por mi parte, estoy dispuesta a intentarlo, si tú quieres. Con intentarlo no perdemos nada…

El recuerdo de esos días en Niza y luego en Londres, después de la boda se clavaron en la mente del irlandés y, de pronto, todo estaba allí de nuevo, tan intenso como entonces. La desesperación, aquel vacío que no lo dejaba ni a sol ni a sombra, daba igual lo que hiciera, esa necesidad de estar con ella que por momentos se volvía tan real que dolía…

—¿En serio? —sus ojos celestes la miraron con aquel deseo que siempre parecía estar agazapado, dispuesto a mostrarse sin ambages en cualquier momento—. Hay gente que puede seguir con su vida con relativa normalidad. Tú no eres de esa clase. Echabas de menos a tu madre cuando estaba en Barcelona de vacaciones, a tu hermano cuando se quedaba el fin de semana a dormir en casa de Jonas, ¿recuerdas? No vas a aguantar años viéndonos solamente los fines de semana —volvió a mirar el horizonte y lo soltó—. Y yo tampoco. No puedo estar sin ti. *No quiero estar sin ti.*

¿Qué tenía ese hombre que conseguía convertir la frase más corriente, más manida incluso, en la declaración de amor más categórica? ¿Cómo se las arreglaba para trasmitirle tanto y de forma tan inapelable, con apenas un puñado de palabras? Era demoledor.

—Es lo más bonito que me han dicho jamás —murmuró, su voz cargada de emoción—. Y cada vez que caigo en la cuenta de que eres tú quién lo dice… Me halagas un montón, Dylan. Mucho, mucho, mucho.

Él volvió a acudir a la broma. Tenía que hacerlo.

—Mmm, qué bien me ha sonado eso… Y dime, ¿tú crees que si vuelvo a halagarte mucho, mucho, mucho…? —Sus cejas se movieron insinuantes al tiempo que él la rodeaba con los brazos, buscándola.

Andy soltó un suspiro que le salió del corazón. Adoraba a aquel hombre. Ya lo adoraba antes de verlo cual aparición en el restaurante hacía una semana. Después de todo lo que había sucedido desde entonces, su locura por él estaba desatada.

Pero sabía que él tenía que marcharse. Espió su reloj por el rabillo del ojo y con todo el dolor de su alma, comprobó que ya no quedaba tiempo. Debían ponerse en marcha.

—*Aissssss…* Porque tenemos que ir al aeropuerto, que si no… menudo atracón de ti me iba a dar, calvorotas —dijo con sentimiento al tiempo que tiraba de Dylan para que se pusiera de pie.

Atravesaron la valla y se encaminaron hacia la casa tomados de la mano.

Se detuvieron junto a la puerta que comunicaba la terraza con el interior de la vivienda y Andy le puso sus brazos alrededor del cuello. O al menos lo intentó, ya que sin la ayuda de Dylan, que se encorvó para compensar la diferencia de estatura, no lo habría conseguido. Él le rodeó la cintura con los suyos.

—¿Me vas a llamar todos los días antes de que empiece mi turno?

Su voz había vuelto al nivel de los susurros y sonaba dulce, dulce, dulce.

Dylan asintió. ¿Quién era capaz de negarle algo a esa mujer?

—¿Y cuando salga de trabajar, por la noche? Así charlamos un ratito antes de irnos a dormir —volvió a decir con su voz derrite-moteros.

El irlandés movió la cabeza a un lado y a otro, considerando la oferta.

—Venga, di que sí… —insistió Andy—. Si no, no voy a poder pegar ojo y me van a despedir por *zombi*. Venga, venga, sé bueno.

—No sé yo… ¿En qué clase de "charla" estabas pensando? —Respondió con segundas, tronchándose y haciendo reír a Andy.

—Eres imposible —dijo ella con un punto de incredulidad y un montón de diversión. Le encantaba la vuelta de tuerca sexy que Dylan le daba a todos los momentos. Le encantaba él.

—Y lo que te gusta que sea así, ¿eh? —la desafió él.

Ella asintió suavemente. No pensaba negarlo; no tenía ningún sentido hacerlo. Él lo sabía, la conocía muy bien. Mejor de lo que nadie lo había hecho jamás. Menos aún alguien del sexo masculino. Andy bajó los brazos, los colocó alrededor de la cintura masculina y se pegó a él, mimosa.

—Dios, no puedo creer que estés aquí, conmigo —murmuró al tiempo que le daba pequeños besos sobre el pecho, por encima de la ropa—. ¿Te acuerdas la primera noche que pasaste en la isla, cuando te llamé desde el trabajo?

—Ajá….

—Tenía la sensación de estar entrando y saliendo de un sueño… Un momento oía la voz de Ciro llamando a algún camarero, y estaba en el restaurante trabajando a toda máquina. Un momento después, estaba hablando contigo y…

Andy no acabó la frase. Se abrazó más fuerte a Dylan y sus labios continuaron trazando un reguero de besos pequeños, casi imperceptibles, que no eran al azar; inconscientemente -o quizás no tanto- recorría de memoria el contorno del tatuaje del samurai que adornaba el frontal masculino. Eran los mismos movimientos, que invocaban los mismos recuerdos de otros momentos, cuando nada separaba sus labios de la piel de Dylan.

—¿Y, qué? —dijo él, instándola a seguir. Hambriento de cada palabra suya, de cada gesto.

—Y todo era luminoso, radiante, perfecto… Y yo volvía a sentirme como hacía… Dios, tanto tiempo que no me sentía —buscó su mirada y lo que Dylan vio en sus ojos, lo hizo estremecer—. Me estaba ahogando y no me daba cuenta. Yo tampoco podía respirar sin ti, Dylan.

Él buscó su boca con desesperación y los dos se fundieron en otro de sus momentos apasionados. Instantes en que los silencios comunicaban mucho más que el poema de amor más hermoso que hubiera desgranado ningún poeta jamás. El calor de sus cuerpos fundidos en un abrazo imposible, la emoción de amar y saberse correspondido, y la plenitud que confiere la certeza de estar con la persona correcta.

—*Aissss*, nena… —murmuró Dylan apartándola de él como si quemara y empujándola suavemente hacia el interior de la vivienda—. Vámonos, venga, vámonos o…

disfrutado escribiéndolo, me sentiré totalmente compensada. ¡Te lo aseguro!

Escribe esta dirección web en la ventana de tu navegador para descargar gratuitamente "Momentos Especiales - Dakota & Tess".

http://www.jeraromance.com/ME-1

¡Buena lectura!

Sobre Patricia Sutherland

Su estreno oficial en el mundo romántico español tuvo lugar en abril de 2011, de la mano de *Princesa*, una novela que aborda el controvertido asunto de la diferencia de edad en la pareja, y que ha enamorado a las lectoras. Han sido sus apasionadas recomendaciones y su permanente apoyo, las que han convertido a *Princesa* en un éxito y a Dakota, su protagonista, en el primer héroe romántico creado por una autora española que cuenta con su propio club de fans en Facebook.

En noviembre de 2012, *Princesa* obtuvo el I Premio Pasión por la Novela Romántica. En dicho mes, asimismo, fue nominada en tres categorías, Mejor Novela, Mejor Autora Chicklit y Mejor Portada en el marco de los I Premios Chicklit España.

Un año más tarde, en noviembre de 2013, salió *Harley R.*, la segunda entrega de la Serie Moteros de la que *Princesa* es ahora el primer libro, una novela sobre el amor después del desamor y las segundas oportunidades. En febrero de 2014, *Harley R.* resultó ganadora del II Premio Pasión por la Novela Romántica y más tarde fue nominada al Premio Rosas Romántica'S 2013 y a los Premios RNR (Rincón de la Novela Romántica) 2013. Posteriormente, en abril de 2015, salió Harley R. Entre-Historias, un apasionado "spinoff" de *Harley R.* Su último trabajo publicado es *Lola*, la tercera entrega de la Serie Moteros, que salió en Diciembre de 2015.

También es autora de la serie romántica Sintonías, compuesta por Volveré a ti (2014) *Bombón* (2007), *Primer amor* (2007), *Amigos del alma* (2008) y Simplemente perfecto (2014) que quedó segunda finalista de los Premios RNR (Rincón de la Novela Romántica) 2014.

Patricia Sutherland nació en Buenos Aires, Argentina, pero está radicada en España desde 1982.

www.jeraromance.com

www.ingramcontent.com/pod-product-compliance
Lightning Source LLC
Chambersburg PA
CBHW070215010826
48976CB00012B/55